Libretto

CATHERINE RAVEN

FOX ET MOI : UNE AMITIÉ PEU ORDINAIRE

Traduit de l'anglais (États-Unis)

par BERNARD SIGAUD

libretto

Titre original :
Fox & I: An Uncommon Friendship

ISBN : 978-2-36914-828-9

Les récits de cet ouvrage reflètent les événements tels que l'autrice se les remémore. Certains noms de personnes et de lieux et certaines caractéristiques permettant leur identification ont été modifiés, afin de protéger la vie privée des personnes décrites. Une partie des dialogues a été recréée de mémoire.

pour Fox

UN DOUBLE ARC-EN-CIEL a changé le cours de ma relation avec le renard. Je faisais mon jogging, quand je me suis rendu compte qu'il ne survivrait que quelques années dans cette contrée inhospitalière. À l'époque, je croyais qu'investir émotionnellement dans une créature à la vie aussi courte était un jeu déraisonnable – une aimable folie. Avant que le jogging se termine, un arc-en-ciel est apparu devant moi. L'une de ses extrémités s'insinuait dans un îlot de grands peupliers morts qui eux-mêmes se noyaient dans le ciel gris, leurs cimes se fendant et se ramifiant les unes contre les autres. Un deuxième arc-en-ciel s'incurvait au-dessus des peupliers. Je me suis arrêtée. Combien d'arcs-en-ciel avais-je vus, rien que dans cette vallée ? Une centaine, facilement, et je m'arrêtais toujours pour les regarder. Je compris alors que le renard, comme un arc-en-ciel et tous les autres dons de la Nature, avait une valeur intrinsèque absolument indépendante de sa longévité. Ensuite, chaque fois que je débattais sur le fait de consacrer tout ce temps à un animal dont la durée de vie excédait à peine un battement de paupières, je me rappelais les arcs-en-ciel.

LE BOA DE SAINT-EX

Le renard apparaissait chez moi, devant mon chalet, depuis douze jours consécutifs. Pas plus d'une minute après que la lumière du soleil eut coiffé la colline à l'ouest, il s'allongeait dans un recoin de terre entre les mottes bleues friables de stipes dentés. Calant le bout de sa queue sous son menton et plissant les yeux, il feignait de dormir. Je m'asseyais ; les pointes raides des stipes traversaient la toile de mon siège de camping. J'ouvrais un livre et faisais semblant de lire. Seuls deux mètres et un plan de myosotis, maigrichon et solitaire, nous séparaient. Il se peut que quelqu'un nous ait observés – une musaraigne basanée, un mulot, un boa caoutchouc – mais j'avais l'impression que nous étions seuls au monde.

Le treizième jour, vers 15 h 30 et pas plus tard que 16 heures, je m'emmitouflai de plus de vêtements qu'il n'était nécessaire pour être douillettement au chaud et sortis. Une fois assise, les pieds tapotant le sol, je joignis les mains comme pour la prière et les fourrai entre mes genoux. J'attendis le renard, en espérant qu'il ne se montre pas.

Situé à trois kilomètres de grimpette sur une route caillouteuse dans une vallée de montagne isolée, et à cent kilomètres de la grande ville la plus proche, mon chalet n'était pas un hébergement convenable pour une fille qui vivait seule. Pas de rue, pas de nom de rue, donc pas d'adresse. Habiter dans ce lieu reculé m'interdisait l'accès à un emploi raisonnable. J'étais à des kilomètres de la portée de toute antenne-relais ; si j'étais mordue par un serpent à sonnette ou si je dévissais en escaladant la falaise rocheuse derrière le chalet, personne ne m'entendrait crier au secours. Et d'abord, bien sûr, ça m'évitait l'inconvénient de crier.

J'avais acquis ce terrain trois ans plus tôt. Jusque-là, j'habitais plus haut dans la vallée, dans un bungalow de location que son propriétaire avait « hivérisé », dans la mesure où, si je portais une parka doublée de duvet et des *kamik* – des bottes inuites – au lit, je ne succomberais pas aux engelures du jour au lendemain. C'était tout ce que je pouvais me permettre, avec l'argent que je gagnais comme guide de randonnée en montagne et animatrice à temps partiel d'études de terrain. Quand une université m'a offert un poste de chercheur pour une durée d'un an, j'aurais dû sauter sur l'occasion, pourriez-vous penser. Pas seulement parce que je passais entre les glaçons pour entrer dans la douche, mais parce que prendre le train postdoctoral était la prochaine étape logique pour une biologiste. Mais je n'ai pas fait le saut. J'ai dit à l'université d'attendre que j'aie acheté ce terrain. Ensuite, j'ai accepté de louer une minuscule chambre en cité U sur le campus, à deux cents kilomètres d'ici. Chaque week-end, à travers les tempêtes de neige et sur des chaussées verglacées, je rentrais en voiture au bercail pour camper. Perchée sur un petit rocher, j'écoutais le sifflement de mon réchaud au propane et le bruit sec – ping ! – des sauterelles qui venaient percuter de front la toile tendue de ma tente. J'avais l'impression de faire partie de ma terre. Je n'avais jamais eu l'impression de faire partie de quoi que ce soit, auparavant. Quand mon contrat avec l'université est venu à échéance, j'ai campé sur place à plein temps, tout en prenant les dispositions nécessaires pour que des artisans viabilisent la propriété et construisent le chalet.

Devant la maison, depuis l'endroit où je m'asseyais pour attendre le renard, la vue était superbe. Peu de structures me gâchaient ma vallée ; les arcs-en-ciel complets n'étaient pas rares. Les extrémités de ce double arc-en-ciel atterrissaient dans les champs ondulants en contrebas de chez moi : de la verdure – pas assez pour cacher un farfadet –, mais ce serait sûrement mieux que de fréquenter les serpents à sonnette. N'empêche que j'étais déchirée. Même un double arc-en-ciel complet ne pouvait me donner ce qu'une ville pouvait m'offrir : l'occasion d'interagir avec les gens, de m'immerger dans la culture et de trouver un vrai boulot où je serais tellement occupée à accomplir un travail responsable que je n'aurais pas le temps d'aller débusquer un renard dans son terrier. J'avais fait pas mal de sacrifices pour décrocher mon PhD en biologie : j'avais dormi dans des bâtiments abandonnés et passé la serpillière sur les parquets, à l'université. En échange de quoi j'avais appris que la méthode scientifique est le fondement du savoir et que les renards sauvages n'ont pas de personnalité.

Lorsque Fox s'approcha de moi à pas feutrés, une flûte jouait une mélodie ténue et hypnotique, comme l'air du *Joueur de flûte de Hamelin*, mon conte favori. Vous vous en souvenez certainement : un inconnu aux habits bariolés apparaît dans la ville et entraîne par sa musique les enfants vers une contrée de lacs alpins et de pics enneigés. Quand le renard se pelotonna à côté de moi et plissa les yeux, j'ouvris mon livre. La musique jouait toujours. Non, ce n'était pas le légendaire flûtiste, pas du tout. C'était juste un oiseau – une grive, au loin.

APRÈS AVOIR DORMI depuis le milieu de la matinée à l'ombre de son rocher favori, le renard fut réveillé par la chaleur d'un soleil déclinant. Pointant son arrière-train vers le ciel et son museau vers le vent, il étira son cou le long d'une patte antérieure aussi nue qu'un mulot nouveau-né. En réalité, la fourrure n'avait pas disparu, elle était simplement mal orientée. Se tournant vers sa queue, il découvrit que le vent rabattait son pelage à plat vers l'arrière, laissant la peau sur l'avant de ses pattes exposée, mais réchauffée par le soleil.

Un mulot avançait en raclant le sol caillouteux, de sa démarche lourde et hésitante de femelle gravide. Le mulot était presque à la bonne distance lorsqu'un coup de vent claqua sur les herbes sèches et effaça la bande-son. *Pisse de fouine!* Et la journée du renard ne faisait que commencer. En dessous, sur le Plat-des-Luzernes, le vent ne soufflait pas. Un grouillement de mulots culbutait à l'ombre des arbustes et les perdrix s'agitaient dans les haies. Mais pas pour lui. Le Plat appartenait à sa mère, qui n'en autorisait l'accès qu'à son compagnon et à leurs renardeaux fraîchement sevrés. Toutefois, le renard ne demandait presque jamais cette permission pour accomplir ses projets. Il avait plus d'un an, désormais, et était assez agile pour mettre à l'épreuve la vigilance maternelle. En fait, des expéditions intrusives avaient souvent la priorité dans son programme.

Pour l'instant, il projetait d'éviter le territoire de sa mère et de visiter la maison au toit bleu et luisant. Cette maison était perchée à flanc de colline, en dessous de son terrier et au-dessus de celui de sa mère. Son toit semblait être posé directement sur le sol; armoises et genévriers débordaient sur ses flancs nord et sud. En fait, elle était orientée à peu près comme son propre terrier. Les deux domiciles, creusés dans le même flanc de montagne, s'exhibaient complètement au soleil levant et couchant. Tous les deux faisaient face à la rivière sinueuse et miroitante, et se cachaient du glacial vent du nord.

Il scruta le flanc de la colline pour détecter des itinéraires susceptibles de le conduire à cette maison. L'arroyo à sec était sonore, mais le renard n'était pas en mission confidentielle et cette voie présentait en gros peu d'obstacles. Prendre la piste de l'arroyo exigeait de traverser une crête battue par le vent. Précédant le vent, un gigantesque nuage entrait en collision avec la Colline-Ronde. S'accroupissant entre deux feuilles de cactus qui lui arrivaient au menton, il faillit s'arrêter de respirer pour empêcher leurs piquants de lui chatouiller le poitrail. Un prix correct à payer pour assister à ce spectacle nuageux. Après avoir percuté la colline, le nuage éclata en menus morceaux. *Comme prévu!* D'épais bouquets de graminées vivaces s'agitaient dans l'arroyo, leurs tiges pliant sous le poids de panicules mûres. Longilignes et minces comme des arêtes de poisson, leurs graines s'incrustèrent dans son pelage et lui percèrent la peau. S'arrêtant devant un petit rosier, il se peigna contre ses épines. À présent allégé, il descendit en bondissant dans le ravin, oscillant de droite à gauche comme un autour ravisseur de campagnols qui glisse en rase-mottes.

Des cactus, des rafales de vent, des graines telles des arêtes de poisson: pas le meilleur endroit pour élire domicile. Les renards du Plat-des-Luzernes étaient probablement à moitié endormis dans leur verte prairie, attendant que des mulots égarés foncent aveuglément dans les herbes rases et molles et s'empalent sur leurs canines peu méritantes. Comme domicile, il n'y aurait pas eu mieux. Enfin, si vous étiez un de ces renards dont le seul but dans la vie était de régner sur un terrain de chasse à haute densité de mulots écervelés.

Je fourrai mon matelas de sol Therm-a-Rest dans son sac en toile et le transformai en chaise de camping. Il m'avait accompagnée pendant des centaines de nuits en pleine nature et, tel un cheval de course reconverti en animal de promenade, il refusait d'être domestiqué. Où que je le jette, il atterrissait toujours sur le bout de terrain le plus décourageant. Fox arriva en trottant, se mit à l'ombre du chalet, puis se pelotonna et s'aplatit comme une carpette, avec rien que deux mètres et ce malheureux myosotis entre nous. Il attendit sans bouger sur sa couche lisse tandis que, déséquilibrée, je me balançais sur mon siège mou et dépourvu d'armature.

– *Le Petit Prince*, dis-je en ouvrant un livre de poche à la couverture cireuse. Par Antoine de Saint-Exupéry.

Longtemps ma vie avait été une queue de mouffette. Un point d'interrogation. À présent que j'avais décidé de quitter cet endroit, la question n'était plus ce que je devais faire, mais pourquoi je ne le faisais pas. Et la réponse, j'ai honte de l'avouer, avait un peu à voir avec le renard.

Nous – le renard et moi – avions zigzagué depuis des mois avant d'atteindre notre niveau de confort actuel. Je n'avais pas pris la peine de cartographier notre itinéraire exact, mais une mission de reconnaissance était à l'horizon.

En terrain sauvage et découvert, il n'est pas facile d'éviter l'horizon.

– Le petit prince demande à Saint-Ex de lui dessiner un mouton. Saint-Ex veut bien, parce que… bon, je crois que c'est une question de gentillesse, Fox.

J'avais fini par adopter le rythme suivant : lire, parler à Fox, ensuite le regarder en silence pendant quinze secondes. La pause de quinze secondes simulait son temps de parole.

– Le prince n'aime pas les dessins de moutons obtenus, alors Saint-Ex lui présente le dessin d'une caisse et lui dit qu'il y a un mouton à l'intérieur.

Je haussai les épaules.

– Ça marche ! Un mouton invisible, mis dans une caisse. Mais si, Fox, un mouton dans une caisse.

Puis ce fut son tour, ses quinze secondes.

Les humains achètent, encagent et incarcèrent toutes sortes d'animaux ; ils les font enregistrer, paient la taxe, les tiennent en laisse. Ces animaux vivent dans des caisses comme le mouton de Saint-Ex. Quiconque détient la caisse – ou la cage – impose son imaginaire aux animaux ainsi confinés. Les gens peuvent humaniser ou déshumaniser leurs animaux encagés selon leur bon – ou mauvais – vouloir.

De ma main libre, j'arrachai du sol une touffe sèche de chiendent à crête. Les tiges se fendirent et éclatèrent en échardes dans ma paume nue. Fox ouvrit de grands yeux et me regarda secouer ma main meurtrie. Nous avions presque atteint la durée moyenne de son temps d'écoute en position semi-couchée – dix-huit minutes. Rejetant la tête en arrière dans un généreux bâillement, il tira une langue rose et caoutchouteuse comme une gomme à l'ancienne.

Écouteriez-vous attentivement pendant dix-huit minutes

un canard cancaner ? Une vache meugler ? Un chien aboyer ? Ça fonctionne dans les deux sens. Nous autres animaux reconnaissons les signaux vocaux distincts émis par nos congénères et reléguons les sons des autres espèces au niveau du bruit de fond. En général, eux entendent « bla-bla-bla » et nous entendons « coin-coin-coin ».

En général. Même avant de rencontrer le renard, je soupçonnais que les renards roux pouvaient être une exception. Un scientifique russe, Dmitri Beliaïev, passa cinquante ans à apprivoiser des renards pour leur apprendre à réagir à des ordres vocaux. Ses expériences suggérèrent que les renards, comme les chiens, étaient capables de distinguer des sons humains discrets. Autrement dit, les renards pouvaient identifier la différence entre *zzz, mmm, chhh*, et ainsi de suite. Si Beliaïev avait raison, Fox entendait les mots, mais sans les comprendre. Comme moi à l'opéra.

Le renard décaissé et moi étions en pleine lecture, lorsque le fixe nous interrompit. J'essayai de l'ignorer, mais je n'avais pas de répondeur et l'appelant semblait avoir une patience illimitée. Après avoir écouté une bonne douzaine de sonneries, je rentrai dans la maison et décrochai le téléphone d'en bas, laissant la porte ouverte pour surveiller Fox. Jenna, l'une des responsables du programme d'éducation continue de l'université locale et ma supérieure, voulait finaliser les détails de mon futur cours sur la faune et la flore. Cet emploi, à une cinquantaine de kilomètres de chez moi, m'occupait environ dix semaines par an. Mais que faire du renard ? Je ne l'avais encore jamais quitté. C'était toujours lui qui mettait fin à nos rencontres. Il partait le premier, telle était notre coutume. Et il était encore là, à sept mètres, au-delà de la possibilité d'un contact oculaire, au-delà de la distance polie entre interlocuteurs dans n'importe quelle culture ; tirant vers lui le plant de myosotis avec sa patte, il frottait son museau contre la tige captive.

Pour créer l'impression que je ne l'abandonnais pas, je me rapprochai de la porte, coinçant le combiné entre ma joue et mon épaule afin que Jenna ne puisse pas m'entendre dire à Fox que je n'en avais pas pour longtemps et qu'il devrait être patient. Quand je replaçai l'écouteur contre mon oreille, Jenna était en train de me demander à qui je parlais.

– À personne. Il n'y a que moi, ici. Je vais avoir combien d'étudiants ?

Fox libéra sa fleur en voie de flétrissement et scruta le sol à la recherche d'un insecte à menacer.

– Mais je viens de te le dire, non ? Trente-deux. Alors comme ça, tu as un animal chez toi.

– Mais non. Je suis toute seule, ici. Tu sais bien que je marmonne et que je parle toute seule.

Fox se tourna pour voir s'il se passait quelque chose de plus intéressant sur son postérieur.

– Tu sais que quand tu parles toute seule, tu ne marmonnes pas ?

Lorsque la conversation se termina, Fox était déjà en train de muloter. J'entends par là qu'il chassait à la fois les mulots et les campagnols, deux familles de rongeurs distinctes, qu'on ne distingue pas si on les observe à bonne distance. Chasseur doué, Fox ne pouvait pas consommer tout ce qu'il capturait. Il dispersait des caches un peu partout, y compris dans la zone entourant mon siège de camping – sans doute une marque de prévenance. Une semaine après que Fox eut décidé de devenir un visiteur habituel, je dressai un mur de galets pour délimiter une zone d'exclusion de rongeurs (ZER) autour de mon poste de lecture. J'envisageais la ZER comme un lieu d'où seraient bannies l'inhumation de menus rongeurs mutilés, morts et aplatis et surtout puants et, plus important encore (du moins en ma présence), leur exhumation.

Fox avait d'autres idées en tête. Lorsqu'il enterra une carcasse dans l'enceinte de la ZER, je lui montrai du doigt le mur de galets lilliputien et lui signifiai que les rongeurs momifiés n'avaient rien de formidable. J'expliquai ensuite la signification de *formidable*. Se doutant que je ne disais rien de distrayant, il traduisit le tout comme « bla-bla-bla ». Bien que la petite muraille n'ait pas modifié le comportement de Fox, elle atténua en une occasion précise la gêne que me procurait le fait d'héberger un renard.

– Y a un rongeur en putréfaction dans votre allée, là. C'est dégueu.

Le préposé de l'UPS me remit ma dotation mensuelle de fournitures de bureau.

– Encore un mulot ? Ça alors. Un animal a dû…

Je secouai la tête et baissai les yeux sur mes orteils à découvert et rouges de honte.

– Ça arrive depuis un certain temps.

Je regardai le chauffeur droit dans les yeux.

– Peut-être que… euh… une mouffette ?

– Oh non, c'est un renard. Un renard, pas autre chose.

Comme tous les gens de la campagne, je me débrouillais. Ici, il n'y avait pas de service d'enlèvement des ordures ni de déneigement. Le shérif habitait à cinquante kilomètres de chez moi. Nous nous occupions nous-mêmes de nos maisons, de nos pelouses et de nos routes. Mais nous ne distribuions pas le courrier. Le gouvernement fédéral non plus. Notre isolement apparemment excluait l'usage de boîtes aux lettres. L'homme de l'UPS tapa du pied et un petit nuage de glaise sèche explosa sur sa chaussure de ville en cordovan.

– Ça creuse partout et ça pue. Je laisserais pas un renard s'installer chez moi. Pas question.

Sans attendre qu'il ait fini de secouer la tête, je montrai le mur de galets.

– Mais je ne le laisse pas faire ! Lui… ça ou autre chose. Non.

LE LENDEMAIN, en attendant l'apparition de Fox à 16 h 15, je songeai à l'étape que nous allions bientôt franchir : quinze jours consécutifs de lecture partagée, l'équivalent de six mois pour un renard. Bien des renards étaient passés ici avant lui ; certains étaient nés à une minute de marche de derrière chez moi. Tous étaient demeurés furtifs. Contre toute attente, et pendant plusieurs mois, Fox et moi avions créé une relation en traçant prudemment notre route au milieu d'événements aussi divers qu'aléatoires. Nous avions réussi une prouesse qui méritait d'être célébrée. *Mais comment fêter ça ?*

Je décidai de plaquer Fox.

J'ouvris la boîte en fer rouge, versai le marc de café dans un pot d'eau bouillante, attendis que mon cow-boy coffee se décante, me demandant comment me débarrasser du renard. Peut-être qu'il ne reviendrait plus. J'ouvris la porte du frigo.

– Aurais-je confondu une coïncidence avec un engagement ?

Le réfrigérateur ne répondit pas. En plus, il était presque vide. Mais il me donna une idée. Je dressai une liste d'articles alimentaires et programmai suffisamment de tâches ménagères pour m'occuper longtemps après 16 h 15, puis je partis. Le supermarché se trouvait dans une petite ville à une cinquantaine de kilomètres en aval, ce qui m'obligea à rouler en tournant le dos au sud et au ciel bleu – mon ciel. Droit devant, des nuages à la face blanche et au fondement noir se poursuivaient en envahissant les montagnes à l'est. Au-dessous, dans l'ombre alternée au fil des virages, des vaches Angus, des brebis agnelantes et des chevaux endurcis conspiraient à rendre chaque nouveau kilomètre difficile à distinguer du précédent. D'habitude, j'estimais ma position en comptant les courbes de la sinueuse rivière, ma moyenne en observant le déplacement des nuages et ma bonne fortune en comptant les aigles royaux. (Mon record était de sept; cinq méritaient une mention dans mon journal de bord.) Pas aujourd'hui.

À présent que j'étais libre d'être là où je voulais à 16h15, je chaussai mes sandales ailées et roulai trop vite pour compter les aigles. Imaginez une section de route en ligne droite, sans nids-de-poule – et pas le moindre véhicule en vue. En cinquième, je chevauchai la ligne médiane pour éviter de pencher vers la carrière en contrebas et accélérai suffisamment pour que l'aiguille passe dans le secteur droit du compteur. Vous cherchez l'adjectif? Inutile, car *j'étais* le mercure: le vif-argent, Hg, *hydrargyrus*, extrait du cinabre, réfractaire à l'entassement, incapable de prendre une forme fixe. Le volant vibra en signe d'approbation.

Le privilège de fréquenter un renard coûtait plus que ce que j'avais déjà payé. La semaine précédente, tandis que je faisais mes courses en ville, j'avais eu l'idée saugrenue de faire un tour au centre de remise en forme. La seule personne en train de soulever des poids était Bill, un scientifique avec qui j'avais travaillé dans des parcs nationaux. Je lui laissai entendre que j'avais «peut-être» la visite d'un renard.

– Tant que tu ne fais pas de l'anthropomorphisme, réagit-il.

Humiliée par cette phrase soulignée d'un clin d'œil, je m'éclipsai. Le terme « anthropomorphisme » désigne l'acte inacceptable consistant à humaniser les animaux – imaginer qu'ils ont des qualités que seuls les humains devraient avoir –, ou à admettre les renards dans le cercle de vos amis et connaissances. N'importe quel individu pouvait sans problème humaniser les animaux qu'il possédait – chevaux, faucons et même mouffettes en laisse. Mais pour quelqu'un comme moi, qui enseigne l'histoire naturelle, anthropomorphiser des animaux *sauvages* était ringard et très peu cool.

Point n'est besoin d'un grand effort d'imagination pour voir que la société a creusé un fossé au bulldozer entre les humains et les animaux sauvages, non encagés, et qu'il est bien trop large et trop profond pour qu'on prenne le risque de le franchir, à moins d'être d'une témérité irresponsable. Si vous voulez vous rendre impopulaire, vous pourriez tout aussi bien débarquer dans un amphithéâtre universitaire en portant les culottes courtes et les socquettes blanches de Jean-Christophe, au lieu d'être accusé d'anthropomorphisme. Seul Winnie l'Ourson serait copain avec vous.

Pourquoi subir pareille humiliation ? Mieux vaudrait rester de votre côté du fossé. Quant à moi, j'étais éreintée à force de descendre, de traverser et de remonter. Parfois, c'était plutôt une chute qu'une descente-remontée. Étais-je en train de fantasmer sur la personnalité de Fox ? Ma conception de l'anthropomorphisme ne cessa de changer avec l'évolution de nos relations. À ce stade, à leur début, c'était la curiosité qui dominait, chez moi.

D'UNE MAIN, je saisis deux champignons blancs à chair ferme et, de l'autre, essayai d'attraper un de ces maudits sacs plastique qui vous glissent entre les doigts. À l'envers de mon poignet opportunément exposé, le cadran de ma Timex lança un éclair. Quarante-cinq minutes avant 16 h 15. Le renard ! Rejoindre un renard que je voulais jeter par-dessus bord sembla soudain plus important que ces champignons pour lesquels je faisais cent kilomètres aller-retour. Je secouai le sac plusieurs fois, mais il refusa de s'ouvrir ; je remis donc les champignons sur le rayon, les coinçant entre quelques oranges, puis poussai mon chariot plein en direction des caisses. Absorbée par le calcul du temps nécessaire pour rentrer chez moi entre deux haies de cerfs de Virginie sur une route à deux voies, je me retrouvai comme par hasard devant la caisse rapide, qui était libre. Un cow-boy arriva derrière moi. La caissière examina mon chariot, haussa les sourcils, sourit et ne dit rien. Elle était censée demander si j'avais trouvé tout ce que je cherchais ; elle voulait demander si je savais compter jusqu'à huit.

– Oui, merci, répondis-je à la question qu'elle ne posa pas. Mais je regrette d'avoir laissé des champignons à la dernière minute.

Ses sourcils retombèrent. Elle roula des yeux.

Je tirai un portefeuille de ma poche arrière.

– Dommage pour les champignons, dis-je en comptant les billets.

Puis je me retournai vers le cow-boy et remarquai qu'il avait environ cent dix ans.

– Mon Dieu. Rien qu'un petit régime de bananes.

Je me penchai au-dessus de son chariot et en examinait attentivement l'intérieur. Rien. Juste ces bananes.

– Vous savez, vous n'aviez pas besoin d'un chariot pour ça.

– J'avais besoin de quelque chose sur quoi m'appuyer, en attendant.

Je réfléchis un instant à cette remarque. Contenait-elle un message sous-jacent ? L'indice révélateur n'était pas dans les paroles du cow-boy, mais dans son regard fixe, dur comme du silex. Il escomptait que je m'excuse. Mais au retour, à mi-parcours, je me rendis compte qu'il avait été agacé que je ne sois pas devant la bonne caisse. J'avais horreur de rater les signaux sociaux non verbaux. Chaque fois que j'en détectais un trop tard, je craignais que quelques autres ne m'échappent encore, comme des flèches passées au-dessus de ma tête.

Mais avant tout, je craignais de ne pas être rentrée quand le renard se présenterait. C'était un invité inattendu et je ne pouvais pas le faire attendre. Les invités inattendus sont très différents des invités attendus, dont la qualité, j'imagine, les autorise à fermer les yeux sur un retard temporaire de leur hôte. Les invités attendus vont crier gaiement « Ho-ho, c'est nous ! » et, sans attendre de voir si Ho-Ho est à la maison, carrément entrer. Ils sautilleront jusqu'au frigo et se serviront en boissons. Mais les invités non attendus sont fragiles, et il importe de les accueillir ponctuellement afin de minimiser l'inconfort inhérent à leur statut ambigu. Un cas excessivement problématique est celui de l'invité non attendu qui sait qu'on s'attend à ce qu'il vienne.

À moins que je ne sois rentrée dans les quarante minutes, un renard roux exprimerait son attente raisonnable de mon hospitalité en trottant jusqu'à mon chalet. Il gratterait la terre, humerait l'air, feindrait la préoccupation et dépenserait ses minuscules réserves de patience et d'humilité. Puis il s'éclipserait, boudeur, terriblement contrarié. Et ça, je ne pouvais pas l'expliquer à un cow-boy de cent dix ans soutenu par un chariot lesté de cinq bananes, mais c'était néanmoins vrai.

En débouchant dans mon allée, je scrutai la colline

joufflue de l'autre côté du ravin. Une falaise verticale avec un insolent penchant vers le nord était posée à son sommet telle une élégante toque. Au milieu de cette falaise, sur une saillie blottie dans un plissement ombragé, un aigle royal décolla de son nid. Je descendis de voiture, montai en courant à l'étage, me penchai sur le rebord de la fenêtre et cherchai le renard. Lorsque le bout de sa queue perça les chiendents à crête, je le suivis à la jumelle comme s'il était une grouse que je tenais au bout de ma carabine calibre 20. Technique traditionnelle bien connue des chasseurs, ce suivi oblige à anticiper la vitesse et la direction d'un animal en maintenant le canon, le guidon ou le réticule de la lunette juste en avant de la cible en mouvement. Fox était facile à suivre. Sa queue caracolait effrontément sur la ligne de pente. Mon manuel de biologie du temps de la fac affirmait que les animaux sauvages esquivent instinctivement leurs ennemis naturels. C'est peut-être vrai pour les renards en général, mais ce renard particulier n'esquivait pas l'aigle royal : il dévalait allègrement la colline, sur l'air de l'ouverture de *Guillaume Tell*.

TANDIS QUE L'AIGLE ROYAL s'élevait au-dessus de son nid, un minuscule renard mâle, trente mètres plus bas, cheminait dans le ravin. Au moment où le renard atteignit une maison au toit bleu, la porte du garage se referma en rugissant et l'animal fit un crochet pour emprunter la seule voie dégagée menant à la rivière, un chemin de terre qui jouxtait un ruisselet bordé de peupliers noirs. Un champ de luzerne aussi vert et uni que le collier d'un faisan s'étendait d'un côté du ruisselet. Des monticules secs, bigarrés et aussi illisibles que la queue d'un faisan se pressaient de l'autre côté.

De l'autre côté de la rivière, les champs devenaient des collines, les collines devenaient des forêts ; ces forêts glissaient sur des falaises abruptes, lesquelles se blottissaient sous des sommets enneigés. Au-delà des sommets enneigés, des chaînes de montagnes s'étiraient sans trêve. L'aigle ne savait pas où s'arrêtaient les montagnes, ni si elles s'arrêtaient quelque part. Après avoir regardé le renard disparaître au milieu des saules ventrus privés de feuilles qui bordaient la rivière, l'aigle repartit vers l'amont, là où des agneaux nouveau-nés piquetaient les champs alentour.

Le renard rampa sous les arbustes jusqu'à ce qu'il puisse délicatement tremper ses pattes antérieures dans la rivière. Il contempla un îlot de sable fraîchement exposé qui resplendissait au soleil. Le renard savait nager, mais préférait s'en abstenir. De toute façon, la rivière, presque en hautes eaux, était large, boueuse et tumultueuse, noyant les chenaux multiples, les langues de terre et les bancs de gravier de l'automne précédent. Pas même un élan ne voudrait essayer de la franchir. Et aujourd'hui ? Aujourd'hui, il y avait peut-être une humaine qui l'attendait.

Plus tard, l'aigle aperçut deux animaux devant la maison au toit bleu : un renard se déplaçant vers l'ouest et les collines d'armoises, et une personne se dirigeant vers l'est, vers la rivière. Chassant plus près du sol, l'aigle conclut qu'ils n'allaient pas dans des directions différentes ; ils – les deux animaux – se dirigeaient l'un vers l'autre.

Laissant *Le Petit Prince* et un thé glacé près de mon siège de camping, je partis à la recherche de Fox. Quand je le repérai, il revenait de la rivière au petit trot en suivant une piste qui obliquait sous mon chalet. Il aurait pu soit continuer ainsi et m'éviter complètement, soit quitter la piste et attaquer la pente pour me rejoindre au lieu habituel du rendez-vous. J'avançai directement à sa rencontre, trébuchant dans des trous et sur des monticules là où les mouffettes avaient creusé, me cognant le pied contre des pierres embouées grosses comme des melons, bataillant contre des fourrés de pois grimpants qui m'arrivaient jusqu'à mi-cuisse. Des vrilles de trèfle griffaient mes lacets couverts de bractées accrocheuses. Quand il fut à environ neuf mètres de moi, il s'arrêta et m'observa. Si j'avais contourné les obstacles au lieu de les franchir, si j'avais orienté mon regard vers l'alouette des champs mélodieuse ou m'étais baissée pour arracher une mauvaise herbe, il n'aurait pas saisi que je m'attendais à le voir. Immobile à la lisière de la prairie, je serrai les bras sur ma poitrine et m'accroupis comme une grenouille, le torse entre les genoux. Il me vit en position d'attente et partit rejoindre son poste habituel près du myosotis. Je le suivis.

Je repris ma lecture à haute et forte voix, à partir de l'endroit où nous nous étions arrêtés la veille. Après deux paragraphes, je brandis le livre ouvert et lui montrai un prince aux cheveux aussi blonds et hérissés que le poil d'un faon d'antilope. Passant de la lecture au résumé, je continuai :

– Le petit prince habite sur un astéroïde… C'est une planète miniature. La planète n'a qu'une seule fleur, une rose. Elle est vaniteuse. Ses pétales…

J'étirai une main en forme de 747 au décollage (juste pour souligner).

– Ses pétales sont lisses. Comme après un lifting. Pas de rides. Ouais, je sais, Fox.

Je hochai la tête.

– Mais le prince est amoureux de la rose.

Ma gorge, prédisposée à la laryngite, se serra en réaction contre le vent chaud et sec.

Comme toutes les roses de jardin, la rose du petit prince est exigeante question entretien.

– La voici, gorgée d'eau.

Je soulevai un ballon de plage imaginaire.

– Elle demande... non, elle *exige* que le prince aille lui chercher encore de l'eau.

Je lançai le ballon de plage au-dessus de la tête de Fox et attrapai le verre de thé glacé qui transpirait à côté de moi. Fox suivit le verre des yeux. Il frissonna et tressauta ; je reposai le thé sans l'avoir bu.

– Il lustrait ses quatre épines rien que pour apaiser sa vanité.

Fox me regardait fixement en clignant des yeux par intermittence. Je toussai sans détacher mon regard de lui, comptai silencieusement jusqu'à quinze, y compris les « mille pauses » au milieu, toussai de nouveau.

– Je sais ce que tu penses, Fox. La rose n'est pas amoureuse du prince. Il perd son temps.

Fox se redressa sur son arrière-train et pencha la tête dans la pose typique de la curiosité canine. Ce qui m'encouragea à continuer de résumer. Je montrai du doigt la fleur unique du myosotis et expliquai qu'une rose, comme le myosotis, est une plante : un petit organisme autotrophe à la durée de vie brève et aux capacités émotionnelles limitées.

– Ce qui permet de répondre à la question de savoir si la rose est vraiment amoureuse, Fox.

Je me tus et comptai. Il ne donna pas l'impression d'avoir trouvé ce dernier commentaire désinvolte et je poursuivis donc mon résumé de l'intrigue :

– Le prince s'éjecte de sa planète, voyage dans tout

l'Univers, et finit par se retrouver sur Terre. Il erre dans le Sahara.

Je dis à Fox que le prince tombe par hasard sur Saint-Exupéry, qui hallucine tandis qu'il essaie de réparer un avion en panne et une relation avec une femme qu'il a laissée tomber.

– Cette femme, comme la rose, est une enfant gâtée et une vaniteuse.

À l'époque où je faisais la lecture à Fox, il y avait cinquante millions d'exemplaires du *Petit Prince* en circulation. Il avait été traduit en cent soixante langues. Son auteur, Antoine de Saint-Exupéry, pionnier de l'aviation, avait écrit le court roman *Vol de nuit*, best-seller international qui lui avait valu le prix Femina, et *Terre des hommes*, récit mémoriel que la National Geographic Society tenait comme le troisième meilleur roman d'aventures du monde. À l'époque de sa splendeur – les années 1930 et les années 1940 –, les membres de l'élite mondiale riche et cultivée déroulaient le tapis rouge pour lui.

Mais il préférait les endroits où il n'était pas le bienvenu. Le Sahara, par exemple. Saint-Ex pouvait se passer de la civilisation et entretint toute sa vie avec elle une relation désinvolte. Alors même qu'il pouvait fréquenter les personnes les plus sophistiquées de la planète, il préférait parler aux baobabs, aux roses, aux renards et à Dieu.

Vous voulez dire qu'il parlait tout seul ?

Non. Je veux dire qu'il parlait aux baobabs, aux roses, aux renards et à Dieu. Il fréquentait des humains, des animaux sauvages et des plantes qui n'avaient pas honte de leur apparence excentrique ou n'en étaient pas conscients : une coiffure asymétrique, des feuilles fripées, un pantalon chiffonné, une queue de mulot restée collée à la babine supérieure. Saint-Ex n'avait cure des façades sociales. Il aimait être en compagnie de gens à l'imagination vaste pimentée d'un peu de magie – comme un enfant. Aussi a-t-il écrit un livre dans lequel il choisit ses compagnons potentiels en leur montrant un exemplaire d'un dessin d'enfant – un animal *in situ* – et en leur demandant de l'identifier. Tous l'identifient, immédiatement et avec une belle assurance, comme un chapeau.

Ce « chapeau » se révèle être un boa constrictor en train de digérer un éléphant. Seul le petit prince identifie correctement le dessin, et c'est un extraterrestre ! Autrement dit, Saint-Ex, héros militaire français et explorateur intrépide du Sahara, avait des amis imaginaires.

En 1935, volant trop bas, son monomoteur s'écrasa en pleine nuit sur un plateau dans le Sahara oriental. Il sauta du cockpit et se mit en sécurité. Capable de marcher, mais dépourvu de moyens de communication, de vivres et d'eau, il devint, selon ses propres termes, « prisonnier du sable ». Lorsque la mort se rapprocha, imminente, il s'occupa en observant les stratégies de survie des animaux. Il interpréta les activités des renards – les périodes où ils chassaient, mangeaient et s'accouplaient – à partir des signes qu'ils laissaient. Finalement, il trouva leurs terriers. Il aurait pu survivre en tuant un renard et en buvant son sang. Il ne le fit pas. Au lieu de quoi il remercia les renards pour leur amitié pendant son agonie.

Sauvé in extremis par des nomades, Saint-Ex survécut au désert mais pas à la Seconde Guerre mondiale ; alors qu'il pilotait son avion de reconnaissance, un Lockheed P-38 Lightning, il fut abattu en mer Méditerranée en 1944.

Après avoir chassé, le renard s'étira, dessinant une longue ligne mince sur l'allée de gravier, l'estomac contre terre, les épaules et les deux pattes antérieures en extension vers les hanches, les coussinets en l'air. Le vent lécha la croix grise de son pelage – une barre sur l'échine et l'autre en travers des épaules –, la lissant comme du calicot. Quand il eut terminé son bain de soleil, il retourna à son terrier. Malgré la présence d'un itinéraire usé par de nombreux passages, il réquisitionna la piste, pour éviter d'avoir le soleil de face. Il était déjà à l'intérieur de son terrier quand je lui dis au revoir. Je lui annonçai que je partais donner un cours sur la faune et la flore à Yellowstone et que je reviendrais dans une semaine.

Le lendemain, j'arrivai en cours aphone.

– J'ai attrapé ça en cassant les oreilles à un visiteur, expliquai-je à mes étudiants.

Aucun d'eux ne me demanda si mon visiteur m'avait rendu la pareille – heureusement, car Fox, l'avorton, le dernier de sa portée, était muet de naissance. Quand il ouvrait la gueule, il ne s'en échappait qu'un faible son – *qwah* –, comme le dernier soupir d'un canard moribond.

Notre campus de terrain, construit à la manière d'un village de vacances, était composé d'un demi-cercle de bungalows en bois verni luisant, accolés deux par deux ; chaque couple était entouré d'une pelouse fraîchement tondue. Un pavillon doté d'un plafond d'une hauteur respectable et pourvu de fenêtres tous azimuts nous servait d'auditorium et de réfectoire. La pelouse était séparée de la rivière par une plage de galets où des saules coyotes aux tiges rouge cornaline oscillaient à la moindre brise. Devant les bungalows, de longues terrasses en bois ; à l'intérieur, des meubles en pin brut, des garnitures de sièges à motifs faune et flore, des téléviseurs et trente-deux étudiants qui cherchaient à compléter leurs connaissances en histoire naturelle.

Après le dîner, je leur montrai des diapos et leur racontai des histoires sur la faune, en commençant par les trois espèces que nous pouvions voir depuis les bungalows : l'antilope pronghorn, le wapiti des Rocheuses et le bison. Dans la première histoire, un harem d'antilopes est en train de paître paisiblement en groupe serré lorsqu'une femelle, vive comme l'éclair, bondit et s'échappe. Le mâle dominant prend en chasse la fugitive, la rattrape et l'oblige à retourner au petit trot dans son harem. Presque immédiatement, une deuxième femelle s'élance vers les grands espaces. Le mâle réagit comme avec la première. Tandis que la deuxième fautive recommence à paître, une troisième femelle s'enfuit. Je montrai une diapo d'un mâle haletant face à l'objectif. J'interprétai son expression comme « une exaspération absolue » et j'entendis des rires étouffés. Je passai sans transition aux wapitis.

La tête relevée, des femelles sont couchées croupe contre croupe, en groupe. Photographiées depuis un flanc de colline en surplomb, elles évoquent les rayons d'une roue de chariot. Sur un autre flanc de colline, dans une neige profonde, deux wapitis mâles sont couchés queue contre queue, tournant la tête pour assurer une surveillance à trois cent soixante degrés dans une zone où les loups abondent. Sur la diapo suivante, des traces de loups entourent une carcasse de wapiti mâle ensanglantée.

– Les mâles ont plus de chances que les femelles d'être tués par des loups. En fait, même là où il n'y a pas de loups, les mâles ne vivent pas aussi longtemps que les femelles. Pourquoi ?

Les étudiants s'agitent. Je secoue la tête.

– Non. Ne me ressortez pas cette vieille blague. Je l'ai déjà entendue trop de fois : pourquoi les hommes meurent-ils avant leurs épouses ?

Je ménage une pause avant la chute usée jusqu'à la corde :

– Parce qu'ils le veulent.

Je leur dis que les femelles vivent plus longtemps que les mâles parce que ce sont des mammifères. Chez les mammifères, c'est le sexe responsable de l'éducation de la progéniture qui vit le plus longtemps. Je reviens au couple de mâles. Sur la diapo suivante, l'un d'eux a négligé son devoir. Au lieu de guetter les loups, il a placé sa tête dans la neige et s'est endormi. Je commente :

– Les mâles s'engagent dans des activités instables d'un point de vue évolutif.

Cette interprétation fait rire mes étudiants, qui croient que je parle des humains. Demain, nous verrons un motard sans casque franchir une double ligne jaune, doubler un camping-car dans un virage sans visibilité et frôler sur sa Kawasaki le bord d'une falaise avec un à-pic de cent mètres. Après ce qui ressemblera à un hoquet collectif, j'entendrai « instables d'un point de vue évolutif » récité en chœur.

La dernière de ma série d'histoires de bisons commence avec un minitroupeau qui erre dans un paysage d'étangs gelés à la couche de glace mince. Une femelle adulte passe à travers la glace et s'immerge dans l'eau en voie de congélation. Elle se remet à flotter, nage comme un chien pour revenir là où elle est tombée, pose fermement les deux pattes de devant sur le rebord enneigé du trou et, sa colonne vertébrale se tordant comme un python noir, s'efforce de se hisser hors de l'eau. Elle y réussit presque. Soufflant bruyamment, elle glisse en arrière. Une autre femelle adulte monte la garde devant le pourtour glissant du trou ; elle restera là pendant trois heures à regarder la femelle qui se noie jusqu'à ce que celle-ci finisse par couler à pic. Je demande à mon auditoire si la sentinelle est loyale ou idiote.

Je continue mon cours ; les étudiants s'agitent sur leur chaise, prennent des notes. Je leur montre quelque chose ; ils se penchent et chuchotent. Ils toussent et éternuent ; j'observe un temps d'arrêt. À chaque fois, après avoir posé une question, je compte mentalement jusqu'à quinze. Pendant le plus clair de ma vie, à l'exception de ces cours sporadiques, j'ai parlé toute seule, ou pas du tout.

Peu à l'aise avec le dialogue – et encore moins avec les conversations de groupe –, je neutralisais le bruit impromptu qui remplissait l'auditorium. Au lieu de quoi j'écoutais le rythme inhérent aux sons qui m'entouraient : les histoires que je racontais, énoncées lentement et sans hésitation, m'interrompant pour poser des questions, et la réaction sous forme de discours rapide et saccadé. Personne ne répondit à ma question sur le bison sentinelle. De toute façon, je tins mon exposé pour réussi, puisque je m'étais souvenue de ne pas utiliser de mots vulgaires comme « quinzaine ».

– Je suis une chanteuse a cappella qui a été piégée dans un orchestre de jazz, résumai-je pour le renard quand je rentrai.

Après le cours, une étudiante me raccompagna à mon bungalow et m'interrogea sur mes animaux de compagnie.

Je n'ai pas grandi dans une maison avec des animaux de compagnie. Après avoir quitté l'université, j'avais trop souvent changé de domicile, et j'avais eu des emplois comme celui-ci, qui m'obligeaient à dormir dans un lit différent de multiples nuits par mois. À présent que je fréquentais Fox, je ne pouvais imaginer vouloir un jour posséder un animal.

– Pas d'animaux, répondis-je en secouant la tête.

Je me rendis compte que mon interlocutrice allait penser que j'étais anormale – et je serais alors obligée de m'expliquer.

– Pas maintenant, en tout cas, ajoutai-je quand nous nous arrêtâmes devant la porte de mon bungalow.

– C'est drôle, de ne pas avoir d'animal chez soi.

Mes efforts brouillons pour amadouer la serrure rebelle m'évitèrent le contact oculaire.

– Drôle ? Vraiment ?

– Il y avait quelques diapos d'animaux isolés, dit-elle en se tournant pour regagner son bungalow dans le noir. J'étais sûre que vous alliez appeler ce mignon renard « Foxy ».

Foxy ? Comme si c'était un toutou ou un perroquet. Comme si fréquenter un renard équivalait à affubler un fox-terrier d'un manteau en tissu écossais ou à apprendre à Jacquot à quémander son biscuit.

Pendant le diaporama, j'avais présenté les photos du renard comme des clichés d'un animal sauvage typique qui passait quelque part. Je n'avais aucunement laissé entendre que j'entretenais une relation avec lui. Comment savait-elle ? Elle aurait regardé un diaporama de deux heures et choisi le seul animal de toute la série qui était différent des autres ? Il n'y avait eu que deux diapos de Fox ; l'angle et la distance de prise de vue ne différaient pas de ceux des autres animaux sur l'écran. Mais Fox, contrairement aux autres, défilait comme sur un podium, décorant l'écran tandis que j'exposais la dynamique entre les loups, les renards et les coyotes. Sur ces diapos, Fox arborait une expression énigmatique, un peu comme la femme du célèbre tableau de Léonard de Vinci. Les étudiants, espérais-je, verraient un animal sauvage sans prétention tandis que j'y verrais un drôle de spécimen. Tout comme le célèbre modèle féminin, Fox posait de trois quarts par rapport à l'artiste, avec derrière lui des montagnes, des collines et une rivière. Or, à présent, il semblait que mes photos de lui n'étaient pas mystérieuses du tout. Il avait été distingué, non comme animal sauvage ou comme la Joconde, mais en tant qu'*animal de compagnie.*

Je me dis alors que c'était seulement parce que je n'étais pas Léonard, le seul, le vrai.

Au petit déjeuner, Jenna et moi fîmes le point sur nos existences respectives et passâmes en revue la logistique : les distances à parcourir, les horaires des bus, la pluie qui menaçait, la question de savoir si les gens normaux passaient tant de temps que ça à causer aux renards. Mais je ne lui parlai pas de mon renard à moi. Nous n'avions pas encore terminé nos céréales que le bus arriva pour nous emmener au parc de Yellowstone, où nous passerions la journée.

– Parler aux renards, dit Jenna tout en griffonnant les noms des étudiants sur les sachets repas à mettre dans la glacière, ce n'est pas un truc que les gens normaux font souvent.

Je n'essayais pas d'imiter les gens normaux, mais en tout cas j'aimais bien savoir de quoi ils étaient capables.

Dans le bus, je parlai un peu à Jenna du renard, des photos que j'avais prises de lui, et de l'étudiante avec son « Foxy ». Elle suggéra que j'explique ma relation avec le renard à ma classe. *Horrible idée.*

– Peut-être que les autres n'ont rien remarqué, dis-je. Peut-être que cette jeune femme a un sixième sens.

– Non, pas elle.

J'avais juste assez d'intelligence sociale pour comprendre que les adultes, surtout les scientifiques bardés de diplômes, ne traitent pas les renards sauvages comme s'ils étaient dotés d'une personnalité. Je parlai à Jenna de l'auteur du *Petit Prince*, de son dessin d'un boa constrictor et de sa conclusion qu'il existe certaines choses que les gens ne comprendront jamais. Des choses comme ma relation avec un renard sauvage.

– Mais c'est ton job, non ? Parler aux gens. Expliquer des choses.

– Saint-Exupéry disait qu'expliquer des choses à des gens qui ne les comprendront jamais était épuisant. Alors il a carrément ignoré les gens.

– Tu ne trouves pas que c'est une façon de vivre plutôt solitaire ?

– Mais il ne souffrait pas de la solitude ! Il avait le petit…

Elle m'interrompit :

– Je sais très bien ce que tu penses. Mais toi ? Tu n'as pas déjà assez d'amis illusoires ?

Ce soir-là, revenue dans mon bungalow, je tournai le grand fauteuil placé devant le téléviseur vers les portes vitrées coulissantes. Je compris que je ne pourrais pas garder secrète ma relation avec Fox. S'il y a une chose qu'un particulier ne peut pas se permettre, ce sont des secrets. Les gens vous laisseront tranquille s'ils savent que vous n'avez rien à cacher. Je savais aussi que je n'avais aucune idée de la manière dont je pourrais expliquer ma relation avec Fox.

Je pris un bloc de correspondance et mon dodu stylo à sept dollars, laissai mes jambes pendre par-dessus le rebord du siège et me demandai comment expliquer cette relation. *Commence par le début*. J'essayai d'imaginer à quel moment Fox et moi devînmes plus que deux animaux itinérants dont les chemins s'étaient croisés. J'écrivis « avril » puis me rendis compte qu'il n'y avait pas eu de moment « Euréka ! » dans notre relation. Il n'y avait pas eu de points d'exclamation du tout. Cette relation s'était peut-être développée sans heurts, si harmonieusement que je n'avais jamais douté que tout se passait comme il le fallait – ou alors peut-être s'était-elle développée assez rapidement pour me maintenir dans une confusion permanente. Je rayai «avril» et écrivis «mars». Je fermai les yeux et écoutai la rivière ; j'entendais la télé dans le bungalow mitoyen et les voix de ses occupants, un couple marié. Je rayai «mars». N'ayant jamais acquis un téléviseur ni un époux, je me demandai comment illustrer mon renard avec suffisamment de précision pour que personne ne le prenne pour un chapeau.

LES PETITES CHAUVES-SOURIS BRUNES

Le jour suivant le stage nature, un vent chaud nous avait tarabustés comme un séchoir à cheveux. Ce soir-là, une humidité tenace montant de la grande rivière m'attira sur la terrasse, mais les *Myotis lucifugus* – les petites chauves-souris brunes – m'obligèrent à rester près de la porte coulissante. Qui a envie de se faire gifler par une chauve-souris ?

Lucifugus signifie « qui fuit la lumière », à l'inverse de *Lucifer,* « qui porte la lumière », la planète Vénus en latin classique, et le Diable, plus tard. Communes dans les grottes, ces fauves Diablotines se plaisaient aussi à entrer en douce et nuitamment dans des locaux pourvus de hauts plafonds et à ricocher entre les poutres. Lorsqu'elles envahissaient notre auditorium-salle de classe, je les en chassais à grands coups de serviette éponge. Mais on ne peut pas chasser les chauves-souris de son esprit comme une araignée au plafond. Elles sont hantées. J'étais persuadée que des fantômes de créatures cavernicoles visitaient ces chauves-souris de balcon. Peu importe qu'en réalité je n'aie jamais vu le moindre spectre et qu'il y ait des années que je ne m'étais pas trouvée à l'intérieur d'une grotte. L'irrationnel est la marque distinctive des fantômes.

Une fois rentrée, je m'assis en travers de mon fauteuil à motifs cow-boy et tapotai mon bloc avec le gros bout de mon stylo à sept dollars. Les bons stylos étaient gratuits ; les stylos de qualité supérieure n'étaient pas si chers que ça. En tant que propriétaire de mon habitation, j'aurais pu collectionner et stocker des douzaines de stylos, des bon marché et des gratuits. Mais je ne pouvais me défaire de l'idée que toutes mes possessions devraient tenir dans ma voiture. Aussi me limitai-je à un bon stylo de la marque Pilot. Le carnet était vierge, à part quelques mots rayés, mais je ne regardais pas ces pages blanches. La rivière en hautes eaux déferlait entre les saules en longeant le patio.

Il fallait que je réfléchisse à la manière dont avait commencé ma relation avec le renard et à la raison pour laquelle nous avions rendez-vous tous les jours à 16 h 15. Nous nous rencontrions, après tout, dans des circonstances insolites et malcommodes. Les renards sont censés éviter les humains, les libres esprits sont censés ignorer les horaires, et quiconque possède plus de trois neurones est censé éviter d'humaniser les animaux sauvages.

J'aurais voulu croire que Fox et moi nous rencontrions chaque jour parce que nous avions suivi un parcours logique et inévitable. Je décidai que je pouvais représenter ce cheminement sur un croquis et dessinai donc deux figures stylisées dans mon carnet : l'une en bas à gauche porteuse d'une casquette de base-ball, et l'autre en bas à droite pourvue d'oreilles pointues. À partir de chaque figure, je traçai une droite montant vers le centre de la page. Les deux lignes convergèrent en une ligne unique. Je la bordai de triangles isocèles chevauchants pour symboliser des montagnes infranchissables, ne laissant qu'un étroit couloir pour l'itinéraire sur lequel Fox et moi n'aurions d'autre possibilité que de nous rencontrer. La ligne passait au milieu d'étoiles représentant des événements clés, comme il y en a dans tous les voyages. Je n'avais plus qu'à en découvrir la nature et à leur coller une étiquette.

Ensuite, je pourrais apporter cette carte en cours et montrer à tout le monde que ma relation avec Fox respectait un enchaînement naturel d'événements et que rien de ce qui se passait entre nous ne faussait les lois immuables de la science.

– Voilà comment cela s'est passé, dirais-je. Une chose en entraîne une autre.

Tout en caressant d'un doigt la ligne et les étoiles encerclées par les montagnes, j'attendrais que mes étudiants répondent, unanimes :

– Ouais. Bon. On peut voir les choses comme ça.

Ils hausseraient les épaules et conviendraient qu'eux aussi se seraient liés d'amitié avec un renard.

J'AI ÉTÉ GARDE FORESTIÈRE avant d'obtenir mon doctorat en biologie. En fait, je portais le Stetson et bouclais le prestigieux ceinturon frappé de la pomme de pin en relief avant même d'avoir terminé ma licence. À la fac, j'avais étudié la botanique et la zoologie. Dans le parc national du mont Rainier, au Washington, je patrouillais dans l'arrière-pays ; ma tournée des pistes et sentiers comprenait un secteur appelé Three Lakes, où je séjournais dans une minuscule cabane qui sentait le bois et la cire. Plus basse d'un bon mètre cinquante que mon chalet au toit bleu, la Three Lakes Patrol Cabin était perchée, avec ses W.-C. extérieurs, sur un tertre au-dessus de First Lake, le plus grand des trois lacs. Des conifères géants à l'écorce hirsute entouraient le lac, le plongeant presque entièrement dans l'ombre. Je ne l'appelais jamais First Lake. Je traitais les trois lacs comme une seule étendue d'eau provisoirement morcelée par une prairie temporaire et appelais le tout Three Lakes quel que soit le rivage où je me trouvais.

Peu de randonneurs se colletaient aux dix kilomètres en pente raide qui séparaient les Three Lakes de la route la plus proche. Il en venait encore moins du Pacific Crest Trail, un long parcours qui obligeait à passer une nuit sous la tente. Tous les matins, je me levais d'une couchette accolée à la fenêtre de la cabane et me sanglais dans mon uniforme – un écusson sur la chemise et un autre sur la veste. Lestée d'un revolver calibre 357 dans un étui d'épaule, je descendais à pied au lac, mon café dans une main et un carnet de bord réglementaire dans l'autre. Barrant la couverture toilée verte de mon carnet de bord, j'avais écrit en grosses lettres cursives noires une citation d'Ishmael, le narrateur du *Moby-Dick* d'Herman Melville : *La méditation et l'eau sont à jamais mariées.*

Pour Ishmael, marin impécunieux qui enchaînait les emplois dans le « Manhatto » des années 1800, la méditation signifiait exactement ce qu'elle signifiait pour moi dans ma cabane des Three Lakes au XXe siècle – réfléchir. Si elle avait eu un autre sens – scolastique, formel ou religieux –, je n'en étais pas plus consciente qu'Ishmael aurait pu l'être. En gros, notre sort et notre bonne fortune n'étaient pas trop différents. Nous avions l'un comme l'autre trouvé le moyen d'avoir près de nous des animaux sauvages et une eau brute. Melville aurait pu parachuter Ishmael sur le GR du Shriner Peak Trail et le laisser m'accompagner dans la randonnée de douze kilomètres sur la crête à découvert qui menait à la vigie incendie. Après avoir inspecté la faune et la flore et enfoncé au marteau des tuyaux en PVC dans des congères, nous coltinerions des jerrycans remplis d'eau de fonte jusqu'à la tour de vigie. Le soir, postés sur le balcon de la tour, derrière la balustrade, nous savourerions la vue unique sur le mont Rainier et, malgré les deux mille kilomètres ou les cent cinquante ans qui nous séparaient, la même pensée nous viendrait à l'esprit – douze kilomètres de marche : pas cher payé pour le meilleur panorama du Nord-Ouest.

Après une nuit dans le poste d'observation, nous traverserions une forêt primaire en suivant la Laughingwater Creek ; à l'aide d'outils multifonctions Leatherman et de peinture d'émondage, nous réparerions les graffiti que des chenapans auraient taillés dans l'écorce mince et grise des sapins des Cascades. La Laughingwater Creek délimite la frontière du parc à la périphérie du bassin des Three Lakes, si bien qu'il nous faudrait inspecter les panneaux indicateurs. Nous nous arrêterions périodiquement devant les plaques métalliques, avec leurs inscriptions en relief vertes sur fond blanc, et un de nous glisserait la partie fourchue d'un pied-de-biche sous un clou duplex puis tirerait juste assez pour empêcher le bord métallique de la pancarte d'entamer l'écorce d'un arbre frontalier. La charge de travail ne nous ferait pas peur, au grand air, loin de la civilisation et à l'abri de l'anxiété. Un marin impécunieux dans le « Manhatto » des années 1800 exprimait son anxiété « en descendant délibérément dans la rue et en faisant méthodiquement valser les chapeaux des gens ». Pour un garde forestier dans un parc national de montagne au XXe siècle, l'anxiété signifiait se transformer en mercure, métal qui s'évapore à température ambiante, devient invisible, inodore et sans prétention aucune. Disparaître dans les bois m'a épargné les questions génératrices d'anxiété :

Où sont tes parents ? Pourquoi es-tu seule ? Il n'y a personne pour s'occuper de toi ?

Lorsque Ishmael a besoin du grand air et d'activité physique, il quitte son emploi respectable de maître d'école et rejoint l'équipage d'un baleinier. Sauf quand il s'agit de tuer des baleines, c'est un travail idéal. Lorsqu'il lui faut localiser des baleines à harponner, Ishmael ne respecte que « modérément » ses obligations. Pendant son quart comme vigie en tête de mât, il médite et philosophe sur les nécessités de l'existence. En fait, il ne lève jamais la moindre baleine, pendant ses quarts. Je n'en lèverais pas moi non plus si j'étais obligée de monter en tête de mât. Je fermerais les yeux, porterais des lunettes à verres miroirs et un T-shirt *Save The Whales*. Comme vous, lecteur. Ou quelqu'un que vous connaissez. Ou que vous auriez connu dans le temps.

« La chasse à la baleine, écrit Ishmael, fournit un exutoire à de nombreux jeunes gens romantiques, mélancoliques et distraits [qui]... dans le secret de leur âme, aimeraient presque mieux ne pas voir de baleines... [des] garçon[s] au front maigre et à l'œil creux, enclins à la méditation hors de saison... jeune[s] platonicien[s] aux yeux caves... C'est doucement bercé et endormi dans cette apathie quasi opiacée, cette rêverie inconsciente et vide... par le mélange des vagues et de ses pensées que ce jeune homme finit par perdre son identité ; il prend l'océan mystique à ses pieds pour... cette âme bleue, profonde et insondable qui investit l'humanité et la nature... Dans cette ambiance enchantée, [son] esprit reflue, retourne là d'où il est venu et se diffuse à travers le temps et l'espace. »

Oui, parfois j'étais obligée d'arrêter ma lecture et de crier « Un homme à la mer ! » à l'adresse d'Ishmael. À Three Lakes, j'appris à garder les pieds sur terre quand j'entrais en méditation. Sinon, à un moment donné, je pouvais être assise sur la berge des Three Lakes en train de guetter le tip-tap-tip-tap des bottes à semelles en caoutchouc d'un braconnier chasseur de wapitis, puis me retrouver sans transition aucune en état de « rêverie inconsciente » au bord de… Fourth Lake.

Comme Ishmael, j'ai guéri anxiété et ennui en travaillant dans des lieux sauvages et splendides : les parcs nationaux des North Cascades, du mont Rainier, des Voyageurs et du Glacier. Mais lorsque le Monde réel a affûté ses appâts – un compte en banque et l'assurance maladie –, j'ai mordu fermement à l'hameçon. N'empêche que ma tête ne cessait de pivoter vers l'arrière pour faire le plein de regrets et de souvenirs : des baies rouges, grosses comme des yeux de crapaud, éparpillées sur une mousse douce et épaisse qui rebondissait sous mes bottes, des étangs bleu cobalt si proches de la congélation que lorsque j'y plongeais je sentais une onde de fermeture des capillaires se propager de mes doigts à mes orteils, des prairies grêlées de mares dominées par des champs de lupins bleus qui m'arrivaient à mi-cuisse, si beaux que je retenais mon souffle et chuchotais :

– Maintenant je sais ce que ça veut dire, « à vous couper le souffle ».

Je gravais des scènes dans ma mémoire parce que je n'avais pas de photos, et finis par les porter comme des talismans pour me calmer ou pour chasser mes soucis. Ces images restèrent tapies dans mon esprit pendant des années et, au fil du temps, se métamorphosèrent, fusionnèrent, devinrent des chimères. L'image d'un GR du parc du Glacier pouvait se rétracter en un souvenir du parc des North Cascades. Je m'imaginais calée contre mon bien-aimé Moraine de chez North Face – un sac à dos à armature, rouge et bleu marine, l'un des premiers conçus pour les femmes – dans quelque prairie d'estive striée de ruisselets, en train de humer le fumet des cerfs, d'écouter les bourdons, de regarder des fleurs à face de babouin et grosses comme des pattes de renard se balancer au-dessus de branches mortes subalpines aux formes suggestives. J'ai utilisé plusieurs tentes et sacs bivouac, mais le Moraine rouge et bleu marine est allé partout.

Quand je trébuchais sur des problèmes caverneux qui semblaient insurmontables, je convoquais l'une des chimères et la surveillais en imagination. Si j'avais de la chance, des idées nouvelles – créatives, viables et édifiantes – remplissaient l'espace libéré par les soucis exilés. D'ordinaire, je n'avais pas tant de chance que ça, mais mon habitude de solliciter ces belles images les empêchait de disparaître. Le manque d'argent était ma cause principale de stress, et ma santé en souffrit: une infection des dents de sagesse, une tumeur bénigne, mais pas d'assurance médicale. Je me disais que, si je vivais assez longtemps, les images de ces sites de l'arrière-pays où j'avais vécu et travaillé enrichiraient suffisamment ma vie pour neutraliser l'absence de soins médicaux, qui l'appauvrissait.

Quand j'étais en prépa dans la grande ville, j'eus l'impression que tous les êtres vivants – moi comprise – portaient une laisse ou un collier, ou qu'ils étaient en cage. Épuisée et confinée sur la terre ferme, je n'avais du temps que pour les pensées les plus préprogrammées; mes occasions de réfléchir se raréfièrent, puis disparurent. Je ne vivais plus en pleine nature, mais dans un environnement construit par l'homme: de l'asphalte, des ascenseurs, et des pseudomares creusées dans des pelouses bien soignées, où des canards en cavale mangeaient du pop-corn caramélisé. L'odeur âcre des gaz d'échappement, le bourdonnement des circuits électriques et l'éclairage violacé des tubes fluorescents emplissaient les amphis. Les fenêtres des salles de cours, hors de portée et invisibles, s'alignaient le long des hauts plafonds pour empêcher la distraction et décourager les candidats au suicide.

Six ans après avoir quitté la fac, être retournée dans la sauvage nature, puis encore à l'université et de nouveau dans la nature, j'avais rencontré un être sauvage : un renard. Ce renard était aguichant, presque ensorcelant. Mais le moment était mal choisi. Car j'avais depuis peu commencé à me demander si ma place était bien dans cette vallée de montagne isolée. Le monde universitaire offrait plus qu'un salaire et l'assurance maladie : la compagnie d'autres humains. Il y a bien longtemps, j'étais arrivée à la conclusion prudente et logique que si vos propres parents ne veulent pas de vous, personne d'autre ne voudra de vous non plus. J'avais donc mené une existence solitaire. Maintenant que j'assurais pour le deuxième été consécutif des cours d'initiation à l'étude de terrain, j'avais la vague impression que, si je toquais avec insistance, et pas trop fort, les portes de l'acceptation sociale pourraient carrément s'ouvrir. Mais seulement si j'abandonnais Fox et la montagne.

DES PHALÈNES poursuivies par les petites chauves-souris brunes s'insinuaient par de minuscules déchirures dans la porte à moustiquaire du patio et entraient dans mon bungalow. Par égard pour le propriétaire, je refermai la porte vitrée, afin de protéger les garnitures flambant neuves des sièges. Les étudiants des River Cabins dormaient probablement déjà. Je songeai aux après-midi passés à observer un renard à l'emploi du temps exigeant, et démuni du moindre atome de patience. Ces jours-là, je n'avais rien d'autre à faire qu'attendre, observer et penser.

Je me souvins du premier pas que nous avions fait vers notre amitié.

– Commence ici, m'ordonna la carte.

Je pris mon stylo. À côté de l'étoile bleue, j'écrivis « Campagnol City ».

CAMPAGNOL CITY

Le deuxième jour, après le repas du soir, je continuai de remplir la carte. Si les étudiants étaient encore intéressés et posaient des questions sur Fox le dernier jour du cours, j'aurais une histoire illustrée toute prête.

Fox croisa mon chemin pour la première fois en octobre de l'année précédente, pendant la Grande Débâcle des Campagnols, spectacle que j'avais programmé, orchestré et mis en scène. Parfois, j'avais fugitivement aperçu un renard vagabond dans l'assistance ; bien des mois plus tard, c'est le renard qui était au pupitre, les campagnols et moi-même jouant depuis la fosse.

J'avais passé l'été à enseigner l'écologie de terrain pour le compte de l'université du Montana, dans le parc de Yellowstone. Pour les étudiants, le thème du cours était la faune et la flore, et en particulier les fleurs sauvages. Pour moi, c'étaient les *Homo sapiens*. Trois mois durant, ils m'entourèrent toute la journée, et la plupart des soirs aussi. J'observai le monde comme le ferait un télescope, un de ces poissons rouges ornementaux, pédalant sur place dans l'eau, les yeux grands ouverts. Toutes les femmes portaient des pantacourts ; j'ai donc coupé mon jean vert au niveau du genou puis lui ai rajouté des manchettes en ruban orange et or. *Horrible idée.* Mais Patricia, l'une des enseignantes populaires, me complimenta sur mon pantacourt coupé maison, alors je le portais pratiquement tous les jours.

Quand le nombre des sourires narquois me fit comprendre que le compliment de Patricia était en réalité un *commentaire*, l'été était presque fini. Je multipliai mes observations. M'arrêtant à West Yellowstone en rentrant chez moi, j'achetai un pantacourt cargo marron assorti à celui que portait Patricia.

L'été suivant, je portai mon pantacourt marron ; Patricia ne portait plus le sien.

– Tu sais que tu as exactement le même pantacourt que moi ? lui demandai-je quand je me lassai d'attendre un compliment.

– Non, je ne vois pas, dit-elle quand j'essayai d'interpréter son regard étonné. Tu te fais des idées.

Je fus soulagée de retourner dans ma cambrousse où je pouvais porter ce que je voulais puisque, comme je m'y attendais, il n'y avait personne pour me tenir compagnie. Personne qui soit doté de peau ou de pelage, en tout cas. Certes, je connaissais une araignée – une veuve noire particulière. Je n'emploierais pas le terme de « compagnie » pour la désigner, n'empêche qu'elle était une locataire assidue depuis plus d'un an. Au début, elle partageait mon garage sans fenêtres – donc obscur – avec huit autres veuves. Lorsque le vent s'est mis à mugir en s'infiltrant dans les interstices autour du volet roulant, ces araignées, peu habituées au froid, ont décroché leurs toiles ondulantes et sont descendues à l'intérieur même du garage. Elles se sont tranquillement installées en des endroits gênants – près de l'interrupteur, sur les portières de la voiture, au milieu des outils accrochés au mur. D'après mon manuel de biologie du temps de la fac, la morsure d'une veuve noire était « rarement fatale ». Mais elle peut causer une cécité temporaire, ce qui est gênant pour une personne qui vit seule. Aussi avais-je laissé une vieille tennis dans le garage au cas où j'aurais besoin d'en écraser une ou deux. Et maintenant il n'en restait plus qu'une. Contrairement à ses sœurs allergiques au vent, dont elle portait le deuil, elle construisit sa toile dans la partie antérieure du garage, où elle n'était plus une menace pour moi.

Quand je rentrai chez moi après les cours d'été, elle était suspendue la tête en bas sous des nuages de soie qu'elle avait filés au lieu d'une toile classique. Malgré le désordre de son domicile, la veuve s'était bien nourrie en mon absence : des exosquelettes de sauterelles, de huit centimètres de long, pendaient sous ses draperies en soie comme autant de lampions. Elle avait beau être belle, cette veuve n'était pas une résidente terriblement dynamique. Parfois, la nuit, je m'aventurais dans le garage pour voir ce qu'elle manigançait. Rien, habituellement. Une nuit, elle piégea un papillon dans sa toile. L'agrippant de ses longues pattes laquées et sortant ses crocs, elle injecta son poison, et le papillon cessa de se débattre. Lorsqu'il fut dissous, elle aspira la bouillie jusqu'à ce qu'il ne reste de l'insecte qu'une enveloppe vide et ailée. Tandis que la dépouille enveloppée de soie virevoltait, nous reculâmes toutes les deux pour admirer le nouveau lampion fripé.

Le premier matin après mon retour, je fus réveillée par le bruit agaçant des pies à bec noir qui tapaient sur mon toit et mon porche métalliques. Je les avais presque oubliées : notre cours d'été s'était déroulé dans un paysage apprivoisé, où des oiseaux bien dressés satisfaisaient nos désirs en chantant ou en exhibant un plumage éblouissant. Là où j'habitais, les rapaces représentaient la majorité de la faune aviaire – des oiseaux carnassiers capables de se nourrir et de se débrouiller seuls. Il était donc rare qu'ils aient besoin de l'attention humaine, qu'ils la désirent ou même la remarquent. C'étaient des buses à queue rousse, des buses pattues et des éperviers de Cooper, des faucons pèlerins, des faucons crécerelles, des pygargues à tête blanche – nos « aigles chauves » emblématiques des États-Unis –, des balbuzards pêcheurs, des corbeaux, des pies-grièches, des pies et des aigles royaux. Ces deux dernières espèces étaient des piétineurs de toits. Et c'est tout ce que je savais sur les aigles royaux. Ils nichaient sur la falaise quand je faisais construire mon chalet. Je les avais suivis par monts et par vaux dans ce paysage de collines rocheuses afin d'en savoir plus sur eux, mais, constamment occupée à renouer une courroie de jumelles cassée et à maintenir propre un genou ensanglanté, je n'avais rien appris sur leur sexe, leur âge ou leurs arrangements sociaux. Les aigles m'ignoraient royalement. Je soupçonnais qu'ils l'avaient prévu dès le départ, mais cela n'empêchait pas un spécimen d'atterrir sur mon toit de temps en temps avec un bruit sourd caractéristique et ce que j'imaginais être un lapin à queue blanche fraîchement tué.

Les pies n'avaient biologiquement aucune raison de piétiner mon toit. Et si je pouvais croire que les aigles majestueux m'ignoraient, les pies, j'en étais convaincue, tambourinaient uniquement pour m'agacer. Quoi qu'il en soit, en ce premier matin après mon retour, mécontente de ce tapage, je passai un jean et un pull en laine polaire et descendis l'escalier en trébuchant.

J'étalai quatre blancs d'œufs dans une poêle de fonte

chaude, mettant de côté les jaunes crus et les moitiés de coquilles dans un bol en mélamine bleue. Après avoir secoué mes kamik pour en chasser les araignées, j'empoignai le bol et une tasse de café et me dirigeai vers Tonic, genévrier de quatre mètres de haut dressé de l'autre côté du ravin. Le soleil inondait une profonde trouée dans les montagnes à l'est, me frappant de face et m'aveuglant. Le visage rétracté en une grimace serrée, j'avançai péniblement jusqu'à ce qu'un fourré de plantes qui m'arrivaient à mi-cuisse me barre le passage.

Trois mois plus tôt, quand j'étais partie enseigner, c'étaient des herbes rases qui poussaient là : des bouteloua bleues et des fétuques, interrompues çà et là par quelques nobles brins de stipes. « Rases » ne décrivait pas seulement leur taille. Les graminées rases transpiraient la brièveté ; c'était leur personnalité. Qu'elle soit négligée ou choyée, une herbe courte ne pourrait jamais grandir assez pour me chatouiller les cuisses.

Et maintenant, où était mon orge barbue aux longues crinières à franges que j'aimais bien caresser ? Où étaient mes stipes à glumes membraneuses dont j'ébouriffais les panicules du bout des doigts comme la tête d'un chiot ? Disparus. Des étrangères à la tige épaisse avaient englouti le chemin menant à Tonic et envahi une bonne portion du pré de devant ; j'étais assiégée. Et pas seulement par les plantes. Sous les masses de branches enchevêtrées, à présent dégoulinantes de café – le mien –, deux bestioles jouaient aux autos tamponneuses avec mes chaussures rembourrées. Des taupes, peut-être ?

Des campagnols, pas des taupes. Les taupes ont des battoirs en guise de pattes antérieures, des griffes comme des râteaux d'ivoire, un museau allongé et glabre. En revanche, les campagnols ressemblent à des pommes de terre roussâtres. Pas exactement, mais, de toute façon, il n'y a pas deux pommes de terre qui soient *exactement* semblables. Grassouillets, les yeux comme des têtes d'épingle, apparemment dépourvus de queue comme d'oreilles, les campagnols de mon pré ressemblaient à des pommes de terre autant que deux pommes de terre quelconques peuvent se ressembler. Les éleveurs et les propriétaires de ranch les appelaient «dos-rouges», même si leur symétrie longitudinale occultait toute similitude avec un dos.

Les taupes avaient une meilleure réputation : elles mangeaient les insectes indésirables. Les campagnols étaient des suceurs de bulbes – jonquilles, tulipes, crocus, oignons. Ils mâchaient l'écorce d'arbres onéreux et les racines d'arbustes bien entretenus. Pis encore, à l'instar des rats d'égout, les campagnols hébergeaient la peste bubonique. C'étaient de petites créatures coriaces, qui se rencontraient dans tous mes milieux sauvages favoris, enduraient des températures de moins vingt degrés, des vents de force onze et une humidité relative inférieure à dix pour cent. Et je me rassurais en pensant que si les campagnols étaient aussi laids et aussi nuisibles que le tout-venant des rongeurs, ils étaient assurément plus petits que les rats d'égout. Après tout, à défaut d'éloges, ils avaient au moins mérité ce léger anathème.

Quelques années plus tôt, j'avais piégé des centaines de campagnols pour le compte des CDC, les centres de contrôle et de prévention des maladies ; je les avais saignés, pesés, mesurés, j'avais déterminé leur sexe. Mon collègue sur le terrain avait fait de même, mais nombre des campagnols qu'il avait manipulés étaient morts de terreur ou s'étaient fait hara-kiri. Tous les miens avaient survécu. Et voilà que ces petites créatures envahissaient ma propriété ! La plupart des jardiniers iraient taper dare-dare dans leur réserve illicite d'appâts au phosphure de zinc. Pas moi. Ça ne m'intéressait pas, de leur remplir l'intestin de volumes létaux de phosphine ou de gaz des marais. Sans honte aucune, j'étais attirée par tous les animaux qui me toléraient.

Je creusai des dépressions dans la terre sous Tonic – le genévrier – pour y loger les coquilles contenant les jaunes d'œufs. Puis je cherchai un endroit où m'asseoir au milieu des cactus du genre *Opuntia*, qui m'arrivaient à la cheville. Ils attendaient mon retour afin de pouvoir planter leurs banderilles dans mon innocent postérieur. Tonic était le principal perchoir collectif et grenier à provisions des pies tapageuses, qui pour moi se ressemblaient toutes, à part deux. J'avais assigné arbitrairement un sexe et un nom approprié aux deux que je reconnaissais. C'était le principal couple nicheur depuis deux ans : Balle-de-Tennis avait un gros ventre rond, et son compagnon, Queue-Déchirée, croisait les ailes derrière son dos comme s'il était menotté.

Balle-de-Tennis referma son bec sur une coquille d'œuf et décampa pour aller se poser sur Gin, le genévrier voisin de Tonic. Elle se percha sur la plus haute branche, inclinant la coquille vers le haut comme un hanap. Quand elle eut fini d'avaler le jaune d'œuf sirupeux, elle laissa choir la coquille dans les branches du genévrier et s'essuya le bec recto verso sur les aiguilles d'un rameau. Les ailes déployées et la queue en éventail, elle descendit reprendre du jaune d'œuf. Trois de ses congénères plus petites, occupées à poignarder la terre de leurs becs noirs, décollèrent lorsque Balle-de-Tennis se posa. On eût dit qu'elles lévitaient sur un oreiller d'air chaud qui s'était matérialisé sous les larges ailes de Balle-de-Tennis. S'étant enfin posées, les petites pies se remirent à gratter et à becqueter le sol. À force de chercher la moindre parcelle comestible du jaune d'œuf répandu hors des coquilles que Balle-de-Tennis avait emportées, elles transformèrent le sol argileux en un mol monticule de poussière fine comme du talc. Puis elles s'envolèrent, sans doute pour aller piller une mangeoire à oiseaux quelque part dans la vallée.

Plus tard en ce même mois, je m'assis près de Tonic, plongeai les mains dans l'armoise aux douces franges et regardai quatre pies hyperactives pulvériser un sol dur comme du biscuit de mer dans leur recherche frénétique de gouttelettes de jaune d'œuf. Quand le quatuor fut parti, deux pics flamboyants à collier rouge – des pics plus terrestres qu'arboricoles, donc moins pics que les pics – profitèrent du sol ainsi brisé pour y plonger le bec et aspirer des fourmis.

Balle-de-Tennis toléra cette intrusion parce que les pics pompaient les fourmis couvreuses cracheuses de venin qui autrement lui dévoreraient ses provisions. De la taille de grains de riz cuits, ces couvreuses n'étaient pas des dévoreuses, mais elles géraient apparemment un astucieux système de plats à emporter destiné à priver les pies de boulettes de jaune d'œuf d'une taille importante.

Ayant compris que leurs niches écologiques se recoupaient, les pies piétineuses et les pics pompeurs étaient en voie d'association, ce qui me rappela cette phrase de John Muir : « Quand nous essayons de prendre un objet quelconque isolément, nous nous apercevons qu'il est rattaché à tout le reste dans l'univers. » Des aphorismes tels que celui-ci feraient de Muir l'un des plus célèbres conservationnistes du XXe siècle.

Et moi ? À qui étais-je étroitement rattachée ? À personne.

Je n'en étais pas triste pour autant. Curieuse, pas plus. Aussi loin que je remonte dans mes souvenirs, j'avais toujours été seule. Et je me voyais seule dans le futur le plus lointain que je puisse imaginer. Parfois, cela me semblait naturel, comme si ma psyché ne cadrait qu'avec ce mode de vie unique et solitaire.

J'ai quitté le domicile familial quand j'avais quinze ans. Ce ne fut pas, au départ, une rupture franche et définitive. Je suis sûre que vous pouvez imaginer ce qu'on ressent quand on vit avec des gens qui ne vous aiment pas. C'est déplaisant, mais tolérable. Mon père était violent. Je pouvais m'y faire parce que – demandez à mon médecin – je suis très solide. Mais il me traitait avec mépris, et ça, je ne pouvais pas m'y faire. Alors je suis partie. J'ai emménagé sur le campus de l'université de Georgetown pour les cours d'été, et à l'automne, quand j'ai eu seize ans, j'ai commencé mes études à l'American University, à Washington, l'établissement d'enseignement supérieur le plus proche de chez moi. L'université m'a acceptée en urgence, en se fondant sur mon dossier scolaire, mes travaux personnels, mes notes et les résultats de mes partiels, et j'ai trouvé du travail pour subvenir à mes besoins. Démographiquement parlant, la différence était frappante avec ce à quoi j'étais habituée. J'avais quitté une banlieue bourgeoise, où je pouvais sans danger m'aventurer activement au milieu de la forêt avoisinante, pour une métropole où apparemment la plupart des gens étaient soit riches, soit pauvres ; et à l'AU, les vigiles du campus se baladaient autour de la bibliothèque en nous disant de nous méfier du fétichiste des pieds ainsi que de ne pas aller dans les bois.

J'aimais bien rencontrer des gens venus de tous les coins du monde, mais j'avais horreur de la grande ville, et quand je ne courais pas sur la piste, je roulais à bicyclette sur le chemin de halage du Chesapeake & Ohio Canal. Le terrain appartenait au Service des parcs nationaux, et j'ai commencé à fréquenter un ranger, un garde forestier qui avait entre autres lutté contre les incendies de forêt dans les Rocheuses. J'ai quitté la fac et j'ai fait trois mille six cents kilomètres en voiture jusqu'au parc national du Glacier, au Montana, où j'ai trouvé du travail ; j'ai été barmaid – bien que trop jeune pour servir de l'alcool – puis me suis portée volontaire pour le Service des parcs nationaux. Cette fois, la rupture a été plus que consommée, elle a été définitive. Je n'ai jamais revu mon père. Il s'écoulerait plusieurs dizaines d'années avant que je revoie ma mère. Le ranger et moi sommes restés un certain temps en contact, et nous nous sommes revus à San Francisco, où il avait été promu ; nous avons fait des randonnées et du tourisme dans le parc du Presidio. J'ai toujours été nulle quand il s'agissait d'établir des relations, et maintenant j'ai oublié son nom.

J'ai toujours été seule, et je n'en ai jamais souffert. Mais je voulais tout de même m'intégrer quelque part, appartenir à quelque chose. J'ai essayé de m'attacher à la terre, mais elle me résistait. J'ai découvert que la terre ne se comporte pas comme un animal de compagnie qui vous donne son amour inconditionnel juste parce que vous en êtes le propriétaire. J'avais cru acheter de l'espace, des rochers, des prairies et une rivière, et finalement je me suis retrouvée avec une communauté d'animaux qui voulaient que je mérite mon accueil.

Depuis quelque temps, je travaillais sur Balle-de-Tennis. Elle n'était pas le plus gros des animaux qui vivaient ici, mais celui qui avait le plus d'influence ; elle avait des tas de disciples. Je lui apportais ses jaunes d'œufs et, en échange, je l'imaginais perchée sur l'avant-toit, en train de roucouler pendant que je lisais, ou en train de marcher respectueusement à côté de moi quand je jardinais, ou encore en train de se dandiner poliment derrière moi quand je transportais les jaunes d'œufs jusqu'à l'arbre, et surtout en train de réfréner sa tendance à tambouriner sur mon toit.

Balle-de-Tennis s'approcha de moi au pas de l'oie. Deux autres pies la suivaient, une à droite, une à gauche. Trois pies formaient le rang suivant et quatre fermaient la marche. Le dos raide, elles traînaient un gros ventre blanc et dressaient une tête étroite emmanchée dans un long cou. Elles ressemblaient tellement à une rangée de quilles de bowling que je m'autorisai sans l'ombre d'un scrupule à m'imaginer en train de les viser avec une grosse boule luisante. Elles s'approchèrent en se dandinant – un peu trop près.

– Ne mordez pas la main qui vous nourrit, leur dis-je.

Je savais que leur petite cervelle d'oiseau ne pouvait absolument pas se rendre compte qu'en réalité je n'étais pas exclusivement à leur service. J'avais déposé les jaunes d'œufs sous Tonic pour quiconque voudrait les manger – la belette dans le tas de bois, les mouffettes, les bébés blaireaux. Je mangeais des œufs tous les matins, mais rarement le jaune, puisqu'il était tombé en défaveur aux yeux de la communauté médicale.

Stoppant juste hors de portée de mon bras tendu, les pies soulevèrent leurs ailes et étirèrent des cous incroyablement longs. Lorsque leurs becs s'ouvrirent, il en sortit des langues humides et effilées. J'avais été induite en erreur par un adage inachevé : *Ne mordez pas la main qui vous nourrit… sinon…* Sinon quoi ?

J'aurais pu continuer à essayer d'apaiser les pies, mais chaque matin, quand je traversais le ravin avec mes jaunes d'œufs, des légions de campagnols s'enfuyaient sur mon passage. Les maudites hautes plantes invasives qui les attiraient avaient proliféré jusqu'à mon chalet, tout contre les marches du perron. À midi, au prix de quelques instants passés à la fenêtre de devant, ces herbes indésirables s'écartaient pour révéler un campagnol, lequel, même s'il n'était pas totalement amical, se déplaçait au moins trop lentement pour échapper à une illusion de convivialité. Tout ce dont j'avais besoin pour inciter ces rongeurs peu prétentieux à prendre mon train en marche, c'était d'une activité mutuellement profitable. Un projet de jardinage, par exemple.

En piégeant des rongeurs pour le projet de recherche des CDC, j'avais découvert que les campagnols récupéraient les graines de liatris et les entassaient à l'extérieur de leur terrier. Le liatris (*Liatris punctata*), parfois surnommé « étoile flambante », était l'une de mes plantes favorites. Raide et strictement verticale, c'était une tige garnie de fleurs violettes en grappes serrées, haute comme un crocus. Dans ces champs immenses de graminées grisâtres, le liatris produisait tout juste assez de pigment pour être visible, mais pas assez pour attirer l'attention sur lui. Plus coriace que toute autre plante à fleurs, il endurait les cerfs et la sécheresse sans broncher. Je décrétai que le liatris pourrait réhabiliter ma prairie nord. Tout ce dont j'avais besoin, c'était d'un lot de graines. Et maintenant, je savais qui allait me les récolter. Leur tolérance pour ma personne n'était donc pas le seul trait sympathique des campagnols.

Mon rôle dans ce projet de jardinage mutuellement avantageux consistait à entretenir leur carré de hautes graminées. Campagnol City, comme je finirais par l'appeler, fournissait aux campagnols un refuge dans un monde rempli de renards et de petits rapaces. Mon plan se déroulerait comme suit : à la fin de l'été, les campagnols récolteraient les graines de liatris sur les terrains découverts adjacents et les entasseraient devant leurs terriers fortifiés par les graminées. Je ferais le tour de mes terres comme un grand propriétaire provincial et récupérerais les graines à l'entrée des terriers. Au début de l'automne suivant, le réensemencement projeté serait déjà en cours.

Avant de dénoncer mon manque de jugement, demandez-vous s'il ne vous est pas arrivé de vous engager dans une relation bancale avec un individu encore plus exigeant et moins sympathique qu'un campagnol. Vous avez quinze secondes pour répondre.

LA LARGE VALLÉE creusée par les glaciers était si aride et si dépourvue de ressources qu'elle ne pouvait pas pardonner le moindre faux pas aux carnivores comme aux granivores. Si la vallée leur accordait négligemment une maigre pitance minimale, des vents du type sirocco l'emporteraient. Depuis cent ans, les humains et les pies étaient ennemis. Ils se volaient mutuellement leur nourriture : œufs de poule, graines de plantes vivrières, fruits sauvages et fruits du verger. Chacun singeait les tactiques de l'autre : l'incitation à la révolte, l'agression en bande, une natalité explosive.

À présent, la tâche de la matriarche au ventre rond consistait à partager son territoire avec une humaine. La matriarche, descendante de onze générations qui avaient survécu au conflit, faisait preuve de sang-froid. C'était un oiseau calme, de toute façon, calme au sens noble, calme au-delà de ce à quoi on s'attendrait vu les bouleversements qui l'entouraient.

Condamnées à une existence communautaire, la plupart des pies ne possédaient pas les talents nécessaires à l'autonomie. Les membres de la communauté se partageaient les tâches – non sans violence – selon la manière dont chaque individu percevait ses aptitudes et besoins relatifs. La plupart des pies pesaient leurs options et choisissaient la meilleure manière d'apaiser leur faim permanente et d'éviter des responsabilités non désirées. La matriarche n'avait pas ces ressources. Son destin était de progresser sur un parcours sans embranchements, sans croisements, sans possibilité de choix. Elle héritait de la sagesse, l'amendait, la transmettait.

Elle héritait aussi de l'instinct, ce qui n'était pas toujours un avantage. L'instinct est un schéma comportemental génétiquement transmis qui, à un moment donné et dans un environnement spécifique, augmentait la robustesse d'une population. Il arrivait parfois que l'environnement spécifique qui avait encouragé le comportement bénéfique change avant que le génome n'ait pu s'y adapter. Des milliers d'années durant, l'instinct avait forcé les pies à suivre les humains. Cet instinct était l'artefact d'un très ancien climat de détente, invalidé depuis longtemps. Les humains qui avaient vécu en paix avec les oiseaux bicolores n'existaient plus. Une nouvelle culture humaine dominait le paysage. À présent que les humains et ces oiseaux se disputaient les mêmes aliments, une tolérance amicale n'était plus possible.

Au fil des millénaires, les gènes des pies exercèrent leur magie : les génotypes médiocrement adaptés se raréfièrent, et des génotypes plus robustes prospérèrent, de sorte que les générations ultérieures utilisèrent de meilleures tactiques pour éviter les humains. Mais, ainsi que l'avait prédit Charles Darwin, de menues quantités de variations comportementales subsistaient. Les oisillons de la matriarche s'emplumèrent, et la même pulsion qui leur avait fait battre des ailes quand elle les avait poussés hors du nid pour leur premier vol les pousserait vers les maisons, vers les humains, vers les édifices – pour manger. La matriarche ne pourrait pas réconcilier la pulsion avec la réalité : les humains n'étaient pas une défense contre la famine aussi fiable que les ailes l'étaient contre la pesanteur.

Son compagnon à la queue déchirée était perché en équilibre sur le fronton du porche lorsqu'une humaine portant des coquilles remplies de jaune d'œuf émergea de la maison. Quand elle déposa les jaunes d'œufs sous le genévrier, Queue-Déchirée s'envola vers elle. Des oisillons empotés le rejoignirent, volant en cercles concentriques décroissants autour de l'humaine jusqu'à ce que la matriarche file comme une flèche vers sa téméraire famille.

Toute sa vie durant, un quantum inné de sagesse désactivait sa prédisposition génétique à tolérer les humains, dont elle se méfiait constamment.

– Stop ! croassa-t-elle. Ne faites pas confiance à la main qui vous appâte.

On peut supposer que toute plante qualifiée de *mauvaise herbe* a de modestes attentes, dans sa vie. Le corollaire est que la gestion d'une surface de cent mètres carrés dévolue aux mauvaises herbes devrait être d'une extrême simplicité. Il n'empêche que je ne pouvais pas identifier la moindre espèce dans ce carré. Si on ne sait pas ce qu'elles sont, on ne sait pas ce qu'elles veulent. Mes guides professionnels des plantes, *Flore du Nord-Ouest Pacifique* et *Flore des Grandes Plaines*, deux gros livres jaunis à la couverture toilée, ne daignaient documenter les mauvaises herbes nulle part dans leurs 2 132 pages cumulées. Le propriétaire d'un magasin de sellerie sis dans un hameau de six cents habitants à soixante kilomètres en amont dans la vallée me vendit *Mauvaises Herbes de l'Ouest*, rassemblant les signalements de toutes les plantes qui aient jamais été insultées par un fermier. Avec les photos des délinquantes.

Quatre Eurasiennes dominaient Campagnol City : la bassia, le petit trèfle jaune ou mélilot officinal, la soude roulante et le sisymbre. Les bassias ressemblaient à des arbres de Noël miniatures. Plantes annuelles, elles repoussaient chaque année à partir de leurs graines et produisaient en un rien de temps des fleurs anodines sur leurs branches raides. Si le carré aux mauvaises herbes était une forêt – et il l'était si vous étiez un campagnol –, alors les bassias appartenaient à la canopée moyenne. En ombrageant le parterre forestier et en humidifiant ce désert de haute altitude, les bassias fournissaient aux campagnols fraîcheur et rosée.

Le petit trèfle jaune, qui donnait l'impression de s'étrangler dans une confusion de minces tiges vertes, était la moins attirante des mauvaises herbes de la bande. Chaque plant était surchargé de milliers de fleurs minuscules. Les pétales, minces comme du papier de soie, réagissaient à la brume ou à la rosée en se tortillant, masses informes que nulle quantité de rayonnement solaire ne pouvait rétablir dans leur état d'origine. S'élevant en spirale, les tiges vertes du petit trèfle s'entrelaçaient pour former des tapis confus. S'enfonçant dans le sous-sol, les racines pivots, épaisses et verruqueuses, fournissaient aux campagnols une source permanente de sucre.

Les soudes roulantes semi-ligneuses, dites aussi salsolas ou chardons russes, hautes d'une soixantaine de centimètres, s'armaient de piquants raides et acérés qui dissuadaient renards, faucons et éperviers de plonger à travers leur canopée pour capturer des campagnols. En automne, une fois leurs graines arrivées à maturité, ces Russes se détachaient de leurs racines et prenaient le large en roulé-boulé. Elles plantaient leurs semences dans le sol qu'elles avaient elles-mêmes brisé avec leurs piquants, à la manière d'un motoculteur. Sous les jupes des salsolas qui frottaient sur le sol, les campagnols fouissaient et forniquaient, ne s'interrompant que pour faire la nique à des éperviers en vol stationnaire.

Les « virevoltantes » Russes, la salsola comme le sisymbre, sont entrées aux États-Unis dans les années 1880, passagères clandestines dans des sacs de graines expédiées par des fermiers russes à des parents au Dakota du Nord. On les appelait vulgairement *tumbleweeds*. Bien qu'ayant leurs origines sur un autre continent, les tumbleweeds aimaient poser aux côtés des cactus saguaros et se faire passer pour d'authentiques Américaines. C'est de l'esbroufe. Les saguaros ont vu les Amérindiens apparaître puis disparaître avant que les premières tumbleweeds s'écrasent sur leurs troncs cannelés. Les tumbleweeds ont maintenant envahi une surface équivalant à la taille des deux Dakotas réunis. À force de rouler sur les plateaux de célèbres westerns hollywoodiens, elles ont accumulé un nombre substantiel de fans prêts à croire que toute façade en arrière-plan d'un duel au pistolet est réelle si le vent fait rouler des tumbleweeds et soulève de la poussière entre les tireurs.

Mes perdrix grises, élégantes dans leur tweed marron et gris, se passeraient volontiers de tumbleweeds virevoltant dans leur *Ribes* aux couleurs de l'automne. Décrits par Aldo Leopold dans son *Almanach d'un comté de sable* comme des « lampions rouges », les Ribes sont un genre d'arbustes à feuilles trilobées à échancrures qui comprend notamment le groseillier commun (mais pas la ronce et ses mûres, du genre *Rubus*). Culminant à moins de soixante centimètres, mes Ribes se tournaient doucement sous le vent comme s'ils se demandaient qui avait mangé leurs baies si tôt en automne. (C'étaient les mouffettes.) Il n'y a rien qui plaise tant aux perdrix, nous dit Leopold, qu'une promenade sous les feuilles rouges des Ribes.

J'habitais sur la façade est des montagnes Rocheuses, loin à l'ouest des «comtés de sable» de Leopold. Ici, les perdrix qui choisiraient de se prélasser sous les rouges frondaisons automnales seraient vite en train de se prélasser sous rien du tout. Pour commencer, elles lèveraient les yeux et s'intoxiqueraient avec les faisceaux de lumière rouge, orange et bleue traversant les feuilles du groseillier. Au bout d'un jour ou deux, encore saoules de lumière, elles entendraient rire Mère Nature :

– Mais je plaisantais !

Les perdrix se précipiteraient vers les genévriers tandis que des cadavres flétris, couleur rouille, tourbillonneraient autour de leurs chevilles. Maintes fois, la gelée arrivait si vite et avec tant de force que les Ribes seraient privés de leur illusion multicolore : des feuilles vertes vireraient au noir du jour au lendemain. L'année de Campagnol City, l'automne fut long et chaud. De minuscules groseilliers aux larges feuilles se transformèrent en lampions rouges selon Aldo Leopold, et une perdrix pouvait se retrouver dans un solarium arbustif sans le moindre problème. Bon, elle aurait pu… si je n'avais pas laissé proliférer les culbutantes, afin que les campagnols puissent proliférer afin que je puisse récolter des liatris et réhabiliter la terre que les bulldozers avaient éventrée pour dégager l'espace où serait construit mon chalet.

Ces perdrix grises – dites «hongroises» chez nous – étaient des immigrantes, comme les tumbleweeds. Aussi échappaient-elles totalement à la protection prévue par le Migratory Bird Treaty Act de 1918. Le gouvernement fédéral réserve le terme de *migratoire* aux oiseaux autochtones migrant *à l'intérieur* de l'Amérique du Nord. Tuer des migrants est un crime ; tuer du gibier, c'est du sport. Un paradigme maladroit justifiait cette injustice en suggérant que des créatures nées à l'étranger ou ayant des ancêtres nés à l'étranger nuisaient à notre écosystème et bouleversaient les habitats naturels.

Je n'étais pas sûre qu'il y ait assez d'habitats pour les Hongrois en Hongrie, sans parler des perdrix. Et j'avais du terrain en abondance. Depuis plusieurs années, je gérais un camp de réfugiés pour perdrix grises dans ma propriété, protégeant ainsi ces immigrantes des mauvaises herbes, des chats harets et des caprices du paradigme malencontreusement conçu. À présent, la vaste parcelle de mauvaises herbes dite Campagnol City débordait sur leurs buissons de groseilliers. Or j'avais choisi le camp des campagnols. Adieu, automne aux lampions rouges !

Début octobre, je récoltais déjà des graines à plus d'une douzaine d'entrées de terriers, de quoi remplir un sac en papier kraft. Je stockais les graines mystérieuses dans une grande enveloppe, en papier kraft également, à l'intérieur du garage. Quand juin arriva, les longues journées amorceraient la saison des semis, et je pourrais enfoncer les graines avec un bâton dans la terre chaude et humide. Je fus charmée de découvrir que les campagnols avaient une productivité surprenante, pour des animaux apparemment dépourvus d'appendices.

ABANDONNANT leurs nouveau-nés humides qui se tortillaient dans la nursery, elles passèrent en file indienne devant les campagnols et pénétrèrent dans la galerie. Silencieuses, sérieuses et rapides, ces adultes défoncèrent l'épaisse barrière végétale à l'entrée et se joignirent à des milliers d'autres migrantes qui fuyaient comme elles des galeries parallèles. Condamner tous les nouveau-nés de l'été à mourir de faim lentement dans la solitude n'avait pas été une décision facile à prendre. Toutefois, les reines ne disposaient pas du pouvoir souverain de penser exclusivement à leur propre colonie : un ordre supérieur leur imposait cet abandon. Une espèce ne peut survivre si ses leaders ne savent pas quand dire « Mourez ».

Les reines choisirent une armoise tridentée déjà fendue à la base de sa tige, et leurs esclaves grouillèrent, mordant ce tronc mou qu'elles aspergèrent d'acide formique jusqu'à ce que les capillaires s'effondrent et que l'arbuste se flétrisse. La cavité dans la tige devint la nouvelle chambre principale de la colonie.

Élevés par les fourmis couvreuses, des monticules gros comme des nids de buse à queue rousse boursouflaient le territoire, impossibles à distinguer de toutes les autres piles de détritus. Si un nid de fourmis passait d'un côté d'une maison à toit bleu à l'autre, qui le remarquerait ?

Les pucerons le remarquèrent. Ventousés aux tiges molles et veloutées des sauges blanches, ils en suçaient la sève et excrétaient de la miellée. Des fourmis couvreuses à tête orange étaient accros à la miellée. Avec leur appareil buccal tranchant et profond et leur redoutable arsenal de sucs toxiques, elles repoussaient toutes les créatures qui menaçaient les pucerons. C'est ainsi que les pucerons et les fourmis, à l'instar des pies et des pics écarlates, avaient tressé les fils de leur existence en un câble unique, plus épais et plus résistant.

Les sauges blanches s'en aperçurent. Une fois les fourmis parties, les coccinelles rouges à points noirs envahirent les sauges blanches pour dévorer les pucerons. Des créatures plus volumineuses et plus voraces succédèrent aux coccinelles. À la nouvelle lune suivante, la plupart des sauges avaient été triturées et digérées par les sauterelles, et étaient retournées à la poussière.

La pie au ventre rond s'en aperçut. Par égard pour ses voisines, la matriarche attendit que le soir tombe et que les fourmis s'endorment avant de se vautrer dans leur monticule pour se débarrasser de ses acariens. Ce qu'un de ses petits prit très au sérieux ; il attendit que l'émigration des fourmis soit définitivement terminée pour plonger pattes les premières dans le nid abandonné. Un nuage de spores fongiques enveloppa l'oisillon, poudrant de gris les plumes noires de son capuchon. Il hoquetait encore lorsqu'un épervier de Cooper aux jarrets puissants l'emporta.

Les fourmis ne craignaient qu'un seul ennemi : l'ombre. Depuis des milliers d'années, pendant une partie de la journée et huit mois par an, ces trente mille fourmis avaient besoin du rayonnement solaire. Dans cette steppe d'armoise peuplée d'herbes rases et de cactus, cela ne semblait pas être une exigence déraisonnable. Or une maison au toit bleu – première structure permanente construite par l'homme dans ces confins montagneux depuis la fin de la dernière ère glaciaire – y avait poussé en un instant. Elle abritait une personne qui cultivait des mauvaises herbes ; celles-ci occultaient le soleil et créaient une ombre monstrueuse qui dévorait les fourmis. Les herbes et les humains étaient des ennemis difficiles à gérer. Les herbes étaient trop nombreuses et trop dynamiques pour qu'on se risque à les attaquer, et les maisons – même un simple chalet – étaient carrément trop grosses. Si les fourmis couvreuses avaient survécu pendant des milliers d'années, ce n'était pas en distribuant les reproches. Elles avaient survécu en reconnaissant leur ennemie immédiate et en choisissant – avec raison – entre le combat et la fuite. Puisqu'elles ne pouvaient pas lutter contre l'ombre, elles l'avaient fuie. Dans cette steppe d'armoise, avec ses herbes rases, ses cactus et son chalet, huit heures de soleil, c'était trop demander, en fait.

Un mois exactement avant le jour le plus court de l'année, la veuve noire adulte disparut. Deux mois plus tard, je découvris dans le garage un rideau grenu de minuscules bébés araignées marron et blanc le long du mur du fond ; chaque individu en suspension ressemblait à une petite bille de bois sculpté. Je fus privée de veuves noires adultes rouge et blanc jusqu'à la fin du printemps suivant, mais il me restait les campagnols. Tant que les mauvaises herbes poussèrent sans entrave devant le chalet, je ne fus jamais seule au petit déjeuner.

En ce même mois, un campagnol survola mon pré. J'étais sur les traces d'un busard à la tête fauve et aux yeux pâles. Un juvénile aux culottes ébouriffées. Né dans la toundra arctique et biberonné au régime campagnol, ce jeune busard était arrivé en novembre, découvrant un climat familier et des voisins étranges : du petit trèfle jaune, des tumbleweeds, des bassias, et moi. Il se posa sur Gin – le genévrier en dessous de Tonic sur la pente – et, sans attendre que le campagnol meure, il commença à le dépecer.

Un jour, ledit busard, planant au-dessus de Campagnol City, se laissa choir dedans pattes les premières et s'emmêla les serres dans les buissons épineux. Après s'être fait accrocher plusieurs fois, il retomba dans un carré de petits trèfles jaunes. Après quoi il chassa principalement dans la prairie marécageuse de l'autre côté du chemin de terre ; il revenait se poser souplement sur la plus haute branche de Gin quand il avait besoin d'un poste d'observation. Je l'observais depuis l'intérieur du chalet, les jumelles collées à la vitre. Le busard finissait par me fixer à son tour, comme hypnotisé par les gros « yeux » noirs de l'instrument. En général, après avoir capturé un rongeur, le busard m'ignorait ; il décollait et parcourait cinq cents mètres jusqu'à la pancarte *Propriété privée* pour consommer sa prise. Or, parfois le rongeur qu'il visait lui échappait, et le busard percutait audiblement le sol. Se rendant compte qu'il n'y avait rien entre ses serres, le juvénile tournait la tête et interrogeait mes gros yeux binoculaires. J'étais sûre qu'il cherchait du réconfort en ce moment embarrassant.

La première fois que je vis Fox, je binoclais avec le busard juvénile et Fox farfouillait dans les jaunes d'œufs sous Tonic. J'avais planqué quatre jaunes dans le sol ce matin-là, les ajoutant à celui, intact, qui restait de la veille. Avant de repartir dans la prairie marécageuse en lisière de ma propriété, Fox mangea un jaune et laissa les quatre autres. C'en était trop pour Balle-de-Tennis. Elle tourna autour des jaunes tout en demandant du renfort à cor et à cri. Un bataillon de pies se mit alors à dévorer les jaunes qu'elles avaient dédaignés le matin même. Elles mangèrent comme si demain n'existerait pas, comme si c'était leur dernier jour sur terre. L'exacte façon de manger du renard lui-même. Et pourquoi pas ? La vie était précaire, pour les animaux non encagés, qui affrontaient un futur inconnu. Avec une sacrée différence entre ceux qui voulaient s'empiffrer et ceux, comme le renard, qui veillaient tout de même à garder la ligne.

Deux semaines avant l'équinoxe de printemps, le busard juvénile arpentait fièrement le champ de luzerne au repos, qui servait à présent d'enclos pour le bétail de quelqu'un d'autre. Lorsque je réduisis le grossissement de mon monoculaire zoom, des vaches Angus et Fox apparurent dans mon champ de vision. Traversant l'enclos au petit trot avec leurs gros sabots, les vaches Angus expulsaient de leurs abris souterrains les rongeurs endormis. Fox et le busard les suivaient, pour capturer les campagnols encore somnolents. C'était comme si les Angus étaient des chiens d'arrêt novices, qui débusquent toujours mais ne rapportent jamais.

Le 15 mars, une promenade matinale de trente minutes à pied le long d'un canal d'irrigation me conduisit au bosquet de peupliers noirs où dormait ce juvénile mal culotté. Hauts d'une dizaine de mètres, ces arbres ombrageaient des plaques d'une neige bulleuse encroûtée de terre. Des ruisselets sourdant de la neige humidifiaient le sol en un patchwork pâteux. Dans la prairie adjacente, la carcasse d'un cerf avait attiré une foule bigarrée de charognards, dont les pies piétineuses. Après avoir fondu sur moi, Balle-de-Tennis commença à flirter avec un urubu à tête rouge. Le juvénile mal culotté s'élevait déjà très haut au-dessus des arbres. Les nuages s'étaient calligraphiés en de longues lignes composées d'une séquence aléatoire de traits et de points, recouvrant le ciel d'un code Morse si également dispersé que des anomalies comme des busards en phase ascensionnelle ne pouvaient m'échapper. Je regardai le juvénile rejoindre d'autres buses et busards, planer en cercle de plus en plus haut et disparaître. L'année suivante, il reviendrait de l'Arctique avec un plumage d'adulte anonymisant et, las de ce monde, avec assez de sagesse pour ignorer une petite humaine agitant ses grosses jumelles.

Trop souvent dans ma vie, j'ai été propulsée en avant

non pas par ce que j'avais choisi, mais par ce qui ne m'avait pas choisie.

En revenant chez moi, j'essuyai un fort vent de travers soufflant des montagnes enneigées situées à huit kilomètres et deux minuscules maisons plus loin en amont. Une marge d'herbes sèches et de tiges de phorbes – plantes herbacées non ligneuses et non graminoïdes – séparait la route empierrée des barbelés de l'enclos aux vaches. Je saluai les plantes au passage : fétuque, moutarde, brome, molène, tournesol, soude roulante, bigelovie, centaurée, armoise, seigle sauvage, chiendent à crête, laiteron.

Lorsque je m'approchai d'une prairie tondue par les chevaux, une bizarre configuration végétale me fit ralentir. Me tournant face au vent, j'écartai les bras et planai comme un faucon crécerelle. De jeunes pousses bordaient toutes les pistes de campagnols, agitant leur unique paire de feuilles comme des drapeaux dans une course automobile.

Ce n'étaient pas des liatris.

Les campagnols s'étaient ravitaillés le long de la route et avaient rapporté chez eux des tas de graines d'une herbe jaune agressive, le laiteron. Imaginez-vous un pissenlit en tenue de combat, la fleur rétrécie jusqu'à une quasi-invisibilité et la tige étirée jusqu'à une hauteur menaçante. Des barbillons translucides recouvraient la tige blanche et la frêle racine pivot.

Quelque part au Montana, des campagnols récoltaient des graines de liatris pour remplir leurs garde-mangers. Pas ici. J'avais misé sur des campagnols moins affamés et plus astucieux. Ils avaient récolté des graines de laiteron pour faire pousser une clôture protectrice autour de leurs domiciles et de leurs voies de circulation. Et puisque Campagnol City avait protégé les campagnols des prédateurs tout l'hiver, des trous de campagnols criblaient maintenant ces trois arpents. Leurs pistes couvraient le sol comme les mailles d'un filet. Les mois suivants, j'extirperais de la terre tant de futurs plants de laiteron que mes pouce et index droits seraient déchirés par des fissures sanglantes assez profondes pour cacher une fourmi. Par bonheur, je n'avais pas aggravé la catastrophe en plantant le contenu de mon sac de graines, qui finirent toutes dans un bocal hermétique, et versées à la décharge comme de vulgaires chenilles.

Des cerfs mulets paradaient dans le pâturage ouest et sur mon allée couverte de neige tassée : un beau convoi d'herbivores en route vers les graminées. Sept couples suivaient le cerf de tête, et tous avançaient plus allègrement, maintenant qu'il n'y avait plus de neige pourrie qui s'effondrait sous leurs sabots. J'attendis derrière le chalet pour leur dire bonjour. Virant sec avant d'arriver à mon niveau, ils gravirent la colline en caracolant pour rejoindre les douzaines de cerfs mulets qui mouchetaient déjà les pentes de leurs croupes d'un blanc éclatant. Voilà comment je passai les ides de mars : éconduite par les cerfs, abandonnée par les busards, trahie par les rongeurs. Les rosettes verdâtres des herbes perçaient déjà à travers les tiges denses et desséchées de cette forêt profondément enracinée qu'était Campagnol City. Peut-être sommes-nous tous accrochés ensemble, dans l'univers. Peut-être que la citation de Muir ne s'appliquait pas aux rongeurs. L'un ou l'autre. Je décidai – présomptueusement, diront certains – que je suis moins étroitement accrochée aux campagnols que je ne me l'étais imaginé au départ.

Après une journée de plus avec les étudiants des River Cabins, je supprimai la légende *Campagnol City* sur mon schéma et la remplaçai par *Campagnols*. Le renard avait déjà été attiré vers ma propriété quand il s'était rendu compte que c'était un sanctuaire de campagnols. Il n'avait pas été attiré par Campagnol City. En réalité, la «forêt» l'avait tenu en respect. Je légendai deux étoiles de plus: *Jaunes d'œufs* et *Chiens*.

DEUX CHIENS NOIRS

Après l'annulation du projet Liatris, je me retrouvai avec un sanctuaire de mauvaises herbes et une nouvelle appréciation des campagnols, c'est-à-dire pas d'appréciation du tout. À part ombrager un nid de fourmis couvreuses réduit ensuite à une masse concave de détritus humides, Campagnol City ne servait à rien. Entre-temps, sous sa canopée, les proliférants campagnols avaient atteint une densité inimaginable. Un jour, une femelle désespérée s'accrocha au bout de ma botte de cuir. Tortillant son arrière-train comme un accordéon, elle éjecta deux bébés luisants. Ils ressemblaient à des haricots sauce tomate.

Je songeai à décimer Campagnol City. Je songeai à ces rongeurs qui m'avaient tenu compagnie si longtemps. Sans la protection de cette forêt, les petits rapaces, belettes et boas caoutchouc en massacreraient la plupart. Imaginez le sang gouttant d'un campagnol empalé par les serres d'une buse à queue rousse qui survole le pâturage. Imaginez une belette qui s'insinue dans le tunnel d'un campagnol et plante ses canines acérées dans le postérieur velu dudit campagnol. Imaginez un campagnol obèse boursouflant le corps du boa caoutchouc qui l'asphyxie. Plus j'imaginais, plus je me sentais coupable.

Posséder de la terre est une grosse responsabilité. Chaque mesure qu'on prend, chaque sentier qu'on crée, chaque herbe qu'on arrache, chaque arbre qu'on plante génère environ cent millions de conséquences. Une digne propriétaire terrienne, locataire en chef de dame Nature, doit justifier ses actions et leurs conséquences. Elle ne peut raser une forêt – pas même une forêt à campagnols – simplement par dépit. Les campagnols avaient fait des dégâts, raser la forêt n'y changerait rien.

Couché sur le rebord supérieur, du côté ombragé du ravin, le renard écoutait une masse confuse de graminées noueuses froufrouter sous le vent. De l'autre côté, au grand soleil, le trop-plein d'une source affleurante suintait dans les touffes de massettes queues-de-chat, puis s'écoulait dans un caniveau qui passait sous le chemin de terre. La mère du renard, deux fois plus grosse que lui dans sa robe orange vif, se tenait sur la colline nue derrière le chemin et le surveillait. Il avait déjà joué à ce jeu. Elle s'était très précisément positionnée : contre le vent, à courte distance, en surplomb. Elle voulait voir sans être vue, écouter sans être détectée par son odeur. Elle guettait le moindre faux pas de son rejeton : s'exposer sans raison valable, ou partir à la poursuite de quelque créature inutile. Elle s'assurait ainsi qu'il accomplirait les tâches nécessaires à sa survie, et quand elle le prendrait en faute, elle lui hurlerait dessus pour le forcer à reprendre le droit chemin.

Le renard aspira un morceau de queue de mulot collé au

coin de sa babine supérieure. Peut-être que sa mère hurlait parce qu'elle se plaisait à le regarder – lui, le plus petit de la dernière portée – bondir, dressé sur ses jarrets, les doigts en éventail, les ongles cliquetant sur le sol rocailleux. Il avala le morceau de mulot et se pourlécha. Tournant le dos à sa mère, lui, l'avorton de la dernière portée, se pelotonna, la queue enroulée, comme s'il se reposait. *Comme si.*

Portant son regard sur une coulée tracée par les campagnols, il imagina des faisceaux lumineux qui, issus des yeux maternels étincelants, convergeaient par-dessus les massettes. Il s'aplatit encore plus dans la poussière, et le faisceau unique, ricochant sur la carapace d'un scarabée tel un rayon de soleil dévié par une goutte d'eau, lui frôla le dos. Il se déplia en position de semi-attaque. Sa mère le verrait bien, en train de poser entre la source et les campagnols – entre l'eau et la nourriture ; les oreilles dressées, penchées vers l'avant comme pour guetter une proie. Soulevant son arrière-train, il se balança sur ses pattes postérieures. Il ressemblait à n'importe quel renard normal se préparant à bondir, à n'importe lequel des renardeaux de cette renarde.

Elle ne réussit pas à découvrir chez lui la moindre faute punissable. Privée d'une raison de le réprimander, elle se replia donc sur les enclos à chevaux pour agresser des mulots en route vers les mangeoires. Le faisceau lumineux imaginaire se dissipa.

Il l'avait bel et bien roulée. Il ne chassait pas : il espionnait quelqu'un, perdant son temps à observer un autre animal, qui n'était ni une proie ni un ennemi. À première vue, c'était une activité inutile. Or, elle avait par hasard une grande importance, pas pour la renarde, mais pour le seul être dans notre histoire qui, à ce stade, croyait aux coïncidences heureuses.

Vous n'avez peut-être jamais eu affaire à des campagnols. Mais une créature quelconque a jeté le trouble dans votre domaine : un lapin, une taupe, un gros rat gris, un sanglier. Peut-être qu'un souslik a décidé de se repaître de votre jeune cerisier. Vous essayez de détourner de l'arbrisseau la menace invisible du rongeur en utilisant des bombes à gaz. Quand cela ne réussit pas, vous inondez ses galeries. Le lendemain matin, vous découvrez de nouvelles galeries et comprenez que le souslik progresse en fait plus vite, parce que l'argile humide facilite le fouissage. Vous remplissez les galeries de matières dissuasives – marc de café, boules de naphtaline, urine ; vous installez un piège à taupes de chez Macabee. *Horrible idée.*

Plus tard, des jours durant, vous trouvez des boules de naphtaline expulsées du terrier et la gorge vous pique quand vous travaillez la terre. Avec une bêche, votre pouce et les deux doigts de votre main droite que le Macabee n'a pas écrasés, vous démolissez toutes les galeries que vous trouvez. Le souslik creuse plus profond. Tandis que vous dormez, il progresse tel un tunnelier, dévorant des racines et laissant de petits tas de terre molle et de marc de café de plus en plus près du tronc de ce bébé arbre qui dépend de vous pour son bien-être – le seul cerisier sur votre demi-hectare. Après avoir investi une part éléphantesque de votre temps et de votre argent à pourchasser le souslik autour de l'arbre pendant trois semaines, vous trouvez le cerisier couché par le vent. Vous soulevez cet arbre de deux mètres de haut qui n'est plus ancré par ses racines latérales et constatez qu'il se termine en une pointe finement ciselée. Votre arbre est mort, le – ou plutôt la – souslik se porte très bien. Grosse et grasse, elle accouche en sous-sol d'une nichée de petits monstres affreusement incisifs. Avant de hacher menu le cerisier recyclable en paillis de luxe, vous sortez la strychnine.

Vraiment ?

La strychnine ? Non.

Parce que ça, les amis, c'est un meurtre motivé par la vengeance, et ça, je ne le fais pas, quel que soit l'animal. J'étais là, avec ce souslik. Quand vous lirez ces lignes, je serai probablement encore là avec les affreux ou leurs descendants.

La gestion foncière raisonnée, surtout dans une région inhospitalière, est immensément difficile, et encore plus si vous êtes le genre de personne qui se sent obligée d'occire de mignons rongeurs par pur dépit. Aussi hésitai-je à raser Campagnol City. J'avais besoin d'être motivée par quelque chose de plus honorable que la vengeance.

En progressant sur mes terres, Campagnol City pompait l'eau et répandait l'ombre. Les plantes héliophiles – les parodias, ces cactus en boule pas plus gros que des balles de golf, les violettes canadiennes jaunes aux feuilles épaisses, les tapis circulaires d'hoveas violets, et les trop rares lewisias rose fuchsia – se flétrissaient au milieu des mauvaises herbes. J'avais un faible pour les cactus en boule. Encore un mois, et ceux qui avaient échappé à l'hégémonie de Campagnol City produiraient une couronne de pétales roses et incurvés. Les jours où je me faisais du souci devant une pile de lettres de candidature pour des postes universitaires que je ne voulais pas mais auxquels j'aurais quand même dû me porter candidate, je me rappelais que je possédais de la terre dans un désert de haute altitude où de minuscules cactus en boule à cinq têtes fleurissaient dans l'ombre des montagnes enneigées, et je cessais de me faire du souci.

Ainsi trouvai-je une raison de raser la forêt de Campagnol City : me battre pour le compte de mes locataires adoratrices du soleil.

LE RENARD enfonça les ongles de sa patte antérieure dans la terre puis redressa la tête jusqu'à ce que son menton croise son poignet. La créature habitant la maison tournait sur place, brandissant de longs objets métalliques, et elle criait dans le vide. Ses doigts longs et flexibles s'incurvaient et s'étiraient en trop d'endroits en même temps. Comme un pic perçant des trous dans l'écorce tendre d'un saule, elle agitait ses mains rapidement, mais sans schéma apparent. Même les pics flamboyants aspirateurs de fourmis ne foraient que dans une seule direction. Le renard écrasa d'un coup de patte deux sauterelles en train de s'accoupler et les enfonça dans la terre jusqu'à ce qu'il sente gicler leurs entrailles humides. Les mains de la créature lui rappelaient un ouragan, l'événement météorologique qu'il appréciait le moins. Toute cette énergie, pour un objectif bien modeste ! Mais peut-être, avec l'entraînement convenable, des tas de possibilités.

Détachant le gras de sa patte du couple de sauterelles à présent inertes, il les empala sur un seul ongle. L'autre agitait ses bras, ses doigts, des outils ; lui mâchonnait des sauterelles. Le fracas des outils lui rappela le bruit brutal et imprévisible d'une tempête. Les grognements et les halètements de la créature fusionnèrent en une cacophonie. Des débris tombèrent en pluie jusque sur lui et il ferma les yeux hermétiquement. La queue contre le nez, il attendit que le nuage de terre et de poussière retombe. Lorsqu'il rouvrit les yeux, l'autre était partie.

Une légère ouverture, carrément illusoire, peut-être, apparut au milieu des arbustes noueux où elle avait passé tout l'après-midi. Quelque part au sein de ce fouillis, des campagnols provoquaient le renard. Les méchantes plantes épineuses aveugleraient, tailladeraient ou empaleraient quiconque serait assez téméraire pour essayer de plonger à travers elles. Il n'était pas d'humeur à tenter un atterrissage brutal. Rentrant la tête dans les épaules, il pointa le museau dans un espace dégagé à peine assez large pour qu'il puisse s'y glisser. Les cerfs auraient eu tout l'après-midi pour brouter intégralement le fourré et le transformer en jachère. Ils auraient pu le faire, mais ne le feraient pas. Les cerfs ne salivaient pas tellement sur ce type d'herbes.

Il réfléchissait encore à la nature incommode des cervidés lorsque Ouragane revint avec encore plus de matériel et que le combat entre l'humaine et les plantes recommença. Il appréciait cette animation quand elle tordait, tirait, arrachait, jetait ; moins quand elle agitait bruyamment ses ustensiles et qu'elle criait. Quand elle se retira enfin dans la maison, le jour baissait et le fourré aux mauvaises herbes semblait intact.

En plus d'une occasion, Balle-de-Tennis, qui semblait irritée en permanence – les jaunes du matin arrivaient en retard, en nombre insuffisant ou mal présentés –, abandonna un groupe de rafistoleuses de nids opérant quatre cents mètres plus haut sur la colline pour revenir me critiquer. Les pies n'ont pas toujours été aussi antagonistes. L'auteur du premier guide ornithologique de terrain américain, Thomas Nuttall, en l'honneur de qui Audubon baptisa la pie à bec jaune de la côte ouest *Pica nuttalli*, avait regardé des enfants amérindiens nourrir et domestiquer ces oiseaux quand il voyageait le long de la Snake River dans les années 1800. C'était le pays des Indiens Shoshone. Nuttall était à moins de deux cents kilomètres d'ici, quand il avait observé des enfants de cette tribu avec des pies apprivoisées. Il avait été surpris par la familiarité entre les oiseaux et les enfants mâles. À cette époque, en Europe, les pies étaient « proscrites et persécutées ». Si elles voyaient des humains, elles attaquaient. Si elles en voyaient beaucoup, elles s'enfuyaient. Un riche corpus de données anecdotiques et expérimentales nous enseigne que les pies, de même que les espèces de leur famille élargie – les corbeaux, les corneilles et choucas, les geais –, comptent parmi les membres les plus intelligents du règne animal. Comme les humains, si on les persécute, on peut s'attendre à ce qu'ils jouent les persécutés.

Aussi noire et luisante qu'un mirage, Balle-de-Tennis se posa délicatement sur la plus lointaine branche surplombante de Gin. Moi, je tranchais des mauvaises herbes avec ma scie à découper le gibier. Levant la queue, Balle-de-Tennis fit gicler de l'acide urique dans ma direction. Franchement, n'étaient-ce les taches de sang sur son carter et sa lame émoussée des deux côtés, encollée de miettes de venaison, l'instrument aurait pu passer pour une scie à élaguer. Quoi qu'il en soit, on ne peut travailler efficacement avec des outils esquintés sur fond sonore d'oiseaux criards. C'est une pioche qu'il m'aurait fallu. Au bout d'une semaine, je n'avais rasé qu'une fraction de Campagnol City. À force de tutoyer la terre à quatre pattes, j'accumulais les piqûres de fourmis, qui enflaient pendant des heures. Lors des après-midi calmes, les simulies, ces moucherons noirs, me recouvraient si vite que j'avais l'impression d'être un cadavre. Le chiendent à crête – encore une mauvaise herbe invasive venue d'Europe – s'insinuait dans le sol argileux, avec ses millions de racines fibreuses qui ne céderaient même pas à une bêche en bon état (la mienne était cassée). J'aurais pu aussi bien essayer d'arracher au cure-dents des herbes incrustées dans un bloc de ciment. Je réduisis mes attentes. En plus, je ne possédais pas de pioche.

LE RENARD sortit la tête de dessous l'auvent de genévrier qui lui servait de patio et inhala. Les racines de ce gros genévrier, qui s'enfonçaient profondément dans le sol, divisaient son terrier en trois compartiments principaux. Tendant le cou, il sentit le chaud tiraillement des muscles. Il s'étira à fond et frissonna. L'air matinal ne lui disait rien de bon et ce qu'il voyait était encore pire. Un monticule gris et flou avait remplacé la maison au toit bleu. Les nuages viendraient bientôt s'installer au-dessus de sa tête.

Nonobstant la météo, un projet nécrophage concernant une carcasse de wapiti l'attendait de l'autre côté de l'arroyo, dans les hautes herbes en dessous de la Colline-Ronde. Faisant le tour de la carcasse, il eut la confirmation qu'aucune intrusion ne s'était produite pendant la nuit. Quelqu'un lui tira la queue. *Pisse de fouine!* En un éclair, il fut de retour dans son terrier. Il se tapit derrière le pilier racinaire central et scruta les trois chambres principales du terrier. La lumière pénétrait dans deux d'entre elles par les galeries d'accès; la troisième, plus loin à l'intérieur de la colline, demeurait obscure. Un lieu dépourvu de rocaille, frais, sec, et sûr. Ce n'était pas pour autant l'endroit où un renard adulte pourvu de quatre pattes fonctionnelles passerait toutes ses journées.

Le tireur de queue se révéla être un cactus raquette qui

lui arrivait à mi-jarret : il agitait maintenant une touffe de ses longs poils blancs. Une petite pluie fine collait les poils comme une vieille panicule sur le cactus impénitent. Le renard posa son menton sur la neige fondante et siffla entre ses dents. Retroussant ses babines, les pattes plantées de part et d'autre du cactus, il siffla de nouveau. Tout l'hiver, la neige avait nivelé le sol, comblant les trous et recouvrant les cactus. Maintenant la neige fondait, laissant derrière elle une boue visqueuse et des cactus crocheteurs de fourrure – un obstacle végétal de plus sur son chemin. Mais la bouderie, si justifiée soit-elle, n'était pas à l'ordre du jour. Une carcasse de wapiti attendait.

Tirer avec ses dents sur le fémur emboué du wapiti produisit des résultats qu'un renard moins optimiste aurait jugés désespérants. En rongeant l'articulation qui attachait le fémur à l'os pelvien, il détacha son trophée, puis creusa le sol humide pour achever de le libérer. L'ayant extrait avec ses dents, il traîna l'os démesuré vers son domicile.

Le lendemain en milieu de matinée, il espionna Ouragane. Lorsqu'il partit pour regagner son terrier, il vit que le meilleur parcours lui évitant d'être aveuglé par le soleil l'obligeait à franchir une dépression peu profonde qui se remplissait de cerfs. Des faons marqués de taches irrégulières sur les flancs cachaient leur tête sous le ventre de leur mère. Des femelles s'agitaient ; les vachers à tête brune qui leur retiraient les tiques du dos déployaient leurs ailes pour recouvrer leur équilibre. Les cerfs restaient dans cette cuvette pour la raison qui les y avait fait entrer : sa pente. Ils s'étaient tout simplement effondrés dedans. Les cerfs s'effondraient souvent – un mouvement analogue à la chute, mais plus lent et moins spectaculaire. La nature n'était pas infiniment flexible, et les cerfs n'avaient pas plus de chances de s'effondrer vers le haut que de tomber vers le haut. Sortir de cette cuvette peu profonde exigeait une énergie qui leur faisait clairement défaut, sinon ils ne se seraient pas effondrés dans une dépression peu attirante, pour commencer. Pour corser le mystère, cette dépression relativement modeste ne pouvait accueillir beaucoup de cerfs, et un grand nombre d'entre eux faisaient la queue pour s'y effondrer à leur tour. Un embouteillage de cerfs. *Pas prévu !* L'itinéraire du plan B serpentait dans les collines sablonneuses. Elles étaient dépourvues de végétation et sentaient la pisse de chat. À la fois intrépide et circonspect, le renard sauta d'une éminence à l'autre. Un chat, tête volumineuse oscillant sur un cou bref et gras, sortit de derrière un tas de bûches.

Après avoir contourné le chat, le renard se retrouva dans une prairie, en terrain découvert. Une ombre passa au-dessus de lui. L'ombre remonta la pente et disparut, puis elle revint, occultant le soleil à chacun de ses passages. Le projeteur d'ombre était un aigle noir. Il pouvait saisir la tête du renard entre les serres d'une seule de ses pattes ; et une seule de ses cuisses était plus large que le cou du fringant quadrupède. Habitués des festins de charognards, les aigles noirs étaient spécialisés dans l'éviscération des cervidés, souvent selon des modes gratuitement créatifs. Et ils étaient susceptibles. Certains individus étaient capables de vous ouvrir allègrement la gorge si vous vous approchiez un peu trop de la carcasse qu'ils avaient choisie. D'autres le feraient plus froidement. Pour d'autres encore, il n'était pas indispensable qu'il y ait une carcasse dans les parages : s'ils avaient envie d'éviscérer du renard, il y allaient franco. Chaque aigle avait sa personnalité. Essayer de les analyser toutes risquait de devenir compliqué. Et pourquoi se donner cette peine ? Chaque aigle avait son humeur – mauvaise dix fois sur dix.

Des merlebleus qui chahutaient dans un genévrier au-dessus de la prairie avaient choisi l'extrémité des branches pour tenir salon. C'était bon signe : le comportement de ces oiseaux signifiait que l'aigle dont l'ombre passait et repassait au-dessus d'eux n'était pas en chasse. Pas encore. Décodant les appels des merles sans cesser de courir, le renard atteignit son terrier avec une bonne marge de sécurité. À l'intérieur, c'était le calme, rien n'avait été dérangé ; dehors, il nota seulement une fiente d'oiseau toute fraîche sur le sommet du gros rocher. Le nettoyage de la carcasse, ce serait pour un autre jour, ou un autre renard.

S'étirant ventre contre terre, il prit son bain de soleil dans la prairie voisine, en dessous d'une falaise écroulée. Au-dessus de cette falaise, une autre prairie et une autre falaise écroulée. Des cougars – félins à poil court gros comme des wapitis – rôdaient dans ces deux zones d'éboulis. La plupart des renards gardaient la truffe face au vent pour détecter les cougars. Mais le nôtre était mieux informé. Pour prendre son bain de soleil en toute sécurité, il fallait laisser le vent vous caresser l'échine à rebrousse-poil. Et écouter. Si des pierres ruisselaient menu de la falaise en synchronisation avec les rafales de vent, tout allait bien. Des pierres qui dégringolaient par calme plat : c'était le moment d'aller s'abriter dare-dare dans un trou de blaireau abandonné.

Le lendemain, une mince couche de crottes de cerf nappait l'unique lacet sur l'itinéraire ombragé menant à Ouragane et à la maison au toit bleu. Une procession de cervidés femelles descendait la piste en file indienne ; chacune dérapait sur les déjections toutes fraîches qui s'éjectaient simultanément de l'anus de l'animal précédent. Herbivores, les cerfs étaient libérés de la responsabilité découlant d'une analyse excessive de leur environnement.

Une biche dérapa et se retrouva sur la berme pierreuse. Une autre, qui avait dérapé juste avant et était tombée sur son postérieur, se relevait péniblement. Pas étonnant qu'il y ait tant de cerfs et de biches boiteux. Et la pluie commençait tout juste à tomber.

Le fourré de hautes armoises qui assurait une protection contre la pluie était proche de la maison. Mais c'était un endroit bruyant, non loin du nid de la pie au ventre rond. Assignée à résidence par la couvaison, elle attendait en poussant des cris rauques que son compagnon à longue queue vienne la ravitailler. Entre les armoises et la maison, des cerfs mâchaient et recrachaient les feuilles cireuses d'un arbuste à l'odeur âcre. Certes, un trou de blaireau abandonné offrirait à notre renard un refuge plus calme, mais les nuages et la pluie avaient déjà tellement rétréci le monde qu'il n'était pas nécessaire de le rendre encore plus petit en se blottissant à l'intérieur d'un trou obscur. En outre, le fourré d'armoises offrait un point de vue sur Ouragane, qui regardait par la fenêtre.

Quand il eut fini de pleuvoir, quand la dernière goutte d'eau fut tombée des armoises, quand le soleil eut repoussé les nuages, Ouragane était encore à l'intérieur de la maison. Aucun animal n'avait de périodes d'activité aussi réduites. Lorsqu'il eut attendu assez longtemps – mais en vain – pour la voir sortir, et parce qu'il supportait mal l'ennui, le renard s'en alla chercher un endroit où dépenser un peu de l'énergie qu'il avait économisée.

Le soir, en rentrant chez lui, il marcha sur des tas de rameaux d'arbustes réduits en bouillie. Manifestement, les cerfs qui avaient régurgité les feuilles gluantes le matin étaient revenus manger et recracher encore d'autres feuilles. Les cerfs s'attaqueraient à la même plante demain, le jour suivant, et tous les jours jusqu'en automne. Chaque jour, après avoir recraché les feuilles, ils tourneraient de-ci de-là leurs longues mâchoires et échangeraient des regards étonnés, comme pour se demander : *Qui aurait cru qu'elles avaient si mauvais goût ?*

S'éveiller au son de nappes de pluie qui giflent un toit métallique est déconcertant. À moins que, comme moi, vous ne soyez blasé à force de vivre avec des meutes de pies talonneuses de toit. Et la tempête semblait plus méchante à l'œil qu'à l'oreille. Je m'appuyai des deux mains sur la fenêtre et collai mon nez à la vitre : *oh-oh-oobleck !*

Dr. Seuss a illustré l'un de ses livres, *Bartholomew et l'oobleck*, en n'utilisant qu'une seule couleur. Il avait probablement conçu l'ouvrage comme une exploration du rapport de l'homme au temps qu'il fait, mais qui peut contrôler des pirates bien intentionnés, une fois que leurs écrits ont cinglé vers des eaux inconnues ? La morale de ce livre en noir et blanc et en vert de Seuss est *Posez-vous là et laissez la nature tranquille*. L'histoire : lassé de la neige, de la pluie et autres intempéries bien ordinaires, un monarque ordonne à son magicien de créer *ex nihilo* une forme inédite de précipitation. Dame Nature répond à ses pleurnicheries en libérant l'oobleck, substance épaisse et collante qui ne fond ni ne s'évapore. Se rendant compte que l'ennui est préférable à cette nouveauté, le roi revient sur ses exigences.

Aujourd'hui, c'est avec une consternation non diminuée que je scrutai un oobleck gris et amorphe. Lorsque j'étais garde forestière dans le parc national du mont Rainier, une brume épaisse similaire occultait souvent le soleil, homogénéisant ciel et sol, mais elle ne me déprimait jamais. Quand la brume flottait autour de ma taille, je trouvai refuge contre le bourbier aérien en m'accroupissant sur les talons pour chercher des fleurs tubulaires brunâtres sous les feuilles cordiformes de l'asaret. Non loin de là, je découvrais une limace banane tigrée ; retirant mon gant en polypropylène, j'appuyai de l'index sur sa trompe élastique. Il pouvait s'écouler une semaine avant que je voie une autre personne, mais le contact avec une limace était tout ce dont j'avais besoin pour ne pas me sentir seule. En plaine, les jours de pluie, je cheminais sous le couvert de vieux arbres. En montagne, les jours de pluie, je progressais prudemment sous des surplombs de roche blanche. Bien sûr, si vous ne souffriez pas de claustrophobie, vous auriez pu tout aussi bien rester au sec à l'intérieur de votre minuscule cabane et allumer le Coleman.

Je n'avais jamais aimé être à l'intérieur sans voir du ciel bleu pendant la journée. Quand vous entendez le mot *claustrophobie*, vous songez probablement aux penderies, aux ascenseurs, aux cabines des toilettes publiques. Certes, j'évite les ascenseurs, chez moi je n'ai pas de dressing et, souvent, je sors en catastrophe d'une cabine de W.-C. avant d'avoir remonté la fermeture éclair de mon jean, mais je me sens particulièrement confinée par les gros nuages de basse altitude. Ils me perturbent. Même si les psychologues décrivent la claustrophobie comme une phobie, une « peur irrationnelle » des lieux clos, je trouve mon attitude plus instinctive qu'irrationnelle.

Il n'empêche que si vous n'étiez plus une garde forestière opérant dans l'arrière-pays mais un professeur d'université, enseignante à temps partiel chargée de deux cours d'écologie, et sous contrat avec les éditions Chelsea House pour rédiger un manuel de sylviculture niveau collège, vous aviez besoin – claustrophobie ou pas – de rester à l'intérieur.

Finalement, la grisaille me força à me réfugier au

rez-de-chaussée, dans une pièce pourvue de moins de fenêtres. L'oobleck, omniprésent à 7 heures du matin, semblait immortel à 7 heures du soir. Les fenêtres me renvoyaient mon regard. Je comptai six heures de travail étalées sur douze. Essayer de circonvenir les nuages en changeant d'étage et en scrutant l'abîme à la recherche du moindre brin de soleil ou de clair de lune prenait autant de temps que la correction et la notation des devoirs. Avant de finir, je retournai à la salle Arc-en-ciel pour débattre en ligne des schémas groupés et dispersés de répartition des proies avec mes étudiants en écologie.

La salle Arc-en-ciel, avec sa salle de bains attenante, occupait tout l'étage, sur dix mètres maximum mur à mur. Comme la tour de vigie incendie de Shriner Peak où j'avais jadis travaillé, elle était petite et entourée de fenêtres. L'entrepreneur m'avait avertie qu'il me faudrait porter des lunettes de soleil à l'intérieur. Il avait raison. Comme j'avais fait construire le chalet à flanc de colline, l'arrière de la salle Arc-en-ciel était au niveau du sol. Deux portes vitrées s'ouvraient sur l'extérieur, la première sur une terrasse et l'autre sur le champ derrière la maison. Deux fenêtres à deux panneaux, une fenêtre simple et deux portes ne laissaient pas beaucoup de place pour des œuvres d'art. J'avais tout de même réussi à placer des photos du mont Rainier, du Crater Lake, du parc de Yellowstone et du parc national des Arches. Une photo du parc national du Glacier était suspendue au plafond. Elle empêchait le témoin rouge du détecteur de fumée de troubler mon sommeil. Trois gigantesques gravures – des fleurs abstraites – de Georgia O'Keefe décoraient le mur derrière mon bureau.

Des rayonnages pour les livres, des photos et un grand miroir encastré dans la porte avec un cadre aux couleurs de l'arc-en-ciel remplissaient le reste de l'espace mural. Le miroir, devant lequel je passais chaque fois que j'allais à la salle de bains, était purement décoratif: je n'avais pas de grands besoins en matière de coiffure ou de maquillage. Et de toute façon, j'aimais mon visage – à l'exception de l'excroissance de tissu rose bouffi qui saillait entre mes dents de devant supérieures. Pour moi, une horreur. La plupart des gens ne commentaient pas ce débordement du frein labial, et puis de toute façon c'étaient mes pommettes hautes qui accaparaient l'attention. C'est vrai, elles sont très hautes – quand on se tient derrière moi, on peut me voir sourire. Mais les dentistes demandaient toujours à mes parents pourquoi ils ne s'étaient jamais préoccupés du frein. « Ce problème se règle toujours pendant l'enfance », disait mon dentiste actuel (comme ses deux confrères avant lui). Il n'avait jamais vu un adulte dont le frein labial descendait jusqu'en bas des dents supérieures. Moi non plus. Et je suis absolument sûre qu'il passait plus de temps que moi à regarder à cet endroit. Ce frein signalait que je n'avais pas été choyée dans mon enfance. Si ça me rendait triste ? Eh bien, le frein se fissurait et saignait si je souriais trop largement ou trop vite. Idem quand je riais. Et j'avais l'impression qu'il saignait tout le temps. Ça va comme réponse ?

Des stores alvéolaires, chacun d'une couleur différente – violet, indigo, vert, jaune, orange, rouge et bleu marine – couvraient chaque fenêtre dans la salle Arc-en-ciel. À la fin du printemps et pendant l'été, des arcs-en-ciel m'enveloppaient tous les trois ou quatre jours. Les arcs-en-ciel doubles n'étaient pas rares. Parfois, les nuages crachaient de gros arcs-en-ciel tronqués dits « chiens de pluie ». J'avais appris leur existence en lisant *À la dure* de Mark Twain. Il en avait lui-même appris l'existence auprès de marins quand il explora les îles Sandwich en 1866. Il y fut si impressionné par les arcs-en-ciel – complets ou tronqués – qu'il suggéra de changer le nom attribué à ces îles par le capitaine Cook en «îles de l'Arc-en-ciel». Bien sûr, ces îles n'avaient pas besoin d'un nom lorsque Mark Twain – ou le capitaine Cook, d'ailleurs – les visitèrent. Le roi Kamehameha Ier, premier monarque dans les annales à avoir unifié les îles, les avait déjà baptisées Hawaï des dizaines d'années avant l'intrusion de Cook. Si on peut oublier son arrogance, la suggestion de Mark Twain est une affirmation puissante du charisme des arcs-en-ciel. Oui, les arcs-en-ciel sont rares et éphémères, mais je jugeais la nature à l'aune de ce qu'elle faisait de mieux, et non de ce qu'elle faisait d'ordinaire. J'espère qu'elle me jugera de même un jour.

Dans *Moby-Dick*, Ishmael croit que «le Ciel» se déclare en faveur des cachalots en envoyant des arcs-en-ciel par leurs évents. Ses camarades de bord ne croient pas que les baleines soient des mammifères, et encore moins qu'elles soient dignes de la bénédiction céleste. Y a-t-il quelqu'un pour se moquer de lui ? Non. Soit il y a eu un décalage de paradigme, soit personne ne cherche noise à un mec dont le meilleur ami est un cannibale de cent cinquante kilos.

La saison des amours était passée depuis longtemps lorsque le renard rencontra un mâle plus âgé, l'un des époux transitoires de sa mère, qui s'abritait dans le bosquet de peupliers noirs. Il s'arrêta pile à une longueur de queue et leva la tête pour regarder le vieux renard dans les yeux.

– Qwah.

Le vieux renard, qui s'était programmé un après-midi paresseux loin de la renarde et d'autres perturbations, laissa pour toute réponse échapper un glapissement las puis se retira derrière un peuplier et se coucha au milieu de grappes de champignons à la peau tendue.

Regardant par-dessus les épaules du vieux renard, Fox aperçut des grues du Canada qui chassaient les grenouilles, déployées en éventail. Avec leur long bec plongé dans le champ marécageux, elles ressemblaient à des oiseaux à trois pattes. Elles auraient fait une diversion idéale si seulement elles avaient bien voulu lever la tête. Le vieux renard, inclinant son museau latéralement dans la terre meuble et humide, siphonnait un champignon d'apparence suspecte qui soit le tuerait, soit l'occuperait le reste de l'après-midi. Quoi qu'il en soit, dans le programme de Fox, agacer des oiseaux à trois pattes dont les rotules étaient plus hautes que lui était passé au premier rang.

Il se glissa sous les pattes des grues comme si elles étaient des branches de symphorine pliant sous le poids de baies blanches et farineuses. Elles décollèrent et tentèrent des coups de patte. Il tourna en rond et courut tandis qu'elles fondaient sur lui, étirant leurs ongles acérés et coassant des menaces bruyantes et répétées. Lorsqu'elles le repoussèrent jusque dans le champ de luzerne, il joua à passer entre les ombres des tuyaux d'irrigation sur roues.

Deux chiens noirs, plus grands et plus larges d'épaules que des coyotes, déboulèrent d'une grange au loin. Ils venaient pour lui. Il dévala la pente le long du canal d'irrigation, sautant par-dessus quelques souches de peuplier et traversant un banc de brume saturé du fumet des wapitis. Lorsqu'il atteignit la rivière, des plaques de glace dansaient le long des berges. *Pas prévu !* Il détala dans une rangée de jeunes pousses de saule, flexibles et encore dépourvues de feuilles. Puis il tourna pour remonter sur la colline.

Les chiens le suivirent. *Jusqu'en haut ? On va bien voir !* Ces chiens portaient un collier, ils étaient en surpoids et affaiblis à force d'avoir été enfermés. Et ce n'était là que leurs handicaps physiques. Lorsque la pente s'atténua brièvement pour devenir un palier, ils ralentirent. La pente suivante arriva trop vite, et les chiens se mirent à aboyer piteusement. Leurs jappements ne semblaient pas vraiment cibler Fox, c'étaient plutôt des récriminations contre l'existence en général.

Droit devant, une fine croûte de glace recouvrait le ravin rempli de neige. Fox vola sur cette croûte glacée tel un épervier aux longues ailes. Les deux grosses brutes derrière lui passèrent à travers la glace. Quand il se fut vautré dans une neige granuleuse comme du sable sec, les chiens réapparurent, épuisés et haletants. Des tessons de glace leur avaient certainement tailladé et tuméfié les mollets.

Lorsque Fox atteignit la maison au toit bleu, le soleil s'était couché. Lui était en terrain familier, mais pas les chiens. Quand ils traversèrent la prairie devant la maison, des odeurs et obstacles nouveaux les plongèrent dans la confusion, et ils perdirent leur assurance. Ça, c'était leur handicap mental.

Les chiens n'aboient presque jamais, par ici. Je me levai et sortis dès que j'entendis aboyer. Deux chiens de la taille de bergers allemands poursuivaient un renard dans mon champ de devant. Carrément. Sans me laisser le temps de réfléchir, j'empoignai un balai à franges et les chargeai. Le champ était parsemé de cactus, glissant, pourri de vieille neige. S'il s'était agi d'un lapin ou d'un cerf, j'aurai laissé faire. Ma réaction envers un renard que je ne connaissais pas encore avait été viscérale, probablement instinctive, et totalement incontrôlée. Je rentrai chez moi angoissée et avec un sentiment d'échec. Comment le renard pourrait-il savoir si c'était lui que je poursuivais ou les chiens ? À présent il fuyait – sous une lune piégée par les nuages. Quatre paires de pattes, une paire de jambes et trois animaux excités. Plus la lune s'élevait dans le ciel, tentant d'échapper aux nuages, plus les nuages s'accrochaient obstinément à elle.

Il se trouvait – simple coïncidence – que le seul voisin dont j'avais noté le numéro de téléphone était un propriétaire de chien. Ou de chiens.

– Je… je sais qui vous êtes, balbutiai-je quand Marco s'identifia. J'ai fait votre numéro. Vos chiens sont en train de poursuivre un renard. Un renard !

Je lui criai un chapelet de remarques exagérées, utilisant des mots comme « agressif » et « injuste », tout en critiquant l'incapacité de Marco à tenir ses chiens. À moins que ce ne soient les chiens de quelqu'un d'autre.

En récitant des lois sur la protection des renards aussi vite que je pouvais les inventer, j'empêchais Marco de me répondre par des phrases complètes.

L'écouteur du combiné vibrait de mots et d'expressions accentués à l'italienne : *ex-femme… ville… un seul chien…* et *désolé… désolé… désolé.*

Embrayant sur des exemples hypothétiques, j'expliquai que les vétérinaires traitent les chiens qui ont des fractures ou le dessous des pattes perforé.

– Les renards blessés, eux, meurent. Seuls. Dans le froid. Ils souffrent.

– Renard, oui ? Court plus vite que chien. Blanc. Très vite.

– La loi protège les animaux *sauvages*, mentis-je. On ne peut pas laisser des animaux de compagnie chasser des animaux sauvages.

En tout cas, on avait l'impression que son ex-femme s'était enfuie à la ville avec leur unique chien.

Le renard était assis au coin de mon perron lorsque la conversation se termina. J'allumai la lumière extérieure et il plissa les yeux si fortement que ses joues rejoignirent ses sourcils. Je m'excusai de lui avoir fait peur quand j'avais seulement voulu chasser les chiens. Il me parla pour la première fois :

– Qwah.

Je compris tout de suite qu'il n'avait pas de cordes vocales. Après avoir passé une volumineuse doudoune en duvet, je surveillai mon minuscule visiteur tandis qu'il flairait à droite et à gauche dans le champ de devant, sans doute à la recherche de campagnols. Mais je savais qu'il apprenait aussi mon odeur, et se persuadait que je ne vivais pas avec des chats ou des chiens. Je le suivis sur environ cent mètres en longeant la crête avant qu'il ne disparaisse. Des chiens aboyaient toujours par intermittence. Les chiens courants ne sont ni rapides ni très intelligents, mais ils sont patients et tenaces. Leur stratégie est de travailler le renard jusqu'à ce qu'il s'épuise. Des décennies d'élevage sélectif leur ont enseigné le mantra *Le temps est avec nous.* Dans le ciel, la lune demeurait prisonnière, et je regagnai le chalet dans une quasi-obscurité.

COMME TOUT ANIMAL doué de raison à la vie brève, le renard tenait un relevé précis de la manière dont il occupait son temps. Un jour de plus s'était écoulé, avec trop d'atterrissages brutaux et trop peu de campagnols. Les rapaces pattus n'étaient plus là, et il avait chassé dans le champ de luzerne sans pouvoir compter sur le juvénile pour bousculer les vaches. Mais une bizarre rencontre avec une chasseresse de chiens lui avait donné une idée, et maintenant il avait un plan.

Sautant sur le flanc de la colline depuis le chemin de terre, il atterrit entre un genévrier et un arbuste épineux puis se dirigea vers son terrier. Il aurait facilement pu arriver chez lui sans se reposer ni se fatiguer, attaquant la pente raide en enchaînant les cabrioles, le nez en l'air. Au lieu de quoi il pénétra sans hâte dans une clairière et bondit sur un rocher plat, de façon que lui et Ouragane, qui le suivait, puissent se voir. Guère plus grande qu'un cerf, elle ne cessait de disparaître dans les arbustes et l'obscurité. Il attendit qu'elle ne soit plus qu'à quelques enjambées de lui avant de faire demi-tour et de grimper de nouveau. Rétrogradant en mode rôdeur, il choisit une piste qu'empruntaient les wapitis au pas, en rang deux par deux. La fille, qui sentait les plumes d'oie, progressait plus vite sur la piste plus large, mais personne ne peut rivaliser de nuit avec un renard. Quand il sentit qu'elle était à la traîne, il s'arrêta pour exhumer un mulot, s'immobilisant pour caresser la terre jusqu'à ce que la fille le rattrape. Elle le suivit un certain temps, puis elle trébucha et se retint à un buisson de bigelovie puante – ou tomba carrément dedans. Il fut obligé de la distancer pour qu'elle puisse rentrer chez elle sans encombre. Laisser sa nouvelle partenaire succomber à l'épuisement n'était certainement pas au programme. Il allait être obligé de l'éduquer lentement.

Tirant parti au maximum de la pleine lune, il ralentissait quand les nuages la recouvraient, se remettait à courir quand la lune se libérait. Le tout sur fond de mantra personnel : *Le temps ne travaille pour personne*. Après avoir sauté sur un rocher pour éviter de se frotter à un groseillier aux feuilles collantes, il contourna le dernier obstacle de sa journée, des monticules de cerfs endormis. Des animaux stupides, certes, mais pas assez pour vivre seuls.

FOX-LE-PLUVIEUX

Clarté lutino-glutineuse, arcs-en-ciel absents et un coup mystérieux frappé à la porte d'entrée : drôle de journée ! J'interrogeai le ragoût de venaison :

– Qui est là ?

Tout en essuyant mes doigts rougis par les carottes sur mon blue-jean bleu, je produisis, réflexion faite, la seule réponse logique : personne. Il n'y avait là personne, parce que arriver jusqu'ici impliquait de trouver mon allée privative. Étroite et bordée de buissons, elle était presque invisible de la route. Même si quelqu'un pouvait la découvrir pour de bon, ses cent trente-cinq mètres caillouteux empêchaient tout accès furtif.

Mais cette journée n'avait pas été bridée par la logique. Aux premières lueurs, un unique nuage recouvrait le ciel entier, s'arrêtant à mi-pente des montagnes rayées de neige. Pour moi, c'était une provocation. Malgré son audace, ce nuage était demeuré mince. Si la pesanteur m'avait lâchée pendant une fraction de seconde et que j'étais montée en toupie dans le ciel, bras tendus et mains ouvertes, j'aurais pu le percer de mes doigts. À midi, le nuage tourbillonnait déjà autour de mes chevilles et menaçait de m'engloutir. Le soir, une pluie légère passa en coup de vent, dispersant le nuage et révélant les montagnes en dents de scie. Je guettai les arcs-en-ciel ; il n'y en eut point. À la place, une clarté lutino-glutineuse plomba le ciel du soir – une clarté si terne que même l'herbe mouillée ne brillait pas.

Il n'y eut pas de second coup frappé à la porte. J'avais un ragoût à touiller au rez-de-chaussée et une radio – uniquement réceptrice – à l'étage. Si j'avais su qu'il y aurait quelque chose d'important aux infos, je me serais contentée de corned-beef au lieu de cuisiner un ragoût.

Pourquoi ce visiteur n'aurait-il pas utilisé la sonnette ?

Mais vous croyez vraiment que j'aie une sonnette ?

Normalement, le soir, je laissais les stores remontés et les lumières éteintes jusqu'à ce que la lumière naturelle ne puisse plus m'empêcher de trébucher sur des livres ou des haltères. Cette habitude n'avait rien à voir avec les économies d'énergie ou l'avarice tout court. Ma facture d'électricité mensuelle ne dépassait pas le prix de l'étiquette réglementaire à apposer sur chaque cerf tué, et je payais un peu plus pour l'abonnement Internet avec le modem branché sur mon fixe. J'avais donc absolument les moyens de laisser plein de lumières allumées. Mais j'avais besoin de la clarté primitive du crépuscule pour adoucir et conclure le travail de la journée. Ce soir-là, cette clarté était dure et inquiétante, alors je l'ai occultée en baissant d'un trait le store et en allumant mon lampadaire branlant à halogène.

Passant difficilement la main dans le store en aluminium flexible qui recouvrait la fenêtre encastrée dans la porte d'entrée, j'écartai deux lames entre le pouce et l'index et regardai dehors. Personne. Enfin, personne assez près pour avoir frappé à la porte. Mais au-delà de mon portique désert, à un jet de pierre, sinon moins, quelqu'un était assis, le dos droit, et me regardait : un petit renard mouillé. J'ouvris la porte.

– Bonjour, dis-je en tendant le cou comme une tortue hors de la coquille de mon chalet.

Le renard baissa la tête et se tourna vers l'allée en contrebas. Je suivis son regard. Rien. Ma caméra cachée Bushnell, installée pour voir qui mangeait mes échinacées, ne s'activait pas avant l'obscurité complète.

S'il avait été un humain et non un renard, j'aurais interprété son comportement comme une tactique pour détourner mon attention du vrai frappeur à la porte – lui – vers un frappeur fictif qui se serait enfui dans l'allée. *Il me fait marcher*, me serais-je dit. Comme si nous avions été tous les deux victimes de cette impolitesse blessante perpétrée par quelque frappeur vespéral irresponsable. Mais l'individu dehors n'était pas un humain. Quoi qu'en disent le folklore et les mythes, les scientifiques n'incluent pas les renards parmi les tacticiens ou les imposteurs. Pareilles personnalités exigent de la prévoyance, de la préparation, une intention et mille autres traits qu'on n'a jamais attribués aux renards sauvages. Ma formation de doctorante m'avait au moins appris ça.

Le renard continua de regarder alternativement vers l'allée et vers moi.

Je vérifiai l'absence d'intrus en descendant l'allée et en criant « Salut ! » aussi fort que ce à quoi on pourrait s'attendre si l'intention était que personne ne réponde. Faisant le tour de la prairie de derrière, je trouvai une biche aux yeux de biche, et deux faons couchés. Il se pouvait que le coup que j'avais entendu corresponde à un sabot heurtant le bois de la porte, bien qu'aucun des deux faons ne me donnait l'impression d'avoir assez de cran pour s'aventurer jusqu'au chalet. Les mouffettes qui creusaient leurs terriers dans la prairie de devant auraient pu pousser une pierre contre la porte, dans leurs divagations. D'ordinaire, elles s'occupaient à guetter les guêpes rentrant au bercail, à déraciner les plantes pérennes et à prendre des poses obscènes devant ma caméra-espion. Mais tout cela, elles le faisaient rarement avant minuit.

Je montai écouter la radio et, bientôt, une odeur inquiétante et une fumée gluante me suivirent. C'était légèrement déplaisant, mais moins passionnant que les infos, donc je n'y prêtai pas attention. Le détecteur de fumée siffla trop tard pour sauver le ragoût. Le dîner se métamorphosa en une poire perchée sur une assiette en porcelaine blanche, flanquée de deux tranches de boudin de venaison rouge foncé. Trois carrés de chocolat enveloppés de papier doré, alignés en diagonale derrière la poire, célébraient le vert lisse de sa peau. Je m'enfonçai dans le sofa rose à fines rayures, mon dîner en équilibre sur un plateau ovale en bois patiné par les intempéries. Si l'on faisait abstraction du store baissé jusqu'en bas, c'était un dîner réussi à tous points de vue. Le store épais à structure en nid d'abeille était vert tendre. Les murs et les deux portes étaient rose adobe. Cette palette s'accordait aux fleurs et aux feuilles de *Geum trifolium*, plante sauvage communément appelée « benoîte à trois fleurs ». J'avais emprunté cette combinaison de couleurs au solarium du Lake Yellowstone Hotel. Parfois, je songeais à ces maisons où le sofa était orienté vers l'écran du téléviseur et me demandais quel effet cela ferait de manger sans pouvoir regarder dehors et voir des couleurs calmes, des montagnes ou des nuages. Parfois je me demandais simplement ce que ça serait d'avoir la télévision.

À la radio, des cloches sonnaient le glas, accompagnant de sombres incantations prononcées à voix grave et dans une langue étrangère. Du latin, je crois. Des intervenants de diverses combinaisons d'âge, de sexe et d'accent rappelaient les bonnes actions du saint homme, récemment décédé et dont je ne savais presque rien. Tout le monde s'accordait à dire que c'était une triste journée et qu'il allait manquer à des millions de gens. Les cloches continuaient de sonner tandis que de nouvelles voix sombres ajoutaient des articles à la liste toujours plus longue des sublimes bonnes actions du défunt.

D'habitude, quand quelqu'un mourait, je voulais savoir la cause de sa mort. *Est-ce que je mourrai de la même manière?* Ce soir-là, je voulus comparer mes bonnes actions avec celles du défunt. *Est-ce qu'on portera pareillement mon deuil?* La prouesse dont j'étais la plus fière était d'avoir survécu, au sens littéral de *ne pas mourir*. Je garde en moi une citation de mon père, non seulement à cause de ce que cela disait, mais parce qu'il était rare qu'il me dise quelque chose: «Je ne voulais pas avoir d'enfants, je ne veux pas savoir si tu auras des enfants un jour, et ce qui t'arrivera ne m'intéresse pas.» Après un silence, il avait ajouté: «La bonne nouvelle est que, si tu réussis à faire quoi que ce soit de ta vie, au moins tu n'auras pas à te soucier de me remercier.» Il m'a dit ça quand j'avais douze ans, et ces propos, qui représentaient toute son attitude à mon égard, ont pesé sur mon état émotionnel, sur toutes mes relations humaines et sur tout ce que j'ai fait depuis lors. J'ai toujours soupçonné qu'il avait dit cela par pure cruauté et l'ai interprété comme un avertissement: tant que je vivrais à la maison avec lui, il espèrerait que je disparaisse.

Je suis devenue experte en disparition. Mais quand

j'étais encore en première année de licence, mon père m'a retrouvée et m'a dit de contracter un prêt pour financer mes études, et j'ai signé. Il a pris l'argent et a disparu. J'ai remboursé le prêt.

J'ai encore amélioré mes compétences en disparition. En plus de survivre, ç'avait été ma plus grande réussite, mais ça ne peut pas compter comme bonne action. Bien sûr, l'homme dont on portait le deuil – je ne savais pas son nom jusqu'à ce jour – était plus vieux que moi et avait quarante ans d'avance. N'empêche que si les cloches sonnaient le glas pour moi aujourd'hui, ce serait bref. Sauver un renard maigrichon des griffes de deux gros chiens, ça faisait déjà une bonne action. Une deuxième serait… bon… il y avait *deux* gros chiens, non ?

J'ouvris la porte sans laisser voir plus que mon bras. Le renard, trempé comme une serpillière grise, n'avait pas bougé. Pourtant il ne pleuvait pas. Il avait plu avant, mais les gouttes de pluie étaient si clairsemées que seuls de gros animaux dodus avaient dû être mouillés. N'importe quel animal petit et agile aurait pu passer à travers les gouttes. Et si les gros chiens avaient poussé le renard dans le fossé d'irrigation ? *Quel fossé ?* Plus vraisemblablement, ils l'avaient poursuivi jusqu'à la rivière. Un renard aux abois fuira en direction d'un cours d'eau et même le franchira à la nage. Mais aujourd'hui la rivière avait tellement grossi qu'il n'aurait pu nager très loin en faible profondeur avant de rebrousser chemin.

Il se retourna brusquement vers moi. Un renard normal se serait enfui quand j'avais ouvert la porte. Son audace suggérait que c'est moi qui étais sur son territoire et non l'inverse.

Je refermai la porte et m'attardai un instant, remontant et abaissant le store plusieurs fois avant de le bloquer en position ouverte. Je regardai dehors, examinai la scène puis constatai l'évidence : juste au-delà de mon pas de porte, trempé par la pluie et frissonnant, quelques heures après la mort du pape Jean-Paul II, se tenait un renard.

LA MOUCHE DANSANTE

Un petit chalet, des tas de fenêtres. Et un renard fluide : l'éviter était mathématiquement impossible. Il y a sûrement un algorithme pour le démontrer. 1 chalet à 2 niveaux. 1 pièce par niveau + 1 salle de bains. Fenêtres orientées vers 4 directions. Visibilité : ∞. Éviter le renard = un événement d'une probabilité de 0,001. Total du chalet : une tour de guet avec rien à guetter ; un clocher sans cloches. Une compensation de ma claustrophobie.

En plus d'être claustrophobe, je ne suis pas à l'aise sur un siège. Je peux rester assise plus longtemps que les dix-huit minutes du renard, mais moins que la durée normale attendue d'un individu moyen. J'ai déduit cette durée normale en fréquentant l'école maternelle, primaire et secondaire jusqu'à l'âge de quinze ans. L'élève états-unien reste assis assez longtemps pour rivaliser avec l'organisme le plus sessile que l'évolution ait jamais produit sur la planète Terre. Oui, une station assise excessivement prolongée était pour moi une sorte de torture physique. Mais ce n'était pas une torture mentale, si bien qu'en dépit de l'inconfort physique nombre d'entre nous (moi incluse) obtinrent de très bonnes notes quand même.

Le télé-enseignement via Internet me permettait de faire cours tout en étant debout à l'extérieur. Si je travaillais à l'intérieur, un large rebord de fenêtre me servait de bureau. Après avoir terminé mes cours, je réparais des clôtures, ramassais des pierres, débouchais des caniveaux, garnissais de paillis le tronc des arbustes, déblayais la neige à la pelle, répandais du gravier, taillais des plantes et dénombrais des oiseaux. Et si je ne travaillais pas dehors, je regardais dehors.

Par conséquent, nul individu raisonnable ne trouverait bizarre que, plusieurs jours après la mort du pape Jean-Paul II, j'aie revu un renard que je ne cherchais absolument pas, même s'il arriva tout pitoyable et démuni à ma porte. Je continuai ensuite de le voir chaque jour : il se promenait de long en large dans mon allée, prenait des bains de soleil sur mes rochers, chassait dans mes prairies et kidnappait mes campagnols, dont il existait maintenant un stock illimité grâce à la débâcle de l'opération Liatris et aux infatigables prouesses reproductrices de ces animaux dépourvus en apparence d'organes sexuels.

PERCHÉ SUR LE MUR en pierre, le renard ancra ses pattes postérieures, allongea le cou, jeta un coup d'œil circulaire puis se concentra sur le devant de la maison. Ouragane brandissait un outil dangereusement volumineux avec si peu de méthode qu'elle semblait avoir perdu le contrôle de la situation. C'était ça, ou alors l'outil essayait de s'échapper. Le renard poussa une pierre deux fois plus grosse que sa tête et la fit tomber du mur tout en surveillant Ouragane.

Sans bouger, il entendit la pierre dégringoler du mur, puis froisser les herbes sèches au passage et rebondir avec un bruit mat sur la glaise durcie. Tout ce bruit, et Ouragane semblait n'avoir rien entendu ! Lui – le renard rusé – était invisible. Comme prévu.

Dans les jours à venir, il pourrait mettre du temps de côté pour observer Ouragane. L'attente était une tâche importante, et il ne tolérait pas l'absentéisme. Un renard plus âgé était parti ailleurs sans creuser de terrier, lui abandonnant un territoire qu'il allait occuper. Dans les contreforts arides des collines des hautes terres, les territoires à prendre se libéraient si vite qu'ils en devenaient presque illusoires.

Pissant çà et là pour marquer ce nouveau territoire, il descendit au petit trot le chemin caillouteux derrière la maison, attentif au rythme de ses propres pas, cadence si monotone qu'un auditeur moins motivé aurait fini par s'endormir. Mais les observateurs attentifs apprécient les rythmes ennuyeux dès lors qu'ils soulignent les contretemps. Assez vite, un rythme bizarre fit intrusion, un bruit ténu de frottement. Étirant ses longues pattes, un gros scarabée noir tentait de se hisser au sommet d'une pierre isolée. Après un temps d'arrêt silencieux, une tête de coléoptère craqua sous la tranche durcie d'une patte antérieure. Courant follement en cercle puis zigzaguant, l'insecte décapité repartit dans l'autre sens. C'était une Ouragane miniature, la tête en moins.

Pas même une bouffée de la répugnante odeur d'une femelle mouffette ne justifiait un changement de direction. Aujourd'hui, il se déplaçait si rapidement qu'elle ne serait qu'une vulgaire mauvaise herbe – une de plus – sur son chemin. Droit devant et un peu plus haut, un tertre s'annonçait comme un site prometteur de caches à gibier, un repère marquant situé au-dessus de la nappe phréatique et où il pourrait enterrer ses proies surnuméraires en prévision des mauvais jours. Il en fit le tour en quelques enjambées. Il le gravit en trois bonds seulement.

Des galets disjoints remplissaient le tertre. Cette construction imitait les cônes de déblai empilés par un blaireau – un blaireau gros comme un ours, alors. *Un blaireau gros comme un ours ?*

Pisse de fouine ! Il se ferait piétiner et enterrer vivant. Il s'effondra sur le sommet. Ouragane était sortie ; elle attaquait les pois de Sibérie avec un long ustensile métallique.

Manié par ces doigts flexibles, cet outil pourrait-il assommer un superblaireau et l'aplatir comme un spermophile écrasé sur l'asphalte ? Oui ! *Ça marche !* Il sauta à bas de l'éminence, pissa tout autour et l'incorpora dans son territoire.

À la limite supérieure de ses terres, il tourna et redescendit la pente. La patte levée, les orteils écartés, il lança un nouveau jet d'urine en direction du terrier de Campagnol City. Ses anciens frères et sœurs avaient disparu ; ils seraient remplacés par la portée de l'année. Lui, l'avorton, avait revendiqué le haut pays. Une trôlée de renards incapables d'imaginer sa prouesse ne tarderait pas à se disputer le cadeau qu'il leur avait laissé : un mulot à moitié mâché, avec du polystyrène expansé plein le ventre.

Après avoir quitté le tertre, il poursuivit sa mission. Lorsqu'il en eut terminé avec *les pipis sauvages*[1], son urine circonscrivait un superbe nouveau territoire. Il ne lui restait plus qu'à se pavaner d'un rocher à l'autre, frottant son éclatante queue de renard sur chacune de ses acquisitions. S'arrêtant pour renifler le plus gros des rochers, il y

1. En français dans le texte. (*N.d.T.*)

découvrit une surface si rugueuse que ses minuscules sillons retenaient d'infimes parcelles d'eau. Elles lui humecteraient la peau quand il reviendrait plus tard se masser le ventre.

Posté sur le plus haut des rochers, il brassa largement l'air avec sa queue panachée de blanc, histoire d'informer les ruffians en maraude qu'un nouveau capitaine était paré pour la bagarre. Mais il n'y avait pas de ruffians en vue.

Le rocher était noir comme la truffe d'un renard, lisse, sec et assez chaud pour qu'on puisse s'y prélasser au soleil. Il écarta les pattes, les ancrant au rocher par le plus gros orteil de chaque pied. Un campagnol reniflait à la base du rocher – pauvre créature. Le renard nota que le rongeur ne pouvait pas regarder vers le haut, à moins que quelqu'un ne le retourne. Les campagnols, observa le renard au cou de héron, n'avaient pas de cou.

Au tertre, le campagnol – presque empalé mais pas tout à fait perforé – tressautait entre les babines du renard. D'un coup de ses dents de derrière, le renard trancha la colonne vertébrale de la créature sans entamer sa peau. Enterré à une profondeur de deux pattes, le campagnol sans tête fut le premier joyau de ce qui deviendrait une grande réserve de trésors cachés.

J'étais assise sur les marches en bois du perron. Mes orteils jouaient avec les douces crinières d'une armoise. S'accrochant à la croûte d'une récente blessure au genou, une mouche me suçait le sang avec son ignoble petite trompe. Je lui soufflai dessus fermement et elle s'envola. Mais après quelques tours de reconnaissance, elle revint à l'attaque. Je soufflais, elle bourdonnait, et la provocation continuait. Au lieu d'essayer de déloger la mouche, je finis par me mettre à l'observer. Me plaçant hors du temps, je m'absorbai dans une contemplation en gros plan de la repoussante créature campée sur ses pattes, qui se frottait les «mains» et se caressait la tête.

Il était à moins de deux mètres de moi quand je le vis. Aplati contre le sol, il oscillait tel un serpent et chaque courbe de son corps tubulaire semblait le rapprocher de la mouche sur mon genou. Je me demandai s'il me voyait, occupé qu'il était à fixer si précisément cette mouche domestique. S'arrêtant à portée de bras, il roula des yeux, leva la tête et nos regards se rencontrèrent. Un bout de queue de mulot était resté collé au coin gauche de sa babine supérieure.

– Fox, chuchotai-je.

Il baissa la tête vers mon genou, révélant un museau effilé. Nous nous regardions toujours, les yeux dans les yeux. Et puis je ne vis plus qu'une mouche et deux yeux d'ambre.

– Foxssssss, sifflai-je en prolongeant le *s* final jusqu'à ce que j'aie besoin de reprendre ma respiration. Foxssssss.

Et puis il n'y eut plus ni mouche, ni bruit, ni odeur, ni mouvement. Juste deux yeux d'ambre. Il y eut un déclic, je pris son image et la piégeai dans mon esprit. Ensuite, chaque fois que je le voulais, je pus fermer les yeux et voir Fox en face de moi, tout aussi clairement que si j'étais encore en train de le dévisager. Je remerciais l'image chaque fois qu'elle apparaissait. Il avait de beaux yeux, humides et étonnamment convexes.

De loin, je l'avais pris pour un petit animal parmi tant d'autres, qui ne m'arriverait même pas au genou. Or nos yeux s'alignaient presque parfaitement, si bien que lorsque nous nous regardions à bout portant, notre différence de stature s'abolissait. Je ne m'attendais peut-être pas à découvrir un regard aussi gentil – en tout cas pas chez lui. Comment savais-je qu'il avait un regard aussi gentil ? Je n'avais encore jamais scruté les yeux de personne d'aussi près, alors ce devait être de l'intuition. Il ne pouvait pas savoir que je souriais, mais il sentait probablement le rythme accueillant de ma respiration : lent et régulier.

Quand je vis sa patte antérieure droite bouger un tout petit peu, je compris qu'il me fallait remplacer la mouche par autre chose pour conserver son attention. Glissant la main dans une poche, je sentis un objet froid et rond, comme une grosse bille ou une petite boule. C'était forcément une pierre. Hormis les douilles en laiton, que je recyclais pour ma carabine, seuls des objets naturels se retrouvaient dans mes poches : pommes de pin, plumes, gousses, coquilles d'escargots, feuilles d'armoise, baies de genévrier, boutons de rose non ouverts. Jusqu'au jour où un collègue de travail me fit la leçon, je vous aurais dit que ces objets tombaient tout seuls dans mes poches. Curtis et moi procédions à l'inventaire préventif des combustibles forestiers pour le compte du Service des parcs nationaux, ce qui nous obligeait à nous déplacer par monts et par vaux. Nous nous dirigions vers un étang pour faire une pause lorsqu'il s'arrêta net et s'appuya sur un rocher.

– Dis donc ! Voilà que tu recommences à fourrer des trucs dans tes poches.

– Non, dis-je en tournant non seulement la tête mais tout mon corps pour souligner mon propos. Je ne fais pas ça.

– Mais tu viens de le faire !

Je tirai de ma poche une feuille d'érable nain, souple et rougeâtre. Je n'aurais pas été plus surprise si ç'avait été un globe oculaire humain.

– Je te surveille. Je vois ce qui se passe. Et toi, tu es comme…

Curtis roula des yeux et leva la tête vers le ciel.

Je tirai la pierre froide de ma poche. C'était une géode, pratiquement ronde, bordée de rose sombre autour de sa face cristalline. Après l'avoir placée sur les marches, je cherchai dans la poche arrière de ma veste de chasse une autre babiole pour maintenir l'attention du visiteur et en sortis une masse de graines cotonneuses d'épilobe, des plumes indigo brillantes, une pince coupante et une seconde géode. La veste et ses neuf poches – à fermeture éclair, à fermeture velcro, à rabat, boutonnées – partiellement délestées, oscillèrent.

– Pierre, dis-je en posant sur les marches l'autre géode, grosse comme une noix. C'est une vraie géode. Ça te plaît?

Je la brandis devant mon visage et dis au renard où je l'avais ramassée, avec qui j'étais et ce que je faisais quand je l'avais trouvée. Je cognai la géode deux ou trois fois contre les marches, et Fox, qui s'était à présent assis, rabattit ses oreilles vers l'arrière, m'adressa un regard étonné et n'ouvrit pas la gueule. Savait-il que la vue de ses dents acérées m'inquiéterait? J'étais excitée par la perspective d'avoir sa compagnie, et plus heureuse que je ne l'avais été depuis longtemps, mais un instant seulement. Je ne pouvais me débarrasser de l'impression que quelqu'un allait nous voir, que communiquer avec un renard était tabou. Ma crainte d'être impliquée dans un acte malsain ne tarda pas à submerger le bonheur qu'il m'apportait.

J'essayai de redresser les plumes indigo en les caressant, mais elles se tordirent en bouquets sans grâce. Je m'excusai :

– Pas trop réussi.

Mais je les trouvais assez jolies quand même. Les yeux étincelants de Fox me rappelèrent que c'étaient, après tout, des plumes. Pas des poils. J'en décollai une autre de la doublure de ma poche et demandai à Fox s'il était au courant du récent carnage chez mes merlebleus.

– J'ai trouvé ces plumes sur le rocher où tu étais assis tout à l'heure.

Ledit rocher était un collage polychrome – rose, blanc et noir. Le feldspath potassique et un peu de grenat fournissaient l'érubescence rose. Les parties blanches étaient principalement du feldspath calcique. Divers minéraux étaient responsables des taches noires. Vieux de trois milliards d'années et des poussières, presque autant que la Terre elle-même, ce gros rocher perché au point le plus haut du pré derrière ma maison me rappelait que notre planète a été belle dès le début. Un glacier se déplaçant dans cette vallée vers le nord l'avait déposé ici il y a environ quinze mille ans. Je ne voyais pas d'inconvénient à ce que le renard emporte quelques-uns de mes merlebleus, mais je préférais qu'il ne les consomme pas sur mon rocher précambrien bien-aimé.

Il se rapprocha encore, baissant le museau et me contemplant de ses yeux ronds, grands ouverts. Même si vous n'avez jamais vu de renard, vous auriez reconnu chez celui assis en face de moi un faciès si innocent que vous en auriez conclu qu'il n'avait jamais guetté le moindre merlebleu, sans parler d'en démembrer un. Je roulai des yeux piteusement.

– Oui, Fox, les faucons crécerelles aussi mangent les merlebleus. Je me suis trompée.

Un bouquet de racines desséchées ressemblait à une minuscule carotte pâle. Le nom de son genre, les *Lewisii*, honorait le capitaine Meriwether Lewis, de l'US Corps of Discovery, qui dirigea l'expédition Lewis et Clark. Le 1er juillet 1806, près de ce qui est aujourd'hui la frontière entre le Montana et l'Idaho, Lewis cueillit une fleur qui, après avoir été conservée des mois à sec dans un herbier, revint à la vie à l'Académie des sciences naturelles de Philadelphie. Le nom latin de l'espèce, *rediviva*, signifie « ressuscitée ». Le lewisia, communément appelé chez nous *bitterroot* – « racine amère » –, produit de petites fleurs dont la couleur va du blanc au rose fuchsia. Dépourvues de tige, elles sont posées directement sur le sol. Tirant d'une autre poche de ma veste une enveloppe en papier kraft de la taille d'un gros timbre-poste, j'en vidai le contenu à côté du lewisia : des graines en forme de baleine.

– Probablement des graines d'ancolie. Récupérées dans la réserve d'un rat à queue touffue. Mont Rainier. Cabane forestière de Three Lakes. J'avais fouillé la fosse à ordures du rat après que les manchons de rechange de ma lampe de camping eurent disparu.

Ces raccords, qui auraient convenu aux pattes d'un chat domestique, se fixaient sur le tuyau d'alimentation de mon éclairage au gaz propane. Sans deux manchons en bon état, mon Coleman ne s'allumait pas.

– Finalement, je les ai laissés au rat. Il étaient troués. Pleins de coups de dents.

Je soupirai et secouai la tête. Avec l'index et le médius, je simulai des dents de rongeur en action. Fox allongea son museau jusqu'aux graines noires luisantes. Je lui dis que je les avais subtilisées pour décourager de nouveaux larcins, mais c'était un mensonge. Comme ce rat forestier à la queue touffue, j'avais un faible pour les babioles luisantes.

Au début d'une relation, le dialogue est facilité quand les deux parties ne sont pas face à face. Concentrée sur mes babioles, j'en oubliai la présence de Fox. Occupé à renifler ces objets l'un après l'autre, il en oublia la mienne. C'est tout le charme d'une technique de «présentation commentée»: ça débute par un soliloque et ça devient en douce de la conversation. Pas étonnant qu'on s'en serve à l'école maternelle. Ça diminue l'embarras et ça apprend à parler aux mômes timides.

J'entrechoquai dans le creux de mes mains jointes deux belles douilles de calibre 30-06 en laiton. Le renard se redressa brusquement.

– Celles-ci, je ne sais pas d'où elles viennent, expliquai-je.

(Je le savais, évidemment.)

Roulant entre deux doigts, les douilles dorées étincelaient au soleil.

– Ohhh... c'était peut-être ce cerf mulet. Là-haut sur l'East Front, du côté de Dupuyer. Je n'en suis pas sûre.

Le renard s'approcha. Il pouvait voir par la fenêtre le râtelier à tête de cerf accroché à mon mur mais, comme tout visiteur qui tient à être invité une nouvelle fois, il fit semblant de ne rien remarquer.

J'ai toujours aimé les armes à feu. Du genre à l'ancienne, avec la crosse en bois. Quand j'étais petite, mon grand-père me mettait sur le siège arrière de sa Thunderbird avec son arme de poing. On se baladait et il me disait de faire gaffe aux flics. Il plaisantait, probablement. Mais j'adorais ce jeu et j'étais ravie de faire quelque chose d'important. Nous n'avons jamais été contrôlés. Mon grand-père n'était pas violent avec moi, alors je n'ai jamais contracté la phobie des armes à feu ni associé les armes à feu à la violence.

Quand le renard tournait la tête comme s'il allait partir, je produisais une autre babiole. Nous avancions et reculions, avant de nous fixer sur une longueur et demie de bras (humain) entre nous. À ce stade, si je reculais de cinq centimètres, il avançait de cinq centimètres. Nos mouvements n'auraient pas pu être plus précis si nous avions été la gazelle bicéphale Poussemoi-tiretoi du Docteur Dolittle.

Il examina prudemment tous mes trésors, l'un après l'autre, une patte antérieure levée et le dos rond. La posture du départ rapide. Plusieurs mois plus tard, j'imitai précisément cette posture lorsque je me trouvai coincée entre deux clientes bavardes à l'épicerie. Elles ignorèrent mon coup d'épaule esquissé, plutôt rébarbatif, mais mon ventre tendu et ma jambe légèrement levée facilitèrent une fuite rapide.

Plus tard, cette même semaine, je travaillai sur les copies de mes étudiants en utilisant comme bureau le rebord de la fenêtre violette. Par « travaillai sur » je veux dire que je cherchai des euphémismes du terme « plagiat » dans l'édition non abrégée du *Dictionnaire Random House de la langue anglaise*. J'avais acheté ce pavé de cinq kilos deux décennies plus tôt, avec une tasse de café à dix cents, à Kalispell, au Montana. Pour remplacer « plagiat », le *Random* suggérait d'ajouter un suffixe péjoratif dénotant le vol à des mots comme « mot », « idée » ou « fait ». Ou peut-être d'utiliser le terme plus aimable d'« appropriation », dérivé du latin. Au-dessus du dictionnaire, je voyais par la fenêtre le renard trotter sans ralentir sur la colline de la Toque, tous ses sens en batterie pour la chasse : trop près pour que je l'ignore, trop loin pour que je puisse l'évaluer depuis l'intérieur du chalet. L'étudiant voleur de mots pourrait attendre.

Descendant en zigzag et décrivant de larges courbes, Fox avançait progressivement dans ma direction. Quand il atteignit ma source affleurante, une zone claire sur son flanc roux signala une calvitie.

La gale !

Lorsque j'eus acheté ma terre et la parcourus de long

en large, titre de propriété en main, les panicules incurvées de la bouteloua bleue se hissèrent au-dessus de la grisaille brunâtre pour m'accueillir. Je tombai amoureuse. À cet instant précis, je pris mes responsabilités vis-à-vis de la terre et de tout ce qui y vivait. Personne ne mourrait de la gale tant que je tiendrais la barre.

« LA GALE SARCOPTIQUE, lus-je sur Internet en m'interrompant pour envisager le mot *sarcophagus*, est causée par un acarien et en général tue un renard lentement et tortueusement. » Sur ce site fonctionnant sous le patronage de la NFWS, la Société britannique pour le bien-être des renards, on trouvait des informations médicales, des offres d'assistance, des photos « avant et après » de renards guéris avec des médicaments de synthèse ou – à la rigueur – avec de l'ail. Si votre renard était réfractaire à l'ail, la NFWS vous envoyait gratuitement les médicaments.

On s'imaginait peut-être que la gratuité des médicaments compenserait trois siècles de chasse à courre. La version moderne de cette chasse au renard, impliquant une longue poursuite à cheval, derrière une meute de chiens qui déchirent le renard à belles dents, est née avec un programme d'élevage de chiens spécialisés, les foxhounds, lancé par un adolescent britannique en 1750. En 1910, cette chasse était déjà tellement entrée dans les mœurs qu'il y eut pénurie de renards, et les Britanniques durent en importer d'Europe continentale.

La chasse au renard a été plus ou moins mise hors la loi en Angleterre en 2004, mais ce « sport » – qui pour moi s'apparentait à une brutalisation rituelle des renards – n'en a pas pour autant perdu sa popularité. L'année où j'essayais de sauver un seul renard galeux, les chiens de meute ont tué plus de vingt mille renards, en Angleterre. Dans ce nombre ne sont pas inclus les renardeaux vivants donnés à manger à la meute par les propriétaires désireux d'aiguiser l'appétit de leurs chiens. J'ai été choquée par certaines informations trouvées sur Internet. Des vétérinaires qui avaient réussi à examiner des carcasses signalaient que les renards « mouraient dans de grandes souffrances », de blessures graves et multiples. L'association à but non lucratif Hounds Off avait affiché la photo d'un renard éviscéré enveloppé dans ses propres entrailles.

Si mes amis Doug et Chun ne m'avaient pas recommandé *Downton Abbey*, de Julian Fellowes, je ne comprendrais probablement rien à la chasse à courre. J'ai acheté tous les DVD de cette série diffusée aux États-Unis sur le réseau câblé PBS. La saison six s'ouvre en 1925, avec des domestiques et des maîtres d'hôtel qui servent des boissons – du champagne, je crois – à des cavaliers sur leur monture, blazer rouge et chapeau haut de forme noir. Les cavaliers se mêlent à une meute de chiens énergiques qui se préparent à massacrer un renard. Quelle classe ils ont tous ! En ce temps-là, les homosexuels restaient dans le placard, les couples non mariés qui partageaient une chambre d'hôtel étaient rançonnés par des maîtres-chanteurs, et les futures mères célibataires accouchaient à l'étranger. Les automobiles et les lignes téléphoniques étaient rares. Les jupes descendaient à mi-mollet. Moins d'un siècle plus tard, les mœurs de *Downton Abbey* sont des souvenirs pittoresques. Sauf en ce qui concerne la chasse au renard.

En anglais, ça s'écrit en un seul mot, *foxhunting* – chassornard – parce que ce n'est pas de la chasse. Les cavaliers ne prélèvent ni la viande ni la peau. On ne voit pas comment cela pourrait être un moyen économiquement viable d'éradiquer des animaux qui posent problème.

La chasse au renard est une cérémonie au cours de laquelle des hommes et des femmes adultes montent de grands chevaux blancs et crient «Taïaut, taïaut!» tout en fonçant par monts et par vaux derrière jusqu'à soixante chiens hurlants qui poursuivent un renard relativement minuscule. Le tout équipé de blazers en laine rouge et de bottes noires montantes dignes d'une contrée à serpents à sonnette. Le comble du ridicule, non?

Et tout ça sans le renard, allons donc!

L'Othello de Shakespeare nous dit qu'une guerre «glorieuse» consiste en «orgueil, pompe et circonstance». Sans le renard, la pompe du chasseur de renard serait privée de circonstance.

Je ne peux imaginer pire raison de tuer un renard.

LE RENARD S'AVANÇA PRUDEMMENT en suivant la trace parfumée ténue de flouves odorantes couchées par le vent. Un bol plein d'une mixture chatoyante d'ail et d'œufs crus l'attendait. Après un long reniflement, il recula. Les pattes antérieures autour de la potion, il passa sa truffe sur tout le pourtour du bol. Il ne plongea pas la langue dans ces œufs, même quand j'eus dilué le mélange en ajoutant un jaune.

– Mais qui t'a élevé, Fox?

– …

– Je sais. Moi aussi…

Il recula encore de quelques pas.

– C'est comme ça: ce qui est super bon pour la santé a mauvais goût. Ceci compense cela. Tout le monde le sait.

Réfléchissons-y. Les aliments qui ont mauvais goût sont bons pour la santé; ceux qui ont bon goût – gras, salés, sucrés – lui sont nuisibles. Sinon, pourquoi manger des trucs immangeables? En matière de mauvais goût, je n'avais rien trouvé de pire que le chou kale ; j'allai donc à l'intérieur et je pris un morceau de kale dans le frigo pour faire ma démonstration. Je redis à Fox qu'on mange des aliments répugnants parce qu'ils sont salubres, j'arrachai un morceau de kale d'un coup de dents et le mâchai. Quand ma bouche se défroissa, je répétai « salubres » parce que je n'avais pas trop souvent l'occasion de le dire. Je l'avais dit à des étudiants lors d'une randonnée dans le massif de Teton et ils avaient ri quelque peu nerveusement, comme s'ils avaient pitié de moi.

J'agitai une feuille puante de kale sous la truffe de Fox. L'odeur qui s'en échappa proclamait très haut les défauts du kale : ni salé, ni sucré, ni gras. Qui en mangerait de son propre gré ? Pas un renard. Nous restâmes assis à nous regarder jusqu'à ce que je voie, derrière lui, la lune croissante gibbeuse s'élever au-dessus des montagnes. Oubliant Fox, je la regardai dépasser le sommet et flotter dans un ciel chartreuse pâle strié de nuages violets. N'importe qui, en n'importe quel point du monde, aurait retenu sa respiration pour contempler ce paysage, mais Fox examinait cette verdure suspecte, alors il ne vit pas la lune surnager au-dessus de la crête bleue des montagnes.

– Ce truc est censé être suffisamment bon pour la santé pour compenser son mauvais goût.

Je testai une autre bouchée de kale. C'était vraiment horrible. Si le kale était modérément sain, sa consommation ne serait pas justifiée. Et même s'il est *extrêmement* sain. Je récupérai tout le kale du frigo et, tandis que Fox regardait ailleurs, je le répandis autour des lilas pour repousser les lapins. Qu'est-ce qu'il faudrait au kale pour que je trouve un avantage à en manger ?

Il faudrait qu'il me donne l'immortalité.

Je ne crois pas qu'il y arrivera, alors je n'en ai plus racheté depuis. Fox avait apparemment la même appréciation des blancs d'œufs. Il ne les mangerait pas, avec ou sans ail. Quand je lui servis des œufs entiers, il sépara les blancs des jaunes en se servant de sa langue comme d'une cuiller. En léchant les blancs d'un mouvement circulaire, il créa dans le bol une masse globulaire blanchâtre grosse comme une balle de golf. Cette boule de blanc d'œuf mélangé à de la salive collait au rebord du récipient, tremblante et luisante, tandis que Fox avalait bruyamment la mixture d'ail et de jaune.

À partir de ce jour-là, je plaçai un bol de jaunes crus à l'ail sous Tonic et répandis les débris de coquilles sur mon sol argileux pour le structurer et en améliorer le drainage. Balle-de-Tennis avait pris l'habitude de saisir dans son bec les demi-coquilles pleines de jaune et de les emporter à tire-d'aile. Les coquilles n'étaient plus là et elle se démenait pour attraper avec ses doigts le bord glissant du bol. Elle battait des ailes pour garder l'équilibre, tandis que ses griffes grattaient désespérément la paroi. Sans succès. Si elle se tenait près du bol et tendait le cou par-dessus le bord, son bec était encore à un centimètre des jaunes gluants. Un bol plus petit ou plus de jaunes auraient résolu le problème. Son problème à elle, pas le mien. Avant, elle se servait des coquilles comme de sacs à provisions pour apporter les jaunes à ses oisillons immatures. Si vous entendiez crier de jeunes pies affamées, vous tenteriez vous aussi toutes les manœuvres légales et efficaces pour les faire taire. J'ignorais ces cris. Peut-être prenais-je plaisir à voir l'angoisse de Balle-de-Tennis. Mais c'était elle qui avait donné le ton, dans notre relation, puisqu'elle nichait déjà là quand j'ai emménagé. Alors c'était sa faute si je ne l'aimais pas, et c'était ma faute si je tolérais très mal d'être traitée avec dédain.

P.-S. : Il n'y a rien qui soit à la fois légal et efficace.

Si l'état de santé de Fox s'aggravait malgré l'ail, il se retrouverait dans le piège Havahart rangé dans ma remise et je l'emmènerais chez le vétérinaire. Et si je ne pouvais trouver le moindre vétérinaire disposé à le traiter, le sénateur de ma circonscription entendrait parler de moi. En personne. C'est le gouvernement fédéral qui introduisit la gale au Montana ; en atténuer les effets relevait donc de sa responsabilité. Et ce d'autant plus que cette introduction n'a pas été accidentelle. Elle fut pratiquée systématiquement entre 1900 et 1960 environ, pour tuer les coyotes et les loups, dont on croyait qu'ils dévoraient le bétail. Cela fonctionnait comme suit : les administrateurs fonciers récupéraient des carcasses de moutons et de bovidés et les infectaient avec des acariens responsables de la gale – *Sarcoptes scabiei*. Ils laissaient les carcasses infectées près des terriers. Les renards, les loups et les coyotes s'en nourrissaient. Les acariens passaient des carcasses aux animaux vivants. Enveloppant de leurs huit sales pattes un maximum de poils sur un maximum de loups, de renards et de coyotes, les sarcoptes s'insinuaient dans et sous la peau des prédateurs.

Des animaux « Judas », infectés à dessein par les administrateurs fonciers puis libérés, étaient aussi des vecteurs de la gale. Cette technique était assez populaire pour que le Montana adopte en 1905 une loi exigeant l'utilisation d'animaux infectés pour exterminer les prédateurs. Le directeur des services vétérinaires de l'État s'empressa d'infecter six loups et six coyotes avec *S. scabiei* et de lâcher les douze « Judas » dans la nature pour qu'ils infectent à leur tour les membres de leur cohorte.

En cherchant des informations sur la gale, je découvris par hasard un sermon sur la cruauté gratuite renvoyant à un article que *Life* avait consacré en 1948 aux fermiers qui torturaient les renards. L'article décrivait une méthode pour tuer les renards impliquant de larges groupes d'hommes, de femmes et d'enfants qui délogeaient les renards de leurs refuges et les poussaient dans des champs où ils pouvaient être encerclés et battus lentement jusqu'à ce que mort s'ensuive. J'ai vu moi-même certaines des photos. Leurs armes, pas plus épaisses que des manches à balai, ne pouvaient infliger de coups mortels. Une des photos montrait une foule de gens souriants munis de bâtons qui s'attaquaient à un renard blessé isolé; sur une autre, un enfant battait un renard; une troisième avait comme légende *Chasseur maintenant un renard avant de le tuer à coups de bâton*. Après avoir lu l'article sur le pasteur et son sermon, j'en conclus que les renards étaient massacrés d'une manière qui maximisait la douleur, l'angoisse et l'humiliation.

Je crois que le jour de ce massacre de renards quelqu'un – probablement un jeune garçon – resta sur la touche et s'abstint parce qu'il avait lu *Le Petit Prince*, et parce que les histoires, ça compte. Elles comptent, pour moi.

Je travaillais comme saisonnière au parc national du Glacier, et à l'occasion d'un échange de livres avec un guide de rivière, je reçus *Le Petit Prince*, une édition de poche que j'emportai avec moi quand j'allai camper pour faire du ski. Seule dans un terrain de camping désert au parc national de Lassen, je finis par adorer le prince et je ne me souvins pas tellement de son renard. *Voilà comment va la vie*, me dis-je. *On part de là où on est et on continue, tout comme le petit prince. On ne regarde pas derrière soi et on ne se pose pas de questions stupides*. J'adorais le prince parce qu'il était jeune et vieux à la fois et parce qu'il n'avait pas d'antécédents significatifs. Rien à se reprocher derrière lui et tout l'avenir devant lui. L'avenir que je voulais, c'était de travailler avec les animaux, décision motivée par toute la faune sur laquelle je travaillais déjà et avec laquelle je vivais, au parc national du Glacier. Avant de quitter le terrain de camping cette semaine-là, je posai ma candidature pour préparer un diplôme de zoologie à l'université du Montana, en expliquant que je voulais écrire sur les animaux.

Tous les mercredis à 14 heures, la femme du propriétaire du saloon se ménage une pause de deux heures pour devenir l'unique bibliothécaire de Winchester, au Montana. Aujourd'hui, comme la plupart des mercredis, un garçon attend sur la causeuse en velours vert du saloon et fait tourner son kaléidoscope. Dehors, des centaines de brebis gravides défilent devant le saloon, en route vers les prairies d'agnelage de basse altitude. Scrutant la rue à travers les feuilles cireuses de l'unique plante en pot du saloon, le garçon reconnaît son frère, l'un des bergers à cheval. Ne voulant pas laisser de traces de doigts sur le verre, il lève la main le plus près possible de la fenêtre sans la toucher. Une poussière ferrugineuse s'élève en tourbillons dans le ciel et retombe en stries rougeâtres sur le dos laineux des moutons.

Lorsque la voie est libre, le garçon jette sa sacoche de cuir sur son épaule et suit la bibliothécaire, qui lui ouvre la lourde porte en chêne pour ressortir.

– Regarde où tu marches !

Elle lui montre un tas de crottin de cheval et ne prend pas la peine de se retourner pour le voir hocher la tête, mais elle entend ses pas irréguliers lorsqu'il évite prudemment des flaques d'urine et des crottes de mouton. Contrairement au saloon revêtu de bûches sombres, la bibliothèque est en panneaux chevauchants de bois blanc, avec des cadres rouges autour de son unique fenêtre et de sa porte. Elle est entourée de massifs de fleurs bordés de rocaille. La façade de la bibliothèque rappelle au garçon le cours de maths : un carré parfait surmonté d'un triangle équilatéral.

Dans la bibliothèque, des tables pliantes couvertes de babioles l'accueillent : cache-pots, couvre-théières, bavoirs tricotés par des sociétaires de la Grange et vendus pour lever des fonds qui serviront à acheter des livres et le bois de chauffage pour le local. Il va directement à la corbeille des nouveautés et en trouve une dont la couverture montre un garçon aux cheveux filasse qui se tient, tout seul, sur une planète. La planète flotte dans un ciel bleu marine, la couleur d'une aube au Montana. Des exemplaires circulent à New York depuis presque cinq ans, mais dans cette bourgade d'éleveurs de moutons du Montana le comité gérant la bibliothèque hésite à acquérir des ouvrages écrits par des auteurs au nom bizarre nés à l'étranger. Avant de remettre sa carte de lecteur, le garçon taille le crayon de la bibliothèque, signe de son nom en écriture cursive et souffle sur les copeaux de graphite. En rentrant chez lui, il s'arrête en route pour cueillir une tige de seigle sauvage, qu'il plie ensuite en trois pour en faire un marque-page.

Des dessins imaginatifs décorent le livre. Certains des personnages sont des clichés qui traînent partout : des serpents et des moutons, des hommes d'affaires et des rois. Le père du garçon élève des bovins et des moutons, pilote un avion monomoteur, possède son propre aérodrome. Sa mère attache des rosiers grimpants rouges et jaunes à l'arche au-dessus de la porte. Inévitablement, les roses finissent par piquer du nez.

– Irrécupérables, marmonne son père chaque fois qu'une

des fleurs lui tombe sur la tête. Si mon bouvier australien était aussi indiscipliné que tes fichues roses, j'y mettrais une balle.

Quand vient le jour du massacre des renards, le garçon suit les propriétaires de ranch et les chiens hurleurs qui se dirigent vers le site d'extermination, jusqu'à ce que l'arrête une grille plate à bétail, installée dans une clôture de piquets et de poteaux. La grille, un trou profond recouvert par des tuyaux en acier espacés de la largeur exacte d'un sabot de taureau, fait merveille pour arrêter les ruminants, qui glissent et trébuchent sur les tuyaux. Les humains, eux, franchissent la grille lentement et méthodiquement. La grille assure que tout propriétaire de ranch qui se joint à la meute ce jour-là a pris une décision mûrement réfléchie.

Le garçon entend les cris aigus des renards, perçoit l'odeur de leur sang, imagine leurs blessures et songe au renard dans son nouveau livre de chevet. Il n'a vu des renards vivants que de loin, mais à présent il est curieux d'en savoir plus sur eux. S'il restait assis sans bouger dans le champ en jachère, est-ce qu'un renard sympa s'approcherait de lui ? Cette année, le garçon ne franchit pas la grille. Il se demande s'il est tout seul sur sa planète, comme le garçon sur la couverture du *Petit Prince*, une planète si petite qu'il n'y a de place que pour lui et son bouvier australien retraité des pâturages. Parfois, il a l'impression que le maître d'école, la femme assise à la table du dîner ou l'homme qui apporte le foin aux chevaux vivent sur une planète entièrement différente. Et il s'interroge : *Comment se peut-il que des gens qui vivent à notre époque et dans le même pays que nous nous semblent étrangers, alors qu'un aviateur originaire d'un pays dont je ne parlerai jamais la langue, sur un continent où je n'irai jamais, est la seule personne au monde qui sache comment me dessiner un mouton ?*

Qu'est-ce qui rapproche le garçon assis à la table du dîner de l'étranger imaginé qui sait dessiner un mouton exactement comme il faut ? L'esprit. Il est essentiel que nous voyions, d'après le renard du prince, « seulement avec le cœur ». Le sang, la loi, le commerce ou la proximité physique nous lient à notre famille, à nos voisins, à notre belle-famille et à nos collègues. Or les connexions du cœur transcendent le temps et l'espace. Et Saint-Ex le savait. Si la mère d'Antoine, la vicomtesse Marie de Fonscolombe, avait voulu recenser des amis acceptables pour son fils, Léon Werth ne serait même pas entré dans cette longue liste. Et pourtant, Antoine de Saint-Exupéry, diplômé d'un internat privé suisse, finirait par décrire Léon, de vingt ans son aîné et un décrocheur scolaire, comme « le meilleur ami que j'aie au monde ». Léon Werth était célèbre pour ses articles spirituels et acerbes, et ses critiques des arts et de la société ; et puis c'était un bohème, un anarchiste et un juif. Lorsque les troupes d'Hitler envahirent Paris en 1940, Léon s'enfuit à pied jusque dans les monts du Jura. À l'époque, Saint-Ex, un catholique, fêté partout et déjà célèbre, vivait tranquillement à Manhattan. En apprenant que son meilleur ami avait froid et faim et vivait sans le sou dans les montagnes, Saint-Ex retourna en Europe pour combattre les nazis. Cette décision lui fut fatale : il disparut en Méditerranée aux commandes de son avion. Je pense que les amitiés fictives entre le prince et l'aviateur, et peut-être même entre le prince et le renard, sont fondées sur l'amitié qui exista réellement entre Léon et Antoine.

FOX-LE-DANSEUR

Quatre genévriers des Rocheuses étaient disposés dans ma prairie de l'est comme les coins d'un losange, un quasi-carré. Au centre, une eau qui n'avait pas vu le soleil depuis un siècle s'écoulait d'un puits artésien. Après avoir suinté dans un champ de massettes, le ruisseau était canalisé et finissait par rejoindre la Yellowstone ; celle-ci coulait vers le nord, puis vers le nord-est, fusionnait avec le Missouri, puis avec le Mississippi, qui se jetait enfin dans le golfe du Mexique.

Chacun des quatre genévriers avait environ cinq mètres de haut et était assez mince pour qu'un porc-épic puisse en étreindre le tronc dans ses pattes antérieures. Membres de la famille des cyprès (*Cupressaceae*), les genévriers étaient des conifères qui ne ressemblaient pas aux autres arbres porteurs de cônes de nos régions. Contrairement au pin, à l'épicéa et au sapin, de la famille des pins (*Pinaceae*), chaque genévrier était unisexué, c'est-à-dire qu'il présentait des fruits soit mâles, soit femelles, mais pas les deux. Gin, une femelle, et Tonic, un mâle, marquaient les coins du losange les plus proches de mon chalet. L'un des genévriers innommés de l'autre côté du losange était femelle, et l'autre mâle. Ces arbres avaient environ trois cents ans. Si rien ni personne ne les privait de soleil, ils vivraient allègrement sept cents ans de plus.

Comme les spécimens femelles typiques, Gin était plus bleue que la plupart des mâles. Ses branches flexibles, qui se déployaient sans contrainte en larges arcs élégants, oscillaient avec grâce sous le simple poids d'un merlebleu. Comme les humaines, Gin produisait des ovules. Ces ovules résidaient à l'intérieur de cônes, où elles étaient fécondées par des anthérozoïdes (équivalents végétaux des spermatozoïdes) et se développaient pour devenir des graines. Ces cônes, bleu clair et gros comme des petits pois, présentaient des écailles charnues et fusionnées, si bien qu'ils ressemblaient à des baies. Si vous les examiniez à la loupe, vous remarqueriez qu'ils comportaient des coutures comme un ballon de football et des bractées étranglées vers le haut comme les volcans sur l'astéroïde B-612.

Les branches de Tonic, étroitement serrées, restaient droites même quand il était assailli par une armée de merles. Ses cônes fragiles, divergeant à partir des extrémités de folioles en tresse, libéraient des grains de pollen en direction du ciel, où ils formaient parfois de vastes agrégats qu'on pouvait prendre pour la fumée d'un incendie de forêt. Le pollen est censé acheminer les anthérozoïdes jusqu'aux ovules, mais souvent il s'égare. Après être déposés sur des lacs de montagne où ils tourbillonnent en produisant des motifs uniques, des tapis dorés de grains de pollen changent l'eau bleu cobalt en un marbre liquide spectaculaire. Un jour, un nuage de cônes déhiscents étala son contenu sur le pare-brise de ma trois-portes en stationnement. Je plongeai l'index dans cette couche qui avait la consistance de la poussière, traçai une grosse flèche désignant le genévrier femelle le plus proche et souhaitai bonne chance quand même aux prochaines cohortes.

Plusieurs semaines durant, en fin d'après-midi, des oiseaux de nombreuses espèces différentes se posaient sur l'un des quatre genévriers, laissant les trois autres pratiquement inoccupés. Ils choisissaient chaque jour un arbre différent, mais sans le moindre schéma prévisible. Ce qui m'intriguait, ce n'était pas la procédure de sélection, mais l'occupation partagée de l'arbre. Au lieu d'instituer une ségrégation, des oiseaux d'espèces différentes juchaient ensemble. Imaginez des humains assis à une table de pique-nique avec des bonobos et des orangs-outangs. Nous sommes censés préférer la compagnie de notre propre espèce. Je me demandai pourquoi ce n'était pas le cas chez les oiseaux. Nous autres humains ne plaisantons pas avec la catégorie « espèce ». Pis encore, nous tenons à la catégorie « genre ». Nous veillons sur notre étiquette *Homo* aussi jalousement que les fourmis couvreuses veillent sur les pucerons ; nous hésitons à inclure les néandertaliens dans notre genre, tout en sachant que les humains et les néandertaliens s'accouplaient et produisaient des descendants fertiles. Mais la lignée n'est peut-être pas significative pour les oiseaux.

J'étais maintenant accroupie au sommet d'un rocher couvert de lichen, mes jumelles en sautoir, avec sous la main un bloc-notes à pinces en aggloméré qui sentait la laine mouillée. De là, je voyais très bien les genévriers. Je voulais opérer un décompte aussi précis que possible des oiseaux et me convaincre que la camaraderie interspécifique était plus qu'une création de mon imagination. Hier, dix-huit oiseaux de quatre espèces différentes étaient posés sur la femelle innommée, alors qu'il n'y avait pas plus de quatre oiseaux sur chacun des trois autre arbres. Agrippant le lichen jaune pâle avec mes kamik à semelle flexible, je me stabilisai et ajustai les jumelles. Une troupe de merlebleus était déjà perchée sur Gin ; ils s'étaient calmés, autant que faire se peut pour des oiseaux naturellement nerveux. Les ornithologues ne les classent pas parmi les oiseaux nerveux, en fait, mais plutôt parmi les membres de l'ordre des passériformes ou passereaux. Un ordre est une catégorie entre la classe et la famille – plus générale que la famille et plus spécifique que la classe – dans la hiérarchie descendante règne-embranchement-classe-ordre-famille-genre-espèce. (Il existe en anglais de potache une phrase mnémotechnique osée : « King Philip Calls Out For Great Sex », mais si vous êtes comme mes étudiants qui roulent des yeux et protestent, parce qu'ils ont fréquenté des écoles catholiques, je vous la donne en clair : *kingdom-phylum-class-order-family-genus-species.*) Les passériformes ont tendance à pratiquer le jucher et le chant. Les exceptions, du moins dans ma propriété, étaient les pies et les grands corbeaux, des originaux qui préféraient sillonner les airs et pousser des cris rauques.

Ces corbeaux ne nichaient pas ici mais survolaient mes terres et se rassemblaient en grand nombre chaque fois que des aigles royaux éviscéraient un cerf. La frénésie nécrophage encourageait un niveau d'égoïsme incompatible avec la camaraderie, même à l'intérieur de l'espèce, et évidemment pas entre les corbeaux et les pies. Si Balle-de-Tennis et Queue-Déchirée voulaient des amis, il leur faudrait aller voir ailleurs. Mais pas chez les autres passereaux. Les pies mangent de la viande ; les petits passereaux sont plutôt végétariens. Chez moi, ils mangeaient des graines et des insectes, mais en ville ils sautillaient sous les tables des terrasses de cafés, à la recherche de miettes de pain. Dans les parcs, ces oiseaux chanteurs sautaient sur les tables de pique-nique et dérobaient les restes.

On pourrait s'attendre à voir des aigles et de petits rapaces copiner avec les pies. Or, ils appartiennent à un autre ordre – les falconiformes – et sont exclusivement carnivores. Les épicuriens tranquilles, ai-je remarqué, ne fréquentent pas les omnivores bruyants. Balle-de-Tennis et Queue-Déchirée étaient condamnés à être des marginaux solitaires.

Je ne suivais pas tous les passereaux : cette catégorie était trop diverse pour être utile. Au lieu de quoi je décomptai les oiseaux sous deux rubriques, « TRM » et « Autres ». *TRM* signifiait « troubadours ramasse-miettes ». Les TRM migraient par vagues échelonnées – des sentinelles individuelles précédaient de petites troupes selon un schéma de répartition simple et bien organisé : merlebleus, merles d'Amérique, jaseurs boréaux, fauvettes, alouettes des champs, un assortiment de merles noirs et de carouges, et divers moineaux. Les merlebleus, première vague de l'invasion printanière, se calfeutraient sous les avant-toits surplombants du chalet depuis mars. À présent que mai était terminé, tous les TRM avaient atterri.

Comme les sousliks spermophiles de la vallée inférieure qui émergent d'une hibernation de neuf mois, les TRM migrants étaient des proies faciles pour les petits rapaces : peu préparés à se défendre, perdus dans un habitat nouveau, désorientés. Considérez les vagues migratoires échelonnées comme le petit déjeuner, le déjeuner et le dîner. Entre chaque vague, ces rapaces – buses et busards, milans, autours et éperviers – avaient le temps de digérer et de retrouver l'appétit. Pendant la migration, ils se perchaient dans la ramure des peupliers noirs, engloutissant des intestins humides et sectionnant des os délicats. Parfois je me tenais sous les arbres et attrapais de jolies plumes de TRM tandis que les rapaces festoyaient.

S'ils étaient tous arrivés en même temps, les TRM auraient saturé mes nerfs auditifs, qui étaient devenus hypersensibles après un hiver prolongé en compagnie de cerfs mulets taciturnes. Les couleurs vives dont les oiseaux chanteurs éclaboussaient mes champs étaient acceptables en mars, inutiles en mai et déjà indésirables en juin, quand les fleurs sauvages offraient la même prestation sans bruit ni agitation. Redresser des clôtures faussées par le gel exige de la concentration si vous voulez garder intacts votre vue et l'alignement de la clôture. Chaque année en mai, je réparais mes clôtures tandis que des carouges à épaulettes jouaient des maracas en permanence. Chaque année en mai, j'évitais des TRM génériques anxieux et brillamment colorés qui m'explosaient autour de la figure comme des bombes à serpentins ou des rafales de confettis.

J'aurais aimé remercier le sonore merle d'Amérique de m'avoir réveillée ce matin en essayant de chanter « Chérie-oh-chérie-oh » à maintes reprises. Mais le bruit m'avait fait tressaillir comme des doigts mouillés sur la flamme d'une bougie. Alors je me suis levée et j'ai fermé la fenêtre. Le silence était pour moi un élément de confort indispensable. J'écoutais des CD uniquement quand je soulevais des poids ou faisais le ménage. Le tapage me déstabilisait. S'il y a une chose que je pouvais changer, chez moi, ce serait ça. Il faudrait que j'accepte plus volontiers le bruit inattendu et impossible à neutraliser comme on éteint un transistor.

J'empoignai le bloc à pinces, fis passer les jumelles dans mon dos et notai six quiscales de Brewer (*Euphagus cyanocephalus*) arrivant en formation militaire assez précise pour faire honte aux merlebleus encore tremblants. Perchés sur un verticille à mi-hauteur de l'arbre, les femelles brunes et les mâles à l'œil jaune se déplacèrent latéralement vers la voûte ombragée des rameaux internes. La plus haute branche de Gin, non revendiquée, dénudée et tordue sous le poids des rapaces, ressemblait à une main aux longs doigts qui ondulait lentement, la paume vers le haut. Une alouette des champs qui égrenait un refrain répétitif sur six notes finit par revendiquer ce perchoir dominant. Personne ne pouvait suivre le rythme de l'alouette, ni les merles noirs cyanotiques, ni les deux pics écarlates qui agitaient leur queue tout en gardant un équilibre précaire malgré le vent, ni le tangara qui se rapprochait de plus en plus d'un merle d'Amérique tout en évitant manifestement de le regarder.

Je ne notai pas la honte des merlebleus, l'orgueil des merles noirs, ni la tendance du tangara à colporter des commérages. Les cases du papier millimétré étaient prévues pour des chiffres, pas pour des mots. Je réduisais chaque créature à une simple coche sur un graphique. Si vous considériez les oiseaux autrement, si vous ne les objectiviez pas et voyiez à la place de pépiantes étincelles bleues investissant un genévrier jusqu'à ce qu'il tremble comme la veilleuse d'un réchaud au gaz propane, vous seriez donc en train d'imaginer des choses qui ne se produisent pas : des merlebleus et des merles d'Amérique qui échangent des potins, alors qu'ils ne font que manger des baies sur le même arbuste, des merles noirs fielleux qui fientent sur des alouettes alors qu'ils sont simplement myopes. Le but de mes collectes de données était d'empêcher mon esprit de me jouer des tours. Ça arrive à tout le monde, sinon les magiciens ne gagneraient pas leur vie. La nature vous trompera si vous la laissez faire. C'est une maîtresse magicienne. Par bonheur, j'avais étudié la méthode scientifique et savais comment tenir mon intuition en respect.

Dans *Terre des hommes*, Saint-Ex décrit une série de

tempêtes qui le clouèrent au sol, dans une base aérienne, au Sahara. Une nuit où il attend l'avion de Dakar qu'il va relayer, il sort sur le terrain avec d'autres pilotes et les mécaniciens et examine le ciel. Tout le monde est d'accord pour dire que la météo est propice au décollage, même pour le minuscule avion monomoteur de Saint-Ex. Après s'être harnaché, Saint-Ex remarque une libellule qui a heurté sa lampe. Il s'aventure un peu dans le désert, monte sur une dune, comprend que l'insecte a été apporté par des vents puissants jusqu'à la base aérienne et en déduit qu'une tempête de sable est imminente. Il contredit ses supérieurs et prédit que la manche à air en berne se raidira à l'horizontale dans les trois minutes. Il a raison. Son intuition sur l'origine de la libellule empêche son équipage de décoller dans une dangereuse tempête de sable. « Ce qui me remplit d'une joie barbare, écrit-il, c'est d'avoir compris à demi-mot un langage secret, comme un primitif, en qui tout l'avenir s'annonce par de faibles rumeurs, c'est d'avoir lu cette colère aux battements d'ailes d'une libellule. »

Mon intuition aurait pu m'expliquer le comportement des TRM : s'ils partageaient les mêmes arbustes, c'est parce qu'ils ne concevaient pas leurs communautés autour de barrières artificielles. Au lieu de quoi je quantifiais ces oiseaux comme s'ils étaient des rafales de vent traversant un anémomètre. Dans une semaine, Fox me remettrait sur le droit chemin, loin de cette absurdité. Je trouverais un livre pour lui faire la lecture. « Nous qui comprenons la vie, nous dit le narrateur du *Petit Prince*, nous nous moquons bien des numéros ! »

Vers 16 h 30, Fox descendit l'allée au petit trot et disparut de l'autre côté du chalet. Je subodorai qu'il marchait de long en large, invisible, près de l'entrée. Je m'efforçais d'identifier l'espèce d'un oiseau fluet perché au sommet de Gin et profitais du soleil qui me réchauffait les bras à travers ma veste en coton. Je laissai Fox attendre tandis que je continuais de recenser les oiseaux, avant qu'ils ne se rendent compte que ma propriété était infestée de prédateurs et cherchent à habiter un lieu plus sympathique. Lorsqu'il réapparut, un moment plus tard, je me retournai sur mon rocher et le vis glisser son museau dans une armoise pour examiner un merle d'Amérique pépiant. Des débris végétaux tombèrent en pluie tout autour de lui. Il se contorsionna et se secoua pour s'en débarrasser. Ses deux flancs postérieurs présentaient encore une calvitie.

Le lendemain soir, vers les 17 heures, je tournai autour des marches où s'était déroulée notre séance de présentation commentée, agitant les bras afin que Fox me voie et redescende. Si j'avais de la chance, il s'approcherait à moins de deux mètres et me regarderait entrechoquer des pierres, agiter des plumes et raconter des histoires. Je voulais l'apprivoiser pour qu'il puisse apparaître quand je le convoquerais – à ma convenance, donc – à 18 heures, afin que je puisse vérifier l'état de sa gale. Dans les années 1940, Adolph Murie, l'un des meilleurs spécialistes nord-américains de la faune et de la flore, étudiait les loups en Alaska quand il apprit à un renard à obéir à son sifflet en l'alimentant avec des « friandises ». Le petit prince de Saint-Ex apprend à danser à un renard au son de ses pas « comme si c'était de la musique ». Aujourd'hui à 18 heures, il m'ignora.

Dmitri Konstantinovitch Beliaïev, le généticien russe dont les travaux m'avaient convaincue que les renards peuvent identifier des sons humains spécifiques, passa cinquante ans à apprivoiser ses sujets. Il réussit à élever des renards qui remuaient la queue quand des humains s'approchaient d'eux et qui suivaient des yeux l'objet que leur indiquait le regard ou l'index tendu de leur dresseur. Ses travaux commencèrent en 1952, l'année où Staline interdisait – sous peine de mort – ce type de recherche génétique en Union soviétique. On pourrait dire que Beliaïev mourait d'envie de comprendre la nature génétique de la domestication. Ainsi qu'il arrive communément chez les animaux domestiqués, certains des renards de Beliaïev étaient blancs avec des taches noires. Ces renards apprivoisés sont entrés dans ma vie pendant que j'effectuais des recherches pour un cours magistral sur le fondement génétique de la notion d'héritage – cours destiné à des étudiants de première année en licence de biologie. J'ai souvent songé aux renards de Beliaïev, parce que des renards noir et blanc aux yeux bleus sont l'une des choses les plus agréables auxquelles vous pouvez songer quand vous préparez un cours sur l'évolution pour des étudiants de première année.

Beliaïev, malheureusement décédé d'un cancer en 1985, domestiquait ses renards en utilisant la sélection naturelle, à l'instar des éleveurs qui ont produit les pigeons voyageurs et la plupart des animaux constituant le bétail ordinaire. Charles Darwin en a décrit la méthode dans son traité de 1859 *De l'origine des espèces*. Qu'elle soit artificielle ou naturelle, la sélection dépend de la variation. Les éleveurs ont besoin de choix à partir desquels ils puissent sélectionner les traits désirables. Beliaïev remarqua que la plupart des renards soit nous craignaient, soit nous détestaient. Il commença ses expériences avec les aberrants, des renards qui n'étaient ni timides ni antagonistes en présence d'humains.

En tant que population, nous traitons les renards sauvages comme ils nous traitent : avec de l'animosité ou de l'appréhension. Ce n'était bien sûr pas le cas de Beliaïev. Et ce n'était pas le mien non plus. C'est pourquoi, à première vue, j'ai cru que je pourrais tenter ma chance et essayer d'apprivoiser Fox.

À partir de souches russes provenant d'élevages pour la fourrure, Beliaïev sélectionna les renards les moins agressifs et les croisa entre eux. À partir du pool de descendants qui en résulta, il sélectionna une fois de plus les sujets les plus dociles et les croisa entre eux, et ainsi de suite sur de nombreuses générations. Avec le temps, le pourcentage de renards dociles dans la population expérimentale de Beliaïev augmenta.

Ces renards domestiqués ne se distinguaient pas seulement par leur comportement ; leur morphologie évoluait, elle aussi. Leur queue se torsadait et leurs oreilles tombaient. Et leur pelage était tacheté. À l'état sauvage, les renards roux peuvent être gris argent, bleu-noir, blonds, fauves, orange vif ou gris – mais pas tachetés. Quelle que soit la couleur principale de leur pelage, ils ont tous le bout de la queue blanc et les pattes bottées de noir. Beliaïev n'avait pas sciemment produit des renards tachetés : le changement de couleur était une conséquence involontaire. Il avait sélectionné les renards qui portaient le gène de la domestication, et le gène bicolore s'était invité au passage. La théorie de Beliaïev suggérant l'origine génétique de la docilité expliquait pourquoi tant de renards qui avaient vécu dans les parages étaient inamicaux, et pourquoi Fox, qui était essentiellement blond, roux et gris, allait être quasi impossible à apprivoiser.

Le lendemain, entre 17 h 30 et 18 heures, Fox chassait de l'autre côté de la colline de la Toque ; je lui faisais signe de temps à autre pour attirer son attention. Un nuage en forme de pop-corn papillon rosissait tout en cheminant, solitaire, dans le ciel gris. Ses contours étaient si bien définis qu'il ressemblait à un objet plein. Lorsqu'il cessa de rosir, il était 20 heures, et le paysage était trop gris pour que je puisse repérer un petit renard piètrement domestiqué.

Le quatrième jour où j'essayai d'apprivoiser Fox, j'étais assise dans le renfoncement de la cuisine ; sur la table, les factures du téléphone, de l'électricité et du propane attendaient que je m'occupe d'elles. Deux oreilles de cerf en flanelle grise se montrèrent à la fenêtre et s'y frottèrent en laissant des traces. Attaché aux oreilles, je découvris un mâle relativement petit, tout à fait ordinaire, à l'exception de ses yeux de voyeur.

Je le rejoignis dehors, manquant de trébucher sur Fox avant de l'apercevoir posté au bord de l'allée, qui désignait le cerf du bout de son museau. Si le cerf était trop fatigué pour se laisser importuner par un petit animal à fourrure, Fox ne partageait pas son état d'esprit.

Il leva une patte antérieure, comme un épagneul breton en arrêt. Je reconnus son équivalent du SOS, mais ne bougeai pas et croisai les bras. Pourchasser des molosses baveux au clair de lune était une mission enrichie d'un élément de risque. Jouer les videuses de cerfs, c'était comme une rétrogradation. Surtout avec ce mâle-ci.

– Tu vois bien que c'est un herbivore, Fox. Pas de crocs. Pas de griffes. Il se *balade*. Il bouge à peine.

Je savais que Fox n'aimait pas les cerfs, ce qui était dommage parce qu'il semblait les attirer. Par le passé, j'avais remarqué que lorsqu'un cerf venait se coucher près de lui, il se levait et partait. Inévitablement, le cerf s'approchait de son nouveau coin-repos, et Fox, de nouveau, se levait et déménageait. Cette fois, Fox refusa de déménager.

Je fis comme si je n'étais pas concernée. Fox tapa du pied et frissonna. Il avait sans aucun doute peur du cerf. En outre, il me mettait à l'épreuve ; il se demandait jusqu'où il pourrait aller pour m'inciter à lui obéir. Je laissais le cerf tranquille afin que Fox puisse acquérir un minimum d'expérience des cervidés et renforce son estime de soi. Mais lui, Fox, continuait de frissonner. Tendant le cou et levant la tête, tandis que son corps menu tremblait toujours, il me regarda de haut en plissant les yeux. Il m'avait dans le collimateur. Son irritation augmentait. J'allais être obligée d'expulser le cerf.

Je tapai dans mes mains et dis au cerf de circuler. Le cerf prit la pose, imitant un ornement de pelouse non peint. Je tapai encore dans mes mains. Le cerf se tourna pour me faire face, mais lentement, comme si l'air était en pâte à modeler. Chaque fois qu'il inspirait, ses narines se dilataient et son poitrail se creusait ; continuant sur sa lancée, j'essayai de respirer encore plus vite que lui, et en soufflant bruyamment. Après m'avoir écoutée synchroniser mes exhalations sur les siennes pendant plusieurs minutes, le cerf comprit que je me moquais de lui et cilla. À ce stade, j'avais temporisé assez longtemps. Le renard disparut avant que je reparte vers l'escalier devant le chalet. Il ne tolérerait pas des concours de respiration entre des animaux dont le métabolisme correspondait à celui d'une limace sur une feuille velue.

Jour 5. Après le dîner. 17 h 30. Je ne pouvais passer chaque instant à attendre Fox. De l'autre côté de la Yellowstone, des rafales de pluie lessivaient la crête et soulevaient de sombres nuages cotonneux qui sautaient comme des moutons délogés par un balai, avant de retomber dans les crevasses des avant-monts. Des éclairs sourcilleux perçaient la nuit. Il me faudrait préparer mon domaine à un éventuel incendie de forêt. Un digne propriétaire terrien encourage le régime naturel des incendies sur ses terres : lent et rare. C'était ce qu'attendait cette terre de graminées en mottes, de ruisseaux, de pentes rocheuses et d'arbres dispersés. Mais la rébellion couvait. Des herbes nouvelles introduites d'Europe et d'Asie, comme le chardon sibérien qui peuplait Campagnol City, s'occupaient à promouvoir leur propre régime incendiaire : rapide et fréquent. Ces herbes perfides proliféraient sur le sol en nappes ininterrompues et se desséchaient pendant la saison chaude et venteuse, alors que les herbes autochtones poussaient en mottes et s'entouraient de terre et de graviers ignifuges. Et d'ordinaire elles restaient humides jusqu'à la fin de la saison des orages incendiaires, et même après.

Le brome des toits (*Bromus tectorum*) mourait tout au début de la saison – invitation patente aux incendies. Les vaches, les cerfs et les wapitis ne mangent pas le brome sec, qui restait donc sur place – une plante laide, vert bronze, trop acérée pour qu'on y touche à mains nues. Sa pire habitude était de pousser sur les pentes abruptes, ce que peu de plantes peuvent faire. Les incendies progressent le plus vite en remontant les pentes : il fallait que mes pentes demeurent rocheuses et semi-arides. Si vous ne comprenez pas pourquoi le feu progresse si vite vers le haut, tenez-vous sur un terrain plat et imaginez que vous êtes une flamme. Regardez autour de vous. Tendez les bras. À quelle distance de vous se trouvent les combustibles que vous pouvez enflammer ? (Réponse : ils sont sur le sol.) Si l'herbe vous arrive jusqu'aux chevilles, alors vous pouvez chauffer – et potentiellement enflammer – la zone entre vos pieds et vos chevilles. Maintenant, tenez-vous sur le flanc d'une colline, face à la pente, et tendez les bras. Le combustible est monté à votre rencontre. Vous êtes proche d'une zone qui va de vos pieds jusqu'à la ceinture, et même plus haut si la pente est plus raide.

On ne peut pas faire la guerre aux incendies sans soldats du feu. On a besoin de quelqu'un pour repousser les bromes, les expulser des collines, et leur prendre leur eau. Le liatris pouvait grimper sur les collines, mais il fleurissait trop tard pour concurrencer le brome ; le brome finissait de déposer ses graines avant la germination du liatris. Et, de toute façon, la débâcle des campagnols m'avait dissuadée de faire pousser des liatris sur mon terrain. Le salsifis fleurissait tôt. Sorte de marguerite à la face aplatie équipée de pétales aux pointes piquantes, le salsifis produit des panicules de la taille et de la forme d'une balle de base-ball. Les innombrables graines individuelles contenues dans la panicule se terminent chacune par une longue tige attachée à une sorte de rotor aux lames plumeuses. Si vous soufflez sur une panicule de salsifis, chaque graine se détache et s'envole séquentiellement, à l'image d'une flottille d'hélicoptères. Spectaculaire, certes, mais le salsifis n'est pas un bon défenseur. Tel un ermite, il préfère vivre dispersé. Les bromes et autres graminées inflammables peuvent facilement s'installer dans l'espace libre entourant chaque salsifis.

Les vergerettes à feuilles segmentées poussent en tapis assez denses pour évincer les bromes invasifs. Leur face minuscule est entourée de pétales coupés droit, fins comme les franges d'une chemise de rodéo. Ces vergerettes appartiennent à une famille que les botanistes appellent composées (*Compositae*), terme qui fait référence aux deux fleurs distinctes qui composent la fleur entière, les fleurs radiales et les fleurs discales. Chaque pétale allongé ou languette de la crinière appartient à sa propre fleur radiale et possède donc son propre ovaire et, finalement, ses propres graines. Le disque – ou cœur jaune – est composé de centaines de fleurs discales si étroitement pressées les unes contre les autres qu'il n'y a pas de place pour des pétales. Vous allez être obligés de me croire sur parole, parce que les fleurs discales individuelles sont invisibles à l'œil nu. Bien sûr, vous serez obligés de vous pencher terriblement près du sol pour ne serait-ce que remarquer les vergerettes. Oscillant sur des tiges qui vous arrivent jusqu'à la cheville, elles se flétriraient à l'ombre si elles essayaient d'envahir un champ de bromes qui vous montent jusqu'au mollet.

Le séneçon étale ses douces feuilles grises vers l'extérieur à partir de larges bouquets. Sa tige fragile plie sous le poids de fleurs orange à face de pâquerette. Rien d'extraordinaire. Jusqu'au moment où vous remarquez ses pétales en désordre, bien qu'ils ne soient pas assez négligés pour susciter la pitié. Les fleurs du séneçon présentent un désordre charmant, comme si un petit enfant en avait arraché tous les pétales puis les avait remis à la hâte. Des brèches importantes séparent certains pétales, et d'autres sont plutôt serrés. Le genre *Senecios* comprend un million d'espèces. Pourquoi pas ? La probabilité que j'aie de déterminer quelle espèce précise poussait ici était du même ordre – une chance sur un million. Le nom exact de l'espèce n'avait pas d'importance. Elle se répandait en nappes et fleurissait tôt. Assez haut pour faire de l'ombre aux bromes en automne, le séneçon était ma meilleure défense offensive contre les graminées dangereuses. Je n'avais qu'à le déterrer puis le replanter à des emplacements stratégiques.

Jour 6. Heure du déjeuner. La grosse renarde orange vif qui patrouillait le long de la lisière à l'est de ma propriété, là où la rocaille rencontre l'herbe, ne laissait pas l'ombre de sa queue tomber sur ma prairie. *Fox avait-il marqué avec son urine un territoire autour du chalet ?* Je l'espérais. Je n'avais jamais fait confiance à la renarde orange. Sa présence m'incitait toujours à fermer la porte d'entrée. Je savais qu'elle n'attaquerait jamais sans raison valable, mais quand il s'agirait de définir une « raison valable », je parierais qu'elle viserait large.

Fox arriva à 16 h 15. Sans perdre de temps, il se roula en boule et lécha la tige du myosotis. Je considérai ce timing comme une aberration. Il bâilla, tirant une langue rose décorée d'un pétale bleu parfaitement intact et nappé de salive.

À partir du jour 7, et quel que soit le temps, Fox se présenta à 16 h 15. Ce qui ne me convenait pas. Ma convenance n'aurait-elle pas dû avoir priorité sur la sienne ? La notion de convenance pouvait-elle s'appliquer à un renard ? De toute façon, il était dehors la journée entière, à faire n'importe quoi. Moi, j'avais un job. S'il attendait jusqu'à 18 heures, j'aurais du temps libre et les pies seraient parties. Au lieu de quoi c'est moi qui l'attendais, essayant de lire tandis que Balle-de-Tennis poussait ses cris rauques presque continuellement. *Très mauvaise idée*. Afin d'empêcher ses cris d'être parfaitement continuels, Balle-de-Tennis prenait soin de laisser de une à quatre secondes de silence entre chacun d'entre eux. Lorsque des bruits intempestifs obéissent à un schéma, je peux anticiper leur survenue et les intégrer au bruit de fond. Or Balle-de-Tennis poussait ses cris à intervalles irréguliers. *Mathématiquement* aléatoires. Ils pouvaient frapper n'importe quand. Comme la malaria.

Peut-être que vous êtes doués pour l'interaction sociale, et que la dernière fois que vous avez utilisé la présentation commentée pour faciliter votre interaction avec des inconnus vous aviez une valisette à casse-croûte vintage en métal à l'effigie de Superman. Peut-être que les réunions, les congrès et les soirées ne vous épuisent pas, et que votre patience est aussi infinie que les exigences de la politesse. Mais si vous évitez l'interaction sociale et vous raidissez, laissant une jambe légèrement en suspens tandis que des gens essaient d'engager la conversation avec vous dans une épicerie, alors accueillir le même invité jour après jour, ça vous essore. Et si votre invité est un renard impatient qui s'en va quand les marchandises que vous exposez l'ennuient, vous avez besoin de monter votre répertoire d'un cran. Ça devient particulièrement fastidieux si vous êtes discrets au stade pathologique. Si j'hésitais à parler au renard, ce n'est pas parce que nous étions deux espèces différentes, ou parce qu'il était muet, mais parce que je ne parlais de moi à personne. En fait, comme le narrateur du *Petit Prince*, c'est à peine si je parlais de quoi que ce soit à qui que ce soit. L'obligation de recevoir un visiteur tous les après-midi à 16h15 ne me laissait d'autre choix que de lire à haute voix. Voilà.

Vous n'avez pas le droit de refuser d'apprendre comment il se peut qu'une personne instruite se mette à planifier toutes ses journées sur la base d'un emploi du temps qui ne comprenait rien de plus important que de faire la lecture à un renard. J'ai connu pire, dans ma brève existence, qu'attendre le bruit des pas d'un renard afin que je puisse danser comme une mouche sur une croûte.

LE FAON DE PANTHER CREEK

Le premier soir de cours aux River Cabins, tout en esquivant les petites chauves-souris brunes, j'avais dessiné une carte pour montrer que ma relation avec Fox avait suivi un cours naturel, qu'elle était parfaitement logique – inévitable, à vrai dire – et que rien de ce qui se passait entre nous ne faussait les lois immuables de la science. À la fin de ce premier soir, l'itinéraire que j'avais cartographié ne comportait qu'un seul lieu : Campagnol City. À présent, quatre jours plus tard, avant de partir pour une nouvelle excursion sur le terrain dans le parc de Yellowstone, je marquai plusieurs repères supplémentaires : moucherons noirs, présentation commentée, gale. Et il restait encore deux jours de cours.

Quand notre car passa devant le Floating Island Lake, je compris qu'il n'y aurait pas tellement de distractions plus loin sur le trajet ; j'interrompis donc mon cours magistral et déclarai la discussion ouverte. Quelqu'un au fond me demanda pourquoi j'avais quitté la montagne pour entrer en prépa. Vous croyez peut-être que j'avais une réponse courte toute prête, vu le nombre de fois qu'on m'avait posé la question. À la place, j'avais une histoire.

– « Le faon de Panther Creek », annonçai-je en activant le micro.

L'histoire se passe dans le parc national du mont Rainier et commence quand mon supérieur Bob et moi descendions le Cayuse Pass dans notre pick-up pour boucler un incident impliquant un cervidé, qui nous avait occupés toute la semaine.

– Ça ne sera jamais plus excitant que ça, commenta Bob.

Il parlait de mon travail – jouer les rangers dans la sauvage nature. Son jugement concluait un mois chargé : quelques urgences médicales, un corps à récupérer, un petit incendie de forêt. Bob suggérait en fait que je quitte ce boulot – le meilleur du monde – avant que la pire chose ne m'arrive : avant que je ne redescende du Sunrise Glacier, les hampes du brancard serrées dans mes moufles en Gore-Tex, que je baisse les yeux sur la victime grimaçant sous son masque à oxygène, la jambe dans une attelle, et que je me demande : *C'est tout ce que je peux attendre de ce métier ?* Je savais que si je me laissais piéger par l'ennui, il ne me lâcherait jamais, et tous les souvenirs que j'avais engrangés perdraient leur valeur. Si je ne m'en sortais pas avec des souvenirs valables, il ne me resterait plus rien. Mon maigre salaire n'assurerait plus ma subsistance.

Si j'abandonnais la montagne trop tôt, ce serait la faute de Panther Creek.

Nous avions reçu un message radio de l'administration du parc. Un témoin oculaire avait signalé que des chiens sans laisse poursuivaient des cerfs sur le « site non officiel » de Panther Creek. Les visiteurs utilisaient ce site principalement pour certaines activités, impliquant des objets qu'ils pouvaient facilement apporter jusqu'au bord de la rivière, mais qui n'avaient pas assez de valeur pour qu'on prenne la peine de remonter la pente avec. Des bouteilles de bière, par exemple. Parfois du vin. Les chiens pouvaient bien sûr remonter la pente tout seuls. Or, le règlement du parc interdisait les chiens, en laisse ou pas. Le terme «non officiel» signifiait que les autorités du parc n'entretenaient pas le site et dissuadaient les gens de l'utiliser.

Sur le parking improvisé de Panther Creek, où des pommes de pin grosses comme des noix craquaient sous mes bottes, j'écartai un rideau de branches de sapin et trouvai le sentier non balisé du site. Ces sentiers commencent comme les sentiers frayés par des animaux : quelques individus tassent la terre sous leurs pas, cassent des branches et tracent ainsi au forceps un chemin tout juste praticable dans une forêt impénétrable autrement. Les gardes forestiers n'ont pas construit de terrasses ni installé de digues de drainage sur les sentiers non balisés, ce qui signifie que le sol est emporté par les pluies, surtout dans les zones à forte pente. J'essayais toujours d'obstruer de branchages ces sentiers, pour décourager les visiteurs et empêcher l'érosion.

Évitant le sentier non balisé, nous partîmes à travers bois tels des explorateurs dans la brousse. Bob m'informa que le directeur scientifique était venu de Seattle pour faire sa tournée du parc.

– Et Dieu sait pendant combien de temps, ajouta-t-il.

Autrement dit, personne ne le savait. Je mis plusieurs minutes à réagir.

– Et alors ? Il va venir dans notre secteur ?

La réponse de Bob se fit attendre quelques minutes de plus :

– Il ne va pas venir dans des endroits importants.

Nous en restâmes là.

En descendant la pente, je me concentrai sur un objectif: rester perpendiculaire au sol. Mettez-vous debout, les pieds joints. Vos chevilles sont un sommet où deux lignes se rencontrent : une ligne suit votre dos, de vos talons à votre tête (la ligne dorsale) ; l'autre ligne (la ligne de piste) part de vos talons et suit le sol ou le sentier devant vous. Quand vous êtes debout sur un sol plat, la ligne de piste et la ligne dorsale forment naturellement un angle droit. À présent, imaginez que vous êtes debout sur une pente. Que vous montez ou descendez, vous allez vouloir vous pencher. Mais si vous ne voulez pas tomber, vous vous efforcerez de maintenir la ligne de piste et la ligne dorsale à angle droit l'une de l'autre. Lorsqu'un randonneur chargé d'un lourd sac à dos progresse péniblement sur une pente abrupte, il se penche en avant – vers la pente. Fatigué, il va se pencher encore plus, transformant l'angle formé par les deux lignes en un angle aigu. Le poids pèse moins sur ses talons, ses orteils glissent à reculons et il pique du nez. Les paumes de ses mains, après avoir stoppé sa chute, dérapent vers le bas et sont meurtries par les irrégularités de la piste.

En descente, les gens ont tendance à se pencher en arrière. L'angle créé par la ligne dorsale et la ligne de piste s'ouvre et devient un angle obtus. Ce qui force leurs talons à se dérober sous eux ; leur postérieur et leur sac à dos mordent la poussière et ils agitent les bras comme des tortues retournées.

Ni Bob ni moi n'étions ce qu'une décennie plus tard on appellerait des « spécialistes multitâches ». Ma personnalité m'empêchait de me concentrer sur plus d'un projet sérieux à la fois. Lorsque *multitâches* s'invita dans le dictionnaire, je l'associai à un niveau de nervosité plus caractéristique des écureuils roux que des rangers des parcs nationaux. Saviez-vous que les écureuils roux peuvent descendre à toute vitesse et la tête en bas le long d'un tronc d'épicéa, faire l'inventaire de leurs provisions, pister un partenaire potentiel, surveiller leurs petits, extraire les écailles des cônes, gronder leurs petits et expulser leur partenaire, tout cela pendant qu'ils échangent des cris d'alarme ? Saviez-vous que les écureuils roux ne vivent pas longtemps ?

Des branches d'érable me giflèrent, assez fort pour me griffer. Ces arbres repoussaient depuis des milliers d'années les intrusions de mammifères bien plus gros que moi, et je ne pouvais pas égaler la vitesse ou l'agilité avec laquelle ils ripostaient quand j'écartais leurs branches. Des pins serrés les uns contre les autres occultaient le soleil, assombrissant mon champ de vision. La piste était en pente raide, et les pluies torrentielles de l'hiver précédent avaient lessivé toutes les feuilles mortes. L'absence de cette litière organique avait laissé à nu des racines centenaires rebelles. Des pins et des thuyas plantaient leurs pieds moussus et fortement cambrés en travers du sentier non entretenu ; ils tendaient des pièges à mes solides Pivetta plein cuir – un bon kilo chacune – et me faisaient trébucher comme s'ils étaient les Ents malicieux de J. R. R. Tolkien.

Quand nous arrivâmes, des bouteilles de bière vides pointaient leur goulot derrière une rangée de galets gris dans une plaine d'épandage en bordure de Panther Creek. Nous marchâmes sur les troncs d'arbres abattus pour atteindre un embâcle au milieu de la rivière, où un faon – une femelle, en fait – bêlait désespérément. Son arrière-train était déchiqueté. À première vue, l'animal n'avait pas de fractures. Nous le transportâmes sur la berge.

– Ouais, il y a cette politique du respect animal, dit Bob.

Je plaçai la main sur la cage thoracique chaude du faon ; il respirait faiblement et par à-coups. Bob poursuivit :

– On ne peut rien faire avec ce faon tant que le directeur scientifique n'est pas rentré chez lui.

– On pourrait le monter là-haut. Ou demander à un vétérinaire de descendre.

– Impossible. Pas d'interférence avec l'expérience du milieu naturel.

C'est ce que Bob disait, mais au clignement de son œil en amande, je compris le sens de sa pensée. Il voulait dire qu'on ne devrait pas laisser des gestionnaires surdoués, planqués dans leurs bureaux des beaux quartiers, édicter des réglementations sur des sujets auxquels ils ne connaissaient rien. Des trucs comme les animaux, les forêts et la naturalité.

En 1988, le Congrès des États-Unis a conféré au mont Rainier le statut de site de «naturalité». C'était une désignation particulière, qui distinguait ce parc d'autres endroits comme les parcs nationaux du Glacier et de Yellowstone, où n'importe quel pékin pouvait se balader dans les bois toute la journée et se faire cracher dessus par un ours grizzly, mais sans pouvoir prétendre être en naturalité.

Comme les prairies du Paradis et le bosquet des Patriarches, la naturalité définissait le mont Rainier. Elle affectait nos politiques de gestion et décourageait les activités qui ne respectaient pas la nature. La loi sur la naturalité (Wilderness Act) prohibait tout véhicule bruyant, visuellement intrusif ou ostensiblement mécanique, et aussi la construction de routes, la signalisation des sentiers et des sites sauf dans un cadre sécuritaire, et des locaux de stockage permanents. J'adorais le terme de *naturalité* et les quelques fragments – simples – de la loi qui m'étaient connus. Je ne comprenais pas en quoi cela concernait le sort du faon.

Bob me rappela que les visiteurs du parc croyaient que

le prix de l'entrée leur donnait le droit à un spectacle. Et ce spectacle incluait la souffrance des animaux. Pis encore, nous leur vendions le droit d'assister à la dégradation de l'animal, à sa mort douloureuse devant les appareils photo et les flashes d'inconnus satisfaits. Trop de gens avaient l'impression qu'ils pouvaient améliorer leur image de soi ou se faire passer pour plus érudits, plus scientifiques ou plus virils qu'ils ne l'étaient en observant avec désinvolture la mort brutale d'un autre être vivant.

–Y a-t-il une ligne sur leur billet d'entrée qui mentionne la dégradation de la faune sauvage?

Bob regarda le faon et cilla de nouveau – cette fois-ci pour chasser une larme provoquée par le vent.

Nous travaillions dans le Service des parcs nationaux depuis assez longtemps pour avoir vu quantité d'animaux sauvages souffrir et mourir à cause d'une politique qui considérait leur mort comme «naturelle». Maintenant cela se produisait pour la première fois dans des circonstances où je pouvais – modestement, certes – influencer le cours des événements.

Une norme absurde – un paradigme – nous liait les mains. Un paradigme est une substance nébuleuse et collante. Comme l'oobleck du Dr. Seuss, on ne peut pas savoir d'où il est venu ni comment on peut s'en débarrasser. Dans la pratique, sauf pour des accidents impliquant un véhicule, ni Bob ni moi n'avions connaissance d'un cas où un employé du Service des parcs avait euthanasié un animal sauvage blessé, et encore moins appelé un vétérinaire pour le soigner. Nous nous mîmes d'accord pour sauver le faon dès que le directeur scientifique serait retourné à Seattle. Je recouvris le sentier non officiel de Panther Creek avec des feuilles et des ronces pour décourager les randonneurs tandis que le faon blessé attendrait de l'aide.

Les deux matins suivants, je redescendis à Panther Creek à travers bois avec des couvertures pour le faon. Les gifles des érables, un gros sac à dos, descendre la pente en courant – les gens de mon âge ne se préoccupaient pas de ce genre de choses. Sans escompter aucunement que la femelle veuille manger ou boire, je remplis ma tasse en aluminium à la rivière et la posai à côté d'elle. Déployant mes doigts humides sous son museau, je lui offris des baies d'if translucides. Elle gisait, sa blessure exposée, la mâchoire appuyée sur une cheville, et me regardait avec des yeux suppliants. Je crois que des faons blessés supplient des humains de les aider depuis des milliers d'années. Au-dessus d'elle, un tsuga altier incurvait vers le haut ses deux branches centrales, si bien qu'elles ressemblaient aux ailes d'un pygargue vert. La cime de l'arbre s'inclinait vers Panther Creek, oscillant verticalement comme pour scruter l'eau à la recherche de truites. Des racines apparentes s'accrochaient au sol telles des serres juste avant le décollage. Je fis ce que des humains font depuis les milliers d'années susmentionnés.

– T'inquiète pas, poupée, dis-je en tapotant l'épaule de la femelle du dos de la main. Je vais t'aider.

– Nom de Dieu, mais c'est quoi, cette odeur d'ammoniaque ? rugit Bob.

Je me glissai à sa suite dans le garage. Virant sec, nous slalomâmes entre deux voitures de pompiers et suivîmes le nuage d'ammoniaque jusqu'au fond du local. Une couverture blanche tachée d'urine de cervidé traînait, roulée en boule, dans un coin.

– Oh… C'est la couverture du faon… de la femelle, expliquai-je.

Apparemment, Bob n'avait pas l'intention de décroiser les bras. Ni de cligner des yeux. Je continuai de distribuer des informations lacunaires :

– Eh bien... elle ne peut pas se lever... et elle avait froid...

– Qui fait ce genre de trucs ?

Ce n'était pas une question. Ce « qui », c'était moi. Je continuai de bredouiller mes explications :

– Bon... elle pisse sur les couvertures... alors je suis obligée de les rapporter ici et d'en prendre des propres... dans le camion des urgences.

Je haussai les épaules et ajoutai :

– Des couvertures, je n'en ai pas chez moi.

– Doux Jésus !

Vaincus par l'odeur de l'ammoniaque, nous battîmes en retraite.

– Demain ! me cria Bob.

Demain, m'assurait-il, avant le petit déjeuner, notre « ami » reprendrait le chemin de ses luxueux bureaux. Demain, nous pourrions sauver le faon.

– Six heures du matin. Pile.

– Ça ira.

– Cinq heures, c'est encore mieux.

– À plus.

Nous roulâmes dans l'obscurité. Puis nous descendîmes à travers bois sans échanger un mot. Des lunettes d'alpiniste munies d'œillères en cuir protégeaient mes yeux des coups de griffe des ronces. Je me retenais aux minces branches des aulnes tandis que nous glissions vers la rivière avec rien que du bruit ou son absence pour nous guider.

Ce fut plus tard, le même jour, quand nous franchissions le Cayuse Pass, que Bob dit : « Ça ne sera jamais plus excitant que ça. » Je lui demandai ce qu'il y aurait de plus excitant, à son avis, si j'allais de l'avant.

– La prépa. Des études supérieures. Préparer un doctorat, comme Machin, le mec des insectes.

Le mec des insectes ? Le bénévole ? Le Service des parcs me *payait* pour patrouiller dans l'arrière-pays !

Bob savait que j'étais pauvre. Le jour où j'emménageai dans ma chambre réglementaire, je laissai la Volvo sur l'allée circulaire de la maison forestière au lieu de la garer sur l'emplacement perpendiculaire à la chaussée qui m'avait été attribué.

– Et cette bagnole n'a même pas de marche arrière ! dit Bob. Bienvenue dans l'équipe.

– Il me reste quatre vitesses, et je suis enchantée de faire votre connaissance.

J'étais étudiante et tentais ma chance au bord de la route le jour où j'ai acheté la Volvo. L'homme aux cheveux gris qui me prit en stop me fit un sermon en deux parties : *L'auto-stop, c'est dangereux* et *Les voitures d'occasion ne sont pas chères*. J'ignorai la première partie, mais est-ce qu'une nana comme moi aurait les moyens d'acheter une *bagnole* ? Il aurait tout aussi bien pu annoncer que des singes venaient de débarquer de la lune. Dans mon job de fin de semaine – garder deux petites filles – j'étais nourrie et logée, et j'avais un salaire. Et j'avais un deuxième job, vendeuse. Je récupérai mes économies sous le matelas, chez moi, puis l'homme me déposa chez le concessionnaire. Et je regagnai mon appartement en sous-sol au volant d'une Volvo, m'arrêtant fièrement à chaque feu rouge, calant lamentablement à chaque feu vert. Jamais je n'ai été plus klaxonnée de ma vie. Il n'y avait pas de mode d'emploi pour ce levier de vitesses. Le père des petites filles que je gardais, un juge fédéral, m'apprit comment utiliser une transmission manuelle, et je ne me suis jamais reconvertie à l'automatique. Au lieu de cacher mon argent sous le matelas, je commençai à le coincer entre les sièges de tissu à garniture cuir. Mais je ne cessai pas de faire du stop. J'avais gardé la voiture trop longtemps et elle tombait en panne trop souvent.

Après une longue carrière dans l'arrière-pays, dont un emploi prestigieux de ranger dans le parc national de Zion, en Utah, Bob avait eu de l'avancement et occupait désormais un poste stable d'encadrement. Détail encore plus important, il était lui-même stable. Il avait une petite amie, et finit par avoir une femme et un enfant. Pendant toutes les années que je passai au parc du mont Rainier, il fut l'homme le plus âgé avec qui j'étais en contact régulier. J'avais vingt-huit ans. Nous n'avions pas encore fêté son quarantième anniversaire. Je me dis que sa suggestion concernant les études supérieures tenait debout.

Mais serais-je acceptée par un établissement préparant au doctorat? L'un des jeunes de l'équipe me fournit des informations sur un examen important, à base de tests normalisés, le Graduate Record Exam ou GRE. Nous étudiâmes les épreuves pratiques et la procédure me permettant de me porter candidate. Je me retrouvai dans le quatre-vingt-dix-huitième centile dans les catégories «aptitudes verbales générales», «aptitudes analytiques» et «biologie». Il y aurait bien un établissement qui m'accepterait.

Mais je ne pouvais pas envisager de vivre dans une grande ville. Je ne pouvais pas m'imaginer en scientifique non plus. J'avais toujours essayé d'obtenir des choses que je pouvais envisager sans pouvoir les toucher du doigt. Tout ce que je pouvais toucher du doigt serait trop proche, et tout ce que je ne pouvais pas voir serait inaccessible. Je m'étais toujours représentée comme vivant seule sur une crête subalpine dans quelque contrée sauvage.

Bob trouvait que mes cheveux («Tu as le look du ranger

descendu de ses montagnes ») représentaient mon principal handicap ; c'est vrai, je ne possédais pas de peigne. Je lui donnai raison et nous nous mîmes en devoir de spéculer sur les scientifiques, à la manière dont les malades chroniques méditent sur la vie d'un médecin ou dont les gens incarcérés imaginent celle des avocats.

– Grands dieux ! Ne te pose pas de questions sur la vie des scientifiques, disait Bob. Tu décroches le diplôme et, après, tu verras bien de quoi ces gens-là sont capables.

Tel fut le seul conseil que j'aie jamais reçu sur le doctorat.

Et, en vérité, avec le peigne dont Bob me fit cadeau quand je partis, je n'avais pas besoin d'autre recommandation.

Depuis que j'étais humble ranger au parc national du Glacier, je me demandais de quoi les scientifiques étaient capables. Une fois, un scientifique envoyé par la direction du parc – un mec doté d'un PhD – me demanda de l'aider à recueillir des échantillons pour une étude du milieu aquatique. N'ayant pas encore obtenu ma licence en biologie, je me sentis honorée de me voir confier cette responsabilité, ainsi que deux flacons en verre, dont un muni d'un compte-gouttes, et des instructions écrites.

Après une randonnée qui m'amena à une cabane de montagne protégée par un bouquet de trembles, je descendis en vitesse jusqu'à la Cut Bank Creek, recueillis de l'eau dans un premier flacon et y ajoutai une goutte de je ne sais quoi avec le compte-gouttes. Brandissant le flacon d'eau de rivière au soleil, je le secouai doucement et regardai les crevettes rouges, grosses comme des moucherons, tourner et culbuter dans leur minuscule aquarium. Une fois à l'intérieur de la cabane, je plaçai respectueusement le flacon sur la table de nuit. Lorsque j'entendis le bois crépiter dans le poêle et que l'eau commença à chauffer dans la bouilloire, je jetai un coup d'œil à mes petites pensionnaires. *Mon Dieu!* Toutes les minuscules crevettes rouges avaient coulé à pic. Je les avais tuées.

J'eus du mal à dormir. Aux premières lueurs, je remontai jusqu'au Pitamakan Pass – une dénivellation de huit cents mètres. Puis je redescendis de huit cents mètres l'autre côté du col. Trente kilomètres. Un décor à vous couper le souffle, et pas le moindre humain en vue; la forte concentration en ours grizzly ne devait pas inciter à la promenade. À la maison forestière de Two Medicine, je trouvai une voiture pour me ramener à mon point de départ, la maison forestière d'East Glacier. Le lendemain, je me rendis à la direction du parc.

Devinez! Le scientifique *savait* que les crevettes allaient mourir. Le petit flacon avec le compte-gouttes contenait un poison. Le type voulait compter les crevettes. *J'ai tué des animaux pour qu'un mec avec un doctorat en biologie puisse les compter?* Ou, plus précisément: j'ai tué des animaux pour qu'un mec pourvu d'un doctorat en biologie halieutique puisse superviser les opérations, tandis qu'un autre mec, pourvu d'une maîtrise en biologie halieutique, peut procéder au décompte (tandis qu'un étudiant de licence prenait le tout en note). Et j'étais plantée là – sale, en nage et en rogne. Et l'autre était dans son fauteuil, à l'aise et en costard. Vous connaissez la chanson: tout le monde supposera que la personne avec de la boue sur ses chaussures, la personne qui est debout, la mal-peignée, est la plus ignorante des deux. *Crèvent les crevettes!* Ben oui, ça m'intéressait de savoir de quoi ces mecs étaient capables.

J'aimerais aussi savoir pourquoi il fallait que le faon de Panther Creek meure. Oh! J'oubliais: *La mort est naturelle! La mort est cruelle!* Était-ce ce que les propriétaires de ranch se disaient pendant le massacre des renards à Helena, capitale du Montana ? Le pasteur qui consacra son prêche au massacre mettait en parallèle l'assassinat des renards et la crucifixion de Jésus de Nazareth, le Dieu chrétien. Cette juxtaposition, à en croire le pasteur, illustrait un mystère : *Pourquoi une cruauté absurde existe-t-elle dans un monde régi par un Dieu d'amour ?*

À l'époque où je patrouillais au mont Rainier, on avait déjà cessé d'interpréter la cruauté comme un acte dénué de sens. Nous ne regardions pas les animaux sauvages souffrir parce que nous étions des éleveurs de moutons pauvres et incultes. Nous les regardions souffrir parce que nous étions riches, avions fait des études supérieures et appartenions à la nouvelle classe moyenne en col blanc. La douleur des animaux nous couvrait de la fange que nous désirions afin de pouvoir prétendre connaître la cruauté de ce monde. Nous regardions souffrir et mourir la faune sauvage et tournions nos courtes mâchoires de-ci de-là. « La nature est cruelle », disions-nous ; ensuite nous prétendions que porter le fardeau de cette conviction endurcissait nos âmes flasques.

Entre-temps, dans le car avec mes étudiants des River Cabins, je me démenais et m'embrouillais en essayant de justifier ce qui avait dégénéré en une histoire animale inacceptable. Debout dans le car, le dos tourné à la pancarte « Ne restez pas debout quand le véhicule est en mouvement », j'affrontais des étudiants qui s'interrogeaient sur la personne qui allait les conduire sur des sentiers infestés d'ours. Quelle sorte de personne, universitaire ou naturaliste, ne comprenait pas qu'il n'était pas naturel de s'occuper d'un faon blessé ? Ils se demandaient si j'étais l'une de ces personnes – suivez mon regard – qui se vantait de ne pas pouvoir tuer les araignées.

Le car prit un virage serré et ses pneus mordirent sur le bas-côté à l'extérieur de la courbe. J'étais en train de dire aux étudiants que chaque fois que le faon de Panther Creek avait levé les yeux vers moi, il implorait ma compassion. La dernière fois que je le vis, il était mort, les yeux ouverts, et j'en éprouvai une tristesse viscérale. Le car roula dans un énorme nid-de-poule et j'eus du mal à me retenir de ma main libre.

– Je tue les araignées, dis-je juste avant que la dynamique me force à me retourner et, comme le conseillait l'inscription au-dessus de la tête du chauffeur, à « regarder vers l'avant ».

LE DERNIER JOUR AUX RIVER CABINS

Une tranche de civilisation – une bande criarde de pâturin du Kentucky fraîchement tondue et arrosée – séparait mon bungalow du bosquet chaotique de saules au bord de la Yellowstone. Debout sur la berge, je tenais délicatement une grande tasse en porcelaine couleur puce, dont la glaçure était aussi iridescente qu'un creux rempli de pisse dans une bouse de bison. Les participants du stage de formation continue patronné par l'université avaient consommé leur ultime petit déjeuner. Bientôt, je ne serais plus obligée d'entendre les voix étouffées par les parois de mes voisins mariés et le grésillement de leur téléviseur, ou de me demander s'ils confondraient Fox avec un chapeau, comme le boa constrictor de Saint-Ex.

La Yellowstone était marron chocolat. Des radeaux de débris végétaux surfaient sur les montagnes russes d'une eau qui, dans deux mois, deviendrait si étale et si translucide qu'un canard colvert pourrait la troubler d'une berge à l'autre rien qu'en y plongeant son petit doigt palmé. Je me promenai sur un lit bruyant de galets ; les grosses chaussettes en laine polaire portées dans mes sandales étaient juste assez épaisses pour rendre frais l'air froid du matin. Dans moins d'une heure, les étudiants se rassembleraient pour l'excursion de clôture. J'inspirai, secouai les épaules pour chasser la sensation collante sous mes bras, inspirai de nouveau. Dans ma salle de classe en plein air s'attardait l'animal chimérique qui nous avait nargués toute la semaine : un renard présentant des traits que seuls les humains étaient censés avoir.

Mes étudiants ne croyaient pas que les humains et les animaux sauvages puissent partager des traits de personnalité. Plusieurs mois plus tôt, l'une de mes étudiantes de licence à l'université d'État de Floride m'avait aidée à comprendre pourquoi. Le cours portait sur *Homo floresiensis* – l'homme de Florès – ainsi nommé en référence à l'île indonésienne de Florès, où les archéologues ont découvert ses fossiles en 2003. Je présentai aux étudiants un dessin extrait du *National Geographic* : *Homo sapiens* et *H. floresiensis* debout côte à côte. Cette juxtaposition était purement heuristique : bien que *H. sapiens* et *H. floresiensis* aient vécu tous les deux en Asie du Sud-Est il y a treize mille ans, personne ne savait s'ils s'étaient jamais rencontrés. Sur ce dessin, *H. sapiens* portait une peau de bête sur ses seins et son pubis ; l'homme de Florès, représenté lui aussi par une femelle, était nu. Je demandai aux étudiants d'expliquer cette disparité.

– Question de température, dit le premier de la classe. Les hommes de Florès ne portaient pas de vêtements parce qu'ils vivaient sous un climat tropical.

Je lui dis que des humains modernes vivant sous le même climat portaient des vêtements. Le plus surprenant dans ces réactions, si l'on considère que les hommes de Florès vivaient vingt mille ans *après* les néandertaliens

– autre espèce voisine – était l'hypothèse qu'ils ne savaient pas fabriquer des outils.

– Avec un cerveau aussi minuscule, pianota un autre étudiant, l'homme de Florès n'a probablement pas conçu de vêtements.

Bien que le cerveau d'*H. floresiensis*, dont la stature ne dépassait pas quatre-vingt-dix centimètres, soit plus petit que celui d'un humain, il n'était pas arriéré. Des outils trouvés sur le site des fouilles indiquent que l'homme de Florès produisait des marchandises et des textiles.

Certains étudiants supposèrent que l'homme de Florès ressemblait à un grand singe couvert d'un pelage épais et donc n'avait pas besoin de vêtements. Faux, encore une fois. Les biologistes croient que les membres du genre *Homo* ont perdu leur pilosité corporelle intégrale il y a environ soixante-dix mille ans. La spéciation des poux en fournit la preuve. Les animaux velus de la tête aux pieds n'ont qu'un seul type de pou – de la tête aux pieds. Comme nous autres hominiens présentons une vaste surface de peau nue qui sépare nos régions pileuses et empêche les poux de se croiser, nous avons deux types de poux : le pou du pubis et le pou de tête. Ces deux espèces (*Phtirus pubis* et *Pediculus humanus*) existent depuis environ soixante-dix mille ans ; nous avions donc forcément déjà perdu notre pilosité corporelle intégrale à cette date, sinon il n'y aurait qu'une seule espèce.

L'étudiante de licence qui éclaira ma lanterne expliqua que l'image avait été faussée par un préjugé du dessinateur. Elle supposait que l'artiste, s'inspirant inconsciemment de l'histoire d'Adam et Ève, avait présumé que seuls les humains modernes pouvaient avoir honte de leur nudité. Si l'homme de Florès femelle [*sic*] était nue, disait-elle, ce n'était pas parce qu'elle avait chaud, qu'elle était velue, ou qu'elle était stupide, mais parce qu'elle était incapable d'éprouver de la honte. La honte était un trait réservé à *H. sapiens*: c'est la leçon de l'histoire d'Adam et Ève. Si cette étudiante avait raison, comment pourrions-nous attribuer un trait de personnalité humain à un renard alors que nous ne pouvons même pas attribuer un trait tel que la pudeur à un autre hominien?

Toute la semaine, j'avais limité au maximum mes révélations sur le renard et espacé mes allusions à son existence. Je taisais ou arrangeais tout ce qui était trop personnel ou susceptible d'être interprété de travers: le regard de Fox derrière la mouche dansante, mon acceptation de l'heure incommode du rendez-vous à 16h15, mes échappées préprandiales du soir, quand je quittais les River Cabins en voiture pour remonter chez moi voir ce que devenait Fox. Je parlais aux étudiants des jaunes d'œufs et des pies, des campagnols et des liatris, de la gale et des obligations d'une digne propriétaire terrienne de province.

Tout ça, c'était très bien, seulement j'avais gaffé en utilisant l'expression «le renard et moi» une fois de trop. Il fallait que je leur fasse oublier ça, et j'avais un plan. Pas un vrai plan, mais une supplique transparente, où se cachait mal l'espoir qu'en déployant un déluge d'éloquence pour parler d'histoire naturelle je puisse détourner leur attention et les empêcher de contester ma relation avec Fox. *Qui pourrait repérer un éléphant dans un million d'hectares de nature sauvage?* À présent, le soleil levant avait dépassé le sommet de la crête et illuminait ma tasse vide. Je rentrai dans mon bungalow pour préparer mon paquetage.

– QUAND VOUS DITES «NOUS», vous voulez dire que c'est comme si vous étiez un couple, maintenant?

La randonnée avait commencé depuis à peine cinq minutes ; nous montions vers Beattie Ridge sur une route forestière en sommeil. Je m'arrêtai et me retournai vers le groupe, mais l'interlocuteur demeura anonyme. De toute façon, c'était une question de pure forme, alors je n'y répondis pas.

– Vous et le renard, précisa un autre étudiant.

La route pierreuse au revêtement lacunaire était parallèle au bras mort d'un ruisseau qui irriguait les terres cultivées. Les peupliers noirs qui avaient péri quand l'eau avait cessé de couler fournissaient juste assez d'ombre squelettique pour permettre aux jeunes sumacs de fleurir et d'exhiber leurs luisantes feuilles trilobées. Tout autour de nous, les plantes migraient. Des plantes qui avaient émigré depuis des zones plus froides et plus sèches essayaient de se maintenir. Celles qui avaient trouvé les nouvelles venues répugnantes, ou s'étaient trouvées du mauvais côté de la vanne d'amont, essayaient de fuir vers des climats plus rudes, à plus haute altitude. Chaque population végétale illustrait une histoire qui, j'en étais sûre, empêcherait tout le monde de penser au « renard et moi ».

– Ce grand chardon, là, est une centaurée ; elle a émigré depuis la Sibérie et, maintenant, elle prospère sous le doux climat du Montana, en compagnie de ses voisins sibériens : divers lilas, le caraganier, l'olivier russe dit aussi de Bohême. Tous se félicitent d'avoir quitté un pays où l'hiver dure onze mois pour un pays où il dure neuf mois…

De hautes tiges de centaurées pérennes se dressaient fièrement dans toutes les directions. Je m'accroupis et soulevai dans mes mains jointes une inflorescence à peine visible flottant dans un éventail lâche de feuilles recourbées.

– La sphéralcée écarlate vit ici depuis des milliers

d'années. En ce moment, elle essaie de sortir. D'échapper à la foule, à l'ombre et aux herbicides.

Un chapeau déperlant en coton ciré avec un homme dessous s'approcha de moi. Coton-Ciré, qui m'avait guidé toute la semaine, chuchota :

– Ils ne vont pas arrêter de vous poser des questions sur votre renard. Voyons ce que nous pouvons faire.

Coton-Ciré était mon traducteur. Il traduisait les références à des émissions de télévision et à la culture pop afin que je puisse comprendre certaines allusions. Il expliquait, par exemple, que les diverses femmes « désespérées » dont la vie remplissait une bonne part des bavardages en bruit de fond pendant les repas collectifs étaient des « ménagères » fictives. Il traduisait les graphies énigmatiques de YouTube et essayait d'en expliquer – sans succès – les avantages tout aussi énigmatiques. Coton-Ciré comprenait assez bien mes paramètres de recherche pour se rendre compte que, sans un accessoire spécifique tel qu'un chapeau, une personne, même à qui je parlais tous les jours, devenait un visage anonyme parmi d'autres. Tandis que Coton-Ciré et moi-même pressions le pas pour rester en avance sur le groupe principal, il me tendit un morceau de bois pétrifié.

– Vous allez avoir besoin de ça.

À notre arrêt suivant, j'enfonçai mes ongles sous les lacets de mes bottes pour extraire une graine de réglisse sauvage. Elle était marron cannelle, pourvue de barbes et grosse comme une gousse de cacahuète.

– Cette graine est comparable à un spermatozoïde, pas vrai ?

Les étudiants hochèrent la tête. Erreur. Mais c'était une question piège. Avant les années 1800, ç'aurait été la bonne réponse. À cette époque, les scientifiques occidentaux croyaient que les spermatozoïdes contenaient des individus complètement formés appelés *homuncules*. Une célèbre gravure de 1694 montre un bébé recroquevillé dans un spermatozoïde, la tête surdimensionnée rentrée dans les épaules et les genoux serrés contre la poitrine. Bien sûr, il n'y a pas d'humains miniatures blottis à l'intérieur des spermatozoïdes, et c'est pour cela qu'ils ne sont pas analogues à des graines. Je leur rappelai la formule qu'ils avaient dû apprendre en première année de licence – qu'une graine est un bébé dans une boîte avec son repas.

Montrant du doigt un lapin à queue blanche blotti sous une armoise, je leur demandai d'imaginer que c'était une femelle gravide.

– Si nous pouvions retirer l'utérus de cette lapine – le bébé dans la boîte – et le planter dans le sol, il pourrait se comporter comme une graine. Si le bébé lapin à l'intérieur de l'utérus planté en terre devait se développer, il lui faudrait une enveloppe protectrice, quelque chose de plus dur que le tissu de l'utérus – comme une cosse ou une gousse – et assez de nourriture stockée dedans pour compenser le sectionnement du cordon ombilical. Bref, les plantes disposent d'une maternité de substitution, car les graines, qui alimentent la croissance des bébés plantes jusqu'à la germination, sont essentiellement des mères porteuses.

Coton-Ciré leva les yeux d'un guide ornithologique, rejeta la tête en arrière et la pencha sur le côté. Je crus comprendre qu'il voulait dire *Bravo ! Bien vu !* Je ronronnais d'aise secrètement lorsqu'une voix demanda :

– Il n'avait pas la gale, alors ?

Une autre étudiante me devança.

– Mais non, le renard n'avait pas la gale, dit-elle en secouant la tête, les yeux baissés.

Devant nous, une série de murs rocheux parallèles allait empêcher tout le monde de penser au renard. Chaque mur, d'une dizaine de mètres d'épaisseur, s'élevait d'une trentaine de mètres au-dessus des armoises. L'intervalle entre eux dépassait les sept mètres. Un sable vermillon se répandait dans les espaces intermédiaires. Ces murailles verticales avaient été horizontales, à une lointaine époque géologique. Chacune était alors une couche de sédiments sous une mer peu profonde ; avec le temps, ces sédiments s'étaient consolidés en roches sédimentaires. Il y a des millions d'années, la terre trembla assez violemment pour faire basculer ces strates sédimentaires sur leur tranche ; les couches horizontales devinrent verticales, les sols devinrent des murs. Ces murs, que les géologues dénomment crêts, consistaient en différents types de roches sédimentaires : grès, schistes, mudstones. Chaque type réagissait aux forces de l'érosion à sa manière. Au-dessus de ces murs, un coup de pinceau à vernis usé avait peint les seuls nuages visibles dans le ciel.

– Oui, c'est exact, dis-je. Il n'avait pas la gale. Et ça se passait quand, la création de ces murs de roches sédimentaires ?

Porteurs de lunettes de soleil surdimensionnées, les étudiants bourdonnaient autour de moi comme des guêpes irritées.

Il s'écoulerait encore trois ans avant que je voie un renard en train de mourir de la gale. Le pelage duveteux tel le plumage d'un jeune merle encore au nid, il se raclerait avec les griffes de ses pattes postérieures comme pour enlever sa propre peau. Si Fox – mon renard – avait souffert sévèrement de la gale, je n'en aurais pas parlé à des quasi-inconnus qui me payaient pour avoir ma compagnie, et surtout pas un jour où il n'y avait qu'un seul nuage filiforme dans le ciel. J'aurais trouvé moins pénible de dire : « Sur la route en venant ici, je suis passée devant un accident de voiture et j'ai vu un type éviscéré dont le globe oculaire pendait dans sa bouche fracassée tandis qu'un urubu à tête rouge lui extrayait une bonne longueur d'intestins. » Apparemment, ils n'avaient jamais vu de renard atteint de la gale eux non plus, sinon ils n'auraient pas posé la question aussi négligemment que si c'était la varicelle.

– Donc, retournons à notre tableau. La création de ces murs ?

Je vis une main se lever pour poser une question sur le renard et moi. Je l'ignorai et poursuivis :

– Contemporaine des dinosaures, peut-être ?

Je n'avais jamais abordé la question des dinosaures sur ce sentier et je n'avais rien préparé que je puisse dire à leur sujet.

– Pas exactement.

Quelqu'un me sauva en embrayant sur les dinosaures. C'était la péripatétique Sixième-Sens, l'étudiante qui avait voulu appeler le renard « Foxy » après mon diaporama du premier soir. Elle avait zigzagué tout le matin au milieu de notre petite troupe, disparaissant derrière une falaise pour examiner quelque chose, puis sautillant à toute allure pour rattraper le groupe et réapparaissant brusquement derrière Coton-Ciré.

– *Tab Low*, pas « tableau », chuchota Coton-Ciré à ma droite.

Sixième-Sens avait raison. Les mers du cambrien et du crétacé avaient précédé les dinosaures. Tout le monde avait vu le film de Steven Spielberg et savait que les dinosaures sévissaient au jurassique. Un autre étudiant savait que les dinosaures avaient ramé pendant un million d'années avant d'atteindre leur position dominante, ce qui signifiait qu'ils étaient apparus pour la première fois au trias.

Malencontreusement, les roches sédimentaires devant nous précédaient les dinosaures d'environ trois cents millions d'années. Des chapeaux de soleil aux couleurs criardes pivotaient de-ci de-là tandis que les étudiants, perplexes, cherchaient à se renseigner.

– Vous alliez lui faire donner un traitement ?

Et là, la pile de dominos s'effondra. Je n'arrivai pas à distinguer les questions individuelles, mais je crois que je répondis à toutes en disant :

– Oui. Un traitement. Un vétérinaire.

Vous vous souvenez de ce fossé métaphorique que j'ai décrit au premier chapitre ? Celui qui sépare les humains des autres animaux et nous empêche d'attribuer des traits humains à des animaux non humains ? Les étudiants estimaient que si le « renard et moi » avions rendez-vous tous les jours, l'un de nous deux avait sauté le pas.

Le questionnement cessa lorsque nous franchîmes un ruisseau à peine plus large que le caniveau qui le faisait passer sous la chaussée. À partir de là, la piste attaquait la montagne dans une série d'épingles à cheveux. Anticipant un renouveau d'intérêt pour Fox, je poursuivis :

– Mais je ne dirais pas que j'avais un plan. Je ne connais pas de vétérinaire qui traite les renards sauvages.

Si vous ne pouvez pas modifier l'opinion d'un adversaire, effacez-la. Hypnotisez l'ennemi avec des gouttes d'eau grosses comme des billes qui jaillissent du cône blanc d'un geyser, ou montrez-lui une rivière verte qui se précipite dans un canyon rouge foncé ; qu'une chute d'eau l'enveloppe de brume tandis qu'il observe, par-dessus le bord, l'écume qui monte dans un arc-en-ciel cent mètres plus bas. Je regardai autour de moi : il n'y avait qu'un nuage. Un unique nuage peint sur la toile de notre ciel d'un seul coup d'un pinceau usé. On ne peut pas faire grand-chose, avec les nuages ; si on est intelligent, on ne mentionnera même pas leur présence.

J'agitai le bois pétrifié de Coton-Ciré et le laissai tomber dans la première main qui s'ouvrit dessous.

– À l'époque appelée éocène – nouvelle aube –, ce morceau de rocher était un arbre vivant, qui respirait. Un séquoia, peut-être, ou un cyprès.

Avisant une corniche en surplomb, j'improvisai :

– À l'ombre de cet arbre, sur cette corniche, était tapi le Mesonyx, un fauve, une sorte de tigre. Le membre le plus charismatique de la faune de l'époque.

Personne ne me contredit ni ne remarqua mon approximation certainement erronée, alors je rectifiai :

– Le Mesonyx ressemblait à un loup doté d'une queue en serpentin. Jusqu'à ce qu'on découvre ses traces et que l'on constate qu'il avait des sabots.

Quelques jours plus tôt, la vue de bisons, de wapitis et d'antilopes avait déclenché chez les étudiants une ruée sur les prairies, appareils photo et jumelle en bandoulière. Après avoir observé des centaines de wapitis et de bisons dans le parc, et des troupeaux d'antilopes en maraude qui passaient près de nos bungalows toutes les nuits, les étudiants avaient changé de cibles, comme le font souvent les prédateurs. Maintenant, ils cherchaient des ours, des cougars et des loups. Si je voulais les intéresser à un ongulé sauvage, il valait mieux qu'il soit mort, broyé et servi en sauce avec des pâtes.

– Le Mesonyx était un prédateur, mais d'un type vraiment bizarre : un *carnivore ongulé*. Tous les carnivores ongulés sont à présent éteints. Ça vous fait penser à quoi ?

Je leur laissai le temps de penser… au renard.

– Alors, vous êtes carrément sûre que le renard n'avait pas la gale.

Je ne captai pas d'inflexion ascendante et supposai donc que ce n'était pas une question. Bras croisés sur la poitrine, le menton rentré et le dos rond, je me frayai un chemin au milieu du groupe d'étudiants.

Coton-Ciré suggéra que la gale du renard n'était pas à un stade très avancé et que mon ail et mes jaunes d'œufs l'avaient guéri.

Il était exact que Fox ingérait beaucoup d'ail, avec ses jaunes. Il n'empêche que ma formation scientifique me tourmentait, exigeait des preuves. Je n'avais pas d'appareil photo numérique. Acheter du film Kodak pour mon reflex, c'était deux cents kilomètres aller-retour plus le franchissement d'un col de montagne. Quand j'eus accompli ce trajet et acheté la quantité de film jugée raisonnable pour une personne aux moyens financiers sérieusement limités, il n'y avait plus de zones glabres visibles sur le pelage du renard. Je ne pouvais pas rejeter l'hypothèse de Coton-Ciré ; parallèlement, je ne pouvais pas non plus être sûre que je n'avais pas imaginé la gale, étant donné que le renard semblait si mince, si tremblant, si démuni.

– Peut-être, dis-je.

Tandis que nous grimpions à allure soutenue, je trouvai des raisons pour marquer une pause : admirer les feuilles fripées d'un œnothère sans fleurs, écouter les cris d'une buse à queue rousse, faire circuler une délicate coquille d'escargot blanche.

Quelqu'un suggéra que j'avais renforcé le système immunitaire de Fox en le protégeant des chiens et du stress superflu. On mentionna les systèmes de soutien et les réseaux sociaux, puis j'entendis :

– Bon, mais il y avait l'ail, quand même.

Je souris, remerciai tout le monde, et conservai un léger doute. Je ne connaissais rien aux systèmes de soutien.

Je ralentis quand les halètements se firent trop forts derrière moi et m'arrêtai quand ils cessèrent complètement. Nous observâmes une pause pour les pies, que les étudiants de la côte est trouvèrent intéressantes jusqu'à ce que j'avoue :

– Non, elles ne chantent pas. Et elles ne planent pas non plus.

Nouvel arrêt pour les gobe-mouches et les tohis. Les gobe-mouches aux flancs vert olive lançaient leur trille, « couic-couic-frisbee ! » (d'après le guide des oiseaux en ligne de l'université Cornell). Les tohis à queue verte me suggéraient le *bip-bip-bip* du four à micro-ondes annonçant que le pop-corn est à point. Tout le monde savait que je plaisantais. Il était évident que je n'avais jamais eu de micro-ondes.

Notre route continuait de monter en spirale. Les étudiants serraient de près la montagne, moi je préférais l'extérieur exposé de la courbe. Ils chuchotaient entre eux ; j'étais sûre qu'ils échafaudaient des plans visant à me tendre une embuscade avec des questions sur Fox. J'avais mon plan, moi aussi. Je suis un pêcheur, après tout. Je découpai un trou dans la glace et lançai mon appât – des questions au lieu d'œufs de saumon. Le premier étudiant qui releva le défi expliqua que les *Homo sapiens* étaient parmi les plus petits des mammifères du pléistocène ou de l'ère glaciaire ; c'étaient plutôt des proies que des prédateurs. Je continuai de placer mes hameçons – des questions intrigantes – et les étudiants, finalement passionnés par autre chose que Fox, réagirent. Toutes mes lignes tendues, je dis :

– Oui, les humains – en gros, des hommes des cavernes – passaient leur temps à fuir et à se cacher des grands prédateurs. Les superprédateurs ont diminué de taille il y a environ cinq mille ans. Pourquoi ? Qu'est-ce qui se passait il y a cinq mille ans qui aurait pu causer cela ?

– Mais vous avez fait la lecture à ce renard, vous l'avez gardé dans les parages, afin de pouvoir surveiller sa gale. Mais maintenant qu'il n'est plus galeux?

– Oh. Bonne question. Absolument.

Et c'était vrai. Le pêcheur était devenu le poisson. Coincée à l'extérieur de la courbe au bord d'un précipice, je ne pouvais pas me défendre. Pas en me tenant sur un bas-côté tellement étroit que personne ne pourrait s'y mettre pour protéger mes arrières – pas la minuscule Jenna, même pas ce maigrichon de Coton-Ciré une fois qu'il aurait retiré son chapeau à larges bords. J'étais seule, coupable de complicité avec un renard qui n'avait pas un poil de galeux. Mon crime était d'imaginer qu'il possédait des traits que seuls les humains devraient posséder. Levant le bras, je montrai du doigt une haute branche dépourvue d'oiseau et, d'une voix assez forte pour perturber tout le monde, je dis:

– Couic-couic-frisbee!

Déterminer le facteur décisif dans la réduction de taille des prédateurs il y a cinq mille ans semblait d'une complexité hors de propos. Personne n'avait jamais tenté de répondre à cette question, et les écologistes hésitaient encore entre deux possibilités: un accroissement du nombre des *H. sapiens* chasseurs, ou un réchauffement climatique qui favorisait un corps de petite taille.

Je n'arriverais à conduire l'histoire du renard jusqu'à une fin satisfaisante ni en répondant sincèrement aux questions ni en les esquivant. Je repensai à une autre occasion où j'avais essayé d'être sincère et ouverte avec mes pensées – et ça n'avait pas trop bien marché cette fois-là non plus. Un an plus tôt, dans le parc de Grand Teton, je descendais une piste avec trois étudiantes. Elles étaient venues ensemble de Pennsylvanie: deux femmes exerçant des professions libérales et une mère célibataire qui avait un problème relationnel : son fils, qui habitait chez elle, n'aimait pas son petit ami, qui allait bientôt partager la maison avec eux. Elle représentait un vide que ses aînées étaient impatientes de combler.

Handicapée par un paquetage pesant un tiers de mon poids corporel, un caillou dans ma chaussure et un nez qui coulait, je descendais en trébuchant derrière elles sur la piste rocailleuse. Les deux femmes plus âgées étaient pour la rupture avec le petit ami, parce que « les hommes, un de perdu, dix de retrouvés, et les enfants (pour elles, les fils), ça n'a pas de prix. » Le petit ami était affecté d'un défaut non précisé, que le fils était le seul à percevoir. Pour la défense du petit ami, l'une des femmes dit qu'un enfant de vingt-deux ans puissamment intuitif devrait quitter le nid. *Quitter le nid ?* Cette métaphore accidentelle me propulsa dans la discussion. Je pouvais compenser mes lacunes en matière de petits amis et d'enfants avec mes connaissances sur le comportement nidificateur.

– Je sais ce que vous devriez faire.

Elles ne m'entendirent pas, les trois premières fois.

– Attendez. Regardez. Nous n'avons pas encore vu de roses trémières en fleur aujourd'hui.

Je déliai entre mes doigts une grappe de fleurs roses et la tirai doucement vers l'avant. Les trois femmes s'arrêtèrent. Elles se tournèrent légèrement dans ma direction.

– Je sais ce que vous devriez faire, dis-je pour la quatrième fois en descendant la piste tandis qu'elles se retournaient et continuaient de marcher. Une fois – il y a deux ans –, un couple de pygargues à tête blanche avait fait son nid dans le bois mort d'un épicéa, sur les berges de la Snake River. Trois de leurs jeunes ont eu toutes leurs plumes et se sont envolés vers la fin du mois d'août, comme c'est normal chez cette espèce, mais le quatrième a refusé. Il est resté au nid, à se morfondre en poussant des cris plaintifs.

Le trio étroitement imbriqué se desserra juste assez pour que je me sente un peu moins exclue.

– Les oiseaux adultes ont essayé diverses stratégies pour faire s'envoler ce dernier juvénile. Pour commencer, ils ont ignoré sa présence. Ils ont cessé de le nourrir. Puis ils l'ont tenté, en volant autour du nid avec des poissons dans leurs serres, dans l'espoir que l'oisillon affamé saute du nid pour attraper le poisson. En vain. Perchée sur une branche plus basse, la mère essayait de l'inciter à descendre. Ce juvénile, qui avait presque la taille de ses parents, refusait toujours de quitter le nid. Il sautillait jusqu'au bord, scrutait la rivière, soixante-dix pieds plus bas, se retournait vers le nid spacieux et confortable et s'y terrait de nouveau.

– Oui ? réagit l'aînée des deux femmes sans s'arrêter pour se retourner. Et ?

Même avec mon regard fixé sur leur nuque, je les voyais rouler des yeux.

– Ce nid était à soixante-dix *pieds* du sol, dit l'autre femme. Et pourtant, pour les distances horizontales, vous utilisez le système métrique.

J'interprétai son accusation comme une question. Toute la semaine, je leur avais fortement conseillé de rester à vingt-cinq mètres des wapitis et à cent mètres des ours.

– Distances de cibles, je crois. Je chasse.

– Évidemment, marmonnèrent-elles.

Je continuai l'histoire. Les deux rapaces adultes, pressés de voir leur dernier jeune quitter le nid avant les neiges de l'automne, commencèrent à défaire leur nid morceau par morceau. Le juvénile acrophobe resta à l'intérieur, agrippant des rameaux et s'épuisant en appels de détresse. La déconstruction du nid finit par aboutir à une structure si insubstantielle que le jeune oiseau basculerait et tomberait, battrait des ailes instinctivement et accomplirait le miracle du vol. Ou alors il s'écraserait au sol et n'en reviendrait pas.

– Dans un cas comme dans l'autre, il nous reste deux oiseaux adultes libérés de leur oisillon.

Enhardie par le sourire de la jeune femme, j'ajoutai :

– Si le jeune ne veut pas quitter le nid, c'est le nid qui doit quitter le jeune.

– Anthropomorphisme, dit la femme mûre en imitant un chuchotement, tandis que son regard m'indiquait ce que j'étais censée comprendre.

Elle sous-entendait que j'étais scientifiquement incorrecte et émotionnellement immature. Ne sachant pas si elle allait développer cette insulte ou la laisser tronquée, je m'immobilisai, la paume des mains vers le ciel, et attendis.

La jeune femme avoua que l'histoire des rapaces l'amusait et s'empressa d'ajouter qu'elle n'expulserait jamais son fils du nid parce que… bon, il fallait qu'elle y réfléchisse.

– Parce que, compléta sa compagne, les humains ne sont pas…

Elle s'interrompit le temps de me fusiller du regard avant de cracher le dernier mot :

– Des animaux.

Nous en restâmes là, chacune de nous extrapolant un préjugé gargantuesque à partir d'un échantillon de taille infinitésimale.

Je ne sais pas si ce jeune pygargue a survécu. Je pourrais hasarder un « peut-être » définitif.

Nous montions toujours. Les étudiants des River Cabins et moi-même entrâmes dans une zone boisée longeant une tranche d'exploitation forestière abandonnée depuis si longtemps qu'elle ressemblait plus à un chemin de terre tracé par des ornières qu'à un couloir nivelé. Des sapins de Douglas aux courtes aiguilles et des pins aux aiguilles légèrement plus longues nous faisaient signe d'avancer. J'attendis qu'un groupe de randonneurs me rattrape avant de pénétrer dans l'abîme ombragé. Lorsque je m'arrêtai, ils étaient en face de moi, tournant le dos à la pente. Si j'avais été plus grande qu'eux, ou s'ils avaient été plus éloignés, j'aurais vu les flancs vert vif des collines rayés par des bandes jaunes de balsamorhizes sagittées, mais leurs corps m'empêchaient de savourer cette image ô combien spectaculaire des Rocheuses septentrionales. J'étais une chouette chevêchette assiégée par des gobe-moucherons.

Nous finîmes par ne plus voir le ciel à cause de la forêt. Des clématites grimpantes aux sépales mauve pâle s'entrelaçaient à des cerisiers à grappes et à des buissons de myrtilles. Les épis cireux des lis du Canada perçaient des plaques de neige fondante. Coton-Ciré nous rappela la présence des brownies au chocolat dans nos sachets-repas ; sortant de la forêt, nous montâmes donc au sommet d'une colline pourvue d'un unique arbre, un pin à écorce blanche (*Pinus albicaulis*). Des cônes à pollen violets, longs d'un pouce et nimbés d'une épaisse couche de cire, encerclaient le bout des rameaux de l'arbre en porte-à-faux. Nous nous dispersâmes pour trouver des sièges rocheux face à la Yellowstone, qui coulait une bonne centaine de mètres plus bas. Certains membres du groupe, examinant à la jumelle les champs de neige sale de l'autre côté de la rivière, espérèrent y voir des moutons de montagne. En vain.

Toute la semaine, nous avions pris des rochers pour des bisons, et des bisons pour des rochers. Je racontai aux étudiants que des rochers solitaires se déguisaient en bisons pour attirer l'attention sur eux. Je dis cela afin qu'ils ne cessent pas d'examiner attentivement les rochers. J'ajoutai que les bisons se déguisent en rochers parce qu'ils veulent protéger leur intimité. Je dis cela parce que je pensais que cela pourrait être vrai.

Je rappelai à tout le monde l'histoire de la femelle de bison qui réconfortait une camarade en train de se noyer tandis que les coyotes leur tournaient autour, que la tombée de la nuit approchait et que le thermomètre de mon sac à dos affichait trente degrés en dessous de zéro. Lorsque sa camarade coula à pic et que l'étang gela, piégeant le cadavre à l'intérieur, aucune des circonstances précitées ne s'améliorant, cette femelle resta sur place, en sentinelle, grattant de ses sabots la mince couche de glace qui recouvrait son amie noyée. Personne n'avait répondu à la question que j'avais posée alors, le premier soir du cours. Je la reposai donc, mais dans une optique différente :

– Comment qualifieriez-vous ce type de comportement ? Parleriez-vous de compassion, de respect ou de loyauté ?

Quelques mois après la fin de ce cours, je publiai cette histoire, sous le titre de « Buffalo's Last Stand » – « le dernier combat du bison » – dans la revue de la section américaine de l'organisation Mensa. (J'interprétais le comportement de la sentinelle comme de la loyauté.) Dans les années 1800, William Hornaday, père de la biologie de la faune sauvage, avait observé des comportements similaires chez des bisons femelles. Dans son *Extermination du bison américain*, publié en 1889, il écrivait que l'habitude qu'avaient les femelles d'assister leurs camarades mourantes était un trait caractéristique de leur « stupidité ». Je révérais Hornaday. J'ai souligné des passages de mon exemplaire de son livre et griffonné dans les marges. Il a le droit d'avoir sa croyance sur les bisons. Moi, je garde la mienne. Les croyances, c'est fait pour ça, non ?

Une étudiante intervint pour nous éclairer sur le comportement des bisons :

– Quand un bison lève la queue, c'est qu'il est prêt à…

Elle s'interrompit et encouragea du geste son auditoire jusqu'à ce qu'il proclame :

– Charger ou à décharger !

Après avoir entendu cette blague éculée dans la bouche de tous les guides de parc que nous avions rencontrés, les étudiants la trouvaient encore hilarante. Ils gobaient l'idée qu'un bison puisse manger, déféquer, s'accoupler et mourir. Mais l'idée qu'un animal non humain vivant en liberté puisse exprimer de la compassion, ça leur restait en travers de la gorge. Certains aliments au goût désagréable sont bons pour notre santé. Je leur demandai si l'un d'entre eux avait déjà mangé du kale. Ils interrogèrent du regard Coton-Ciré pour avoir une traduction. Il haussa les épaules, ouvrit son guide des oiseaux et s'en masqua le visage.

LE DOCTEUR WILLIAM HORNADAY, personnage pour qui la température devait être de la plus haute importance, attendit qu'il soit midi pour regarder son thermomètre. Il portait des caleçons longs en coton rentrés dans des bottes en cuir mouillées, était à court de vivres, campait sans tente, et se trouvait encore à mi-parcours dans une tâche qui semblait ne pas avoir de fin. Il voyageait à cheval, avec une caravane de mulets pour porter les provisions, et s'était octroyé la compagnie d'un petit groupe de tâcherons, dont l'un, le deuxième classe C. S. West, manquait déjà à l'appel et était présumé mort. Bivouaquant dans une steppe d'armoises sans arbres parsemée de buttes, à l'est d'Ingomar, au Montana, Hornaday était en train de désosser et d'écorcher la carcasse à moitié gelée d'un bison d'une tonne. Des ravins étouffés par les broussailles bissectaient les plaines, tandis que des fondrières comblées par la neige formaient autant de chausse-trappes. Le vent érodait le reste. Même dans une saison plus clémente, c'était un pays qui en imposait. Un boue aspiratrice de mulets recouvrait les plus modestes altitudes; des buttes aux flancs abrupts, quasi verticaux, les dominaient de très haut.

Mais après tout, c'était « à ses risques et périls », comme l'écrit Hornaday dans son journal, qu'il s'était engagé à recueillir les peaux et squelettes des derniers bisons sauvages américains. Quand le taxidermiste en chef de la Smithsonian Institution, âgé de trente-huit ans, regarda enfin son thermomètre en ce jour d'automne 1886, il marquait vingt et un degrés en dessous de zéro.

Au-delà du climat physique qui pouvait être meurtrier, la tourmente politique ne cessait de se rappeler à son bon souvenir. Hornaday prélevait ses bisons – communément qualifiés de « buffles » – sur des terres au statut ambigu quant à leur propriété. Les prétentions territoriales du gouvernement américain empiétaient sur celles des tribus autochtones. La chute de Custer datait de dix ans, la reddition de Chef Joseph, de neuf ans seulement. C'était l'année de la loi Dawes – la privatisation et redistribution des terres tribales – et quatre ans seulement plus tôt, les soldats fédéraux avaient massacré des centaines de Sioux à Wounded Knee.

Dans un creux protégé à la base de ce qui serait rebaptisé Smithsonian Butte, Hornaday se pencha et retint des deux mains les pages de son journal fouettées par le vent. Depuis plus de vingt-quatre mois, il sillonnait les régions les plus reculées du Texas, du Dakota, du Wyoming et du Montana pour observer et mesurer les derniers bisons d'Amérique, enregistrer des données. Il mesura et compta les omniprésentes fosses à bain de boue où se vautraient les bisons, dénudées jusqu'au sol rocheux et existant pour la plupart depuis des centaines d'années. Après avoir observé des bisons mâles qui se vautraient dans la boue jusqu'à ce que « leur dégradation soit complète », Hornaday écrivait qu'ils étaient « repoussants, indignes d'être vus même par leurs meilleurs amis ».

Moby-Dick, publié deux décennies avant que Hornaday commence ses études supérieures, avait dû l'influencer pour la même raison qui l'avait fait dénigrer par le grand public : des chapitres excessivement encyclopédiques sur la chasse à la baleine et la zoologie. Melville, avec son regard perçant, avertit les lecteurs de l'extinction imminente du bison d'Amérique :

« Comparons les troupeaux bossus des baleines aux troupeaux bossus des bisons qui, il y a moins de quarante ans, se répandaient encore par dizaines de milliers dans les prairies de l'Illinois et du Missouri, secouaient leurs crinières de fer et fronçaient leurs sourcils tressés de tonnerre sur les sites des populeuses capitales fluviales futures, où maintenant le courtier poli vous vend la terre à un dollar le pouce carré. Pareille comparaison semblerait étayer un argument irrésistible montrant que la baleine actuellement chassée ne peut plus échapper à une extinction rapide. »

– *Moby-Dick*, chap. 105, « L'importance de la baleine diminue-t-elle ? Va-t-elle périr ? »

Tandis que les troupeaux bossus des bisons périssaient dans les plaines, les troupeaux cornus des wapitis – ou « troupeaux boisés », comme les appelait Hornaday dans son journal – s'en tiraient mieux. Le gouvernement américain protégeait agressivement les éleveurs de bétail des années 1880 en éradiquant les cougars et les loups, et en faisant respecter les lois sur le libre pâturage. Les wapitis bénéficiaient de ces pratiques, mais pas les bisons. Et comme les wapitis n'hésitaient pas à s'installer confortablement dans d'épaisses forêts et ne se rassemblaient pas en immenses troupeaux, ils étaient plus difficiles à chasser.

Hornaday étudia également les comportements reproducteurs de ces deux espèces de ruminants, qui présentaient des différences spectaculaires. Les bisons se reproduisaient sans préférences apparentes au sein de troupeaux de plusieurs milliers d'individus, alors que les wapitis se reproduisaient très sélectivement à l'intérieur de harems comptant en moyenne entre quinze et vingt femelles. Les bisons avaient plus d'occasions de se reproduire que les wapitis : leur saison des amours était plus longue de plusieurs mois. Et tandis que, dans la société des bisons, la plupart des animaux matures participaient au processus, dans celle des wapitis, les femelles choisissaient leurs partenaires, et tous les mâles n'étaient pas servis. Comment les femelles choisissaient-elles ? Hornaday supposa qu'elles jetaient leur dévolu sur le mâle le plus méchant, le plus gros et le plus résistant, déterminé à l'issue des joutes.

Cent vingt ans plus tard, dans les années 1990, la technologie ADN permettrait aux scientifiques de pratiquer des tests de paternité sur la progéniture des wapitis. Ces tests ne confirmèrent pas la conjecture de Hornaday. En fait, les mâles qui remportaient les joutes n'obtenaient pas toutes les femelles. Des femelles donnaient naissance à des petits dont les géniteurs avaient été vaincus et possédaient des bois peu développés, tordus ou difformes.

Sur le chemin du camp de Calf Creek, Hornaday tomba

par hasard sur un petit groupe de bisons femelles et abattit celle de tête. Le sang jaillit des narines de la femelle, et ses compagnes pressèrent leur nez contre sa chair, refusant de l'abandonner même lorsque Hornaday tira d'autres coups de fusil. Ce rassemblement autour d'un animal en danger était un comportement dont il avait été maintes fois témoin. Il se demanda pourquoi les bisons femelles, contrairement aux animaux raisonnables, ne s'enfuyaient pas pour se mettre en sécurité. « Une stupidité phénoménale », écrivait-il dans son journal, concluant que si les bisons ne reculent pas devant le danger, c'est parce qu'ils sont irrémédiablement « autosatisfaits ». Ces « brutes stupides », estimait-il, étaient complices de leur propre extinction. La malencontreuse conclusion de Hornaday aurait peut-être été différente s'il avait tenu compte du conseil suivant tiré de *Moby-Dick* :

« Si ces léviathans n'avaient été qu'un troupeau d'humbles moutons poursuivis sur le pâturage par trois loups féroces, ils n'auraient pas pu exprimer un désarroi plus excessif. Or cette timidité occasionnelle est caractéristique de presque toutes les créatures qui vont en troupeau. Bien que rassemblés en bandes comptant des dizaines de milliers de têtes, les bisons de l'Ouest à la crinière léonine ont fui devant un cavalier solitaire. De même, tous les êtres humains, quand ils sont parqués comme des brebis dans le parterre d'un théâtre, vont s'affoler à la moindre alerte incendie, se précipiter pêle-mêle vers les issues, se presser les uns sur les autres, se bousculer, se piétiner et s'étouffer à mort sans le moindre scrupule. Mieux vaut donc ne pas s'étonner de l'insolite émoi des baleines devant nous, car il n'y a nulle folie chez les bêtes de la terre qui ne soit pas infiniment surpassée par la folie des hommes. »

– *Moby-Dick*, chap. 87, « La grande armada »

Sous la Smithsonian Butte, des wapitis mâles se disputant des femelles en étaient au corne-à-corne. En retournant au camp, Hornaday abattit une femelle, arracha les ligaments postérieurs de sa moelle épinière et les enveloppa de coton huilé ; il les ferait rôtir pour son dîner. Après avoir étalé les deux moitiés de l'arrière-train sur les flancs de son mulet, Hornaday abandonna le reste aux coyotes qui tournaient autour. Entre-temps, pendant que les mâles en duel reniflaient et pissaient sur leurs pattes antérieures, des femelles s'échappèrent dans l'ombre, le bruit de leurs sabots couvert par le fracas des bois qui s'entrechoquaient. Toutes désiraient le partenaire idéal, et malgré des années de recherches, aucun scientifique n'a jamais pu découvrir les critères qu'utilisent les femelles quand elles choisissent un partenaire. Peut-être est-ce parce que chaque femelle choisissait, pour son seul compte personnel, le mâle qui déplairait le plus à sa mère.

MON HISTOIRE DE RENARD avait besoin d'une fin satisfaisante. Je n'en avais point. Mais je savais comment elle *devrait* finir.

– Les petits animaux sauvages ne jouissent pas d'une vie longue et stable.

Je laissai ainsi entendre que Fox pourrait être mort quand je rentrerai chez moi. En fait, l'espérance de vie d'un renard roux sauvage se situe entre trois et cinq ans.

– Le renard moyen meurt prématurément.

Rencontrant le regard de Sixième-Sens, je lui lançai un sourire ironique. Telle était la plaisanterie que je l'invitais à partager : un événement ne peut être à la fois « moyen » et «prématuré». Elle haussa les sourcils et serra le poing devant son nez pour dissimuler son expression.

Plus tôt dans la semaine, nous avions repéré une antilope femelle qui allaitait deux faons minuscules. Tandis que nous admirions ses longs cils et la coiffure à l'iroquoise des jumeaux, deux coyotes arrivèrent. Ils l'avaient proprement coincée: un coyote de chaque côté, une pente abrupte derrière elle et une route à grande circulation devant elle. Une bonne stratégie: avantage aux coyotes. Une antilope peut piquer un sprint à quatre-vingt-dix kilomètres-heure, mais pas en gravissant une pente. Et elle ne traverserait pas une route où des autocars roulent pare-chocs contre pare-chocs. Après avoir déposé les faons dans un bouquet d'orge sauvage, elle chargea le coyote à sa gauche, lui décochant un coup de sabot au passage. Le coyote de droite se précipita vers les faons. Elle repartit dans l'autre sens, et le coyote de gauche s'élança vers les faons. Et ce manège recommença. Au bout de plusieurs tentatives pour immobiliser les coyotes, elle revint en boitant, incapable de défendre ses bébés. Les coyotes dévorèrent les deux faons sous nos yeux et sous l'objectif des appareils photo et caméscopes.

Les étudiants:

– Cool. C'est comme Godzilla qui mangerait Bambi.

– Heureusement que ma fille n'est pas là. Elle ne ferait pas de mal à une mouche. Elle capture les araignées et elle les relâche dehors.

Oui, les filles de tout le monde sont comme ça. Qui trouverait que c'est édifiant ou amusant d'écraser les araignées? Mais cela ne veut pas dire pour autant que la fille de *n'importe qui* ait de la compassion pour les araignées. Entre-temps, quelqu'un qui n'était pas la fille de qui que ce soit regardait la foule jouir du spectacle: des coyotes qui déchirent à belles dents un faon d'antilope, une expérience en milieu sauvage qui ne salit pas votre canapé.

Moi :

– Super ! Nous sommes comme des Romains au cirque qui regardent les chrétiens se faire mettre en pièces par les lions.

Jenna (chuchotant) :

– Sincèrement, j'aimerais mieux que tu n'élèves pas la voix pour dire ce genre de choses.

Oui, la mort serait une fin acceptable, pour l'histoire du renard. Pour une autre fin possible, je suggérai qu'il partirait chercher une compagne. Personne ne me demanda à quelle époque les renards se reproduisent. (En février.)

– Il va pouvoir se trouver une partenaire, petit et mal foutu comme il est ?

– Oui, parce qu'il a une piaule tout ce qu'il y a de bien.

Sixième-Sens leva les yeux et loucha vers moi moins d'une fraction de seconde après que j'eus avoué avoir visité le terrier.

Un autre étudiant demanda ce que je ferais au cas où le renard traînerait encore dans les parages. Tout le monde conclut que la seule manière légitime de se comporter avec lui serait de le traiter comme un sujet de recherche.

– Vous pouvez recueillir ses excréments, pas vrai ?

Je le pouvais.

– Vous pouvez avoir son ADN et le reste.

Oui.

Je pouvais, en d'autres termes, le traiter comme un objet, le réduire à des points sur une courbe. Et pourquoi pas ? L'opinion de mon auditoire m'était précieuse. Ce n'étaient pas des étudiants ordinaires. C'était une classe de formation continue, pleine de médecins, d'ingénieurs, d'enseignants, de conseillers, d'administrateurs et d'artistes. C'étaient des membres des professions libérales, et chacun d'entre eux avait réussi, au sens ordinaire de ce mot. L'espace d'un instant, entourée de membres de ma propre espèce qui semblaient motivés – et même préoccupés, peut-être – et qui étaient eux-mêmes intéressants (jusqu'à un certain point), j'envisageai de cesser de croire que Fox avait la moindre personnalité. J'envisageai carrément de m'intégrer. Chez les humains.

J'affirmai que le renard serait parti quand je rentrerais chez moi. Il serait en train de chercher une partenaire ou un nouveau territoire, ou alors engagé dans les errances que nous associons aux animaux sauvages. Je mentais. J'avais contrôlé sa présence tous les soirs quand je prenais ma voiture avant le dîner pour aller chez moi, et y rester le temps d'arroser les plantes et d'arracher deux ou trois mauvaises herbes. En plus, il avait déjà un territoire ; la saison des amours, c'était dans huit mois ; et puis il avait sensiblement moins la bougeotte que moi.

Conformément à la tradition en vigueur aux River Cabins, nous rentrâmes de notre randonnée sans cours ni chef de groupe. Mais pas sans la voiture-balai. Jenna fermait la marche, comme pour effacer nos traces. Tous les autres marchaient par deux ou en meute. Je redescendais toute seule parce que, contrairement aux étudiants, je n'avais pas besoin d'avoir des gens autour de moi. Je m'arrêtai lorsque Jenna me rattrapa. Nous écoutâmes les cailloux rouler sous les semelles Vibram et regardâmes les sacs à dos multicolores danser devant nous.

– Ils pensent que je le nourris.

Je tendis le bras pour attraper ma gourde mais gardai les yeux fixés sur l'antilope mâle qui se dirigeait vers les bungalows ; les étudiants allaient bientôt passer par là.

– Peut-être qu'ils pensent que j'imagine sa fidélité, et

qu'il fait son tour chaque jour par pure coïncidence et pas pour me voir.

– Les gens croient ce qu'ils comprennent. C'est tout.

Jenna agita sous mon nez un sac plastique plein de chocolats fourrés à la menthe et ajouta :

– Tu le sais bien.

– Pas vraiment.

J'enfonçai le papier du chocolat dans une poche de ma veste en coton.

– Je ne comprends pas la gravitation, mais j'en accepte l'existence.

Lorsqu'un groupe d'étudiants atteignit les bungalows, ils s'agglutinèrent autour d'un des chiens-chiens obséquieux de la propriétaire. Ils conversèrent avec « le meilleur ami de l'homme » comme si le vieux toutou était un enfant. Lorsque nous les rattrapâmes, ils partageaient des anecdotes sur ses habitudes et sa personnalité, enchaînant sur leurs propres histoires de chiens, de chats et d'iguanes apprivoisés. Chaque soir au dîner, tout le monde discutait de la psyché des animaux de compagnie des uns et des autres, et quand la glace à la vanille débordait autour du gâteau aux pommes du dessert, je savais déjà exactement quelle tenue le « meilleur ami » de chacun porterait le mois prochain pour les défilés du Jour de l'Indépendance. Nous hésitions à dénoncer comme anthropomorphes les sentiments et attitudes présentés par les animaux qui nous autorisaient à les tenir en laisse. Si j'avais attaché Fox comme un cheval, un faucon dressé, ou une mouffette apprivoisée, j'aurais eu le droit de lui assigner une personnalité. Les animaux que nous contrôlons nous imitent. Plus nous les observons, plus nous nous voyons en train de les regarder. Comme dans une glace.

Jenna et moi atteignîmes les bungalows au moment où

le « meilleur ami de l'homme » crottait sur la pelouse juste devant nous. Fox ne déféquait pas devant moi. Croyez-vous que je me baladerais en train de parler du *Petit Prince* avec quelqu'un qui chierait devant moi ? Un trait caractéristique des *Homo sapiens* est que nous ne chions pas devant nos amis. Les animaux encagés, ceux que nous possédons – soit comme animaux de compagnie, soit comme biens commerciaux – ne se conforment pas à cette bienséance.

Un autre trait caractéristique des *Homo sapiens* est que nous adorons les miroirs.

S'IL PARUT BIZARRE à la propriétaire des River Cabins que je lui demande la permission d'emporter une grosse pierre trouvée sur son terrain, elle n'en dit rien. Je soulevai une demi-douzaine de pierres, chacune d'une quarantaine de centimètres de large et relativement plate sur le dessus. Pendant que je rapportais la pierre choisie à ma voiture, je m'aperçus que Sixième-Sens me regardait fixement. Je laissai tomber mon trophée. Elle était assise sur un banc de bois près de la voiture ; ses cheveux noirs coupés court brillaient autour d'un grand sourire plaqué sur un visage hâlé.

– Votre voiture est sortie tous les soirs avant le dîner.

Ce n'était pas une question.

– Et vous habitez à seulement trente minutes d'ici en voiture.

Les traînées roses et blanches qui striaient le ciel bleu cobalt évoquaient une variante de l'opale opaque répandue dans la région, connue sous le nom d'hyalite.

– Oui, dis-je sans cesser de regarder le ciel.

– Bon, je suis heureuse que Fff... euh... votre renard soit, euh... Le renard, c'est ça ? Il n'a pas de nom, alors ? Mais il va bien ? Votre renard ?

Je ne voulus pas offenser un ciel opalin vanille-fraise en rentrant dans le bungalow avant que les couleurs pâlissent. Tendue, piégée entre cette femme et le ciel du soir, je fouillai dans ma poche. Je laissai tomber sur le banc une pierre ronde grosse comme une noix.

– Une géode, dis-je. Elle vous plaît ? Elle vient d'une butte que j'ai escaladée, dans le nord du Montana.

DYSFONCTION REPTILIENNE

Le renard appuya un coussinet calleux sur le sommet de son rocher sombre et granuleux, leva les yeux vers le soleil, puis s'éloigna. Le long du rocher encore frais, des campagnols froufroutants trottinaient discrètement. Mais il n'avait pas faim, donc il ne chassait pas. En attendant que le rocher se réchauffe, il s'amuserait avec un carré de papillons énergiques. Ils ne seraient pas aussi distrayants que les grues à trois pattes, mais il n'avait pas besoin de distraction, seulement d'un rocher bien chaud.

Des ailes jaunes se dressaient verticalement depuis le centre du carré. Comme ils s'étaient entassés trop près les uns des autres, la plupart des papillons ne pouvaient pas abaisser leurs ailes. Les individus postés le long du bord extérieur, battant chacun d'une seule aile, faisaient pulser le groupe dans un rythme hypnotique. L'un d'eux se détacha du bord, voleta au-dessus des autres et provoqua le renard, le tirant de sa rêverie. Le renard ne l'écraserait pas. Pas cette fois. Or, l'insecte continua son manège; il s'élevait, redescendait, voletait autour de sa tête. Un seul coup de patte pourrait envoyer la créature s'écraser dans le tas de ses congénères. Une paire de griffes pourrait ratisser la foule des papillons et les traîner lentement sur les galets jusqu'à ce qu'ils soient mouillés, froissés et morts. Mais le renard n'était pas né de la dernière pluie. Il savait que leurs corps menus et jaunâtres recouvraient un tas de crottes luisantes et visqueuses. Il était trop vieux pour rentrer chez lui en pleurnichant avec des pattes collantes et qui puent autant que le postérieur d'un animal à poil ras.

Il étreignait enfin la pierre chauffée par le soleil. Allongeant le dos et écartant à fond les pattes jusqu'à ce qu'elles pendent de chaque côté du rocher, il se fit le plus large possible. Il examina le paysage alentour et confirma que son rocher-relax était le plus haut et le plus beau de toute la prairie. À cette distance, la large rivière sinueuse semblait immobile. Au-dessus de lui, des oies cacardaient ; il espéra qu'elles ne se dirigeaient pas vers la petite île dont la vue le réjouissait. Il n'avait rien contre la compagnie des oies, mais elles faisaient d'énormes dégâts et il n'aimait pas tout partager, vu le peu qu'il possédait.

Retombant mollement par-dessus le bord du rocher, sa queue atterrit dans une position inconfortable, car une tige rigide de balsamorhize refusa de plier. Comme si le poids d'une queue de renard était insignifiant. Rappelant à la fleur qu'elle n'était qu'une mauvaise herbe de plus sur son chemin, il se brossa avec ses soies raides pour éliminer les graines de langue-de-chien incrustées dans ses jarrets. Puis il se retourna face au soleil, laissant la fautive pâlir dans son ombre.

Il s'endormit en écoutant les grillons, tout en regardant une vague de nuages rose foncé se déverser d'un col de montagne comme du sang suintant d'une marmotte blessée. La nuit était tombée lorsqu'un bruit malvenu le réveilla. Il se dressa sur son rocher, incapable de calmer son corps tremblant. Un effluve énigmatique flottait vers lui. Une entité volumineuse, inconnue et effrayante l'assaillait. Il n'avait pas le temps d'échafauder un plan. Il s'engourdit.

DE RETOUR CHEZ MOI, plongée si brusquement dans la solitude de mon chalet reculé, j'évoluai dans la salle Arc-en-ciel à petits pas hésitants, comme si je risquais de dégringoler d'une falaise, sans un corps humain, un bâtiment ou un bus pour interrompre ma chute. Sauf pendant les pauses avant le dîner, j'avais été entourée de gens de 6 heures à 22 heures. Je n'avais pas pu rester non habillée dans mon propre bungalow sans tirer les rideaux. Pour me convaincre que l'isolement avait au moins un avantage tangible, je laissai mes vêtements sur les marches du perron et fis le tour de l'extérieur de la maison mes kamik aux pieds. Lorsque j'eus bouclé le cercle, je ne m'étais pas encore entièrement débarrassée des images d'une trentaine de personnes mangeant toutes à la même grande table du dîner.

J'étais rentrée surexposée aux images, aux sons et aux odeurs d'un monde dominé par les humains, et maintenant j'avais besoin de me concentrer sur autre chose, comme guetter des battements d'ailes, humer l'odeur musquée des cerfs. Je voulais contempler de nouveau les nuages sans craindre de passer pour impolie. Alors j'ai réétalonné mes sens, j'ai réglé mon rapport signal-bruit en rejetant quelques stimuli à l'arrière-plan, en mettant d'autres en relief.

Tandis que j'étais à l'intérieur en train de déballer mes affaires, je me suis rappelé – presque affectueusement – les voix et les visages de ma classe aux River Cabins. Quand j'eus terminé mon déballage, en début d'après-midi, ces images devenaient déjà floues. J'évitai de prendre ma voiture et d'aller en ville ce premier jour, parce que certains de mes apprenants seraient encore dans les parages. Je savais par expérience que si je tombais sur des étudiants – sauf Sixième-Sens –, je ne saurais pas les reconnaître. Mais je me souvenais de choses qui leur étaient associées. Ç'avait été une classe un peu spéciale. Contrairement à mes centaines d'étudiants de licence, les stagiaires de formation continue, aux River Cabins, étaient plus vieux que moi, et ils exerçaient des professions libérales. Des gens dotés de cartes de crédit et de vraies coiffures, qui ne portaient pas de simples vêtements, mais des *ensembles*. Leurs opinions comptaient pour moi. Leur camaraderie était tentante.

Ce soir-là j'attendis Fox, mais il ne se montra pas. Tous les soirs, quand j'avais fait un saut chez moi avant de revenir dîner avec la classe, j'avais vu Fox, sauf la dernière fois, où je ne vis que ses empreintes. Elles traversaient la zone boueuse sous les fenêtres en saillie où l'absence de plantes à repiquer avait suscité une profusion de mulots résidents. Des traces de mulots – quatre doigts arrondis également espacés et une trace de queue oscillant entre les pieds droit et gauche – partaient de sous les fenêtres et aboutissaient à un tas de marc de café ombragé par un épicéa bleu. Le marc de café mélangé aux coquilles d'œuf que j'avais jeté après le café noir, chaque matin, avait attiré les mulots avides de calcium. Des traces floues d'empreintes de renard se superposaient à des traces de mulots. Je m'accroupis pour les examiner, ébahie, plus convaincue que jamais que Fox était un individu très intelligent. Il avait installé un piège à mulots appâtés avec les restes de mon café.

Le lendemain de mon retour, les mulots continuaient d'aller grignoter le café tentateur. Leurs empreintes fraîches décoraient une couche de glace translucide. Les empreintes de Fox, qui s'étalaient et se diluaient à mesure que la glace fondait, n'étaient pas récentes, et il ne se montra pas, à 16 h 15. Angoissée, je retournai dans le pré de derrière, ouvris le robinet d'arrosage sans enclencher la pompe et refermai ma main sur un tuyau privé de son embout. Regarder l'eau cascader me détendit. «La méditation et l'eau, disait Ishmael, sont à jamais mariées.» Mes plantes n'avaient pas besoin d'autant d'eau, mais cela ne leur ferait pas trop de mal. Si on additionne le soleil et la pesanteur, l'eau ne peut pas se maintenir assez longtemps sur un versant exposé à l'est pour noyer quoi que ce soit. Et comme Ishmael, j'avais besoin de la thérapie de l'eau.

Toutes les plantes sur cette pente derrière la maison étaient sauvages. Je les tenais, comme un propriétaire terrien provincial tient ses sujets, en maniant l'eau comme le sceptre et l'épée. Les favorites – les astragales rose fuchsia qui poussaient en cercle au ras du sol, les stipes en bouquets grenus, les panaches d'armoises frangées, les boucles bleues des boutelouas – recevaient de l'eau et poussaient plus vite. J'ignorais les chondrilles, les langues-de-chien et l'alysson, et par conséquent ces plantes partaient. Non, pas l'alysson ; l'alysson ne partirait pas simplement parce que vous l'avez ignoré. S'il y avait une plante à qui on ne pouvait faire honte, c'était bien l'alysson. Si je voulais qu'il s'en aille, il faudrait que je le traîne par ses grossiers racèmes.

Une peau d'orange s'incurvait autour d'un buisson de lupin où elle était censée servir de suppresseur d'appétit pour les mouffettes. (Personne n'aime les mouffettes grosses et grasses.) Un boa caoutchouc qui se glissait sous la peau d'orange s'arrêta pour émettre un signal enjôleur – langue rouge humide, corps gris métallisé, écailles invisibles. Contrairement aux renards, les boas caoutchouc sont difficiles à égarer. Je pouvais rentrer, aller aux toilettes, corriger un devoir d'étudiant, ressortir et retrouver le boa en quelques secondes. Sachant où vivaient les campagnols, j'essayais volontiers d'anticiper les mouvements du boa. Or, parfois – souffrant d'une sorte de dysfonction reptilienne –, le serpent relevait son corps antérieur flasque et mince et scrutait un trou de campagnol fraîchement creusé avant d'obliquer dans une tout autre direction.

Je délaissai le boa, car il allait être 16 h 15. Je braquai mon monoculaire au-dessus du terrier de Fox et cherchai des charognards en vol qui pourraient révéler la présence d'une carcasse. En vain. J'abandonnai lorsque la faible luminosité du crépuscule rendit le monoculaire inutile. Par ici, le chétif corps du renard disparaîtrait rapidement. Au printemps, deux urubus avaient nettoyé une carcasse de mouffette à fond en l'espace d'un seul matin. Quand ils eurent terminé, il ne restait même plus assez de matériau organique pour l'apéritif d'une mouche.

Trois jours après mon retour, je partis en reconnaissance, à la recherche de traces ou d'excréments d'un renard, ou d'un animal qui en aurait mangé un récemment. Une queue de mulot qui dépassait du bardage près de la porte du garage me faisait signe. Elle disparut lorsque je frappai du pied. Une tête de mulot, puis un mulot tout entier remplacèrent rapidement la queue. Le mulot détala sous le tuyau d'arrosage et se glissa dans un trou du bardage. Je découvris d'autres mauvaises nouvelles du côté de mon plus vieux lilas, où un lapin au nez romain émergea du paillis le plus cher du monde – les restes de feu mon cerisier. Rétractant ses narines, le lapin m'adressa un regard courroucé et lança une motte de terre dans ma direction.

– Fox, où es-tu ? Nous sommes assiégés, dis-je.

J'oubliais que nous n'étions plus dans la même équipe. J'oubliais que je transportais une malheureuse boîte de café Folgers métallique à couvercle afin de recueillir ses crottes et de me servir de lui pour la recherche. *Vous pouvez recueillir son ADN*, avaient dit mes étudiants. Ils pensaient probablement que je m'en servirais pour faire des tests de paternité. Mais j'avais oublié la pelle qui faisait partie de mon paquetage.

J'attaquais en crabe une pente raide lorsqu'un mammifère au pelage brun luisant et au bout des pattes blanc fila près de moi. Je perdis l'équilibre et me reçus sur une main. Lorsque je me retournai pour regarder vers le haut, la belette en arrêt posa ses yeux noirs sur moi un instant, avant de déguerpir. J'avais été surprise parce que mon regard de randonneur était calé à un mètre au-dessus du sol – à hauteur d'ours –, habitude prise à force de vivre et de travailler au pays des ours, que j'ai souvent rencontrés dans les parcs nationaux du mont Rainier et du Glacier. Si vous ne pouvez pas repérer un ours à trente mètres, ni votre aptitude à la course ni l'arme de poing dans l'étui sous votre épaule ne vous évitera des blessures. Certes, je me suis cogné le pied et j'ai trébuché pas mal de fois, mais je n'ai jamais vécu de confrontation avec un ours qui ne se soit pas terminée sur un accord mutuel.

La belette – ou plutôt une hermine – s'enfuit dans un trou à la base d'un rocher gris ardoise. Espérant qu'elle en ressorte, je m'assis, détachai mon sac à dos et y cherchai mon appareil photo. Pour autant que je puisse m'en rendre compte en regardant autour de moi, même aux jumelles, j'étais seule. Aussi fut-il bizarre d'entendre dire :

– Voilà enfin quelqu'un qui a une vraie profession.

Ma conscience se moquait de moi. Fox et moi-même avions rencontré l'homme doté d'une vraie profession dans *Le Petit Prince* : un érudit auto-identifié, géographe accroché à son bureau qui n'a rien découvert parce qu'il est « trop important pour flâner ».

Moi, je ne *voulais* pas être trop importante pour flâner ; j'*avais besoin* d'être trop importante. Enfin, assez importante pour avoir l'assurance maladie. En descendant du bus à Lamar Valley, au début de la semaine, j'avais semblé tellement mal en point qu'un des stagiaires m'avait conseillé de consulter un médecin. Je ne lui dis pas qu'en réalité c'était d'un *chirurgien* dont j'avais besoin, et que je n'en avais pas les moyens ; que ma pathologie n'était pas fatale, et que je n'avais pas cessé de guider des touristes dans l'arrière-pays, d'assurer des cours sur le terrain, de faire de la musculation et du jogging. C'est vrai, j'étais épuisée et je dormais encore trop. Mais oublions cette tumeur de deux kilogrammes. Elle n'était pas maligne.

Tout emploi qui correspondrait plus ou moins à mon doctorat en biologie et offrirait un salaire régulier et l'assurance maladie exigerait que je mette de côté l'existence d'un Ishmael terrien. Il faudrait que je dise adieu à la vie dans une région sauvage et isolée où je me trouvais émotionnellement à l'aise. J'échangerais le monde que je connaissais contre la possibilité de vivre et de travailler au milieu d'humains dans un environnement qui risquerait toujours d'être stressant et auquel je ne pourrais peut-être jamais m'adapter. Ce serait bien, n'est-ce pas, le jour où j'aurais les moyens de me faire opérer, de pouvoir écrire un nom sur la ligne « Personne à contacter en cas d'urgence » ? J'avais peut-être suivi tranquillement la mauvaise voie, mais je n'en voyais pas d'autre. D'ordinaire, ma conscience excellait à mettre en lumière les problèmes, or elle avait disparu avant de fournir des solutions.

– Voilà enfin quelqu'un qui a une vraie profession, répéta la voix dans ma tête.

J'étais en train de verser un thé chaud au Tang dans la tasse de ma bouteille thermos en acier inoxydable lorsque Ishmael posa une botte sur le rocher et se pencha, l'avant-bras calé sur la cuisse. Son spencer bâillait là où il lui manquait un bouton.

– J'abhorre toutes les tâches honorables et respectables, dit-il en faisant valser ma casquette de base-ball.

C'était une citation de *Moby-Dick*. Dans le livre, Ishmael a une vraie profession – maître d'école. Il démissionne. Poursuit son dessein. Il navigue sur le *Pequod* et communie avec les baleines.

– La spécificité d'une « tâche respectable », répliquai-je, est la suivante : ce n'est rien de plus qu'une dîme, en échange de l'appartenance à la société. Ou me trompé-je ?

Ishmael répondit qu'il ne voulait pas appartenir à la société, et que par conséquent il n'avait pas besoin de payer son dû de sociétaire. Je lui rappelai qu'il s'était retrouvé avec un unique ami, son camarade de bord, Queequeg, un païen et cannibale. Ishmael avait écrit dans son journal que Queequeg était son « unique héritier ». Je me demandai si ce cannibale était plus répondant qu'un renard.

Sous mes yeux, le vent, déjà coupable de m'avoir enlevé ma casquette, la poussa vers le ravin abrupt, jusque dans les bras épineux d'un églantier aux fleurs roses. Ishmael cita de nouveau *Moby-Dick*, à propos de la Porte du Ciel, qui s'ouvrait tout aussi largement pour les maîtres d'école que pour les esclaves.

Je rappelai à Ishmael qu'il était athée. Et qu'il frappait à la porte de la société – pas à celle du Ciel.

Un essaim agressif de fourmis couvreuses mit un terme à ma rêverie et je dévalai la pente. Ce soir-là, mes mollets étaient enflés à cause des piqûres de fourmis, et j'avais mal au dos à force de m'être penchée sur un indolent boa caoutchouc en criant «À gauche! à gauche! à gauche toute!» pour l'encourager à fourrer son nez émoussé dans un trou de mulot.

JE METTAIS LE MONOCULAIRE en batterie lorsque les épées solaires apparurent.

Le gros tas de nuages bouffi tourbillonnait, illuminé en orange à sa base. Le soleil était partiellement visible au-dessus des nuages. Six rayons distincts jaillis de l'astre visaient le sol, formant un éventail de lumière inversé. Je sortis et les rayons – les épées solaires – m'encerclèrent. Comme si j'étais dans un tipi entouré de lumière et non d'une bâche en toile.

Des taches orange apparurent dans une prairie en surplomb près du terrier de Fox: un gros morceau au sommet d'un rocher, des morceaux plus petits que le vent poussait dans l'herbe. Un grossissement supérieur révéla des poils qui bougeaient sur ces taches fauves. Horrifiée, je me rendis compte que c'étaient des morceaux de la peau de Fox. Je regrettai d'avoir dit à la classe que Fox serait parti quand je rentrerais. Et encore plus d'avoir dit que je me servirais de lui pour la recherche s'il revenait. Le regret franchit la frontière ténue qui le séparait de la culpabilité.

Après avoir compris que Fox était mort, je continuai de scruter la peau agitée par le vent jusqu'à ce que l'obscurité nous sépare. J'aimerais vous parler de ma tristesse et de ma solitude après la perte de Fox. Mais je ne le ferai pas. Je n'ai pas perdu Fox: il ne m'appartenait pas. Et je ne pouvais pas m'imaginer Fox et moi comme un couple. J'étais, toutes proportions gardées, trop insignifiante. Mais j'avais conscience de notre vallée, avec ses oliviers touffus au feuillage arrondi, ses collines bossuées et ses genévriers envahisseurs de ravins, et je sentais confusément qu'il nous manquait à tous un renard.

Je me couchai en pensant qu'un renard de moins dormirait dans notre vallée ce soir, et que demain ne serait peut-être pas aussi bien qu'hier. Comment continuerais-je ? Me réjouir que plus rien ne m'empêchait de me concentrer sur un emploi responsable ? Abandonner ce coin de terre isolé aux fourmis couvreuses et aux pies grincheuses ? C'est ce que ferait un individu rationnel, doté de sens pratique. L'image de la cabane de Three Lakes sur son tertre herbu au-dessus d'un lac émeraude apparut, et j'entendis chanter les grenouilles arboricoles. Je ne pourrais oublier Fox, pas plus que je ne pourrais oublier les rainettes de Three Lakes.

Je ne pourrais pas partager cette prise de conscience avec qui que ce soit, puisque je n'avais dit à personne qu'il était là, pour commencer. Mais, d'un autre côté, personne n'allait me dire *Les animaux meurent ! La mort est inévitable ! La nature est cruelle !* Et j'en étais reconnaissante.

DR FRANKENSTEIN ET MR F.

Une humble fleur bleue me fit signe, me rappelant qu'un renard sans importance ne me harcèlerait plus. Je pourrais oublier l'heure et m'asseoir où je voudrais. Mais je voulais m'asseoir à côté de ce myosotis sauvage. C'était la place de Fox.

Le fond en nylon de mon matelas de camping racla le sol rocheux quand je le traînai jusqu'à la plante. J'accrochai les deux sangles latérales du haut avec les clips correspondants en bas et transformai ce tapis de couchage plat en un siège sans pieds en forme de L. Ramenant mes genoux contre ma poitrine, je fis face à la fleur. *N'est-ce pas bien d'être seule ?* me demandai-je. Et comme ce n'était pas une question de pure forme, j'y réfléchis, puis répondis : *Oui, recevoir des invités est particulièrement éprouvant pour ceux d'entre nous qui sont difficiles sur l'endroit où ils s'asseyent.* Mais ce n'était pas vraiment une réponse.

Vous parleriez d'un jour « sans nuages » si vous utilisiez l'expression sans réfléchir. Moi pas. Vous parleriez d'un jour « sans nuages » si vous étiez insensible au deuil de la vallée. Moi pas. Au loin à l'est, de minces filets nuageux, à peine visibles, flottaient au-dessus du pic tronqué d'une montagne en forme classique de volcan. Deux nuages, juste assez denses pour être vus par une personne endeuillée, convergeaient à la même altitude à l'horizon opposé.

Un livre de poche poids plume à la couverture profondément éraflée était en équilibre sur ma cuisse. Tout en inhalant son odeur de moisi, j'appuyai mon pouce sur sa cicatrice la plus brutale pour tenter de lisser l'arête meurtrie. Des douzaines d'instruments différents avaient souligné ou surligné des passages ; les marges étaient remplies de commentaires. Quinze ans plus tôt, je l'avais acheté en pensant le jeter après l'avoir lu. À présent, je suppose que ce roman aux pages cornées et moi-même resterons ensemble jusqu'à ce que l'un de nous se désintègre.

J'avais trouvé ce livre chez Blanton, l'épicerie de Packwood, au Washington, porte d'entrée du parc national du mont Rainier. Il se cachait, entre le coin boulangerie et la caisse, dans un présentoir à tourniquet auquel il manquait tant de vis qu'il ondulait tel un manège. Aucun des ouvrages soldés à moitié prix n'appartenait à la littérature typique des épiceries : pas de romances à l'eau de rose, pas de polars, pas de romans d'espionnage. Tous ces livres avaient déjà eu un propriétaire, c'était apparemment la singulière donation de la grand-tante de quelqu'un, aveugle depuis longtemps ou récemment décédée. À mesure que chaque livre se présentait, je le libérais de sa cage et en évaluais l'intérêt. Je manipulai tous les ouvrages tachés du présentoir avant de choisir un roman à la couverture sombre, moitié moins épais que mon sandwich seigle-jambon et bien plus léger.

Le lendemain, je partis sac au dos rejoindre l'un de mes postes de devoir, une douzaine de kilomètres plus loin

– un abri rocheux triangulaire perché au-dessus de l'Ohanapecosh. Un grandiose banc de sable, appelé Indian Bar, bissectait cette portion de la rivière, piégeant des troncs tordus de sapins des Cascades à la dérive et entretenant une dense population de fleurs roses au faciès de singe. Le nom « Indian Bar », qui datait du temps des pionniers, identifiait à la fois l'abri rocheux et les prairies environnantes. L'abri – une caverne creusée par l'homme – était en face d'un glacier dont la large langue léchait la berge opposée de la rivière. Un champ de neige d'un bon mètre d'épaisseur cernait la grotte et émoussait le profil des marches pour les chèvres des Rocheuses qui habitaient les lieux.

Des semaines passèrent, et, malgré la désolation – ou peut-être à cause d'elle –, j'étais très satisfaite de la situation, jusqu'au soir où un couple arriva par hasard, après la tombée de la nuit. J'étais tout au fond de la grotte, éclairée aux bougies, allongée sur une planche suspendue par d'épaisses chaînes noircies de suie. Une espèce de froissement attira mon attention vers l'entrée de l'abri et, levant les yeux de mon roman d'épicerie, je vis une femme poser le pied à l'intérieur, regarder autour d'elle et sortir à reculons.

Plusieurs pages plus tard, des éclats de voix incompréhensibles résonnèrent dans la grotte : le mari était arrivé. Il s'approcha pour se présenter et fronça les sourcils en voyant ce que je lisais.

– Ça ne pèse pas lourd, dis-je en lui agitant le livre sous le nez.

L'homme, un Allemand, montra mon chapeau d'uniforme à sa femme pour la rassurer et détacha son sac de couchage, qu'il déroula sur l'une des planches-couchettes inférieures. Sautant à bas de mon perchoir, je posai mon livre sur la table couverte de graffiti et de taches de pétrole et leur expliquai comment j'en étais venue à lire *Frankenstein*.

Tandis qu'ils déballaient leurs provisions pour le dîner, je remarquai qu'ils s'étaient partagé leur équipement de façon que chacun ait la moitié des objets essentiels : il avait toutes les conserves, elle avait sur elle l'unique ouvre-boîte. M'attendant à ce qu'un réchaud apparaisse et qu'ils ne mangent pas de conserves froides, je leur tendis une boîte en plastique à aiguilles hypodermiques – récupérée auprès d'un collègue diabétique – où je gardais au sec ma réserve d'allumettes. La femme tira d'une poche un paquet d'allumettes mouillées qu'elle transféra dans ce qui devait être leur sac à déchets, ou du moins l'espérai-je.

– Vous savez que ce n'est pas normal, dit-elle, de choisir ses lectures à partir du poids du livre.

Je ne le savais pas. J'avais choisi mon réchaud, mon sac de couchage, ma veste et mes provisions sur la base de leur masse. Je séchai moi-même mes fruits, ma venaison et mon thon, et choisissais les aliments que j'emportais selon leur richesse en calories. Il n'empêche que, avec onze ans de randonnée professionnelle derrière moi, je me retins de me défendre. Ma définition de la « normalité » différait probablement de celle d'une Allemande qui s'était perdue et boitait, cheminant après la tombée de la nuit, avec des provisions insuffisantes et pratiquement seule dans une des plus vastes « zones de naturalité » de notre pays.

Le lendemain matin, les Allemands et moi partîmes en randonnée dans les prairies de bruyères au-dessus du champ de neige. Nous avions beau rester sur d'étroits sentiers de terre battue, les longues branches et une rosée abondante conspiraient à coller des pétales fuchsia sur la peau nue au-dessus de nos chaussettes nordiques en laine non traitée. Je leur montrai mon *wallowa*, les W.-C.

de campagne cubique que j'avais construit pour remplacer l'édicule extérieur suffoquant de l'abri. J'avais conçu et construit ces W.-C. moi-même avec deux principes en tête : un, rien n'était trop bien pour les visiteurs d'Indian Bar, et deux, il n'y avait presque jamais de visiteurs à Indian Bar. La création d'une expérience de naturalité pour randonneurs passait avant la garantie de l'intimité : je creusai le wallowa dans un endroit exposé, avec un panorama dégagé. Un décor enchanteur entourait quiconque voulait bien confier ses cuisses nues au siège en pin verni de mon wallowa : une rivière sauvage aux flots bleus, des falaises moussues, des chèvres des Rocheuses si proches que vous pouviez les entendre éternuer.

Des années plus tard, la Washington Trails Association publia un commentaire sur Indian Bar : « Il convient aussi de noter qu'on trouvera ici le plus spectaculaire des W.-C. de montagne du Washington. » Merci, WTA, *tausend Dank !*

Le Service des parcs nationaux n'entretenait pas de sentiers de randonnée dans les prairies subalpines au-dessus du wallowa ; nous progressâmes donc à travers champs, en contournant un archipel de sapins rabougris qui nous arrivaient tout juste à la taille.

– *Krummholz*, annonçai-je.

Je montrai à mes compagnons un adorable petit cercle de sapins, mais ils ne réagirent pas en m'entendant employer le terme technique qui signifie « bois tors » en allemand.

– *Krummholz*, répétai-je en empoignant un bouquet de courtes aiguilles flexibles.

Nous continuâmes d'avancer péniblement, et je cessai de jouer les interprètes. L'écorce blanche tire-bouchonnée d'un sapin aux branches en drapeau – toutes couchées dans le même sens – attira enfin notre attention. Haut d'un mètre seulement, l'arbre avait probablement des centaines d'années d'existence derrière lui. L'homme proféra très haut un mot qui ressemblait vaguement à *krummholz*. Le couple essaya de m'enseigner un peu d'allemand, mais j'étais mauvaise élève et la leçon se termina en éclats de rire.

En dessous de nous, l'Ohanapecosh tressait son cours autour de plusieurs hauts-fonds et contournait un bras mort. Nous nous arrêtâmes pour regarder des chèvres s'escrimer à descendre une pente rocheuse bleu gorge-de-pigeon et je demandai à ces Allemands si Indian Bar leur rappelait les Alpes suisses. Ils dirent que oui, absolument, et qu'ils habitaient près des Alpes.

– *Gesundheit!* dis-je quand une chèvre renifla bruyamment.

– *Gesundheit!* répétèrent les Allemands en essayant d'imiter mon accent américain.

Ils étaient plus sympathiques que ce à quoi je m'attendais, alors j'identifiai pour eux les fleurs alpestres, voulant m'excuser de leur avoir fait peur la nuit précédente.

– *Lupinus*, dis-je en insérant une Pivetta entre deux touffes de lupin violet. Comme *Canis lupus*, le loup. Et le lupus, une maladie auto-immune.

J'ébouriffai une touffe de fleurs au faciès lycomorphe, dérangeant deux bourdons engourdis accrochés à la courte tige. Je meublai le silence en attendant que le mari extraie de son sac l'objectif macro du reflex Olympus que sa femme portait en bandoulière.

– Autrefois, les gens n'aimaient pas les loups. Je ne suis pas sûre qu'ils aimaient le lupin tant que ça non plus.

Je leur parlai de Victor Frankenstein parce que je croyais que cela pourrait leur rappeler le pays et les mettre à l'aise.

– Quand Victor est un petit garçon, lui et sa famille passent l'été dans les Alpes. Il qualifie les montagnes de sublimes. C'est exactement le terme qu'il emploie : *sublimes*.

– Oui, dit la femme en souriant. Vous vous ressemblez, je crois… vous et votre nouvel ami.

– Le docteur Frankenstein, précisa son mari.

– Non, le docteur Frankenstein n'est pas mon ami. Peut-être qu'il le sera un jour. Je n'en suis qu'au chapitre trois.

Si j'avais su alors que Victor Frankenstein n'obtiendrait jamais son doctorat, je l'aurais appelé Mr Frankenstein.

– Au chapitre trois ?

La femme se tourna vers moi et rit, la tête renversée en arrière. Je lisais peut-être lentement ; le vocabulaire archaïque de Mary Shelley y était aussi pour quelque chose. Je ne crois pas que l'Allemande riait de ma lecture laborieusement lente, mais qu'elle voulait seulement respirer l'air pur et sauvage d'Indian Bar.

Nous redescendîmes en pataugeant dans une prairie de fleurs en forme de tuba, assez flexibles pour s'écarter gracieusement, mais trop lentement pour échapper à ma main impatiente.

– Regardez cette langue velue, suggérai-je.

L'Allemande enfonça un doigt dans la gorge d'un penstemon mauve et caressa un épais bourrelet de pseudoanthères. Présentant la langue de la fleur à son mari, j'expliquai que le genre *Penstemon* appartenait à la famille des scrophulariacées, connue pour ses fleurs à l'aspect insolite. Après une descente en glissade du champ de neige, la main de l'Allemande sur mon épaule, je récitai les noms vulgaires de certains membres de cette famille : gueule-de-loup, tête-d'éléphant, langue barbue, bec-de-perroquet, trèfle-tête-de-hibou, fleur-singe, gant-de-renard, pinceau-des-Indiens, correspondant respectivement aux genres *Antirrhinum*, *Pedicularis*, *Penstemon*, *Lotus*, *Triphysaria*, *Mimulus*, *Digitalis*, *Castilleja*.

Le lendemain, je persuadai les Allemands d'aller admirer les fleurs à tête d'éléphant qui poussaient le long de l'Ohanapecosh. Chaque fleur rose fuchsia consistait en un pétale tubulaire recourbé vers le haut comme la trompe d'un éléphant. De chaque côté de cette trompe, de larges pétales s'ouvraient comme des oreilles complètement déployées. Et là, nous nous séparâmes, eux pour traverser la rivière, puis remonter le glacier Ohanapecosh jusqu'au col avant de descendre dans une autre vallée, moi pour planter ma tente à deux portes, dans un bosquet brise-vent de sapins et de tsugas, à moins de trois cents mètres de la berge. Cette tente, le clou de mon équipement de montagne, était une Ve 24 géodésique de chez The North Face : spacieuse, jaune d'or, et tellement belle que, lorsque je la sortis de son sac de transport, j'eus l'impression de commettre le premier péché mortel.

– Si vous avez l'intention de voyager avec des articles vitaux comme la nourriture et l'eau répartis séparément entre vous, alors il faut que vous restiez ensemble, et non à vingt minutes l'un de l'autre.

Ce conseil ne fut pas mon seul cadeau d'adieu.

– *Pedicularis groenlandica*, dis-je en montrant les fleurs à tête d'éléphant qui oscillaient au bord de la rivière sur leurs tiges longues et minces.

Le mari n'aurait pas pu m'entendre : il était déjà en train de franchir le banc de sable.

– Soyez prudente avec ce livre, dit la femme en me serrant les deux avant-bras. Il vous fera faire des cauchemars.

Elle m'adressa un clin d'œil, fit claquer sa langue et ajouta :

– Gros monstre.

Frankenstein, que je terminai cet été-là, se trouvait dans le coffre de ma Volvo vieille de vingt ans quand je quittai le parc national du mont Rainier, et pendant longtemps il sembla que l'Allemande s'était trompée, à propos de ces cauchemars.

Je m'étais momentanément endormie. Lorsque je me réveillai, je me trouvais dans un laboratoire assombri, porteuse d'une blouse blanche en coton, en face d'une paillasse pleine de déchets anatomiques et de sang en voie de coagulation. Un an s'était écoulé depuis que les Allemands avaient franchi l'Ohanapecosh et m'avaient laissée seule dans cet Indian Bar paradisiaque. Des yeux jaunes de la couleur du monstre de Mr F. pendaient d'une carcasse puante et les miasmes verdâtres de l'air ambiant me collaient au visage. Un rayon de lumière chargé de poussières dansantes traversait le verre sale et épais de l'unique fenêtre. Avec un gant taché de sang, j'élevai une éprouvette dans la lumière, fascinée par la substance arachnéenne qui tourbillonnait dans le tube rempli d'alcool.

J'étais en train d'extraire l'ADN des carcasses pour ma thèse de doctorat traitant de la conservation des pygargues à tête blanche. Après avoir déposé les gants ensanglantés et remis les pièces anatomiques dans la chambre froide, je retournai dormir dans ma chambre de cité U.

Des cauchemars à la *Frankenstein* me réveillèrent.

Ce n'étaient pas des cauchemars impliquant le monstre. La scène la plus effrayante du roman se passe bien avant que le monstre prenne violemment vie, quand Mary Shelley décrit Victor lors de sa soutenance de thèse. Dans mes cauchemars, je chaussai les souliers tremblants de Victor qui raclent le parquet de bois sombre lorsqu'il se tient devant le professeur Krempe, «petit bonhomme trapu, à la voix rude et au faciès repoussant». Krempe vilipende les travaux préparatoires de Victor, dont une bonne part a consisté à lire de vieux manuels et grimoires. Victor bredouille une réponse inacceptable. Krempe «frappe la table du plat de la main», en disant: «Chaque instant que vous avez gaspillé à lire ces livres est absolument et totalement perdu. Mon Dieu! Dans quel désert avez-vous vécu?»

Comme moi, Mr F. subit des professeurs arrogants, produit des chimères et vit dans un paysage stérile dépourvu de lectures élégantes.

Naturellement, je l'admirais.

Contrairement à moi, Mr F. ne rédige pas une thèse et n'obtient pas un doctorat. Alors que certaines universités américaines autorisent les étudiants à présenter la réalisation d'un projet au lieu d'une thèse écrite, Mr F. habite en Suisse dans les années 1800 et, en dépit de ses talents, la création d'un monstre n'équivaut pas à la rédaction d'une thèse. L'université d'Ingolstadt ne propose pas d'option «ogre».

Pendant mes années en fac, si je n'étais pas dans la bibliothèque ou au laboratoire de génétique animale, on pouvait me trouver perchée sur l'accoudoir d'un sofa en vinyle puce, en train de contempler par la fenêtre de ma chambre de cité U les collines fleuries en jaune et les montagnes trop éloignées pour être atteintes avec une Volvo de vingt ans d'âge privée de marche arrière et non assurée, et encore moins avec un antivol de bicyclette fracturé privé de sa Schwinn rouge trois vitesses. Je lisais et relisais l'exemplaire de *Frankenstein* proposé sur le tourniquet de l'épicerie de Packwood, surlignant des passages intéressants d'un mince feutre fluo rose. Comme moi, Victor aimait la nature, il découvrit sa vocation avant de quitter l'école primaire et ne reçut aucun conseil de la part de son père.

Comme l'écrit Mary Shelley, « [son] père négligeait la science, et [Victor] dut lutter seul avec l'aveuglement d'un enfant, auquel s'ajoutait la soif de savoir de l'étudiant ». Cet ouvrage me réconforta lorsque je me trouvai à la croisée des chemins, entre la science et l'intuition, et cherchai ma voie.

Pendant des vacances en famille dans un hôtel chic à Thonon-les-Bains, Victor ouvre le tiroir du bureau et y trouve un livre ancien, abandonné, écrit par un philosophe naturaliste insolite, Cornelius Agrippa. Victor, qui a apprécié Agrippa, lit ensuite les œuvres d'Albert le Grand. Albert et Agrippa croyaient à la magie et à l'alchimie – idées répugnantes pour la communauté universitaire d'Ingolstadt à la fin des années 1800. Deux cents ans plus tard, quand j'entrai en fac, seuls les étudiants en histoire du Moyen Âge et de la Renaissance les lisaient. Il se pouvait qu'un texte de chimie mentionne qu'Albert le Grand avait découvert l'arsenic, ou qu'une option « études féminines » mette à son programme le traité d'Agrippa sur la supériorité des femmes, mais en général les universitaires américains du XXe siècle dénigraient ces deux auteurs, considérés comme des fous, des mystiques, des occultistes et des alchimistes.

Un autre enseignant de Victor, le professeur Waldman, l'arrache au mysticisme et l'initie à deux obsessions tout aussi dangereuses l'une que l'autre : la chimie et les mathématiques. « La chimie est cette branche de la philosophie naturelle dans laquelle les plus grands progrès ont été faits et pourront être faits, dit Waldman. Si vous désirez vraiment être un homme de science, et pas seulement un *vulgaire expérimentateur*, je vous conseillerais d'explorer toutes les branches de la philosophie naturelle, y compris les mathématiques. » (C'est moi qui souligne.) Victor capitule et se détourne de la biologie pour se concentrer sur les sciences physiques. Il regrettera cette décision. Il accuse même sa foi dans la physique d'avoir causé sa grande catastrophe. Je suppose que nous savons tous ce qu'il entend par « grande catastrophe ». Waldman avait raison sur un point, toutefois. Après cette « catastrophe », partout en Europe on traite Victor de tous les noms, dont certains assez vils, mais jamais de « vulgaire expérimentateur ».

La chimie et les maths, c'est bien pour les gens qui aiment la chimie et les maths, mais ces sciences ne parlent pas, pour la nature ; la magie et l'alchimie non plus. Le dilemme apparent de Frankenstein – les mathématiques ou l'alchimie – était en réalité un piège, un coup monté par Mary Shelley. Les deux options impliquaient l'univers physique. La chimie et les maths sont des sciences physiques ; les alchimistes et les magiciens cherchent à modifier les états physiques, par exemple en changeant le plomb en or, ou en animant des cadavres.

Je jouais avec une option hors de la portée de la science et du monde physique : l'intuition, ce savoir qui se crée sans raisonnement conscient. Quand je me posais des questions sur Fox – avait-il une personnalité ? se souciait-il de moi ? voulait-il être mon ami ? devrais-je porter son deuil, comme cela se fait pour les humains ? –, la science et l'intuition me donnaient des réponses différentes. Je n'arrivais pas à trancher entre les deux. Étais-je piégée moi aussi ?

La randonneuse allemande d'Indian Bar avait raison ; d'abord au sujet des cauchemars, ensuite quand elle disait que Victor et moi nous ressemblions. Avant de concevoir le monstre, Victor n'est qu'un jeune homme un peu perdu, comme tant d'autres, qui adore la nature, achève cahin-caha sa scolarité en l'absence de mentors, et affronte la science avec un scepticisme naïf, mais sincère. Il adore les montagnes et les lacs de haute altitude et passe trop de temps seul (surtout après que le monstre a commencé à liquider ses amis). Dans les marges de ses livres, il griffonne des choses comme «vivre mieux grâce à la chimie». Ça aussi, il le regrettera.

DEHORS, DEVANT LE CHALET, assise sur ma chaise de camping à côté du myosotis de Fox-le-regretté, je me sentis une fois de plus proche de Victor. Lorsque le ciel bleu disparut, je refermai *Frankenstein* et enfilai ma veste Carhartt marron, boutonnée jusque sous le menton, la capuche rabattue sur les yeux contre le vent de la fin de l'après-midi. Des nuages affamés se rassemblaient en cohortes assassines aux deux extrémités de ma vallée, dévorant les molécules d'eau à mesure qu'ils fusionnaient. Juste au-dessus de moi, des nuages convergents se rétractaient en un cercle étroit et allaient m'enfermer dans leur tourbillon. Balle-de-Tennis, libérée de ses responsabilités incubatoires, m'attaquait en piqué, avec Queue-Déchirée. Le couple était sans doute mécontent du manque de jaunes. Pour la première fois depuis des mois, j'avais sauté le petit déjeuner et annulé mon service matinal de livraison d'œufs.

Fox avait laissé mon pré dans un triste état: il avait froissé l'unique fleur de mon salon de lecture en plein air. Le myosotis penchait, exhibant sa blessure brunâtre. Je me rappelai que Fox frottait son museau contre la plante quand je lui faisais la lecture. Prenant l'inflorescence au creux de mes mains, je dépliai les pétales avec mes pouces. La tige blessée, qui se flétrissait déjà, sacrifierait son unique fleur avant la fin de la journée pour que le corps principal de la plante puisse continuer à vivre.

Je restai les bras croisés sur le site du rendez-vous jusqu'à 16 h 15, et même au-delà. À 17 heures, l'entonnoir nuageux essayait de m'aspirer dans sa phase de descente. Même les pies s'étaient mises à l'abri. J'avais besoin d'en savoir plus sur la manière dont Fox avait vécu. Bien que craignant ce que je risquais d'y trouver, je décidai d'explorer son terrier et ses abords. Mais pas maintenant. Pas dans un entonnoir nuageux.

FINALEMENT, j'explorai la zone autour du terrier ; je fouillai plus longuement et regardai plus attentivement que lorsque Fox était en vie. Je m'attendais à trouver les vestiges d'une existence brève et austère. Au lieu de quoi je fus accueillie par une exposition fantaisiste d'objets d'art naturels, bizarrement disposés comme dans un souci esthétique. Ils me racontaient tout bas des histoires sous le ciel couvert de nuages : les vertèbres segmentées d'un cerf, la mue abandonnée par une couleuvre, des plumes de grouse répandues en étoile au pied d'une achillée desséchée, une omoplate de wapiti mouchetée de lacunes teintées de vert. Ce dernier et volumineux trophée suggérait que le terrier était le domicile d'un chasseur, dont la vie, quoique brève, n'avait pas été sans gloire.

Disposés sur cette pelouse bien tenue – pas un gramme d'excrément, pas le moindre relent de putréfaction –, des souvenirs de ses visites chez moi m'attristèrent : une pièce de peau de cerf découpée à la main, un tube protecteur en plastique pour jeunes plants, un tesson de poterie montrant une partie de la tête d'un âne bleu. Je me persuadai qu'il avait mis en scène ces souvenirs avec un brin de fantaisie, créant ainsi un lieu où il se plaisait à séjourner, et ma tristesse en fut diminuée d'autant. C'était comme les plumes, les oursins plats et les champignons desséchés que j'entassais dans des bocaux ou des coffrets et plaçais sur mon secrétaire, et les galets multicolores dont je remplissais des éprouvettes en verre fermées par un bouchon de liège. Je pense qu'il collectionnait ces épaves comme moi : distraitement. C'est-à-dire instinctivement.

En ramassant une grosse plume blanche de poulet, j'imaginai Fox en train de kidnapper le coq d'un malheureux fermier. Tandis que deux corbeaux menaient une attaque acrobatique sur un pygargue à tête blanche, je m'assis dans une cuvette sableuse au-dessus du rocher voisin du terrier et me remémorai mes propres braconnages aventureux, quand j'avais une petite vingtaine d'années. Façade est des Rocheuses… cerf mulet mâle… décor spectaculaire… conifères parsemant les collines qui ondulent sous la pente stratifiée d'une mesa. Des mecs de Dupuyer ont attaché mon cerf sur le toit de la jeep que m'avait prêtée un infirmier de l'Indian Health Service, dans le comté de Glacier. Une femme que j'avais rencontrée dans la gargote de Dupuyer m'a emmenée passer la nuit dans sa famille. J'ai fait pas mal de connaissances comme ça, quand je chassais. Et je chassais beaucoup. Ces gens, je ne les ai jamais considérés comme des « étrangers », mais évidemment « étrangers » est un terme tout relatif. Il faut mettre des gens dans la case « familiers » pour pouvoir en mettre d'autres dans la case « étrangers ».

Les dents de Fox avaient rayé l'os le plus gros du site, un fémur de wapiti. Le reste de la carcasse, noyé dans la boue à environ deux cents mètres de là, appartenait à un mâle qui était mort avant la naissance de Fox. Je me souvins d'avoir regardé Fox saisir le fémur entre ses dents, le coincer, puis le brandir tel un dieu des stades. Comment pouvais-je me plaindre de mes handicaps quand un chétif renard parvenait à manier un tel os comme une batte de base-ball ?

Je regagnais le chalet à pied lorsqu'une renarde détala

devant moi et se tapit derrière un rocher à peine plus haut que ses épaules. Après avoir tenté le contact oculaire, elle se baissa de nouveau. Sa robe était de la nuance dite *cinnamon mink*, homogénéisée et discrète, juste légèrement plus pâle que la teinte cannelle saturée. Je la classai comme femelle parce qu'elle ne s'était pas identifiée comme mâle. De plus, éviter les humains était un trait décidément féminin. Les renardes prennent rarement des risques pour satisfaire une simple curiosité ou lutter contre l'ennui. J'imagine qu'une population de renards dont les compagnes se mettraient à fréquenter les humains s'amenuiserait jusqu'à l'extinction. En outre, il émanait d'elle une aura de vanité féminine. Elle était plus corpulente que Fox, avec un museau plus court et plus fin. Elle me semblait plus symétrique et plus intacte ; c'était peut-être dû à la distance et à l'éclairage. Ou alors elle avait choisi de ne pas se balader en tenue négligée. Mais ce n'était qu'une rencontre isolée, et j'avais déjà vu Fox des centaines de fois à présent, sous la pluie, dans le vent et la neige, en proie au désespoir et à la peur, et franchement, bon… ce n'était pas un spécimen parfait. Dans un de ses bons jours, il était simplement ébouriffé. Mouillé, il ressemblait à une serpillière. Par un fort vent du nord, si vous étiez au nord par rapport à lui, il vous faisait l'effet d'un chihuahua souffrant d'une turista chronique. La renarde courut se réfugier dans une grosse motte de graminées à dix mètres de moi. Je m'assis sur un rocher et lui parlai doucement, mais elle ne laissa pas voir plus que son museau.

Aucune importance. Je n'avais pas besoin d'un autre renard pour me distraire. J'en étais encore à me demander si j'avais besoin du premier renard. Pendant l'étude de terrain de la semaine précédente, mes stagiaires – principalement des gens de mon âge – avaient décidé que la seule raison acceptable de s'associer étroitement et régulièrement avec un renard était d'en faire un objet, de se servir de lui, le transformer en sujet de recherche. Je laissai entendre que j'étais d'accord, puis essayai de transformer cette acceptation en une réalité, en m'imaginant dans la peau d'un scientifique qui évalue froidement des renards marqués ou encagés. Je m'imaginai en train de remplir et de poster ne serait-ce qu'un des dossiers de candidature à un emploi en fac qui m'attendaient sur mon bureau – et de partir pour m'installer dans un endroit où mes amis seraient des humains et non des renards.

Si j'avais vraiment besoin d'un sujet d'étude, alors n'importe quel renard ferait l'affaire.

Sur le patio derrière le chalet, quelques jours plus tard, tout en profitant de la chaleur du soleil déclinant sur mes jambes, je surpris un mouvement près du terrier de Fox. Avec mon monoculaire zoom, je vis des animaux qui avançaient en direction du rocher où j'avais vu Fox vivant pour la dernière fois. Quatre renardeaux, cinq, peut-être, culbutaient et sautaient autour de son rocher.

Trois d'entre eux survivraient jusqu'au début de l'hiver. L'un avait la queue tordue en permanence à angle droit aux deux tiers de sa longueur à partir de la base, et un autre arborait une queue si insubstantielle que celle d'un rat musqué lui aurait fait honte. Au milieu de toute cette confusion de renardeaux, un animal au pelage orange dansait sur un rocher. Je ne pourrai jamais être plus heureuse que je ne le fus en comprenant que Fox était vivant. Sur la flanc de colline où il dansait, des ruisselets pleuvaient d'une falaise rouge cornaline et coulaient au milieu de joncs aux tiges rondes, ce qui ressemblait assez à une section du Wonderland Trail que je traversais quand je me rendais à Indian Bar. Ces prairies subalpines se déployèrent dans l'œil de mon esprit, et je me rappelai m'être penchée pour extraire des salamandres de torrents glacials.

Quand il fut trop sombre pour voir Fox, même avec des jumelles, je me calai contre le dossier de mon siège et l'imaginai en train de revenir en dansant à son terrier. Je venais d'apprendre qu'au moins un renard n'était pas comme les autres.

DES POSSIBILITÉS INFINIES DE FRIPONNERIES

À l'aube, le renard ouvrit les yeux dans une fourrure douce, fine, odorante, et qui n'était pas la sienne. Une patte lui comprima la trachée, distrayant son attention de la douleur cuisante qui montait le long d'une de ses oreilles. Les renardeaux l'avaient coincé par les quatre pattes. Un rapide bilan corporel lui révéla une autre information malvenue : si des pieds minuscules maintenaient leur pression, ils allaient lui inverser les deux coudes. Ce n'était pas ainsi qu'il aimait commencer la journée.

Lorsque ses petits se jetèrent sur la renarde cannelle, elle se secoua et hurla. Ils décollèrent comme des puces sur un cadavre de mouffette. La renarde avait un cri à vous rebrousser le poil ; lui n'avait que « qwah ». Après quelques violents coups de tête, la fourrure chaude qui lui emmêlait les cils s'écarta légèrement. Les pattes qui s'accrochaient à ses bajoues retombèrent elles aussi, mais en emportant avec elles plus de poil qu'il n'était convenable. Une minuscule main griffue lui frôla les cils en se tendant pour lui tirer la peau du front et la rabattre sur sa joue. Aveuglé encore une fois. *Pas prévu !*

Combien de fois se réveillait-il avec l'impression d'affronter au trot une tempête sur la berge sableuse de la rivière, avant de découvrir les petites griffes qui lui piquaient la face ? Depuis combien de temps se réveillait-il avec du poil arraché ? Serrant les paupières pour se protéger de la bave juvénile, il bomba le torse sous un poids chaud et humide. Une seule question valait la peine qu'on y réponde : comment mettre fin à cette agression ?

Des ailes froufroutèrent au-dessus de la mêlée. Son amie Ventre-Rond approchait. Il se demanda si elle avait abandonné une joute verbale avec l'humaine de la maison au toit bleu pour venir à sa rescousse. Elle passait et repassait au-dessus des renardeaux, leur frôlant les oreilles d'une griffe légère. Incapables de résister à un combat ludique avec un oiseau inoffensif, ils lâchèrent Fox. *Comme prévu !* Maintenant, il allait les disperser sur un banc de sable et lâcher deux ou trois sauterelles vivantes pour les distraire. Ensuite, il pourrait les laisser là et se trouver un endroit pour profiter du soleil. Il tourna en direction du sable le renardeau le plus dodu, qui retomba sur place, sans avancer d'un poil vers la cible. Un deuxième, une femelle au museau lisse comme une chenille glabre, devait pouvoir entrer dans le bac à sable avec une simple pichenette. Erreur : elle ne bougea pas. Il poussa un peu plus fort. Trop fort, peut-être. La petite créature roula dans un déversoir de terre et de gravier. *Pisse de fouine !* Sans cou, les pattes trop courtes pour son corps rondelet, incapable de se diriger, elle commençait à glisser irrémédiablement sur ce toboggan. Sautant par-dessus elle et ancrant dans la pente les griffes de ses pattes postérieures, il tendit les antérieures pour capturer la fugitive.

Il se retourna : les autres observaient la scène depuis le bord de la pente. Il intercepta la petite renarde, qui s'était mise à japper, souleva son corps dodu et se hissa avec elle hors du déversoir. Elle se débattit, libéra une patte et lui érafla le museau. En haut, la pie agaçait les autres renardeaux par de longs cris soutenus.

Quand il était jeune, sa mère se dressait sur ses pattes de derrière pour attraper les pies. Une fois, un oiseau qu'elle avait fait choir s'était cassé une aile. Sautillant sur place, il essaya de dissimuler sa blessure aux autres renardeaux de la portée. Ceux-ci découvrirent leurs crocs étincelants et mirent l'oiseau en pièces si petites qu'il ne valait plus la peine de le manger. Fox n'avait jamais attaqué Ventre-Rond, même si elle l'avait suivi toute sa vie. Quand il eut fini de remonter la rescapée jusqu'au sommet de la pente, Ventre-Rond, la plus grosse pie qu'il ait jamais connue, l'attendait devant le terrier, en train de s'empiffrer d'insectes et de devenir encore plus grosse.

FOX RESPECTAIT toujours son emploi du temps. Mais à présent qu'il lui fallait jongler avec quatre renardeaux, je ne m'attendais pas à ce qu'il revienne me voir. Certainement pas l'après-midi suivant la danse sur le rocher.

Sa truffe frôla la tige éplorée de son myosotis en lambeaux ; des traces de frottement marquaient son museau sur toute sa longueur. Des zones glabres et les coups de langue appuyés des renardeaux avaient donné à son pelage un aspect lacunaire, comme s'il avait subi le rasoir d'un coiffeur remplaçant. Étais-je flattée de lui avoir manqué ? Non, il me donnait quelque chose de plus important qu'un compliment : un but. Quelque chose de significatif à faire, outre chercher une source de revenus régulière : établir une relation avec un animal sauvage. Je m'assis en tailleur à même le sol, *Frankenstein* sur les genoux.

– Tu peux bivouaquer ici, Fox.

Son myosotis avait produit trois nouveaux boutons pendant les quatre jours qu'avait duré son absence. Fox passa la tête sous la tige incurvée de la fleur, si bien qu'il donnait l'impression de plier sous son poids.

Le lendemain, aux premières lueurs, il attendait la renarde, qui avait chassé toute la nuit. Quelques secondes seulement après qu'elle eut franchi la barrière des graminées, il s'échappa. En fait, tous les matins, même après des semaines de devoir parental, Fox était tellement épris de liberté qu'il manquait de renverser la renarde dans sa hâte d'aller débusquer des mulots, sauter en l'air, et peut-être importuner quelques oiseaux. Cette relève de la garde si peu élégante se poursuivit, comme programmée, tout l'été, et jamais il ne ralentit l'allure en s'échappant.

Le premier des nombreux jours où nous descendîmes l'allée caillouteuse et traversâmes la prairie, Balle-de-Tennis me regarda slalomer entre les mottes d'herbe, Fox à mes côtés, foulant une terre meuble. Juste au-dessus de nous, une pile de denses nuages lenticulaires s'effondrait. En se chevauchant, ils formèrent un anneau dans le ciel, tels des galets autour d'une mare. Un étourneau solitaire était perché sur une armoise ; sa tête oscillait comme un gyroscope et il arborait son bec de printemps, jaune vif. Que faisait-il ici ? Je lui dis de réduire son altitude. Ou ses exigences biologiques. Les étourneaux ne se reproduisaient pas dans ces montagnes arides et désertiques.

Pauvres étourneaux ! Les Américains du XXe siècle les méprisaient. Pas à cause des reflets prismatiques de leur plumage, qui évoquaient une tache d'huile noire irisée, mais parce que les ancêtres de ces oiseaux avaient émigré d'Angleterre vers l'Amérique du Nord pendant les deux cents dernières années. J'avais assez à faire avec mes propres transgressions pour rabaisser les étourneaux ou accuser les shakespeariens, qui les avaient débarqués sur notre continent dans les années 1890. J'avais déjà le Faon de Panther Creek. En outre, l'expérience m'avait appris que certains êtres étouffaient si facilement qu'ils n'étaient pas adaptés à la vie sur une petite île humide de la mer du Nord.

LORSQUE FOX commença à hanter la colline de la Toque dans sa posture de chasseur, je me repenchai sur un projet de réduction des surfaces combustibles que j'avais démarré à la fin du printemps avec deux parcelles de prairie totalisant un hectare. Après avoir rasé toute la végétation jusqu'au niveau du sol, puis passé le râteau et le rouleau, j'avais commencé à étaler du film géotextile. Ce matériau plastique noir occultait le rayonnement solaire, il empêcherait toute végétation de repousser. Fixer le tissu au sol impliquait de planter des agrafes de dix centimètres à peu près tous les décimètres. Après environ vingt heures de travail et cent dollars de fournitures, j'en avais terminé. Quelques jours plus tard, Fox et les renardeaux étaient sur la pelouse de devant en train de plonger sur des campagnols. Ils avaient arraché jusqu'au dernier centimètre carré du géotextile. Je fis de gros efforts pour ne pas être furieuse contre eux. Mais j'étais tellement heureuse que Fox et les mômes prennent du bon temps. Je compris ce jour-là quelque chose d'important concernant mon caractère : j'étais une personne qui pardonnait facilement, quand les circonstances s'y prêtaient. En fouillant sous le plastique lacéré, je découvris que le boa caoutchouc avait péri accidentellement, victime d'une griffe anonyme tandis qu'il s'abritait sous cette épaisse couverture noire. J'étais désolée pour le boa, mais pas assez pour être en colère contre Fox. C'était un ami ; le boa n'était qu'un voisin.

FOX MAIGRIT, à force de courir tout l'été pour rapporter des rongeurs aux renardeaux. Une fois, il me surprit en déposant un cadeau – trois campagnols – sur le pas de ma porte. J'aurais pu m'attarder longtemps à me prélasser sous les feux de son adoration, mais je ne disposais que d'une heure. Il revint avec un quatrième campagnol, puis récupéra son bien en saisissant les quatre victimes entre ses mâchoires et remonta sur la colline au pas de charge pour les livrer aux renardeaux. Escomptant que le seuil de ma porte fournirait une protection contre les pies voleuses, il avait planqué là son butin afin de pouvoir continuer de chasser jusqu'à ce qu'il ait pris un rongeur pour chaque renardeau.

En fin d'après-midi, il arrivait à notre rendez-vous, se glissait dans l'espace dégagé le plus propice à la station assise, tandis que je me démenais entre les pierres et les mottes d'herbe pour installer de guingois mon siège de camping. Cette configuration commençait à paraître moins accidentelle que je l'avais supposé au début. Après ma lecture du *Petit Prince*, il s'étirait dans une de ses poses yoga. Le ventre collé au gravier et les pattes postérieures allongées au maximum, il présentait ses coussinets au ciel. Moi, accroupie ou assise, j'avais toujours les pieds bien à plat sur le sol. Un jour, alors qu'il se redressait pour adopter une autre posture, je me mis à quatre pattes et lui fis face. Nos yeux étaient au même niveau. Croyant que je pourrais me relever en vitesse si nécessaire, je m'approchai de lui centimètre par centimètre.

Étirant ses pattes antérieures, il se rapprocha de moi. Je reculai, toujours sur les pieds et les mains. Fox et ses quarante-deux dents acérées se rapprochèrent de nouveau ; je reculai. Il avança doucement, la gueule ouverte assez largement pour engloutir ma tête entière.

– On joue à la poule mouillée. Le premier qui abandonne a perdu.

Fox – qui pouvait trancher un campagnol en deux d'un seul coup de dents – me fixa d'un regard furieux. Je n'attendis que quelques secondes avant de pivoter sur les talons et de me relever.

Nous louchâmes vers un bout de ciel bleu dans le ciel couvert : sans doute un piège. Les nuages forment ces trouées traîtresses pour inciter quelqu'un, en général un pêcheur – c'est dans ce contexte que j'en ai appris l'existence –, à prendre la mer. Lorsque le pêcheur est suffisamment loin d'un abri pour satisfaire le sens de l'humour des nuages, ils serrent les rangs et déversent sur lui une pluie diluvienne. Selon mon interprétation personnelle, quand une nappe nuageuse sans solution de continuité s'ouvre pour former une trouée, c'est comme si une grosse accumulation homogène d'individus dans ce monde humain étroitement tissé ouvrait un espace pour vous laisser entrer, vous et votre renard… et après que vous avez accepté, boum ! Le vaste monde homogène des humains se referme, oriente vers vous son faciès menaçant, devient gris, puis noir, et libère le déluge qu'il a prémédité. Fox et moi profitâmes du soleil environ dix minutes de plus avant que des fragments de nuage obturent la trouée.

– Tu as gagné, dis-je. C'est moi la poule mouillée.

J'avais emprunté le concept de poule mouillée à un

jeu de défi dans lequel, traditionnellement, deux voitures foncent l'une sur l'autre. À moins que l'un des conducteurs ne donne un coup de volant, les deux conducteurs meurent dans une collision frontale. Le conducteur qui a évité l'accident est la poule mouillée. Certes, je ne m'attendais pas à ce que Fox ou moi-même périssions si aucun de nous ne capitulait, mais, comme dans le défi sur route, notre orgueil était en jeu. J'aimais les jeux, alors nous jouions souvent à la poule mouillée, Fox et moi. Je ne gagnais jamais. J'aurais bien aimé gagner, mais je connaissais assez bien Fox et ses quarante-deux dents acérées pour comprendre qu'il préférait qu'il en soit ainsi.

Jouer à la poule mouillée nous força à nous affronter sur un pied d'égalité. Notre relation en fut transformée. Quand il avait souffert de la gale, ou quand les chiens du ranch lui avaient couru après, il avait semblé fragile – démuni, même. J'avais pris les choses en main et étais devenue sa protectrice. Mais après avoir perdu toutes les parties de poule mouillée, j'ai compris que nous avions chacun nos forces et nos faiblesses. Comme les responsabilités dépendent des forces, nous avions à présent de nouvelles responsabilités. Repousser les chiens était encore de mon ressort : je pouvais intimider des chiens, qui, après tout, étaient des animaux encagés. Je ne pouvais pas intimider Fox. Le jeu égalisait le pouvoir, dans notre relation : j'en avais perdu un peu, il en avait gagné un peu. En perdant un peu de pouvoir, j'avais acquis un peu d'empathie. Je pense que Fox avait lui aussi remarqué les changements dans nos pouvoirs et responsabilités. Jouer à la poule mouillée révélait mes dents plates et minuscules, et mon manque général d'agilité, deux traits qui me rendaient totalement incapable de tuer un mulot.

Il en captura donc un pour moi.

Les renardeaux chassaient déjà pour leur propre

compte : il devait avoir du surplus. En fait, le mulot qu'il m'apporta semblait être une créature qu'il aurait stockée dans sa cache puis déterrée, alors il devait vraiment avoir pitié de moi. J'étais charmée par le sérieux avec lequel il tentait de remettre un cadeau à une personne trop ignorante pour en apprécier la valeur. Il s'approcha en sautillant ; le cadavre se balançait, accroché à sa gueule. Je me raidis. Bien que je ne veuille pas recevoir un rongeur mort sur mes pieds nus, j'essayai de garder mon calme. De toutes les qualités, c'est le sérieux que j'apprécie le plus.

Détectant ma gêne, Fox entama un cycle de mouvements alternés : deux pas en avant, un pas en arrière. Je reculai, appuyant mes talons nus contre la porte d'entrée. Levant les bras en l'air, j'agrippai le chambranle du bout des doigts. En équilibre sur mes orteils mouillés, j'avais l'impression d'être une clématite en voie de flétrissement sur un espalier.

Maintenant mon visage hors de portée de griffes sales et tranchantes, je me penchai, les paumes ouvertes vers Fox, et lui dis : « Non. » Pas avec un point d'exclamation, parce qu'il n'avait jamais été aussi près de moi. Calmant ses pattes arquées, il me regarda paniquer, perplexe. Je restai appuyée contre la porte, mes pieds nus menacés par Fox devant moi et par les aiguilles des genévriers sur les côtés.

Sa minuscule réserve de patience et d'humilité finit par s'évaporer. Il emporta son précieux mulot, qu'il présenterait à quelqu'un qui saurait mieux l'apprécier que moi. Il s'éloigna, boudeur, s'arrêtant périodiquement pour reposer la momie, lever la tête et me regarder par-dessus son épaule. *Venez vous servir. C'est le moment ou jamais*. Il ne s'était encore jamais *retourné* vers moi. Mon inexprimable culpabilité enfla démesurément tandis qu'il s'éloignait à pas feutrés.

Il ne m'incombait pas de lui éviter d'être contrarié. Mais il m'incombait personnellement d'éviter de heurter ses sentiments. Je commençai immédiatement à chercher une occasion de rectifier mon comportement. Je pensai qu'elle ne se ferait pas attendre longtemps : après tout, il voulait tuer des mulots, et moi, je voulais que les mulots circulant autour de mon chalet soient tués.

Trois ou quatre renardeaux jouaient dans le tas de bois sur l'allée de service. Je les observais par la fenêtre de la salle de bains. Parfois ils gambadaient des heures durant sur les bûches sans être surveillés par un adulte. Fox était au vent, caché sous une armoise odorante. Lorsque je sortis pour aller à sa rencontre, je fus accablée par la puanteur de l'urine de belette. Il n'y a rien sur terre qui sente aussi mauvais. Les renardeaux de Fox ne s'en rendaient probablement pas compte. Leurs organes olfactifs relativement sous-développés atténuaient cette odeur. Fox se releva, tendant le cou pour mieux me voir, et j'imaginai qu'il lui fallait quelque chose de plus excitant qu'une mission anti-belettes pour briser la monotonie de sa journée. De retour dans mon garage, je trouvai la distraction *ad hoc* : un mulot nerveux qui se traînait obliquement le long du mur en ciment.

Un mulot ou une souris dans le garage, c'est une souris dans votre voiture. S'il s'agit d'une femelle, votre véhicule devient alors une maternité sur roues, le précurseur d'une explosion démographique et la fin de votre santé mentale. Au bout d'un mois, des ventres de souris font des cloques sur le tissu du pavillon au-dessus de votre tête. J'ai connu une femme qui avait roulé pendant des semaines au milieu de grattements, de grincements et de craquements de plus en plus envahissants. Quand elle sentit une queue de souris de trop lui frôler la cheville, elle écrasa la pédale de frein, sortit et précipita sa berline de deux ans par-dessus une falaise.

Tout en poussant le mulot avec un balai, je remarquai qu'il boitait. Quand il se dirigea vers les graminées en mottes, je creusai rapidement une tranchée sur son chemin. Fox regarda le rongeur s'affaler dans le trou et gratter dans tous les sens. Mais il ne tenta pas de sauter sur ce qui aurait dû être une cible facile. Le mulot s'agitait frénétiquement ; je le poussai avec mon balai ; Fox ne bougeait toujours pas. Je l'appelai en désignant vigoureusement du doigt le rongeur handicapé, mais il refusa de bouger, fidèle à sa politique consistant à ignorer tous les ordres ainsi signifiés. Au lieu de quoi il disparut.

Je retournai un seau par-dessus le mulot à trois pattes afin de pouvoir « m'occuper de lui » plus tard. Tout le monde agit ainsi, et en général pour les mêmes raisons : les muridés nous mordent, mangent nos provisions et transmettent le hantavirus, qui peut être mortel pour l'homme. Les humains semblent avoir une aversion instinctive à l'endroit des menus rongeurs qui s'ébattent dans leur espace vital. En fait, depuis longtemps, les civilisations de tous les continents idolâtrent les renards exterminateurs de souris, mulots et campagnols.

Alors pourquoi Fox négligea-t-il de sauter sur ce mulot infirme ?

J'avais oublié un distinguo très important : les renards *chassent* les mulots, ils ne les *attaquent* pas. Chasser un animal est un art, l'attaquer relève d'un manque de savoir-vivre.

J'ai été chasseur moi-même ; après avoir regardé Fox chasser pendant quarante-cinq jours consécutifs, j'eus envie de jouer avec mon arc et mes flèches. Je les trouvai coincés derrière le sofa dans la salle Arc-en-ciel.

JE M'AGENOUILLAI près d'une armoise à l'odeur piquante pour attacher mon pantalon de camouflage – avec ses grandes poches à munitions latérales – autour du haut de mes bottes. Mes jambes ressemblaient à des troncs d'aulnes aux branches trapues. Des feuilles de chêne et d'érable décoraient ma chemise en flanelle, qui descendait quinze centimètres en dessous de ma ceinture, si bien qu'en résumé je m'étais transformée en une forêt d'arbres à feuilles caduques de la zone tempérée – un bois diversifié. Après avoir boutonné le col et les manchettes pour empêcher tout aperçu de peau de me démasquer, je récupérai dans l'étui de mon arc un paquet de crème faciale à camouflage multicolore. Un tube d'urine de biche tomba. Je le remis dans l'étui et dépliai un protège-bras en cordovan. Quand je chasse, le protège-bras enveloppe ma manche de chemise, à mi-chemin entre mon poignet gauche et le coude. Mon bras était devenu un tronc nourrice sous une canopée de chênes.

Traditionnellement, les archers taillaient leurs flèches dans du bois. Les premiers archers de ma vallée taillaient des flèches dans l'écorce prélevée sur des genévriers anciens. L'écorce du genévrier présente des striations verticales autorisant un décollage par bandes qui évite de tuer l'arbre donneur. Ötzi, l'homme des glaces découvert dans les Alpes à la frontière austro-italienne plus de cinq mille ans après que son assassin l'eut laissé se vider de son sang, est mort avec en main un carquois de flèches taillées dans du bois de viorne. Je me demande s'il m'a vue labourer soigneusement le sol au bout d'une rangée de lilas – de robustes Sibériens et des Français tapageurs – et y planter une viorne en son honneur. Si c'est le cas, il sait que je répare constamment la clôture qui la protège des cerfs.

Refermant les doigts de ma main gauche sur le métal froid de la poignée – le point médian sur le devant de l'arc –, je tendis le bras à angle droit, perpendiculairement à mon corps. Mon front était au niveau du haut de la branche supérieure de l'arc, mes hanches au niveau du bas de la branche inférieure. L'instrument, un Hoyt à poulies, avait l'air plus méchant que mon premier arc, un Bear à double courbure vert que Bob m'avait donné (avec le peigne) quand j'avais quitté le parc national du mont Rainier.

Les flèches se placent sur la corde au moyen d'une encoche, morceau de plastique profondément rainuré qui coiffe l'extrémité arrière de chaque flèche. Lorsque la flèche est calée sur la corde, elle s'appuie légèrement sur un mince repose-flèche près du viseur. La gâchette métallique noire attachée à ma main droite s'enclencha sur la corde, je reculai mon coude et tirai contre une résistance de trente-sept livres jusqu'à ce que la corde me frôle le nez et que la poulie de l'arc retienne une partie du poids. Visant une cible sur une botte de paille, je neutralisai ma vision périphérique et, retenant ma respiration, libérai la détente. La partie la plus difficile de la manœuvre – tirer la corde en arrière et lâcher la flèche – ne consiste pas à rester immobile mais à conserver votre calme. Vous aurez envie de grogner pendant la tension de la corde, de soupirer lors de la libération de la flèche et de hurler une fois la cible touchée. Il faut vous abstenir de tout cela.

À vingt-cinq mètres, la flèche perça un disque rouge. Le mille. J'aurais pu prétendre être un cavalier traversant à grand fracas la steppe derrière Gengis Khan, ou le grand chef chiricahua Cochise filant sans effort devant les ombres d'imposants cactus saguaros, ou un voyageur des années 1800 qui ramait sur le lac Kabegotama tout en observant un cerf de Virginie à six bois moucheté par le soleil sous les feuilles d'un peuplier à grandes dents. J'aurais pu m'imaginer être n'importe quel autre grand maître de l'arc. Je ne le fis pas. Quand vous tirez à l'arc, le moment présent est la perfection : la traction d'un seul muscle, le silence du souffle retenu, le frottement de la corde sur votre avant-bras gauche.

Un empennage de plumes ou d'ailettes encercle l'extrémité de la tige de la flèche et stabilise le vol. Ötzi, l'homme des glaces, garnissait ses flèches de plumes. Ou confiait cette tâche à un artisan. Au Moyen Âge, le « fléchage » était une profession respectable, à la fois dans les Alpes et dans tous les pays anglophones. Si vous connaissez quelqu'un dont le nom de famille est Fletcher, ses ancêtres préparaient les flèches pour la noblesse anglaise. Aujourd'hui, vous pouvez stabiliser votre trait avec des ailettes en plastique de toutes les couleurs imaginables. Et même des couleurs qu'à mon avis vous n'imagineriez jamais.

Je tirai flèche sur flèche jusqu'à ce que le claquement de la corde laisse une trace sur l'intérieur de mon bras. J'étais maintenant juste assez irritée – physiquement et mentalement – pour prendre des risques. Je me débarrassai donc de la gâchette, utilisée pour éviter un tressaillement qui s'était développé quelques années plus tôt. Après avoir enfilé un protège-main en veau noir, je tirai une flèche dans le bas de la botte de paille.

J'arrachai mes flèches – le corps fauve avec des ailettes multicolores – de la cible et les jetai dans l'herbe. La flèche suivante rata complètement la botte de paille. Les corps de flèche camouflés sont pratiques pour la chasse, parce que les cervidés ne les voient pas ; moins pratiques quand on en perd un, parce qu'on ne les voit pas.

M'accroupissant sur les talons, je fouillai les hautes herbes sèches à la recherche de ma flèche. La salopette rembourrée Carhartt que je venais de passer traînait derrière moi ses ourlets effrangés. Rampant à quatre pattes, je regardai au nord-est, là où aurait dû se trouver la lointaine chaîne de montagnes aux sommets enneigés, et une motte oscillante de graminées sèches envahit tout mon champ visuel. Les mêmes herbes sèches m'empêchaient de voir la rivière étinceler à travers les peupliers noirs feuillus. Au niveau du terrier de Fox, lui et moi partagions presque la même vue, mais depuis mon chalet – à moins de pouvoir grimper sur un rocher –, il ne voyait pratiquement que de l'herbe. Je me rendis compte pour la première fois que dans toutes les occasions où Fox et moi avions marché et lu ensemble, nous étions des acteurs dans la même pièce, mais sur des scènes différentes.

Inhalant trop de poussière et de pollen, et évitant de justesse des blessures aux yeux, je manœuvrai entre des touffes raides de graminées en mottes. Droit devant n'était pas une direction garantie. Le labyrinthe des mottes d'herbe conduisait à des culs-de-sac. Une large trouée poussiéreuse m'accorda un sursis, jusqu'à ce que je sois assaillie par un lézard des armoises déguisé en rameau brisé. Des graines d'herbes sans ailettes m'attaquèrent. Comme elles ne pouvaient pas voler, ces graines avaient acquis au cours de l'évolution des cosses ruchées qui s'accrochaient au pelage et au cuir des animaux. Prenez par exemple les graines à pointe en tire-bouchon de *Stipa richardsonii*, qui se tordaient dans ma salopette. Meriwether Lewis qualifiait ces stipes de graminées «à fil et aiguille»: des queues minces comme du fil – atteignant parfois dix centimètres – et des pointes comme des aiguilles. Les *S. richardsonii* tapissaient le dessous de mes kamik en peau d'élan comme si un cordonnier professionnel les y avait cousues. Oubliant ma flèche égarée, je me représentai Fox en train de creuser un tunnel dans les débris tandis qu'il allait de chez lui à la source, et de la source aux prairies à mulots.

Une pie-grièche – oiseau gris à faciès de bandit, gros comme un merle – appela depuis un églantier qui poussait dans le ravin. Les pies-grièches carnivores n'étaient pas rares ici, mais elles ne s'approchaient pas du chalet car, contrairement à Balle-de-Tennis, c'étaient des oiseaux intelligents, bien trop intelligents pour perdre leur temps à essayer de me soutirer de la nourriture. Les pies-grièches apprêtent les mulots qu'elles ont capturés en les crucifiant sur les pointes des fils barbelés, laissant leurs dépouilles s'étirer et acquérir la consistance d'un cuir rouge rigide. Je pense qu'elles étendaient leur viande à sécher pour la conserver comme le faisait Fox avec ses carcasses enterrées. Avant de voir le parcours piégé que Fox appâtait avec du marc de café aux coquilles d'œuf, je n'avais jamais connu de prédateurs plus innovants que les pies-grièches.

Fox était innovant, certes, mais pas assez pour trouver comment franchir un ravin rempli de tumbleweeds. Fox ne pouvait pas voler. Et une bonne centaine de ces ravins sillonnaient la vallée. Les vents de force ouragan apportaient les détritus de la nature ; les ravins aux parois abruptes les piégeaient. Éviter les ravins n'était pas une bonne idée : à découvert, les renards se retrouvaient sur les pistes balisées par les prédateurs. Quand je levai les yeux vers la mesa, l'œil de mon esprit vit une rangée infinie de renards perchés qui contemplaient d'en haut leurs avenues engorgées. D'innombrables renards indignés braquaient vers moi leurs faciès synchronisés comme pour me demander pourquoi je n'avais pas entretenu leurs pistes.

C'est ainsi que l'on se rend compte qu'*Homo sapiens* possède tous les atouts. Plus que toute autre chose, le vent ne convenait pas à Fox. Une brise de quinze kilomètres-heure le rendait nerveux. Un vent de vingt-cinq kilomètres-heure allait balayer la prairie, bousculer les tumbleweeds et les accumuler à l'entrée de son terrier. J'avais vu des rafales de quarante kilomètres-heure courber comme une voile son corps en forme de saucisse.

J'avais horreur du vent, moi aussi, mais je pouvais au moins me cacher à l'intérieur du chalet. Lors d'une de nos tempêtes assez courantes – des vents de quatre-vingts kilomètres-heure avec des rafales atteignant les cent dix kilomètres-heure –, je restais couchée sans pouvoir dormir. Je sentais le chalet trembler, j'écoutais les rugissements tonitruants du vent, mélangés à des gémissements douloureux et à des cris perçants. Les bovins émettent des sons comparables pendant la castration – les taureaux hurlent dans les aigus et, en réponse, les vaches meuglent dans les basses. Parfois, la bande-son du vent était comme dix minutes de castration condensées en deux minutes. De temps à autre, des martèlements anonymes parcouraient le toit et retombaient du côté sous le vent. Divers objets percutaient le chalet, dans un choc mou suivi d'un mugissement, ou tambourinaient comme des sabots le long du mur au vent selon une cadence aléatoire. Je présumais que les bovins aéroportés des champs de luzerne s'écrasaient sur la maison.

Et ma flèche? J'espérais être enterrée avec une de mes flèches. Après quarante minutes de vaines recherches dans le ravin bourré de tumbleweeds, je compris que je n'allais pas être enterrée avec cette flèche-là.

Je ramassai dans le ravin un squelette de tumbleweed couleur d'os et le lançai en l'air. Il était aussi complexe que du corail et aussi large que la tête d'un ours grizzly. Il prit son essor tel un cerf-volant de papier. Avant d'attendre qu'il atterrisse, j'en saisis un autre et le brisai en tellement de menus morceaux qu'un renard déboulant au trot dans la fondrière aurait pu l'écraser et en faire de l'argile. Je continuai de ramasser et de jeter des tumbleweeds jusqu'à ce qu'apparaisse le sol nu. La liste des services que je fournissais à Fox comprenait maintenant le nettoyage des ravins, l'arrachage des mauvaises herbes, la chasse aux chiens et l'expulsion des cerfs.

Il faudrait bientôt y ajouter la défense contre les félins.

L'OMBRE MENAÇANTE d'un chat haret s'allongea vers la maison. Les chats sont des machines à tuer. Ils arrachent les bébés renards du terrier et les dévorent vivants. OK, j'ai seulement la preuve que c'est déjà arrivé une fois. Mais combien de fois avez-vous besoin de voir un chat ensauvagé poursuivre quatre minuscules renardeaux jusque dans leur terrier? Combien de temps vous faut-il attendre avant que le chat ensanglanté en émerge, puis pour reconnaître que rien de plus gros qu'un malheureux scarabée le suivra? Que pouvez-vous faire pour la renarde qui rentre le soir et découvre que ses enfants ont été recyclés en chiasse de chat? Je détestais les chats harets. Ils se déchaînaient sur ma propriété: ils sautaient sur les oiseaux et extrayaient les lapins de leurs cachettes. L'un d'eux festoyait sur l'escalier derrière le chalet, remplaçant oiseaux et lapins par des empilements de tripes. On se serait cru dans un abattoir clandestin. Je ne pouvais pas me résoudre à abattre le chat parce qu'il me restait encore un peu de pitié. (Et parce que, bon... c'était quand même un chat.)

Fox se positionna à côté de l'escalier principal et s'aplatit à terre, tremblant face au chat. Ce n'était pas un gros chat, mais il était en concurrence avec Fox pour la nourriture, que ce soit des invertébrés, des rongeurs, des oiseaux ou des lapins, et je m'attendais à ce qu'il comprenne instinctivement que ce terroir ne détenait pas assez de ressources pour leur permettre à tous les deux – à lui et à Fox – de gagner correctement leur pitance.

Les ancêtres de Fox sont peut-être arrivés ici il y a des milliers d'années en suivant les humains des Premières Nations américaines dans leur difficile progression à travers des murailles de glace fondante. Mais ils ne rencontrèrent pas une seule fois le moindre chat domestique durant tout ce temps. Ce sont des dames anglaises aux souliers pointus qui importèrent en masse des chats sur ce continent. Chaudement blottis dans le giron de ces dames (ou un autre moyen de transport tout aussi embarrassant), les chats ne sont arrivés que récemment. D'après l'histoire officielle de mon comté, nos premiers occupants non amérindiens, quelques centaines de chercheurs d'or qui auraient pu (ou non) posséder des chats, arrivèrent en 1864. Comme les chats étaient de nouveaux arrivants, leurs proies – oiseaux, serpents et lapins – n'avaient pas acquis au cours de l'évolution les stratégies d'évitement appropriées. Je crois que les chats jouissent d'une meilleure vie que ce que les honnêtes prédateurs sont en droit d'attendre.

S'infléchissant vers moi, l'ombre du chat tendit la tête. Puis le chat poussa un cri.

– Fox, crie toi aussi. Vas-y.

Silence. Pas même une brise dans les tiges d'herbe sèche.

Je dis à Fox de siffler et de cracher. Le chat siffla et cracha. Fox regardait alternativement le chat et moi. Je voulais qu'il mette en fuite le méchant, qu'il se défende, qu'il apprenne à se battre afin qu'il soit paré quand je ne serais pas là pour le protéger.

Nous attendîmes ce qui nous sembla être une éternité, mais Fox, manifestement pétrifié, choisit, comme Falstaff, d'exercer sa discrétion au lieu de montrer sa valeur. Le chat haret pesait peut-être six kilos de plus que lui – difficile à dire avec sa peau si plissée et celle du renard si tendue.

– Oui, le noir est très amincissant, Fox, dis-je trop doucement pour qu'il puisse l'entendre. Il y a sûrement un très gros chat sous tout ce noir.

Fox gardait sa mauvaise carte tout contre – ou plutôt dans – sa poitrine. Je veux dire par là qu'il se retint d'émettre son *qwah* haletant.

Le chat attendait que je m'en aille pour pouvoir lui sauter dessus. En fait, il pouvait facilement le tuer. Un seul trait, le profil à face plate – l'absence de museau – qui rend les chats si mignons en apparence leur confère aussi un avantage déloyal. Quand il mord le cou de sa victime, le chat exerce la pleine force de son crâne, alors que le museau allongé d'un renard répartit – et donc atténue – la force de sa morsure sur une zone plus étendue. La puissance de sectionnement, c'est en gros la force divisée par la surface. Les chats ont une morsure plus puissante parce que leur force est répartie sur une plus petite surface. Dans un combat entre le chat et Fox, dame Nature voulait que le chat gagne. Moi pas. Glissant entre mes lèvres un appeau pour prédateur vert mat, je sifflai un long cri aigu, celui d'un lapin blessé, conçu pour attirer les coyotes. Nos deux prédateurs détalèrent dans des directions opposées. Je m'attendais à ce que Fox boude un certain temps. Dix minutes plus tard, il débusquait les campagnols sur le pré de devant. Le chat ne revint pas.

C'est ainsi que Fox ajouta une autre coche à la liste des avantages dont il bénéficiait grâce à notre alliance : le soleil. Je le libérai des restrictions d'une existence nocturne. Au lieu de s'enterrer dans un trou sombre et humide pour se cacher jusqu'au coucher du soleil des chats ensauvagés et des chiens en maraude, il gambadait d'un bout à l'autre du pâturage, harcelant les rongeurs et m'éblouissant par ses acrobaties.

Si par hasard vous passiez par ici vers 16h15, par un après-midi d'été quelconque, la vue de notre couple vous évoquerait deux collégiens en train de s'adonner à l'école buissonnière. L'une lit quelque chose sans aucun rapport avec tout projet de travail responsable, et l'autre – censé être nocturne – prend des bains de soleil et se masse le ventre sur les graviers chauds de l'allée. Fox et moi, mutuellement complices dans nos louches activités, évitions nos tâches moins désirables – instruire les étudiants et les jeunes renards –, en jouant à la poule mouillée, en lisant des absurdités et en nous affalant au soleil.

Mais vous ne passiez pas, ou alors, si vous passiez, nous nous cacherions.

Pas toujours avec succès. Marco Antonio, le propriétaire de chiens, arriva un beau matin avec son appareil photo. Il descendit en dérapant la pente de galets qui me séparait du sentier derrière la maison.

– Vous l'avez vu ? Ce petit animal tout blanc ?

La voix de Marco me tira d'une profonde rêverie et je marmonnai ce qui pouvait passer pour une réponse.

Marco ignora mon manque d'enthousiasme.

– Là-bas, là-bas ! cria-t-il. Coyote !

Il braqua l'appareil photo d'une main et me tapa sur l'épaule de l'autre. Du coin de l'œil, je surveillai Fox ; il prenait la fuite en gambadant dans le seigle sauvage du pré humide.

Marco le montra de nouveau du doigt. Fox continua de courir jusqu'à ce que même un téléobjectif ne puisse pas le distinguer d'un chapeau à la Daniel Boone.

– Reviens ici ! le supplia Marco.

Il me passa l'appareil photo numérique. Le soleil aveuglant rendait l'écran illisible.

– Super photo !

Je hochai vigoureusement la tête pour ajouter un peu d'authenticité à mon mensonge. Entre-temps, Fox avait ralenti et avançait au pas.

– Il veut tout le temps m'échapper, dit Marco en contemplant le renard en voie de disparition. Stop !

– Vous vous souvenez du soir où je vous ai appelé à propos des chiens ? Ils étaient en train de poursuivre ce petit animal blanc. Enfin, pas précisément celui-ci. Pas celui-ci du tout. Mais un tout à fait comme lui.

Je lui rendis l'appareil photo.

– Il va revenir ?

Marco Antonio baissa les yeux sur l'appareil, se pencha vaguement vers le renard, qui était déjà à huit cents mètres de là, et pressa le bouton magique.

– Je crois que cette photo est bien meilleure.

Sur l'écran à cristaux liquides, il y avait une tache minuscule là où un renard aurait dû se trouver.

– Oui, bien meilleure.

Satisfait, Marco examina mon attirail insolite. Une bêche pliante et une boîte à café métallique Folgers reposaient contre mes bottes. Je venais de recueillir des échantillons fécaux.

– Vous ramassez. Quelque chose de spécial, maintenant ?

Je hochai la tête. La boîte Folgers rouge contenait des excréments de renard ; la configuration, l'heure et le lieu étaient connus avec une précision approximative grâce à ma montre GPS Garmin.

– C'est un cactus en boule que je vais replanter dans mon jardin.

Les fèces contiennent des cellules intestinales détachées à partir desquelles les scientifiques peuvent extraire l'ADN. Je recueillais les crottes de renard pour justifier ma fréquentation de Fox, conformément aux suggestions émises par les étudiants des River Cabins, qui savaient que j'avais fait un stage à Los Alamos dans le cadre du projet Génome Humain lors de mes études pour le doctorat. J'avais l'intention de remettre les fèces du renard à quelqu'un qui disposait d'un laboratoire. Trouver preneur serait une tâche triviale par rapport à la collecte et à l'étiquetage des échantillons. Les gnomes des labos ADN voulaient toujours plus de merde. Sur des campus universitaires d'un bout à l'autre des États-Unis, des labos extrayaient l'ADN à partir des crottes parce que aucun responsable ne pouvait dire non à une pimpante nouvelle technologie, à d'abondantes subventions gouvernementales et à une main-d'œuvre bon marché d'étudiants en troisième cycle. Si vous songiez à toutes les raisons pour lesquelles vous voudriez connaître l'ADN de quelqu'un, l'ADN de sa famille et celui de ses voisins, sans jamais vous arrêter à songer aux raisons pour lesquelles vous n'aviez *pas* besoin de savoir tout ça, ou à de meilleurs moyens d'employer étudiants et argent… alors, bon, vous pourriez peut-être continuer à ramasser les crottes et extraire l'ADN. Dans la boîte rouge du café Folgers, des crottes de renard longilignes attendaient qu'on extraie leur ADN afin qu'un laboratoire puisse identifier le nombre de renards qui chiaient dans les parages, leurs schémas de paternité et autres faits bizarres et ésotériques. Je n'avais pas besoin de rassembler des faits : j'avais étudié la biologie. Les faits me collaient à la peau comme des éclats de métal sur un aimant chaque fois que je me trouvais à proximité d'eux. Ensuite, j'essayais de trouver des usages aux faits auto-adhésifs.

Rien ne pouvait être plus important que le fait que Fox fuyait Marco. Je sus alors qu'il n'était pas habitué aux humains, mais à moi seulement. Pourquoi ? Est-ce qu'il me fréquentait parce que je lui fournissais des jaunes d'œufs ?

Une protection ? Parce qu'il détectait d'infinies possibilités de friponneries ? Ou alors était-il licite de penser qu'il se pourrait que nous soyons amis ?

Rien de ce qui sortirait de la boîte Folgers ne pourrait répondre à ces questions. Je ferais mieux de passer mon temps libre à extraire les tumbleweeds des fondrières, comme une sorte de travailleur social pour renards.

DES FEUILLES DE CHÊNE VERT VIF décoraient le corps de mon arc, le dotant d'un beau camouflage jusqu'au jour où les cervidés s'apercevraient qu'elles poussent uniquement sur les arbres. Avec une flèche à pointe de tir, je visai une pomme de pin grosse comme le poing attachée à une branche de genévrier. La flèche manqua la cible et effleura les sommets de mottes de graminées plumeuses. Grâce à ses ailettes orange fluo qui brillaient fièrement autour de l'encoche, je la retrouvai : elle m'attendait près d'un monticule de rat à poche caché sous des panicules de salsifis. S'adonner à un jeu, c'est toujours plus amusant quand on ne perd pas les pièces.

Au-dessus de moi, un aigle royal – espèce sœur de l'aigle des steppes de Mongolie – me rappela que jusqu'à ce que le renard entre en scène, je pourrais être Gengis Khan. Je brandis une flèche pour saluer l'aigle, et me porter un toast, heureuse d'être moi-même. Au loin dans la vallée, une Harley-Davidson diffusait sa signature sonore officiellement unique. Le motard, serrant le guidon dans ses gants en cuir noir, devait porter un casque intégral avec filtrage des UV ; il devait être obèse, chauve, et prisonnier des bras de sa passagère : une mamie, maigres cheveux blonds décolorés et teint excessivement rose. Tandis que le son s'éloignait vers l'aval, je me demandai qui ce motard prétendait être.

ALOUETTE DES CHAMPS

Fox venait d'attraper un lapin, mais il le lâcha dès qu'il me vit traverser la prairie en dansant, avec mes bottes de caoutchouc écrase-cactus.

Mon regard était dirigé vers le haut de la pente, sur le gros chien de l'autre côté de la route caillouteuse. Peut-être était-il en laisse, ou simplement paresseux ou alors englué dans les sables mouvants – mais ce chien ne bougeait pas de son point fixe, à huit cents mètres en ligne de mire optique et sonore de ma porte d'entrée. Je chantai par-dessus la tête de Fox le couplet d'Elvis Presley sur le chien de meute incapable d'attraper un lapin. Fox caracola devant moi, un tour à gauche, un tour à droite. Ignorant son manège, j'entonnai pour la troisième fois ma complainte musicale, rappelant au chien de meute qu'il n'avait jamais attrapé le moindre lapin et qu'il ne serait jamais un ami à moi.

Fox n'aimait pas qu'on l'ignore. Il ramassa prestement son lapin, le pinçant par le milieu et le laissant pendre de chaque côté de sa mâchoire : il ressemblait au tube de dentifrice que j'avais serré dans mon poing le matin même. Me baissant jusqu'à ce que mon visage soit à une longueur de bras du sien, je plaçai une main sur chaque genou. Fox se pencha vers moi. Je tendis la peau de chaque côté de ma bouche et secouai la tête pour imiter la gueule ouverte du molosse.

– Ce gros voyou avec les babines baveuses… il ne tuera jamais de lapin.

– Qwah, dit Fox en lâchant le sien.

Je me levai et chantai la suite – le chien qui pleurniche tout le temps. C'était un pitoyable spécimen de lapin, mais je n'allais pas m'arrêter au milieu du refrain. Le shérif récupéra ce chien abandonné quelques jours plus tard.

Nous n'étions pas des chasseurs de trophées, Fox et moi. Mais nous accumulâmes notre part de souvenirs. Les écolos du Boone & Crockett Club n'envoyaient pas de juges pour mesurer le râtelier de cerf mulet – une ramure à huit bois – accroché au-dessus du sofa, entre des photos d'un élan sortant d'un étang embrumé de Grand Teton et de glyphes animaliers gravés dans le grès. J'avais abattu ce cerf mulet à l'aube après une nuit de pleine lune. Cette nuit-là, j'avais crapahuté six kilomètres sur une route de ranch enneigée ; j'écoutais le bruit de mes pas, je guettais des empreintes de sabots et regardais un dôme orange vif remplir l'horizon droit devant moi. L'horizon entier. De droite à gauche. Rien qu'un lever de lune. Je sentais la sphère terrestre fondre sous mes kamik. Bien sûr, une pleine lune vue au niveau de l'horizon est de la même taille que toute autre pleine lune – c'est ce que disent les physiciens. Le diamètre de la lune qui brillait devant moi était une illusion. De la magie ! Mon esprit me jouait des tours. Voici ce que j'ai appris de cette illusion : quand vous marchez seul en pleine nature – et à moins que vous ne soyez un physicien – le ressenti de la lune et ses divers aspects et mouvements sont plus importants que son diamètre approximatif.

Je tranchai le cerf du sternum au bassin puis arrachai les poumons à mains nues. Tirant sur les pattes, je fis basculer le corps, qui devait peser une centaine de kilos. Du sang interne et des paquets de boyaux remuants et puants se répandirent sur la neige. Je mis le cœur de côté. Il présentait un trou bien franc, un seul, juste en son milieu. Ma belle carabine calibre 30-06 avait réussi ce coup à deux cents mètres sans problème. La neige recouvrait toutes les bigelovies rabougries, hautes comme trois pommes, un aigle royal passait dans le ciel. Laissant là le cerf, je me dirigeai vers la route empierrée la plus proche. Des employés d'un ranch qui montaient sur la mesa en traîneau m'aperçurent et achevèrent l'éviscération. Je passai la nuit dans une vraie chambre – papier peint aux murs, tapis à poil long et couvre-lit en chenille. Mon cerf était dans leur hangar, pendu par les pattes de derrière. Pour le petit déjeuner, j'eus du bacon et du café noir. Mon butin – ce mâle et une biche tuée plus tard dans la journée – tenait à peine dans ma berline Volvo vert forêt. Transportant un cerf calé sur le siège passager et une biche décapitée sur la banquette arrière, la Volvo descendit la route en crachotant jusqu'à une petite boucherie familiale.

Des peupliers de Lombardie en forme de flamme, trop hauts pour leur largeur, bordaient l'allée qui menait à la maison. De tous les arbres, c'est des peupliers de Lombardie que je me méfie le plus. Le père attendait dehors, dans sa combinaison vert foncé. Après avoir jeté une toile rembourrée sur la tête du cerf pour protéger les bois, il souleva l'animal sous les jointures des pattes antérieures. Distraite par ces arbres dénudés à l'écorce fissurée et cherchant un itinéraire de secours s'ils devaient succomber à leur penchant naturel et s'effondrer, j'ignorai les marmottements du boucher. Lorsque je me préoccupai du cerf, il était déjà sur un chariot. Le boucher tenait l'une des pattes et tapotait le sabot avec son doigt. Il n'était pas content.

Je compris immédiatement le problème et blêmis. Le cerf aurait dû avoir une étiquette de carcasse attachée à la patte. Il n'en avait pas. Je plaidai ma cause. Le boucher retroussa les lèvres, levant la main pour empêcher son fils d'ouvrir la porte de la boutique. S'il appelait un garde-chasse, je perdrais mes privilèges de chasseur et ma belle carabine 30-06 à culasse mobile. S'il ne disait rien, et qu'un garde-chasse fasse une descente sur sa boutique, il ne pourrait plus travailler, et pis encore.

Le boucher s'éclipsa tandis que j'ouvrais toutes les portes de la voiture tel un douanier contrôlant une camionnette à la frontière canadienne. Je devais avoir la tête sous le siège avant quand le fils du boucher récupéra la biche sur la banquette arrière. La bouchère, qui portait une robe, sortit avec une boîte métallique et m'offrit un biscuit.

Le boucher était de meilleur poil quand je revins plusieurs jours plus tard avec des glacières pour emporter la viande. Je ne retrouverai jamais l'étiquette.

Voilà suffisamment de raisons pour monter une ramure à huit bois sur un socle garni de daim et l'accrocher à un mur couleur églantine de la Prairie.

Lorsque Fox décrocha son grand trophée, je ne conservai que deux plumes. La première chose dont je me souviens de ce jour-là, c'était que je l'observais avec mon monoculaire. Il était à l'autre bout du champ de luzerne, à quatre cents mètres au moins. Le plafond nuageux bas protégeait ses yeux du soleil tandis qu'il filait comme une flèche droit sur mon chalet, sans s'arrêter pour poser, mordiller ou ajuster son précieux chargement. Il fonçait à une vitesse qui m'empêchait d'identifier sa prise.

Il s'arrêta à deux mètres de moi ; les pattes entrelacées d'une alouette des champs pendaient de sa mâchoire. Il laissa tomber l'alouette. Passa devant elle et s'assit tandis que je me tournais pour lui faire face. Les renards théâtraux ne sont guère appréciés, mais je m'attendais à un peu plus d'animation pour une étape aussi décisive.

– C'est un miracle, lui dis-je.

Puis plus fort, les bras levés, les poings serrés faisant le signe de victoire olympique :

– Un *miracle* !

Fox avait du talent, mais il ne pouvait pas voler. Je n'aurais pas cru qu'il puisse s'attaquer à un oiseau de la taille d'un merle d'Amérique. Le carnage printanier de merlebleus dont je l'avais naguère accusé s'était révélé être l'œuvre de crécerelles, les plus petits faucons d'Amérique du Nord. Il fut un temps où les faucons crécerelles étaient de respectables rapaces, durs à la tâche, qui gagnaient leur pitance en tuant des insectes et en chassant des oiseaux de la classe troubadours-ramasse-miettes. Lorsque les humains de la vallée ont aligné des nichoirs à merlebleus le long des chaussées, les faucons crécerelles se sont inscrits au chômage. À présent, ils consomment des merlebleus subventionnés matin, midi et soir.

Balle-de-Tennis et Queue-Déchirée descendirent en piqué et se mirent à déchirer la proie que Fox avait négligé de garder. Les pattes filiformes et les jointures tordues de l'alouette abandonnée montraient le ciel. Je sautai dans la mêlée lorsque d'autres pies arrivèrent. Comme c'est le cas avec tous les animaux qui nous déplaisent, elles étaient trop nombreuses. Des milliers, probablement. Les pies tournoyaient autour de moi en cercles de plus en plus serrés, m'enveloppant d'un vortex de plumes jaunes. Fox ignora les pies chapardeuses et mes tentatives énergiques pour les repousser.

Les pies se replièrent sur le toit d'acier bleu, alignées en rang d'oignon, laissant pendre leurs doigts crochus pardessus le bord, et se penchèrent vers moi. Je tirai un œuf frais du réfrigérateur et déposai sa coquille blanche dans une couronne de fétuques bleues.

– Pour toi, dis-je à Fox.

Je reculai sans le quitter des yeux, en essayant d'ignorer les cris aléatoires des malheureuses pies tecto-piétineuses.

Fox cueillit l'œuf entre ses crocs sans briser la coquille puis disparut dans la vaste et ondulante prairie nord sous la colline de la Toque. Je le retrouvai sur le pas de ma porte quelques minutes plus tard.

Abandonnant les restes épars de l'alouette à Balle-de-Tennis et à Queue-Déchirée, je présentai un autre œuf dans son berceau de verdure. Fox se hâta de l'emporter dans la prairie nord. Les Jeux de l'Œuf avaient commencé.

Quand il fut parti pour la journée, je décidai d'employer deux minutes à retrouver ces deux œufs. Je subodorai qu'il me regardait chercher et avait compris que j'avais relevé le défi. Trente minutes – et non deux – plus tard, je n'avais toujours pas localisé le moindre indice d'un internement des œufs. Vingt minutes plus tard, le crépuscule m'empêchait de voir les cactus à mes pieds. Je rentrai donc chez moi.

Le lendemain, je laissai un œuf sous le myosotis. Fox l'emporta, traversa le filet d'eau de la source affleurante tout en expulsant des carouges à épaulettes des massettes, et disparut dans le pré criblé de monticules au-dessus de mon puits. Quand il revint sur le pré de devant, je partis chercher l'œuf. Aride et caillouteux, le pré de derrière excluait les hautes graminées, donc de minuscules plantes à fleurs – certaines pas assez hautes pour donner de l'ombre à une belette – s'épanouissaient au grand soleil. Adoptant une perspective panoramique, je constatai que la répartition des fleurs suivait les directions de l'eau et du vent, et que le relief du pré dictait ces directions. Quand je m'accroupis pour examiner le sol de plus près, je vis que chaque bosse et chaque pente du pré, si modeste soit-elle, dirigeait l'écoulement de l'eau et créait des remous distincts, dont certains n'étaient pas plus larges que ma main. Le vent influençait la forme et la taille de toutes les plantes qui poussaient dans ces remous. Des fougères miniatures s'improvisaient brise-vents en ne poussant pas plus haut que leurs voisines du côté au vent. Le lycopode, sorte de mousse aux branches cylindriques, recouvrait le sol comme un réseau de cure-pipes. Des feuilles de phlox se déployaient tels des arbustes, épineuses, incontrôlées, hautes comme des crapauds. Siégeant sur des tiges sans feuilles de moins de deux centimètres de haut, les rosettes du lewisia, grosses comme des noix, s'étaient desséchées et fanées, devenant des coupoles minces comme du papier à cigarette. Certaines des fleurs desséchées, que le vent avait libérées de leur tige, culbutaient dans des ruisselets trop peu profonds pour cacher un cincle plongeur. Je ramassai une rosette de lewisia et la tins sans forcer entre mes doigts. Lorsque je pinçai son tubule central, des graines noires luisantes s'en échappèrent, criblant la face blanche d'une vergerette à feuilles segmentées.

Si je n'avais pas perdu toutes les parties de poule mouillée, je n'aurais peut-être pas consacré tout ce temps à rechercher les œufs insaisissables de Fox. Or, à présent, j'étais déterminée à gagner les Jeux de l'Œuf. Et si je n'avais pas continué à chercher les œufs, je n'aurais pas connu le monde miniature que je découvrais en rampant à quatre pattes le nez dans la poussière. Perdre n'aurait pas pu être plus instructif.

Lorsqu'il s'enfuit de nouveau avec un œuf, je sortis l'artillerie : des jumelles Bushnell gainées de similicuir, plus vieilles que moi et presque aussi larges. Je décidai d'enregistrer ses mouvements. Penchée sur l'appui de la fenêtre avec un bloc-notes et un stylo, je regardai Fox partir avec l'œuf au petit trot et écrivis « *GR GNVR E PUITS DESC 45°* » ; j'ajoutai un croquis. *Serait-il facile de trouver un œuf blanc fraîchement enterré dans un sol sombre ?* J'arrachai la feuille du bloc et me dirigeai vers le GR GNVR à l'est du puits ; je pivotai de quarante-cinq degrés et commençai à descendre. Il se révéla que ce grand genévrier n'était pas le bon. Je trouverais cet œuf demain.

N'ÉTANT PAS DU GENRE à gaspiller un jour calme et sans nuages, le renard se glissa sous les basses branches d'un sapin et tomba sur un groupe de biches en train de ruminer. De légers effluves de cerf flottaient au-dessus des femelles au repos. Le mâle avait pissé et était parti, et les ruminantes étaient en fait endormies. Le renard se dirigea donc vers la maison au toit bleu pour démarrer avec fracas et panache une journée par ailleurs ennuyeuse.

Il déterra l'un des œufs du jeu et le porta jusqu'au sommet d'un monticule de terre molle. Ouragane le regarda placer l'œuf sur le sol. Elle n'était probablement pas assez près pour le voir ; n'empêche que faire jaillir la terre en larges arcs, assez haut pour qu'Ouragane puisse les observer, semblait être une bonne idée. Fox ramassa l'œuf, se dépêcha d'aller l'enterrer ailleurs puis se dirigea vers le terrain de chasse de la renarde à la robe feu.

Chez les renards, les territoires fonctionnaient selon certaines règles. Fox obéissait à ces règles juste assez pour rester en vie – mais pas plus. Il était en forme et bien reposé ; pourquoi ne pas tenter une intrusion sur le territoire de la renarde pour s'amuser avec un ou deux mulots ? Le plus gros renard de la vallée, c'était elle : elle n'avait pas besoin de plus de nourriture. Prenant appui sur ses pattes postérieures, les doigts écartés comme ceux d'une patte d'oie, il s'élança, fendit l'air immobile et – ô joie ! – atterrit en douceur sur un mulot dodu.

Ventre-Rond piaffait d'impatience tandis que Fox mangeait. L'humaine avait peut-être encore oublié de mettre des jaunes d'œufs à disposition. S'il le voulait, Fox aurait pu se frayer un passage dans la ramure touffue et piquante du genévrier, jusqu'au tronc, se dresser sur ses pattes de derrière, tendre le cou et toucher du bout de sa truffe le bas du nid de la pie obèse. Ces mêmes branches avaient soutenu son nid pendant toute la vie de Fox. Mais il ne voulait pas s'attaquer au domicile d'une voisine. En outre, la roselière au bord de la rivière recelait encore quantité d'œufs de canard.

Et pour un modeste investissement – rentrer le ventre, se tortiller pour franchir une haie d'arbustes piquants et passer entre les barreaux d'une clôture en bois – il pourrait avoir du poulet au dessert. L'enclos était immense, des chevaux dormaient à l'autre bout. Il se dirigea vers un poulailler qui grinçait sous le vent, se tapit au ras du sol et attendit que les poulets étourdis sortent faire leur promenade. L'attente se prolongea, les chevaux se réveillèrent et, bientôt, leurs jambes robustes et leurs sabots luisants lui bloquèrent le passage. Les chevaux le repérèrent et se mirent à hennir et à marteler le sol, remplissant l'air de poussière et de l'odeur du fumier. *Pisse de fouine !* Le prix du poulet venait de monter en flèche. Un coup de sabot mettrait un renard hors d'état de nuire pour longtemps. Peut-être pour toujours.

La meilleure stratégie de fuite serait de filer tout droit vers le lieu d'où partaient les cris rauques de Ventre-Rond. Bonne idée. Il se précipita vers le seul point de la clôture non bloqué par les chevaux et sauta entre deux barreaux. Peut-être que Ventre-Rond essayait de l'aider, ou alors était-ce une simple – et heureuse – coïncidence, si elle s'était perchée au bord d'un itinéraire sécurisé ? Va savoir ! Mais il était en danger et le cri de la pie lui était familier. Il traversa le chemin de terre et se dirigea vers la maison au toit bleu, où des vents adverses le précipitèrent en plein soleil, Ventre-Rond sur ses talons. L'herbe à flanc de colline était rase, douce et sillonnée de coulées de campagnols. Chaque fois que le vent tombait, il attendait que sa proie détale pour sauter aussi haut qu'un corbeau suralimenté. Et pas un seul atterrissage manqué. Ventre-Rond se reposait sur une armoise et descendait ramasser les miettes de son repas. Des chasseurs plus vieux ou moins affirmés ne laissaient jamais de miettes derrière eux. Ils étaient capables de manger les boyaux, si ça pouvait leur épargner l'énergie d'un seul bond supplémentaire.

Au bout de plusieurs parties de ce petit jeu, j'avais épuisé ma provision, alors je pris ma boussole et corrigeai la déclinaison afin de pouvoir récupérer les œufs. Pour l'épisode suivant de la chasse aux œufs, je suivis un transect virtuel sur quatre cents mètres. Fox m'attendait à la maison lorsque je revins, bredouille. En fait, il se tenait sur *ma* place sous le portique, bloquait la porte d'entrée et paradait comme une grue du Canada poudrée d'argile rose. Balle-de-Tennis faisait les cent pas sous les branches de Tonic, crachant des messages telle une mitraillette pour avertir Queue-Déchirée que la méchante humaine se dirigeait vers lui. Je lui criai de décamper. Croyaient-ils que je mettrais plus d'œufs à leur disposition s'ils me harcelaient suffisamment ?

– Tu as gagné, dis-je à Fox.

J'étais accroupie assez près pour le toucher, mais je m'abstins. Vous n'allez pas tendre le bras et agripper quelqu'un parce que vous le pouvez ou parce qu'il est plus petit que vous. Ça, c'est une différence importante entre un animal de compagnie et un ami. Elle distinguait Fox du boa caoutchouc, que je n'hésitai pas à ramasser et à transférer sur les marches du perron, là où il pourrait dissuader les mulots de forer dans les fondations de mon chalet.

– Tu as gagné, répétai-je.

Et je lui montrai mes mains vides, les paumes vers le ciel.

Je devins plus rusée. Assise dans mon fauteuil de camping, je récupérais des boutons sur des chemises hors d'usage. Je feignis de ne pas remarquer qu'il partait vers le nord – toujours le nord – avec l'œuf. Il n'empêche que je ne trouvai jamais le moindre œuf manquant. Deux années plus tard, en arrachant les mauvaises herbes dans les prés sud, j'en trouverai deux, à quelques mètres seulement du nid de Balle-de-Tennis. Je me demanderai pourquoi ils étaient si près d'elle, et pourquoi elle ne les avait pas dérobés.

Perdre à répétition préservait mon humilité. Jouer préservait mon agilité d'esprit. Dans *Terre des hommes*, Saint-Ex écrit qu'au début de notre âge adulte notre avenir est aussi malléable que la glaise. Notre imagination continue de façonner notre avenir jusqu'à ce que nous soyons adultes, nous glissons dans le moule que la société prépare pour nous, et durcissons. Une fois que nous sommes sortis du moule, notre glaise durcie ne peut se ramollir ou se travailler de nouveau. Tandis que nous grandissons jusqu'à la maturité et nous laissons incorporer à ce monde centré sur les adultes, notre imagination se contracte.

Comme la plupart des gens, j'étais née immunisée contre le réalisme exacerbé. Quand j'avais entre six et sept ans, je mettais en scène des poupées militaires vertes dans des jungles arbustives. Les artilleurs sautaient sur des galets à la recherche de crapauds auxquels ils pourraient tendre une embuscade. Quand je creusai ma tranchée pour aller en Chine, une tortue nerveuse intervint. Je fis en vitesse un double nœud à mes tennis rouges, posai fermement une main de chaque côté de la carapace de la tortue et la ramenai au camp dans la jungle. Des poupées militaires se détachèrent des branches caoutchouteuses et tombèrent sur la tortue blindée.

Je commençai la fac. Des professeurs, bedaine gibbeuse et lèvres comme des becs de canard, tournaient dans une cour en marmonnant des absurdités ; un coup de vent, et une mèche rabattue laquée se redressait comme un panache. J'avais l'impression d'être entrée dans les pages d'un livre du Dr. Seuss. À un certain moment, quand j'étais en prépa, occupée à mémoriser et à singer les faits et les professeurs (dans cet ordre), mon immunité originelle au réalisme exacerbé cessa d'agir. Lorsque je terminai mes études supérieures, je montai sur une estrade, serrai une main, répondis au titre de « Docteur » et m'en allai, pleine de vérités rectificatrices : la jungle était un buisson de jade, les crapauds étaient des lézards à cornes, mais le tortueux blindé était bien une tortue terrestre, puisqu'il n'y avait pas d'eau dans les parages. À ce stade, j'étais presque devenue ce que Saint-Ex qualifie de « petit-bourgeois », ce qui n'indiquait pas une pénurie d'argent, mais de créativité. Au lieu de choisir moi-même ma voie, j'étais entrée dans le moule que la société avait conçu pour moi. Par bonheur, j'en suis sortie avant que l'argile ne durcisse. Sinon, tout retour en arrière aurait été impossible, parce que l'état de «petit-bourgeois», selon Saint-Ex, est une affliction définitive. Une fois que vous y avez succombé, «nul en [vous] ne saurait désormais réveiller le musicien endormi, ou le poète, ou l'astronome».

Jouer à la poule mouillée et à la chasse aux œufs avec Fox avait réveillé mon imagination et atténué mon attitude envers le réalisme – croire que seuls les faits comptent. Chaque nouvelle partie me forçait à poser des questions qui n'ont pas de réponse: quelle est l'étendue de la personnalité de Fox? quelle est la profondeur de notre connexion? Saint-Ex nous dit qu'il est nécessaire de poser ce type de question pour être créatif. Certes, je ne suis plus immunisée contre le réalisme exacerbé, mais je m'en méfie, grâce à Fox et à sa piqûre de rappel.

Son rôle dans ma vie prenant de l'importance, il devint impossible de garder secrète notre relation. Lorsque Jenna téléphonait, elle me demandait où j'en étais avec le renard avant de discuter de l'évaluation de nos étudiants.

– Eh bien, je ne sais pas s'il est un ami, mais je ne l'étudie plus.

– Je n'ai jamais cru que ça marcherait.

Jenna savait avant que je le sache que Fox était mon ami et que je ne pouvais pas à la fois le traiter comme un objet et avoir de l'empathie pour lui.

– Je suis en train d'écrire un autre manuel niveau collège. Un manuel d'histoire naturelle. Il m'aide à le rédiger. Je me sers de lui pour les anecdotes.

– Il le sait?

– Ce n'est pas si important que ça. Je ne le mets pas dans

tous les chapitres. Rien que quelques phrases au début de certains, ou alors pour remplir les petits encadrés en grisé dispersés dans tout le bouquin.

En d'autres termes, j'avais besoin de fréquenter Fox afin de le surprendre dans des poses assez photogéniques pour illustrer un manuel. C'est ce que j'avais dit à Jenna, en tout cas. L'explication résumait notre relation d'une manière satisfaisante, soulignant le fait que je travaillais sur un projet – un manuel scolaire –, pas que je glandais avec des renards toute la journée. Je construisis mon petit alibi jusqu'à obtenir un beau tas… de neige. Sauf qu'en l'appelant Fox et non « le renard », et même par le simple fait que je m'adresse à lui, je mettais trop de sel dans la neige. Mon alibi fondait. J'essayai de ne pas m'en apercevoir.

Les correcteurs venaient de relire mon premier livre, un manuel niveau collège intitulé *La Sylviculture : le monde vert*. Chelsea House le publia avant la fin de l'hiver. L'ouvrage contenait quelques anecdotes personnelles mais, en général, péchait par manque de créativité. À présent, je voulais achever un manuel d'histoire naturelle à base biologique pour élèves du collège qui forcerait ses lecteurs à aller au grand air, où ils observeraient la faune et la flore de leurs propres yeux. J'avais enseigné à partir de douzaines de manuels de biologie pour étudiants. Tous leur présentaient l'histoire naturelle en les forçant à retenir des données et des formules sur les substances chimiques, les molécules, l'énergie. Ils auraient pu être écrits par les professeurs de Victor Frankenstein.

Si vous étiez assis dans la salle Arc-en-ciel – sept nuances de stores pour représenter un phénomène naturel facilement observable – et réfléchissiez à la rédaction d'un manuel qui expliquerait l'histoire naturelle, commenceriez-vous par analyser les molécules ? Commencer une biographie d'Abraham Lincoln en examinant son groupe sanguin serait tout aussi logique. « Commencer petit », adage usé jusqu'à la corde, ne vous enjoint pas de vous limiter à la petitesse physique. « Petit » signifie « simple ». Et les choses que vous voyez à l'œil nu sont plus simples que les choses invisibles. D'ailleurs, les molécules ne sont pas assez grosses pour être « petites ». Les molécules sont des minuties.

Les minuties ne se prêtent pas à des encadrés séduisants.

Quand j'étais en licence, j'avais lu un essai d'Albert Szent-Györgyi, biologiste de tendance holistique, essai dans lequel il déconseillait de rechercher la vie en la disséquant en morceaux de plus en plus petits. Il avait commis cette erreur lui-même : « Ce voyage vers le bas, en descendant l'échelle des dimensions, avait une certaine ironie, car dans ma recherche du secret de la vie, je me retrouvai avec des atomes et des électrons totalement dépourvus de vie. Quelque part sur ce chemin, la vie m'a glissé entre les doigts. »

Szent-Györgyi, qui obtint le prix Nobel pour sa découverte de la vitamine C, mourut pendant que j'étais encore en licence. Une photocopie de l'essai en question, réalisée à partir de mon manuel de biologie cellulaire de deuxième année, m'accompagna pendant plus de vingt ans, pendant lesquels je vécus en nomade, sans domicile fixe ni box de stockage permanent. Je ne voulais pas que la vie glisse entre les doigts des collégiens. Je voulais qu'un manuel s'ouvre sur de grandes images simples. Ensuite, je pourrais fractionner. Ou peut-être rester dans la grandeur.

Chaque minute passée à observer Fox (théoriquement pour accumuler anecdotes et photos) augmentait mon admiration pour ses facultés de communication non verbale. Par exemple, il se pouvait que je sois privée de sa compagnie parce qu'il voulait *se rapprocher d'une attraction*: un mulot ou une partenaire le sollicitaient. D'autres fois, il partait parce qu'il voulait *s'éloigner de moi*: par exemple, en m'absorbant dans l'observation d'une des omniprésentes buses à queue rousse, je n'avais pas réussi à l'intéresser suffisamment, et sa capacité d'attention avait été dépassée. Il ne pourrait jamais rivaliser avec une buse à queue rousse fondant sur sa proie; j'avais vu Fox capturer des centaines de rongeurs, mais je n'avais observé qu'une seule fois à courte distance la chasse couronnée de succès d'une buse à queue rousse. J'étais assise par terre quand cela se produisit; l'exploit du rapace fit pleuvoir sur moi des plumes de merle et créa un attachement addictif à cette sensation excitante. Quelles que soient ses raisons, quand Fox partait, il me faisait d'abord signe soit en scrutant le sol, soit en se retournant pour m'adresser un regard interrogateur. Oui, un renard muet communiquait plus efficacement que moi. Des actions et des regards: le texte sous-jacent sans le texte principal.

Parfois, quand nous partagions un moment de détente, la renarde cannelle gémissait depuis le terrier; Fox faisait la sourde oreille et se contractait. Mais jamais très longtemps. Maintes fois il s'arrêta entre ma porte de derrière et son terrier avec des queues de rongeurs pendant de ses mâchoires. Tournant la tête entre les deux destinations, il examinait ses options. Qui n'affronte pas le même dilemme tous les jours? Fox et moi étions constamment partagés entre le devoir et la liberté. Parfois, il résolvait le problème en choisissant d'honorer ses obligations et de se rendre au terrier, mais de mauvaise grâce, comme si la boue s'accrochait à ses pattes. Un soir, il répondit à la convocation de la renarde en s'éloignant à pas feutrés jusqu'au bout de l'allée, où il se coucha pour savourer un soulagement momentané de ses obligations contractuelles, jusqu'à ce qu'elle l'appelle une deuxième fois et qu'il se hâte de grimper jusqu'au bosquet de genévriers.

Si les gestes, les actions et les expressions faciales sont peut-être moins précis que le langage parlé, ils représentent absolument une forme de communication plus fiable. Faire la lecture à Fox était un acte important à cause des pauses et du contact oculaire. Nos actions, et non nos paroles, contribuaient à notre confiance mutuelle ; notre relation était fondée sur des activités partagées et non sur le dialogue. En fait, j'étais plus à l'aise en communiquant avec Fox que je ne l'aurais été avec une personne. Imaginez combien il est difficile de communiquer quand notre langue nous envoie dans une direction et que nos pieds nous emmènent dans une autre.

RENARDS TACHETÉS

Au milieu de l'automne, le renard avait déjà imbriqué sa vie si étroitement dans la mienne que mes collègues cessèrent de répartir sur deux phrases distinctes leurs questions sur ma santé et la sienne.

– Fox, ça va, répondais-je.

J'exhalais bruyamment et poursuivais :

– Et moi, ça va aussi.

– Comment ça se passe entre toi et ton *voisin* ? me demandait Jenna.

Ou, si c'était Martha :

– Comment ça va, toi et ton *ami* ?

Ignorant ces épithètes contestables, je répondais que nous étions en train de reboucher les trous des campagnols, d'aplatir les monticules des rats à poche et de mettre les lapins en fuite. Si c'était une journée d'octobre calme et chaude, je me contentais d'avouer que nous absorbions le soleil tels des lézards des armoises à sang froid – rien de plus énergique.

Quand ma collègue Bea m'envoyait un courriel depuis

l'université d'État de Floride pour avoir un complément d'information sur Fox, il se pouvait que je réponde :

« Sa fourrure le ferait passer pour un loulou de Poméranie à la queue droite. Vive et fournie. »

« Dans une neige sèche et non agitée, il bondit souvent et plonge profond. Quand la pluie est bruyante ou que la neige est épaisse comme du ciment, il s'abrite sous le couvert d'un genévrier. »

« Il tolère avec une politesse injustifiée une grosse pie obèse qui niche dans mon genévrier. »

Bea était au courant, pour les jaunes d'œufs, et me demandait s'ils avaient redonné de l'éclat à la robe de Fox.

– Oui. Il brille. Je dois chausser des lunettes noires pour le regarder.

Je continuais de disséminer du marc de café aux coquilles d'œuf pour ralentir le glissement vers le bas de mon chalet dans ce sol argileux peu fiable. Fox continuait d'appâter ses pièges avec le café. Je me vantai de son nouveau talent auprès de Jenna.

– Serre-lui la vis, dit-elle.

Jenna était divorcée, et sophistiquée, à l'aune de mes normes personnelles. Elle était intelligente et rapide, parce qu'elle supervisait des tas de gens et qu'elle ne pouvait pas perdre son temps à prodiguer de sages conseils au hasard. Pendant les trois ans où nous avons travaillé ensemble, elle me conseilla sur la pratique pédagogique et sur la manière de traiter les personnes difficiles. Je pense qu'elle me trouvait sympathique parce que nous étions toutes deux attachées à la terre sauvage. Le gouvernement fédéral lui avait pris la sienne. « Zone éminemment désignée », dit le gouvernement quand il vous force à lui vendre votre terre. Lorsqu'elle perdit son bungalow des Bridger Mountains, au Montana, elle perdit son mariage. Certains mariages tiennent à cause des enfants. Quand les enfants s'en vont, les mariages se désintègrent. C'est la terre qui faisait tenir le mariage de Jenna. Elle et son mari étaient protégés par la forêt; ils faisaient des randonnées, ils skiaient, prenaient du bon temps. En s'occupant de la terre, liés par une communauté d'intérêts, ils pouvaient envisager un avenir. Plus de terrain, adieu le bungalow: leur mariage s'étiola, s'évapora. Du coup, ses revenus se réduisirent; mais elle trouva un nouvel emploi et s'installa dans une petite ville. Sans liens avec la terre, ses enfants se dispersèrent. Elle finirait par quitter le Montana pour rejoindre ses petits-enfants.

– Tu ne peux pas laisser le voisin poser ses pièges sur ton terrain.

Mais je ne pouvais pas obliger Fox, mon «voisin», à abandonner le piégeage: c'était un de ses hobbies. Certes, il en avait d'autres: jouer à poule mouillée ou cacher les œufs, m'espionner, s'introduire sur le terrain d'autrui. J'étais d'accord avec Jenna pour trouver que c'était déjà «plus qu'assez», sans savoir le nombre exact de hobbies attribuables à un renard. La règle générale, défavorablement connue sous le nom de paradigme, voulait que les renards sauvages, comme les autres animaux non encagés, remplissent leurs obligations biologiques en mangeant, en se reproduisant et en recherchant un abri, et puissent donc se passer complètement de hobbies.

EN LEVANT LE STORE, je me retrouvai les yeux dans les yeux avec des cerfs mulets qui avaient l'air surpris même après m'avoir vue une centaine de matins consécutifs. Ils me connaissaient, mais avec un jeu supplémentaire de cils au-dessus et au-dessous des yeux, chacun long de cinq centimètres, les cerfs mulets ont par défaut une expression faciale qui ressemble à de la surprise. Devant ma porte, un mâle d'un an, insinuant son museau humide sous une clôture souple, aspirait les baies d'une branche courbée de symphorine que ladite clôture était censée protéger. Un mètre plus loin, un faon mangeait les peaux d'orange destinées aux mouffettes. Des biches adultes me reluquaient, certaines tellement gravides que leur ventre touchait la neige, d'autres dotées d'épines dorsales âgées qui saillaient sous leur peau.

Lorsque le soleil fut plus haut dans le ciel, je partis en randonnée. J'attaquai la pente, traînant des pieds dans la blancheur hostile qui m'arrivait aux genoux, poussant mes kamik comme des lames de chasse-neige. Soulevée et rejetée sur les côtés tel du duvet d'oie, la poudre floconneuse retombait sur Fox, qui me suivait, le nez en l'air pour détecter les perdrix. Des panicules de stipes aux grains nimbés de givre oscillaient comme des lustres sous la brise légère.

Une biche crut pouvoir me barrer le passage (chacun sait que le randonneur montant a la priorité), et je lui proposai donc de jouer à poule mouillée. Sous les regards de ses deux faons et de Fox, ni elle ni moi ne voulions baisser les yeux, au départ. Mais je gagnai. Bien sûr, en plein hiver, à deux mille mètres d'altitude sur le quarante-cinquième parallèle, les cervidés cillent juste pour empêcher le gel de coller leurs cils.

Sans aucun égard pour notre pacifique progression, Balle-de-Tennis et deux juvéniles apparurent et se posèrent séquentiellement sur trois sapins différents.

– Foxssss, chuchotai-je, nous sommes repérés.

Atterrissant en piqué dans des tas de neige qui luisaient telles des écailles de poisson, les pies sculptèrent d'élégants motifs avec leurs ailes. J'essayai de regarder ailleurs, mais même maintenant je me souviens de leur éclat chatoyant et de leurs queues biseautées. Admirer vos ennemis est une tâche épuisante.

De l'endroit où nous étions, je ne voyais pas la moindre route, pas la moindre habitation. Malgré le froid, j'étais bien, je me sentais en sécurité. J'avais dit à Jenna que j'observais Fox et rassemblais des anecdotes pour mon manuel scolaire. Et quand elle répondit «Encore?», haussant les sourcils à l'autre bout du fil, je prétendis extrapoler à partir de lui pour obtenir l'Animal Sauvage Exemplaire.

– C'est ce qu'on fait quand on écrit un manuel, Jenna. On extrapole. On élague les éléments périphériques; on façonne un individu spécifique pour en faire un individu générique.

Histoire de me rappeler qu'il n'était pas un animal sauvage exemplaire, ni même un renard exemplaire, elle m'interrogea sur son dispositif de piégeage.

Et puis il y avait eu Martha. La première fois que je lui dis qu'un renard me tournait autour, elle déclara:

– Très bien. C'est ton ami.

Il ne l'était pas. Je ne savais pas grand-chose sur lui à l'époque, sauf qu'il aimait jouer et gagner, et qu'il nourrissait une obsession pour les grosses mouches domestiques qui sucent les croûtes. Martha aurait dû moins s'intéresser à cette obsession et se préoccuper davantage de ma nouvelle croûte suintante au genou, résultat d'un faux pas terminé par une dégringolade sur un GR abrupt tandis que je faisais du jogging en solitaire en suivant les aigles jusqu'à leur falaise, le jour où j'ai rencontré Fox pour la première fois. J'aurais pu y rester. Martha ne me demanda pas comment je m'étais blessée. Au lieu de quoi elle me fit remarquer que je n'avais jamais eu d'ami renard (ni même un ami tout court) auparavant, et que mes genoux, bon... ils étaient toujours couronnés.

Martha et moi avions été collègues de travail au Service des parcs nationaux et voisines dans le parc du Glacier, où je possédais encore deux hectares de terrain boisé près de sa ferme. Cette terre, je la lui avais achetée des années plus tôt : des billets verts tirés de ma poche arrière, une quittance sur papier brouillon. Pas d'intérêts. Un simple transfert de propriété quand je versai la somme complète. Son terrain à elle longeait la Scenic Flathead River – *Scenic* était partie intégrante du nom en vertu d'une loi du Congrès américain. Depuis soixante-dix ans, Martha habitait sur le domaine de son père le long de cette rivière sauvage et « spectaculaire » : des ours noirs dans les pommiers, des wapitis dans les prairies, et neuf cordes de bois de chauffage entassées sur la véranda. Si l'on excepte les photos des frères bien-aimés qui s'engagèrent dans l'aviation lors de la Seconde Guerre mondiale et dont les avions ne revinrent pas, la maison n'avait plus d'homme dans ses murs depuis cinquante ans – depuis que le père de Martha était mort. En ces temps héroïques où je n'avais pas encore obtenu ma licence en zoologie, je respectais sa connaissance des animaux. Elle était pour moi l'autorité suprême en la matière, et quand j'eus terminé mon doctorat, mon opinion ne changea pas.

La différence d'âge entre Martha et moi était assez grande pour que je la traite avec une déférence que, me semble-t-il, les gens réservent à leur patron plutôt qu'à leurs amis. Elle savait quelque chose sur moi, et elle n'en parlerait pas pendant deux ans. Au lieu de quoi, entre-temps, elle dit que le renard comprenait que j'étais différente des autres humains. Nous nous balancions dans des fauteuils à oreilles capitonnés devant son poêle à bois, en ce printemps où je fis la connaissance de Fox. Je dévidais mes histoires de renard tandis que nous guettions par les grandes fenêtres en saillie les pygargues à tête blanche cachés dans les pins coiffés de neige. Après m'avoir montré le même pygargue que nous nous montrions depuis quinze ans, elle me dit de ne pas plaquer Fox. J'écoutai le poêle roter et crachoter ; elle interpréta mon silence prolongé comme de l'ambivalence (et c'en était). Elle me dit qu'elle savait que Fox et moi étions faits l'un pour l'autre.

Seule Martha eut connaissance de ces moments où Fox appuya ses pattes antérieures à ma fenêtre, dressé sur ses pattes postérieures. La première fois, j'étais dehors, devant la maison, en train de tailler les caraganiers. Les cerfs les avaient broutés dans le désordre ; il fallait que je les recoupe tant en hauteur qu'en largeur, de façon que tous puissent profiter du soleil. Par sa hauteur, un andain de chiendent à crête empêchait Fox de me voir. Dans sa posture étirée, il semblait mince et pitoyable, et, pensai-je, il devait se sentir seul. Je suis sûre qu'il me cherchait. Je le regardai essayer une autre fenêtre. Ne voulant pas le surprendre, je me promenai autour du chalet, ramassai des pierres intéressantes et les entrechoquai pour faire un peu de bruit. Il se détourna de la fenêtre, m'aperçut… et commença à muloter. C'était l'une des qualités qui me plaisait le plus, chez Fox : être ensemble tout en faisant des choses différentes.

Lorsque je rendis visite à Martha au début de mon deuxième été avec Fox, elle me dit qu'il avait besoin de compagnie. Je vivais seule depuis ce qui me semblait être une éternité, et me demandai tout haut pourquoi je ne me sentais jamais seule. Si Martha le savait, elle le garda pour elle. Au lieu de quoi elle m'interrogea sur les petits de Fox.

– Aucun des renardeaux n'a survécu à l'hiver. Ils étaient minuscules. À un mois, je les avais pris pour des belettes.

– Les renards sont de petits animaux.

– Des *bébés* belettes.

– Je crois que c'est à ça que pourraient ressembler les renardeaux.

– Ceux du terrier dans le champ de luzerne ont des membres bien en chair. Ils roulent des mécaniques comme de jeunes carcajous.

L'année suivante, les renardeaux du terrier de Fox finiraient eux aussi par ressembler à des belettes et à agir comme elles. Des animaux sauvages et remuants ; nerveux, incontrôlables, flexibles et rapides.

Quel que soit le nombre de degrés en dessous de zéro, Fox s'activait pendant les journées d'hiver sèches, calmes et ensoleillées. Avec tous ses poils hérissés perpendiculairement à sa peau, il ressemblait à une panicule de salsifis géante. Lorsque le vent d'hiver faisait dérailler les wagons de marchandises sur les voies au fond de la vallée, Fox tenait bon, restait au sec et sous le vent dans les cuvettes de neige poudreuse au-dessus de son terrier. La neige fondait sous le soleil hivernal et se tassait jusqu'à être dure et lisse comme de la glace. Bien que les renards appartiennent à la famille des canidés, leur squelette est moins dense et pèse moins que celui d'un chien de la même taille. Les coussinets à motifs en chevrons de Fox creusaient une légère dépression dans la neige durcie, trop peu profonde pour l'empêcher de déraper quand le vent soufflait. Lestés d'un squelette lourd, d'un gros ventre et de dix kilos au lieu des trois de Fox, le chat haret et ses coussinets lisses avançaient tout droit sur la neige gelée.

Ni Fox ni moi n'étions assez fous pour rester assis sans bouger dehors par grand froid, aussi avions-nous annulé nos lectures jusqu'au début du mois de mars. Au lieu de quoi, s'il était tombé de la neige pendant la nuit, je sortais de bonne heure pour examiner les traces. Fox marchait souvent en ligne droite, schéma élégant où chaque patte était juste devant, ou juste derrière l'autre. Je fais quelque chose de similaire quand j'opère la classique « conversion » sur place pratiquée en ski de fond. Je soulève mon ski droit et le pointe vers le ciel, pivote vers la droite en équilibre sur le ski gauche, plante le ski droit à environ cent quatre-vingts degrés sur la droite, et le pose aussi près que possible dans sa propre trace. Le ski gauche est alors dirigé vers l'avant, et le ski droit est dirigé vers l'arrière, aussi loin que mes ligaments le permettent. Ensuite je soulève le ski gauche, pivote vers la droite et crée une trace fraîche. Réutiliser mes deux traces d'origine me permet de changer de direction sans défigurer la neige. Je n'aime pas chambouler la neige et laisser un signe lourdingue et surdimensionné de mon passage. Mes traces profondes, une fois gelées, peuvent devenir une montagne de plus à escalader pour un mulot, une crête à franchir pour une hermine, un fossé de plus attendant de fouler la cheville d'un cerf en pleine course. J'essaie d'être courtoise. Les traces que nous nous appliquons à laisser derrière nous sont révélatrices de notre caractère.

Au soleil de midi, vous pouviez me voir déblayer la neige. Ce cycle monotone – soulever la neige avec la pelle, la repousser – me conservait ma chaleur et mon calme. Évidemment, en dégageant mon allée, je perdais une occasion de montrer à la galerie les qualités sportives de ma Mazda – *voyons un peu ce que cette charrette a dans le ventre !* – et de revendiquer le minuscule droit à la provocation qu'on pourrait éventuellement reconnaître à une trois-portes japonaise. Des chasseurs de fin de saison, des traqueurs de cougars ou des gardes forestiers, tous au volant de pick-up, ouvraient de grands yeux tout en me saluant. *Tu sais quoi ? Achète-toi un pick-up.* Les pick-up et la neige, ça, je connaissais. Il n'y a pas si longtemps que cela, quand j'avais une vingtaine d'années et que j'acceptais encore de voyager comme passagère, mon copain du Service des parcs nationaux m'emmenait dans des virées en pick-up sur de la boue visqueuse comme de l'huile ou de la neige épaisse comme du ciment – l'arrière partait en tête-à-queue, la route allait d'un côté, le pick-up de l'autre. Et lui, derrière le volant :

– Voyons un peu ce que cette charrette a dans le ventre !

Dérapages, embardées, cisaillements, reprises de cap... et la boue ou la neige remplissaient les jantes jusqu'à ce que nous soyons complètement embourbés et hors d'état de repartir. J'ouvrais la portière et sautais dehors, c'est-à-dire au milieu de nulle part, à dix kilomètres de tout et de rien, et lui disait :

– On y était presque.

Alors il envoyait un appel en CB via le relais radio et nous partions à pied jusqu'à l'endroit où son pote pouvait nous rejoindre.

Je suis trop optimiste pour conduire un pick-up. Et depuis, je n'ai joué les passagères qu'une poignée de fois.

En outre, une allée recouverte de neige tassée libérait la faune de l'obligation de s'enfoncer dans la neige jusqu'au ventre : les cerfs mulets bondissaient plus haut et les mouffettes détalaient plus vite. Les campagnols traversaient la neige dense à pas menus et rapides en laissant des trous circulaires bien francs, comme les empreintes de crabes-taupes sur une plage. Refusant d'hiberner, les campagnols passaient le début de l'hiver à construire des nids herbeux et à les fourrer entre les racines de mes lilas. Comme chez tous les rongeurs, les incisives chargées de fer des campagnols poussaient en permanence. Le fer colorait leurs dents en orange, et ces dents en croissance perpétuelle leur donnaient une mauvaise habitude. Ils rongeaient. Ils attaquaient tous les arbres qui se trouvaient dans leur ligne de mire ; ils plantaient ces vilaines dents dans l'écorce, puis dans le tissu vivant de l'arbre. Rongeant par la gauche et par la droite, inclinant leurs mâchoires, ces créatures testaient différents angles d'attaque, comme les gens qui essaient d'attraper une pomme dans l'eau avec les dents lors d'une soirée Halloween. Quand le niveau de la neige s'élevait, les campagnols sculpteurs opéraient plus haut sur les troncs, transformant les arbres en mâts totémiques. Les lilas et les cerisiers ont une écorce mince. Lorsqu'un campagnol perce l'écorce et cisaille la veine au niveau du sol, le lien entre les racines et les feuilles est brisé. Le flux de nutriments s'interrompt et l'arbre meurt d'une mort lente, froide et invisible. Entre-temps, les campagnols restaient au chaud, cachés sous des épaisseurs de neige. J'essayais d'éloigner ces couvertures neigeuses des arbres et arbustes pour dissuader les campagnols d'y emménager.

Dans la neige tassée, je suivais les traces pour deviner qui s'installait dans le caniveau (les lapins à queue blanche) et qui habitait sous la dépendance du chalet (les mouffettes). Le caniveau débouchait de part et d'autre de l'étroite allée. Je l'extrayais de la neige périodiquement, de façon que Delbert, notre livreur UPS, n'y accroche pas une jante. Les caniveaux bouchés par la neige pouvaient aussi inonder l'aire de retournement que j'avais aménagée au bout de l'allée après avoir vu trop de fois le visage soucieux de Delbert s'apprêtant à faire plus de cent mètres en marche arrière pour rejoindre la route empierrée.

Des congères appuyaient sur la clôture en fil de fer galvanisé jusqu'à ce qu'elle se décroche des poteaux en acier. Les poteaux en aluminium maintenaient mieux le fil, mais les grosses congères les tordaient. D'ordinaire, on pouvait les redresser en tapant dessus avec un maillet à tête en caoutchouc. Je réparais aussi les branches des arbustes après chaque grande tempête. Quand une grosse branche cassait sous le poids de la neige, je la fendais et recouvrais la blessure avec de la peinture d'émondage. Quand une petite branche cassait, je lui confectionnais une attelle avec une languette arrachée à une vieille chaussure de course. Dès que la température descendait à cinq degrés Celsius, j'arrosais les épicéas, je pulvérisais plusieurs fois de l'antidessiccant pour parer à la morsure du vent, et j'allais chercher de la terre pour combler les ornières nouvellement apparues dans l'allée.

En prépa, j'avais une voiture, mais pas de terrain. Je faisais les vidanges moi-même. En découvrant cela, un professeur de biologie me prit à part et m'expliqua que le travail manuel «n'était pas mon rayon». Les futurs scientifiques ne font pas les vidanges. Ils paient des gens pour le faire à leur place. J'en fus mortifiée; je n'étais pas dans mon élément, avec ma tenue camouflée devant un prof en costard-cravate. Succombant à sa suffisance, j'amenai la voiture à un garage «pour l'entretien». Jusque-là, je n'avais jamais payé pour une vidange. Mais je n'avais pas eu de «rayon» non plus, et ceci compensait cela, me semblait-il. Jusqu'à ce que je remarque que ma tête saignait. Ces plaies, je me les étais infligées moi-même. Parfois je portais des sous-gants, à la maison, pour me protéger la tête au cas où je me gratterais. Pour une raison ou pour une autre, je les retirais et un sang pâle et dilué me mouillait les doigts.

Les gens étaient anxieux en prépa, et pas seulement les étudiants. Les habitudes et les habitats de la vie moderne ne sont carrément pas stables d'un point de vue évolutif. Du métal et du plastique. Des lumières électriques qui occultent les étoiles. Des immeubles de dix étages qui cachent le soleil et la lune. Des voitures qui klaxonnent, et partout ailleurs ça sonne, ça bipe et ça buzze, jusqu'à ce qu'on ne puisse même plus entendre trembler les feuilles des trembles. Songez à tous les changements qui ont affecté notre espèce dans les derniers millénaires. Trop nombreux. Trop rapides.

On deviendrait fou si on n'était pas anxieux. Peut-être étais-je la seule personne dans cette ville universitaire à avoir les cheveux humides de sang, mais je n'étais pas la seule affectée par une anxiété causée par des habitudes et habitats modernes instables d'un point de vue évolutif. Prenez un amphi rempli de professeurs d'université et de doctorants et répartissez-les en groupes : ceux souffrant d'une accoutumance à la bonne chère, au tabac, aux pilules amaigrissantes, à l'alcool, au cannabis, au sexe, aux drogues dures, aux antidépresseurs, aux antipsychotiques ; ceux qui ne cessaient pas de se tirer les cheveux, de se gratter le visage ou de se couper le bras. Les séances perpétuelles chez le psy, les tentatives de suicide, la téléphagie obsessionnelle. Peut-être n'étais-je pas meilleure qu'eux, mais je n'étais pas pire.

Comparées à celles des humains, les habitudes naturelles des renards sont relativement stables depuis des dizaines de milliers d'années. Tandis qu'ils couraient, chassaient les rongeurs et creusaient des terriers, nous roulions à bicyclette, en voiture, nous prenions l'avion, nous consommions des aliments crus, cuits et élaborés – des aliments dont les citoyens du siècle dernier ne pourraient pas prononcer le nom. Nous sommes passés de la nudité au port du Gore-Tex. Et il semble qu'il existe autant de choix en matière de carrières et de modes de vie qu'il y a d'humains, alors que les renards gagnent leur pitance à peu près tous de la même manière et qu'ils n'ont pas modifié leur régime alimentaire depuis un millier de générations. Il n'est donc pas étonnant que Fox soit un petit animal paisible (sauf quand le vent souffle en tempête). Le fréquenter est devenu pour moi une manière de détente. Qu'est-ce qu'on peut *faire* avec un renard ? Jouer. Lézarder au soleil. Se promener au clair de lune. S'asseoir pour lire des livres marrants. Mon cuir chevelu cessa de saigner.

Les jours de grand vent, quand des franges d'écume refluaient dans mes W.-C., je ne m'attendais pas à voir Fox, et il ne venait pas. Il restait dans son creux sur la colline, à capturer mulots et campagnols. Je n'en continuais pas moins d'utiliser mes pauses pédagogiques pour aller de fenêtre en fenêtre en espérant son arrivée. Les cours en ligne et les discussions avec les étudiants me donnaient presque autant d'énergie que Fox. Un étudiant en écologie du groupe supérieur écrivait qu'il avait donné des reliefs de nourriture à un renard roux qui fréquentait sa base militaire, en Alaska. Il était alors un jeune soldat. Il était à présent un étudiant de haut niveau. Certains passages des lectures obligatoires pour notre cours avaient créé chez lui un sentiment de culpabilité quant au fait de nourrir les renards, et il écrivait pour avouer sa faute. Cette culpabilité ne venait pas de l'un de mes cours magistraux, mais de recherches en ligne qu'il avait effectuées dans le cadre d'un essai à rédiger. Cet étudiant ne citait pas de travaux précis, mais à l'époque il suffisait de participer activement à la culture américaine pour absorber le paradigme. Nourrir des animaux non encagés était tombé en défaveur. Je ne savais pas pourquoi, et je n'en savais pas assez sur sa base militaire pour émettre un jugement. Mais j'adorais mes étudiants. N'était-ce pas plus facile d'adorer un étudiant qui prenait une pause d'une minute sur le service dû à son pays pour donner des restes de rations autochauffantes à un renard ?

De nos jours, peu de gens estiment que les renards circulant sur l'emprise de bases militaires en Alaska devraient consommer des restes de nourriture. Une raison est que ce n'est pas naturel (du moins pas aussi naturel que de jeter la nourriture dans une benne métallique). Au XXIe siècle, tout le monde veut que tout soit naturel – avec quelques exceptions : la médecine, les transports, l'énergie, les communications, la télévision, les rides, les téléphones portables, les troubles de la vision, les insuffisances cardiaques, les genoux usés, les seins trop petits, les hanches trop vieilles, la température à l'intérieur des maisons. Plus nous autres humains nous faisons plaisir avec des jouets et outils artificiels, nous habillons en polypropylène, Gore-Tex et microfibres polaires, et disposons de prothèses dentaires, de statines, de vaccins, de pilules amaigrissantes, de prothèses auditives et de stimulateurs cardiaques pour tout le monde à partir de soixante-quinze ans, plus nous exigeons que les animaux non encagés demeurent naturels. Comme sur une bascule avec les humains d'un côté du pivot et la nature sauvage – faune et flore – de l'autre, nous nous éloignons de la vie naturelle et forçons la faune et la flore à s'en rapprocher. Notre recherche de la vie naturelle est aussi vigoureuse que décalée.

J'écrivis à l'étudiant ex-militaire pour lui dire de ne pas s'inquiéter : « Les humains nourrissent les renards depuis des milliers d'années. » En plaisantant, et parce qu'il produisait de très bons essais, j'ajoutai : « Pourquoi croyez-vous que les renards sont si mignons ? »

Comme j'avais besoin d'une anecdote en encadré pour le manuel scolaire que je rédigeais alors, je retrouvai mon sérieux et développai un exemple hypothétique de la théorie darwinienne de la sélection naturelle. J'émis l'hypothèse que les renards avaient besoin d'une protection contre les gros prédateurs comme les loups, les coyotes, les cougars et les lynx. Ils pourraient bénéficier de cette protection en s'attirant les bonnes grâces des humains. Mais comment s'y prendre ? La taille modeste des renards les empêchait d'offrir leurs services pour la protection ou comme bêtes de somme. Et il leur manquait l'humilité nécessaire pour être employés comme animaux domestiques. Contrairement aux chiens, les renards ne rapportaient pas. Vous croyez qu'ils voudraient garder bêtement les moutons ? Ils en mourraient d'ennui.

Leur charme de « mignonnes » créatures – et leur capacité à attraper souris et mulots – pouvait peut-être constituer leur principal atout. Il se pouvait que certains renards, dont l'apparence séduisante leur permettait de s'insinuer dans les bonnes grâces des humains, soient mieux nourris, plus en sécurité et vivent plus longtemps. Bien sûr, ce n'était pas une situation à sens unique. Des animaux qui voulaient être nourris et protégés devaient modifier leur attitude envers les humains. Ni l'agressivité ni la timidité ne les rendraient plus sympathiques. En se servant de leur charme comme caution, les renards les plus domestiqués échangeaient la sauvagerie et la solitude contre la sociabilité, la nourriture et la protection. Mieux manger et vivre plus longtemps leur permettrait d'avoir une descendance plus nombreuse. En d'autres termes – ceux qu'emploierait Darwin – les individus porteurs du trait de la domesticabilité seraient plus *aptes* (à la survie). Par conséquent, les membres des générations futures hériteraient du trait de la domesticabilité. Les renards mignons et apprivoisés finiraient par être plus répandus que les renards moins avenants, plus sauvages.

Timides et ombrageux, les renards ne se retrouvent pas

souvent nez à nez avec des humains. S'ils en rencontrent un, il se peut qu'ils montrent les dents ou prennent la fuite. De même, la plupart des gens réagissent négativement en présence de renards sauvages. Ainsi que l'avait découvert Beliaïev, un petit pourcentage de renards est génétiquement prédisposé à rechercher la compagnie des humains. Je pense que Fox était l'un de ces individus. Si un petit pourcentage de renards recherche la compagnie des humains, n'y aurait-il pas des chances qu'un petit pourcentage d'humains soit génétiquement disposé à rechercher la compagnie des renards ?

Bien sûr, une prédisposition peut ne jamais se révéler. Nous possédons tous des gènes nous permettant de faire des choses qu'en réalité nous ne faisons jamais. Par exemple, les gènes favorisant l'intelligence, la créativité ou un physique athlétique sont peut-être d'un usage limité pour des gens qui n'ont pas accès à des éléments essentiels à la survie comme la nourriture, l'eau et un abri. Ces gènes inutilisés attendent, empaquetés dans les noyaux arrondis de nos cellules, remontés à bloc et prêts à passer à l'action, mais seulement activés par le hasard et les circonstances.

Mon dialogue en ligne à propos des renards avec le militaire de l'Alaska eut pour effet de rompre la glace. Je me mis à parler des renards avec d'autres étudiants. Les renards roux, comme les humains et les pies, sont présents partout dans le monde. Mes étudiants d'origine japonaise, qui ont une tendresse particulière pour les renards, m'ont appris comment dire « renard » en japonais – *kitsune*. En écoutant des histoires de temples shintoïstes millénaires et de moines adorateurs de renards, j'eus l'impression que mon univers devenait plus confortable. Les étudiants partageaient en ligne leurs histoires de renards sauvages qu'ils avaient rencontrés, enfants ou jeunes adultes, au Maine et en Indiana, dans des villages et des bungalows de vacances ; des renards que leurs parents leur avaient dit de fuir. Leur intérêt pour la relation entre les humains et les renards me conduisit à écrire le texte d'un encadré pour mon manuel scolaire en chantier, une histoire qui pourrait les aider à comprendre la sélection naturelle.

Un homme porteur d'un panier de truites entre dans une caverne froide aux parois couvertes de suie. Sa femme est à l'intérieur, en train de casser des branches de pin et de les jeter dans une fosse à feu en torchis, lorsqu'elle s'arrête et met une branche de côté. Deux boules rose vif grosses comme des yeux humains dépassent entre des lambeaux d'écorce grise. Molles et denses, les fructifications du lait de loup sont trop belles pour être brûlées. La femme pose la branche décorative sur une roche plate où se trouvent déjà des paniers d'oseille en cours de séchage.

La famille de l'homme dort dans des hamacs d'herbe tissée suspendus à des poutres de bois par des lanières tressées en cuir d'élan. Une nuit, un mulot court le long d'une saillie dans le mur de la caverne, se laisse glisser le long du cordon de cuir et atterrit sur la tête de la femme endormie. Le mulot recueille des cheveux bruns pour garnir son nid et laisse des traces de suie noire sur le front de la femme. La nuit suivante, le mulot revient avec ses amis et sa famille pour faire plus ample moisson de cheveux.

Hormis la découverte des fructifications du lait de loup, ces événements n'ont rien d'inhabituel. Quelques douzaines au début, c'est par centaines que ces cavernes aux parois enfumées parsèment les prairies subalpines et hébergent des humains chauds et chevelus, et des mulots froids et leurs femelles gravides.

Non loin de là, une renarde blanche au ventre tacheté de noir fait les cent pas devant un bosquet de tsugas. Au-dessus d'elle, dans une vallée suspendue, un lac ceint de pointes de granit blanc déverse son trop-plein dans un ruisseau qui coule près du bosquet. La renarde tachetée penche la tête sur sa poitrine et surveille ses renardeaux et leurs cousins – noirs, gris, blonds, jaunes, feu, fauves, blancs – qui jouent le long du ruisseau ; les renards rapides sautent par-dessus les individus chétifs. Les renards blancs, comme les belettes en hiver, portent des marques noires.

Entre-temps, dans la caverne, il y a plus de cheveux humains qui enveloppent les mulots nouveau-nés qu'il n'en pousse sur des têtes humaines. Les mulots sont au chaud. Et les humains, qui étaient au départ relativement glabres, sont encore plus glabres. Et ce n'est pas si futile qu'il n'y paraît. Les humains, même chasseurs-cueilleurs, adorent leur pilosité.

Un jour, la renarde tachetée du bosquet se trouve par hasard devant une caverne. Elle entend les rires des mulots et aussi des cris de rage. Les humains jettent des pierres sur les mulots (et ratent leurs cibles). Elle trotte jusqu'à l'entrée de la caverne, s'aplatit contre la pierre froide puis saute sur les mulots ahuris qui en déboulent.

Les humains se rendent vite compte que les renards tuent les mulots ; ils attirent donc ces créatures dans leurs cavernes en leur offrant nourriture et protection. À la longue, de nombreux renards dorment dans de nombreuses cavernes, admirant avec les humains couchers de soleil, levers de soleil, clairs de lune et étoiles. Et les humains sont de nouveau, sinon hirsutes, au moins aussi poilus que dame Nature l'avait voulu.

De nombreuses générations plus tard, la plupart des renards qui dorment chez les humains sont de couleur pie. Les autres couleurs apparaissent chez des renards trop agressifs ou trop peureux pour dormir dans des cavernes avec des humains. La population humaine augmente, s'étend sur de nouveaux territoires. La population des renards suit cette expansion, et les renards se reposent dans les arbres des petits bosquets entourant les huttes des humains. Les renards dorment sur les branches inférieures et les jeunes rameaux flexibles s'incurvent comme des hamacs.

Finalement, les humains construisent en dur, répandent de la strychnine dans les coins et posent des tapettes derrière les réfrigérateurs. Ils ont moins de raisons de protéger les renards, et une raison importante de les tuer : leur fourrure. Les renards tachetés disparaissent les premiers, parce qu'ils sont les plus sociables et donc les plus faciles à appâter et à piéger. De nombreuses générations plus tard, personne ne se rappellera avoir vu des renards sauvages tachetés ou n'en aura entendu parler.

Au moins une forêt a encore des branches-hamacs. Une gorge s'étire le long de la forêt, bordée de pitons gris cendre, assez étroite pour qu'un animal à la vue perçante puisse scruter la forêt d'en face, mais si profonde que seuls les oiseaux qui volent dans la gorge peuvent en voir le fond. Un savant, haletant et couvert de poussière, émerge de derrière un piton ; il transporte un coffret métallique muni de longues antennes ; des chiffres qui défilent sur un écran font *bip !* et changent de valeur chaque fois qu'il avance d'un pas. Il a devant lui une forêt fantôme d'arbres morts encore debout. Les branches inférieures fléchissent légèrement, comme des hamacs, et leur surface brille, suggérant un lissage par l'usure. Le savant écrit dans un carnet que des broussins – réponse physiologique à une infection bactérienne – ont déformé les rameaux et fait plier les branches. Dans le bungalow de la station de recherche sur le terrain, il prend son briquet pour allumer un feu dans la cheminée. Tandis qu'il alimente le feu, il écarte un morceau de bois. Une boule rose vif de lait de loup pousse sur une branche à l'écorce écaillée. La branche est trop abîmée pour brûler. Il sort et jette le morceau de bois inutile dans la gorge.

Au plus profond de la forêt, trop loin pour être vu de qui que ce soit, un renardeau tout noir se gratte le dos contre une branche-hamac, croise les pattes, rit et déclenche l'hilarité de tous les renardeaux de la forêt. Le savant entend ce bruit. Le vent, sans doute. Il note quelques chiffres importants dans son carnet. Il ne va pas laisser son esprit lui jouer des tours.

C'est regrettable. De toutes les facultés dont l'esprit humain a l'apanage, pouvoir jouer des tours est la plus importante.

WAPITIS ET BLAIREAUX

Fin avril. Je tirai mes caisses de rangement du hangar, échangeant – jusqu'à la mi-septembre – de lourds vêtements d'hiver, comme des passe-montagnes en laine double couche, des salopettes de ski, des mitaines doublées de duvet d'oie et des guêtres fourrées, contre des vêtements d'hiver légers : salopettes en toile fourrées, casquettes de base-ball en laine, gants de bûcheron et guêtres non fourrées. J'aurais pu faire comme si je vivais sous quatre saisons distinctes, mais s'habiller pour deux saisons – comme le renard – était plus simple.

Vous penseriez peut-être que les humains rechercheraient des paysages plus doux, des lieux nichés sous des climats confortables. Des plages de sable blanc répandues entre l'onde bleue, une verdure artistiquement configurée vous viennent immédiatement à l'esprit. Saint-Ex n'était pas d'accord. Il avait passé suffisamment de temps dans des déserts pour comprendre que « les hommes s'attachent plus obstinément aux terres arides qu'à n'importe quelles autres ».

En prépa, je travaillais sur l'ADN, molécule dont la forme rappelle une échelle. J'insérais des molécules de colorant entre les barreaux pour la rendre plus visible. Cette procédure s'appelle l'*intercalation*. Le colorant ne prend pas correctement. Il gonfle sur les bords, et des lacunes se forment entre l'ADN et le colorant. Dans des habitats réconfortants, les humains peuvent s'imbriquer comme dans un réseau, se blottir dans les creux, et s'intégrer parfaitement. Mais sous des climats rudes, tout ce que nous pouvons faire, c'est nous intercaler. Le stress de cette adéquation imparfaite fait constamment monter notre adrénaline. Saint-Ex et ses collègues aviateurs ont inventorié certains des habitats les plus peuplés – et les plus populaires – de la planète, et pourtant c'est dans les endroits les plus inhospitaliers qu'ils trouvaient « une joie qu'[ils] n'auraient pu connaître ailleurs ». La joie, j'en suis assez sûre, est une émotion amorcée par l'adrénaline.

La contrée quasi désertique que nous habitions, Fox et moi, ne recueillait que vingt-cinq centimètres de précipitations par an et était sujette à de violentes tempêtes. Froid et d'une altitude relativement élevée, mais pas vraiment aussi sec qu'un vrai désert froid comme le Gobi, notre semi-désert gelait au moins une fois par jour entre le début de septembre et la mi-mai. Il tombait pas mal de neige, mais majoritairement pas assez humide pour atténuer les effets d'une sécheresse tenace. C'est à peine si vous pouviez extraire vingt-cinq millimètres d'eau de cinquante centimètres de notre neige la plus sèche. Le vent bousculait la neige sèche, la reconfigurait en motifs fantasques et laissait derrière lui de la poussière gelée, sèche elle aussi, des banquettes de glace, et des congères qui vous arrivaient jusqu'à la taille. Un sol argileux affecté d'un pH malencontreusement élevé se cachait sous la neige. Comme l'eau ne pouvait ni traverser l'argile humide par percolation ni s'infiltrer dans l'argile sèche, les racines des plantes et des arbres soit se desséchaient, soit se noyaient. Très peu de plantes poussaient dans notre argile alcaline, et parmi celles qui y parvenaient, très peu s'y épanouissaient.

Avant de rencontrer ce renard, je préparais ma fuite. Tout ce que je n'avais jamais eu – une maison, une carte de crédit, un travail convenant à mon âge et à mon sexe – me faisait signe depuis une ville imaginaire quelconque. Le chalet était conçu comme un point de transit, un lieu où j'attendrais tandis que je m'accrocherais aux basques de la société et, tournant le dos à la sauvage nature, me hisserais à la force du poignet dans le monde réel. Je dormais encore dans un sac de couchage et, comme mes cabanes et bungalows dans la montagne, le chalet était exigu. Si j'enlevais tous les meubles et fermais toutes les portes, six tentes géodésiques Ve 24 y tiendraient tout juste : quatre dans la salle Arc-en-ciel et deux en bas.

Après avoir remballé les vêtements, je triai de vieux documents pour les répartir dans des boîtes de rangement ; je jetai dans un bain d'eau de Javel les contrats universitaires, les fiches de paie, les factures, et tout ce qui comportait mon numéro de Sécurité sociale. Un autre jour, je fis vingt-cinq kilomètres à pied aller-retour pour décharger le papier mâché compromettant dans les « containers verts » – comme on disait pudiquement dans notre vallée pour désigner la décharge publique –, parce que je n'étais pas sûre que des criminels n'usurpent pas l'identité de l'un des rares adultes états-uniens dépourvus de carte de crédit ou de débit.

Derrière le chalet, le chiendent à crête faisait ce qu'il faisait d'ordinaire les jours de grand vent : se dresser dans les collines nord, comme des vagues sur une mer peu profonde. Orientant mon visage vers le soleil et fermant les yeux, j'attendis, mais pas un poil de chiendent ne bougea. Les vagues herbeuses ondulèrent et se transformèrent en nappes de wapitis. Des douzaines de cous bruns hirsutes oscillaient sous le ciel bleu. Le troupeau devait être stressé par l'hiver et comprendre des femelles fatiguées et gravides. À moins d'être poursuivis par un ou des animaux quelconques, des wapitis dans cet état ne déferleraient pas sur cent mètres de pente – autant demander à l'océan de monter jusqu'ici. Je guettai des aboiements ou hurlements de chiens, j'interrogeai le ciel pour voir s'il y avait des aigles. Rien. Le silence suggéra un cougar, notre lion des montagnes.

Un cougar?

Les gros félins étaient trop pragmatiques pour gaspiller de l'énergie à poursuivre des centaines de bêtes hirsutes à flanc de colline. En fait, je ne pouvais pas m'imaginer d'animal assez inconscient pour essayer de pousser des wapitis comme des moutons.

L'autre leva la queue.

– Fox?

Un renard tout seul entouré d'une centaine de wapitis des Rocheuses, dont chaque spécimen adulte pesait un quart de tonne de plus que lui.

– Tu es fou, ou quoi? dis-je de ma voix normale qui, pour Fox, devait être tout à fait forte. Tu sais combien pèse un wapiti?

(Questions de pure forme, puisque Fox ne pouvait pas répondre.)

Une douzaine d'enjambées l'amenèrent à moins de deux mètres de moi, et il s'arrêta.

– Qwah.

Il m'avait entendu parler au moins sur trois cent

quatre-vingts jours distincts, d'ordinaire pour des durées prolongées pendant nos conversations simulées, et aujourd'hui, avec un rideau de pattes de wapitis qui nous séparait, *il reconnaissait ma voix pour la première fois.* Je ramassai un caillou blanc en forme d'œuf, m'assis sur le perron de derrière et nous laissai pénétrer par ce moment mémorable : *il était maintenant sur la très courte liste des individus qui reconnaissaient ma voix.*

Je savais depuis longtemps que Fox reconnaissait mon apparence physique : il se présentait chaque fois que je descendais l'allée ou traversais la prairie nord, surtout si je me faisais remarquer en agitant les bras au-dessus de ma tête. Alors qu'il n'allait pas vers quelqu'un qu'il reconnaissait comme un humain. En quatre occasions, il s'était enfui devant des personnes qui traversaient mon terrain, dont Marco ; quatre étaient de la même taille que moi, trois étaient des femmes et je n'étais aucune d'elles. Comme Fox se faisait un devoir d'enquêter sur tout ce qui se passait sur son territoire, chaque fois que je soupçonnais sa présence dans les parages, je provoquais une petite perturbation en tapant sur une des marches en bois de l'escalier de devant avec une pierre grosse comme un beignet ; s'il était assez près pour m'entendre, il arrivait. J'avais toujours cru que je le faisais marcher. À présent que je commence à abandonner mes préjugés sur ses capacités cognitives, je pense qu'il venait pour une partie de chasse aux œufs.

Pivotant sur place, il leva les yeux vers la colline, précédemment chauve, mais à présent coiffée d'un chaume brun de cous verticaux de wapitis. Leurs têtes allongées se tournèrent à l'unisson pour nous reluquer. Il s'était écoulé un an depuis que j'avais commencé mes lectures avec Fox ; il était devenu plus courageux sans avoir pris du volume. Avant, il avait peur d'un simple cerf mulet, et maintenant il repoussait les wapitis. Peut-être l'amitié l'avait-elle enhardi. Je me demandai si c'était ce que l'amitié était censée faire.

Un lapin au pelage rouille et à la queue blanche caracola sur la terrasse naturelle à mi-pente pour manger des graminées souples et plumeuses, vieilles de plusieurs jours. Si cet énorme lagomorphe pouvait échapper au chat haret, il pourrait délaisser ces prairies orientées au nord – qui ne seraient jamais complètement vertes – et se frayer un chemin jusqu'aux pâturages vaguement moins bruns, de l'autre côté de la route empierrée.

Fox se frottait le cou contre une touffe de seigle sauvage photogénique. Des panicules entrelacées qui pointaient à soixante centimètres au-dessus de sa tête créaient l'image parfaite pour une illustration de manuel scolaire. Au lieu de courir chercher mon appareil photo, j'attendis. Toutes les autres photos de Fox s'étaient intégrées à ma vie comme s'il faisait partie de ma famille : un classeur relié cuir montrant deux photos était ouvert sur l'étagère, des cadres aimantés attachaient l'image de Fox au réfrigérateur et au radiateur, et deux épreuves sur papier mat de format 30 × 45 étaient accrochées au-dessus du coffre en cèdre dans la pièce couleur églantine de prairie. Prendre des photos à la dérobée pour un manuel me semblait maintenant contre-nature. Prendriez-vous quelqu'un en photo sans lui demander la permission ? Le feriez-vous si cette personne était un ami ? Dans l'année qui s'était écoulée depuis que j'avais commencé mes lectures avec Fox, j'étais devenue plus sensible sans devenir plus sentimentale.

Et quelle pourrait être la légende de la photo (car il en faudrait une) : « Voici Fox » ? Poser pour les photographes n'avait jamais été dans les plans de Fox, et les renards, par nature, tiraient des plans. C'est pourquoi le poète écossais Robert Burns compara notre capacité à concevoir des plans avec celle des souris et non des renards : « Les plans les mieux conçus des souris et des hommes échouent bien souvent. » Les nôtres, donc, et non ceux des renards. Me servir de Fox pour illustrer des encadrés m'a donné un prétexte pour passer du temps avec lui chaque jour. C'était la seule partie de ma vie qui se passait conformément au plan. Bien sûr, un mauvais plan mis en application est encore pire qu'un bon plan mis en échec. Maintenant, j'avais besoin d'une autre jolie photo, qui serait facile à trouver, et d'un autre prétexte, qui ne le serait pas.

Une chute de pierres en cascade nous avertit qu'une petite troupe de cerfs mulets en ordre de marche montait vers l'ouest en longeant les falaises rocailleuses. Le lapin à queue blanche se replia dans les bigelovies. Fox le suivit. J'enviais sa facilité d'aborder la vie. Il n'avait pas la vie plus facile. Mais il s'y engageait en douceur. Il ne passait pas beaucoup de temps seul. Il collectionnait toutes sortes de compagnons, à commencer par la pie Balle-de-Tennis. Il passait aussi du temps avec Queue-Déchirée, les renardeaux, la renarde et un renard plus âgé. Et il avait des hobbies. Il y avait peut-être été porté par une combinaison de facteurs physiques et de facteurs génétiques. Peut-être que non, mais quand je le rencontrai, il avait plus de hobbies que moi. Je passais plus de temps que lui à travailler pour assurer ma subsistance et mon logement, et à me faire du souci à leur sujet. À la place de hobbies, mon temps libre s'investissait dans des dossiers de candidature inachevés pour de « vrais emplois » que je ne désirais pas exercer, localisés dans des endroits où je ne voulais pas vivre. Mon hobby, ç'avait été l'inquiétude. Je m'inquiétais de ce que je voulais devenir, à présent que j'étais adulte. Je m'inquiétais d'un endroit où je pourrais m'installer pour de bon, maintenant que j'avais excédé la durée acceptable qu'on devrait passer sans domicile fixe. Plus j'observais Fox, moins je m'inquiétais. Tant qu'il vivrait ici, je ne déménagerais pas.

Je descendis inspecter une série de rochers dispersés et un arrangement hétéroclite de trous pour voir si le vieux blaireau avait de la progéniture, cette année. Au printemps dernier, un unique jeune blaireau avait sorti sa tête duveteuse du trou d'entrée du terrier et grondé comme un volcan en éruption. Son corps minuscule aurait pu tenir dans ma main, mais l'intelligent petit animal, membre des mustélidés, la famille des belettes, ne révéla rien de plus que sa tête. Je suppose que quiconque ignorant que le corps d'un jeune blaireau n'est qu'une boule de duvet supposerait que la créature, à en juger par ses immenses oreilles, sa tête en forme d'écrou papillon et son rugissement à ébranler le sol, était un troll souterrain. Mais si vous saviez qu'il était inoffensif, vous remarqueriez au contraire que ses yeux bleu marine étaient trop grands pour sa tête, et que son sourire était éteint comme celui d'un vieil homme triste. Malgré leur faciès comique et leur aspect amical, la plupart des gens évitent d'habiter là où ces belettes surdimensionnées sculpteraient des trous poussiéreux taille 44 fillette dans leur pelouse. Si ceux d'entre nous qui se sont ventousés à des endroits inhospitaliers essaient d'éviter les humains, ce n'est pas parce que nous n'aimons pas nos semblables, mais parce que nous adorons ce que les humains ont détruit. Les choses sauvages. Les horizons. Les trolls.

Le tableau de Joseph Wolf *Gerfauts frappant un milan* (1856) montre un couple de faucons gerfauts dressés qui attaquent un milan royal sauvage. Les deux agresseurs sont furieux et cruels : l'un lui plante ses serres à la base du cou, l'autre lui déchire l'épaule. En examinant l'œuvre, l'un de mes tableaux favoris, je conclus que Joseph Wolf, comme son ami Charles Darwin, avait compris l'animosité entre animaux sauvages et animaux domestiqués, et prenait parti pour les animaux sauvages. J'aimerais qu'il soit encore en vie aujourd'hui, pour qu'il puisse peindre des chats domestiqués surpris en train de brutaliser des oiseaux et des renards sauvages.

En contemplant le tableau de Wolf au musée national d'Art animalier (NMWA) de Jackson, Wyoming, j'ai ressenti la douleur du milan si intensément que j'en ai frissonné. J'aurais voulu le libérer, mais après avoir scruté le tableau un instant, je me rendis compte que Wolf avait représenté le milan dans une situation désespérée : l'oiseau est mourant et pousse un cri d'agonie, le bec ouvert. Les pieds sur le ruban adhésif gris argent posé à soixante centimètres de la toile, j'examinai le milan, dont la tête était aussi grosse que la mienne, et vis qu'il ne regardait pas ses meurtriers emplumés. Il me regardait moi, et quiconque pourrait ne jamais voir un milan sauvage, mais au contraire grandirait dans un monde dominé par les humains et leurs animaux de compagnie. *Qu'avez-vous fait ?* nous crie le milan.

Un faucon gerfaut en cage a peut-être autant de valeur qu'un faucon gerfaut en liberté, mais ils *agissent* différemment. Les animaux encagés, contrairement aux animaux sauvages, profitent de notre monde anthropocentré et s'en laissent imposer par nous.

Je me rendis compte que le plus important pour moi n'était pas ce qu'*était* un être, mais son comportement : comment il vivait, ce qu'il faisait.

Je partageai ma révélation avec Fox quelques jours plus tard.

– Tu sais ce que je vais être, maintenant que je suis adulte ? Un verbe.

Un verbe ?

– Eh bien oui, un verbe, un adverbe. Les adjectifs aussi sont permis.

J'avais essayé de me définir avec un substantif, un titre qui identifiait une occupation, alors que j'aurais dû me reposer sur les verbes. Les noms-étiquettes sont trompeurs. C'est peut-être à dessein. J'aimerais mieux qu'on me dise «je chante» plutôt que «je suis chanteur». La deuxième expression essaie de me pousser dans une direction où je ne veux peut-être pas aller. *Il chasse* est une expression spécifique, lestée de responsabilité; le syntagme *c'est un chasseur* implique plus qu'il n'en garantit. Dire «Je fais cours à des étudiants et les guide» me semblait plus honnête que dire «Je suis professeur d'université». Je n'avais pas besoin d'*être*: j'avais besoin de *faire*. Je commençai donc à choisir certains verbes: écrire, enseigner, explorer les relations entre les humains et les animaux sauvages. Gérer une propriété.

Combien de fois dans la vie découvrons-nous que la source de tous nos soucis est un simple mauvais choix syntaxique?

Si Fox pouvait parler, il dirait: *Tu en as mis, du temps!*

– Eh bien, je…

Oh, tu n'en es pas encore là. Si tu veux être un animal sauvage et vivre la bonne vie, tu as deux choses à mettre au point.

– Ce que je veux faire… et…

L'habitude. Et l'habitat. Deux choses.

Du latin *habitus*, qui signifie «caractère», l'*habitude* se rapporte à la manière dont nous agissons et à ce que nous faisons. Du latin *habitare* – «habiter», donc – l'*habitat* se rapporte à l'endroit où nous vivons. Ces deux variables, qui décrivent notre caractère et notre domicile, s'appliquent à tout être vivant. J'aurais dû m'en souvenir. Quand je préparais des spécimens pour les collections de l'herbier au parc national du Glacier, je notais ces deux variables pour chaque plante pressée. Pour une raison ou pour une autre, je l'avais oublié, pensant à tort que j'étais censée choisir une profession, m'attribuer une étiquette et poursuivre ma carrière. Mais vers quoi ?

Ishmael et Saint-Ex avaient choisi leur habitat d'abord. Ils trouvèrent ensuite les emplois correspondants. Quels qu'ils soient. Vous voulez recevoir une instruction de haut niveau ? Pas besoin d'habiter Boston. « La mer est mon Harvard », écrit Ishmael, et il simulera une vie universitaire tout en travaillant comme membre d'équipage du *Pequod*. Dans *Terre des hommes*, Saint-Ex écrit qu'il est devenu aviateur parce que « dans les villes, il n'y a plus de vie humaine [...] Par l'avion, on quitte les villes et leurs comptables, et l'on retrouve une vérité paysanne. » Ce n'est pas un sacrifice trivial. Il fallait vraiment abhorrer les villes pour se lancer dans les vols transcontinentaux, dans les années 1920. Il a traversé les Andes, tout de même ! En hiver, un de mes voisins, qui habitait un peu plus bas dans la vallée, m'a dépannée avec sa chargeuse à godet. Il y avait cinquante centimètres de neige sur mon allée. L'été, quelques autres personnes empruntaient cette voie d'accès, mais en hiver, j'étais la seule. Nous nous lamentâmes sur le fait qu'il y avait trop de chemins à déneiger pour les rares maisons qui pourraient se partager les frais. Quand je demandai à mon voisin s'il allait déménager pour habiter en ville comme presque tout le monde, il dit :

– Je me trancherais plutôt la gorge que d'habiter dans une ville.

Ce qui, quand on y réfléchit, risque d'être aussi fatal que de piloter un tas de ferraille au-dessus des Andes dans une tempête de neige.

« Des hommes mourront, écrit encore Saint-Ex, pour une montagne rocheuse, calcinée, aride [...], défendront jusqu'à la mort leur glorieuse réserve de sable comme si c'était un monceau de poudre d'or. » Les animaux n'ont pas tous besoin d'espace, de solitude et de nature sauvage, mais tous les animaux ont besoin de lutter pour leur habitat optimal, quel qu'il puisse être. Fox et moi nous installâmes dans les stipes, face au soleil, les orteils en éventail, héliotropiques, comme les moutardes de Darwin, pas moins dépendants du soleil pour notre énergie que les plantes environnantes. Et nous – moi et le renard qui désormais reconnaissait ma voix – ne cessions de tourner.

ÉLÉPHANTS

Au début du mois de mai, nous avions déjà lu *Le Petit Prince* plusieurs fois. Comme je ne m'étais jamais embarrassée d'un marque-page, nous lisions en freestyle. La plupart des jours, je parlais plus que je ne lisais. Quand ma réserve d'histoires scintillantes s'épuisa, je recourus à un nouvel ouvrage. Fox fut obligé de m'entendre lire des passages de *Horton entend un Zou* du Dr. Seuss. Le héros de ce livre rouge illustré grand format est un éléphant éponyme qui entend pépier un Zou éponyme dans la tonitruante jungle de Nool. Aucun autre livre disponible dans mon chalet ne semblait approprié à quelqu'un doté d'une capacité d'attention de dix-huit minutes et d'une acuité mentale limitée.

– Les Zous sont tellement petits que leur ville entière tient sur un minuscule grain de poussière incrusté dans un chardon.

Je brandis le dessin d'une sorte de vautour avec une fleur coincée dans le bec.

– C'est l'aigle à queue noire. Il emporte le chardon avec Zouville dedans.

Fox releva le menton pour mieux voir. Dans l'histoire, le rapace lâche le chardon des Zous dans un champ où il y a un milliard d'autres chardons. Les Zous en danger crient au secours, et seul Horton, le prévenant, l'attentif Horton aux grandes oreilles les entend.

– Horton, dis-je en montrant une autre page, décide de chercher les Zous, chardon par chardon.

Quand le vent ne soufflait pas, notre vallée se prêtait à la lecture en plein air : douillette, bien éclairée, et pas trop resserrée. Et intime. Si plusieurs propriétaires se partageaient les collines basses, les frontières étaient invisibles, les constructions rares et les clôtures peu répandues. On pouvait à la rigueur trouver un peu de barbelés autour de quelques enclos à bétail et poulaillers, et deux ou trois terrains clôturés où étaient confinés des chevaux et des mulets.

FOX ET MOI suivions un groupe de quatre cerfs mulets locaux qui se dirigeaient en traînant des sabots vers son terrier. Dans la faible lumière du crépuscule, leurs postérieurs présentaient trois traits blancs, trois barres verticales réfléchissantes : la queue au milieu et deux lignes en bas sur les pattes.

– Je me demande si cela sert à quelque chose, Fox, hasardai-je tout haut, ces repères qui brillent comme les bandes blanches sur les autoroutes.

Je devinai que ces marques permettaient aux cervidés de se suivre et d'avancer en ligne droite. Nous cessâmes de spéculer sur les cerfs en arrivant à un carré de sauges blanches. Après avoir vérifié que des fourmis couvreuses ne se cachaient pas dessous, je cueillis un bouquet de feuilles longues et douces et les glissai dans la poche de mon manteau.

Des marques blanches réfléchissantes sur les cerfs mulets avaient un but uniquement si les lignes droites avaient elles aussi un but. C'était donc notre sujet suivant : l'essence des lignes droites. Ça, ou autre chose, ça m'était égal. L'incapacité de Fox à me comprendre précisément m'autorisait un nombre illimité de sujets passionnants.

Les quatre cerfs rejoignirent un troupeau qui traversait le champ de luzerne en dessous de nous. Avancer en ligne droite leur économiserait de l'énergie dans une neige profonde, parce que seul le cerf de tête créerait la trace ; et chaque cerf suivant utiliserait moins d'énergie que l'animal qui le précédait. Mais le champ n'était pas enneigé. Peut-être que la ligne droite canalisait leur odeur et atténuait les signaux qu'ils pouvaient émettre en direction des prédateurs. Peut-être que non. Nous n'avions pas besoin d'une réponse ; en réalité, nous voulions seulement nous dégourdir et fureter à droite et à gauche. Je plissai les yeux, mes paupières frétillèrent et les cerfs devinrent des pylônes alignés dans le vide apparemment infini du centre-est du Montana.

Oui, on glandait, Fox et moi. Nous ne faisions pas de la science, ne recueillions pas des données ni n'échafaudions des hypothèses ; il ne m'aidait pas à rédiger un manuel. Au lieu de quoi nous nous divertissions en nous adonnant à une activité pas plus exigeante, intellectuellement parlant, que jouer avec une armée de petites poupées vertes. Soir après soir, quand des couples plus respectables regardaient la télé, allaient au cinéma ou s'accoudaient à des comptoirs maculés de gouttelettes poisseuses de crème jaunâtre et commandaient des boissons exotiques à un barman, Fox et moi explorions notre territoire.

Quelques jours après notre conversation sur les cervidés, il disparut. Je restai seule sur le lieu du rendez-vous. Quatre jours plus tard, le chagrin s'annonça. Mais je ne le reconnus pas. En me concentrant exclusivement sur un objectif – retrouver le renard –, je floutais tout ce qui m'entourait. Ce n'est pas si difficile que ça, si on est habitué à regarder par le viseur d'un arc. Entre-temps, la cible au centre – le renard – grossit tellement que toutes images nécessaires pour maintenir ma santé mentale s'abolirent et que la folie m'enveloppa.

Partant du chalet, j'abattis des kilomètres à pied sur des routes caillouteuses jusqu'à aboutir dans des propriétés privées ; je suivis des traces ténues dans la terre jusqu'à ce qu'elles disparaissent sur du rocher. À presque six kilomètres du chalet, un homme qui binait un jardin minuscule devant une maison préfabriquée à un seul niveau n'avait pas vu de renard. Même quand je lui eus posé la question pour la sixième ou septième fois. Je n'aurais peut-être pas dû porter une doudoune si vieille et si mal cousue. Tout en plaidant ma cause, levant les bras en l'air et gesticulant, je remarquai que des plumes blanches me pleuvaient dessus. Elles s'échappaient par les coutures de ma doudoune et flottaient autour de moi comme si j'étais un poulet en délire.

Chaque pick-up qui passait, gouvernemental ou civil, renforçait ma paranoïa : un prédateur humain avait dû profiter de la nature généreuse de Fox. Les fonctionnaires fédéraux étaient capables de piéger n'importe quoi pour n'importe quelle raison. Les civils tiraient sur tout ce qui risquait de menacer leurs poulets et sur tout ce qui donnait l'impression de pouvoir devenir un coyote en grandissant. La chasse au cougar, sport populaire, légal et devenu une habitude, incitait les chasseurs et leurs chiens à patrouiller dans la nature environnante. Un chien à cougar sans cougar à poursuivre est un chien sur la piste d'un renard. Des pick-up descendaient de la forêt nationale derrière le chalet toute la journée ; tous avec dans la cabine des râteliers à fusils garnis et des caisses d'une forme inquiétante sur le plateau. Chacune d'elle aurait pu détenir Fox – mort, prisonnier ou menotté.

Des plaques de vieille neige s'étiraient au sol comme des tranches de fromage suisse, d'un jaune pâle et caoutchouteuses. Des bouquets arrondis de graminées en mottes perçaient, découpant des disques dans la neige. C'était la neige la plus moche de l'année, et son incapacité à enregistrer et à retenir les traces animales sabotait mes recherches. Après la tombée de la nuit, tout en me demandant si l'heure était venue d'abandonner, je songeai à ces arcs-en-ciel doubles qui avaient changé le cours de notre relation en me convainquant que les dons les plus merveilleux de la nature sont souvent éphémères. Or, un arc-en-ciel et un renard sont des analogues imparfaits. L'un est céleste, éthéré, l'autre est précaire. Cela, je l'acceptais, mais je n'étais pas prête à vivre sans Fox. Assise dans ma cage d'escalier sans fenêtre, seul endroit obscur du chalet, je décidai de demander une faveur à Dieu en échange de l'abandon d'un vice.

Des douilles de carabine s'alignaient sur le rebord de l'escalier à côté de moi, toutes posées sur leur estampille, ce qui en faisait des vases miniatures. Certaines contenaient des rameaux desséchés de cornouiller, d'autres une ou deux plumes : orange pour le pic flamboyant, jaune pour l'alouette des champs, bleue pour le geai de Steller. Je les manipulai l'une après l'autre tout en réfléchissant au marché que je pourrais conclure. Aucun ne me vint à l'esprit. À moins que Dieu n'ait une conception très large du vice, je n'avais rien à proposer en échange.

Spéculer en Bourse? Est-ce que ça compterait? En prépa, je mangeais des nouilles japonaises en guise de dîner et buvais du lait en poudre au petit déjeuner, prélevant sur mon minuscule salaire de quoi acheter des actions de sociétés qui publiaient des bouquins géniaux et, parfois, celles de sociétés dont j'admirais les recherches biomédicales. J'avais encore ces actions, et peut-être que la Bourse pouvait être assimilable aux jeux d'argent. Je pourrais offrir cela en échange. Peut-être. Mais... non, ça ne marcherait pas. Expliquer le capitalisme libéral à Dieu, c'était bien trop compliqué.

Au lieu de quoi, j'argumentai avec Dieu, lui disant de ramener le renard parce qu'il méritait une vie plus longue. Croyais-je que Dieu exaucerait ma prière? Oui, je savais qu'Il le ferait. Non parce que je croyais en Dieu, mais parce que je savais que Dieu croyait aux renards.

En recherchant Fox dans les hautes herbes, chaussée de mes kamik en peau d'élan, je repérai une nouvelle piste. Parallèlement à la principale trace de Fox, la nouvelle s'étirait sur un terrain plus élevé et plus sec. Sur cette nouvelle piste, en vue directe de mon chalet comme de son terrier, se dressaient trois mauvaises herbes épineuses. Ces soudes roulantes de l'an dernier étaient énormes par rapport à la largeur de la piste, mais par rapport au demi-milliard d'hectares qu'un renard moins avisé pourrait traverser pour aller jusqu'au chalet, vous trouveriez qu'il s'agissait de trois mauvaises herbes sans importance. Toutefois, leurs épines eurent des conséquences tangibles, déchirant mes mains nues quand je les détachai du sol. Après avoir arraché ces vieux chardons russes, je m'assis sur les talons, la tête pliée en avant afin que le vent froid ne puisse atteindre la sueur accumulée en haut de ma poitrine. J'aspirais de l'air entre les chairs meurtries et cuisantes de mes paumes lorsque je levai les yeux et vis Fox qui se dirigeait par bonds droit sur moi, jaillissant d'une nappe d'ivraie cylindrique tel un pistolero franchissant une porte battante.

Si j'avais été une personne raisonnable, au lieu de vaciller sur la frontière entre le désespoir et l'allégresse, j'aurais su comment économiser un peu de cette joie débordante, la stocker et m'en servir comme tampon pour me protéger lorsque se produirait le malheur suivant, parce que les malheurs sont inévitables. Au lieu de quoi je m'imaginai que le bonheur était si resplendissant et l'univers si sympa qu'il n'y aurait plus jamais de malheur.

DANS CHACUN de mes cours de licence en ligne, j'affichais une courte autobiographie. Ce printemps-là, pour la première fois, j'écrivis « Hobbies : » et à côté : « se lier d'amitié avec les renards ».

Comment faites-vous pour vous lier d'amitié avec un renard ? demandèrent mes étudiants.

Je savais désormais pertinemment que je n'avais pas laissé partir notre amitié. Ma tentative pour chosifier Fox en tant qu'objet de recherche avait échoué ; ma tentative pour l'extrapoler en un animal générique et impersonnel s'était retournée contre moi. Plus je l'observais, mieux je le comprenais, et plus j'appréciais sa façon de vivre décontractée. L'intuition devenait de l'empathie. Et l'empathie, j'en suis convaincue, est la porte de l'amitié. Vous croyez que c'est ce que j'ai dit aux étudiants de licence ? Oui ? Alors vous n'avez jamais essayé d'enseigner l'évolution à des étudiants de licence. Ils ont déjà assez de pain sur la planche avec l'étude des appendices caudaux résiduels pour examiner en plus le rapport entre l'empathie et l'amitié.

– Devenir ami avec les renards n’est pas chose facile, dis-je à mes étudiants. Il vous faudra une peau d’alligator, parce que vous allez être obligés d’arracher des tas de mauvaises herbes.

BALEINES ET OURS BLANCS

Le soir, au hasard, et à de multiples reprises après la tombée de la nuit et avant de me coucher, je me ménageais une pause dans mes lectures et mon activité pédagogique pour déambuler dans la maison et regarder par les fenêtres. Souvent, je voyais un mulot, accroupi sur l'allée en brique rouge, qui s'empiffrait de graines ; parfois un cerf, un wapiti, un renard, une mouffette ; mais en général, personne. Je ne cessais cependant jamais de regarder. Ce soir-là, je dormais déjà dans mon sac de couchage quand un brillant clair de lune et une pulsion inexplicable me réveillèrent vers 1 heure du matin. En équilibre sur un escabeau en pin blanc pour avoir une vision panoramique du champ de devant, je risquai un œil par la fenêtre verte de la salle Arc-en-ciel. Fox.

La dernière fois que j'avais observé Fox la nuit, la lune était un mince croissant – une faucille – et j'avais donc allumé l'éclairage extérieur avant de sortir. Des papillons de nuit qui voletaient autour de mon front perdaient leurs vilaines écailles marron dans mes cheveux fins et abondants.

Ce soir, le clair de lune équivalait à un crépuscule lumineux, je laissai donc l'éclairage éteint en quittant le chalet. Les papillons m'ignorèrent, et le vif air nocturne me trancha comme un couteau d'obsidienne. Resserrant les pans de ma veste de laine boursouflée, j'attendis, pendant que Fox chassait et que le froid transmettait des frissons des muscles de mon dos à ma colonne vertébrale. Des bruits de frottement, fluant et refluant en larges vagues, marquaient la progression d'un Fox invisible qui pistait les mulots dans l'herbe de la prairie.

Lorsqu'il s'approcha du perron de bois du chalet, je le rejoignis et nous allâmes ensemble à son terrier. Un dôme de douce clarté lunaire brouillait tous les mouvements et les bruits autour de nous. Quand Fox s'arrêta pour lever le nez en l'air, j'inspirai profondément, mais l'humidité était si forte que les molécules olfactives adhéraient aux molécules d'eau et coulaient avant de m'atteindre. Je n'aurais pas pu flairer une mouffette, à moins de lui marcher dessus. Prudente, je scrutai le sol à la recherche de bandes blanches ondulantes.

Des sifflements en crescendo, des appels suraigus et de longs gémissements nous taquinèrent. Qui donc nous harcelait dans cette nuit aux contours flous ? Le vent, peut-être ? Et si ce vrombissement venait des petites chauves-souris brunes ? Nous montâmes jusqu'à la dernière épingle à cheveux avant le terrier. L'ombre de Fox était plus longue et plus élégante que toutes celles qu'il pouvait projeter en plein jour.

Accusées de provoquer la folie et d'être des toiles de fond pour sorcières chevauchant balais, les pleines lunes sont simplement l'occasion rare d'une sorte de randonnée singulière. Fox et moi n'étions point insomniaques ; rien ne nous avait expulsés dans la nuit et nous ne nous servions pas de l'obscurité pour nous cacher des humains. Après tout, il n'y avait pas d'humains, là où nous vivions. Ou presque pas. Je jouissais simplement de la beauté, du mystère et de la poussée d'adrénaline associés à une randonnée au clair de lune. Vous en seriez d'accord, si vous habitiez dans un lieu isolé et assistiez à ce spectacle comme Fox et moi – comme si Benjamin Franklin n'avait jamais fait voler son cerf-volant électrifiant. Comme si le siècle dernier n'avait pas existé.

Deux nuits plus tard, tandis que le disque lunaire s'élevait dans un ciel limpide, j'attendais Fox dehors. Il arriva au trot, droit sur les marches du perron. Sa fourrure vaporeuse et translucide oscillait au clair de lune. Je m'éloignai de la porte et quatre renardeaux fluides déboulèrent près de moi. Fox s'écarta, me laissant aux prises avec de petits renards bondissants. Assez proches pour que je puisse les toucher, ils culbutaient autour de moi comme des acrobates ; surprise, je levai les mains en l'air. Je me concentrai sur deux renardeaux au corps-à-corps, et l'espace autour d'eux s'homogénéisa en une masse floue.

Clouée sur place, je sollicitai à fond ma vue pour observer leur prestation indisciplinée sous la clarté lunaire, et mes autres sens s'atténuèrent, comme si je descendais lentement sous l'eau. Aspirant une goulée d'air et retenant ma respiration, je plongeai dans la nuit, entourée de renards qui nageaient sans entraves.

Je restai immobile vingt minutes, quarante, peut-être. Des ombres changèrent de direction avant que je commence à entrer dans le champ de devant. Des remous d'herbe tourbillonnaient en des endroits disparates, chacun surmonté d'une tête de renard. Le clair de lune ou une large bande de rivière miroitante éclairait en contre-jour de petites têtes pointues quand elles se dressaient. Un-deux-trois-quatre... trop rapides pour que je les compte, elles allaient et venaient... oui... une tête... non... passée trop vite. Une tête sortit brusquement d'un remous, oscillant de gauche à droite, puis vers la gauche de nouveau, avant de s'immerger en dessous des tiges d'herbes vivaces de l'an dernier. J'essayai d'anticiper les remous afin de pouvoir surprendre une tête de renardeau en train de se dresser, mais je ratai mon coup si souvent et ils bougeaient si rapidement que j'en eus le vertige, et la nuit devint de plus en plus surréelle.

Culbutant à la renverse sur leurs pattes postérieures et s'affrontant face à face, un couple de renardeaux hurlants boxaient à l'aide de leurs avant-bras. Deux autres leur sautèrent dessus, et la mêlée devint une masse chahutante et spasmodique. Quand ils se furent calmés, les quatre renards imbriqués pulsaient comme un seul animal volumineux. L'un d'eux s'arracha d'un bond et ils se dispersèrent. D'autres sautèrent sur de petits rochers avant de suivre leurs camarades de terrier dans une chasse au trésor. On déterra l'un des cadavres du garde-manger de Fox et l'heureux gagnant pirouetta autour de sa trouvaille. Un membre plus musclé de la fratrie s'avança tranquillement en grognant, montrant des crocs qui forcèrent le petit voleur à abandonner sa prise et à jouer à renard perché.

Libérés de toute surveillance parentale, les quatre rejetons avaient découvert l'ivresse du jeu, et leurs cabrioles devenaient dangereusement incontrôlables. J'interpelai l'ami pelotonné à mes côtés :

– Fox, tu devrais un peu mieux les tenir en laisse.

La queue enroulée autour de l'épaule et le museau enfoui entre les pattes antérieures, il se laissa choir sur le sol et se recroquevilla comme un cloporte – tellement sphérique que le dernier des imbéciles aurait pu voir qu'il n'avait pas de laisse.

Chaque fois qu'un des renardeaux se roulait par terre, sautait en l'air, attrapait une touffe d'herbe ou écrasait un gros papillon de nuit, je faisais claquer mes mains dans un mouvement de piston, écartant les doigts largement comme sur un pétroglyphe préhistorique du parc de Dinwoody. Les renardeaux montaient et descendaient les pentes du ravin à fond les grelots tels des bobeurs aux JO d'hiver. J'élevai la voix.

– Il y a des belettes dans le ravin ! Des chats sauvages !

Mais il ne voulait pas les rappeler. Il ne voulait même pas se lever.

– Fox !

Il fit la sourde oreille. J'étais un Zou sans Horton. Les renardeaux avaient besoin de protection, sinon ils allaient se faire alpaguer. À tout le moins, il fallait que quelqu'un guette les chats harets.

– Fox !

Mais il était trop tard pour l'impliquer : il avait déjà décidé qu'il ne valait pas la peine que nous fassions mon travail à deux.

À mon répertoire de scènes mémorisées – des baies rouges grosses comme des yeux de crapaud, des étangs bleu cobalt presque gelés, des prairies trouées de mares en dessous de champs de lupin bleu –, j'ajoutai des têtes de bébés renards caracolant dans les hautes herbes au clair de lune. Cette scène serait un talisman que je porterais comme n'importe quel autre souvenir. Mais, contrairement au tout-venant des souvenirs, dans cette image, je n'étais pas seule.

Cette nuit-là, je ne dormis pas : un sentiment écrasant de bien-être m'électrisa comme une surdose de caféine.

Je regardai des nuages aux contours tranchants changer le bleu marine du ciel nocturne en une faïence Wedgewood en relief. Fox devait voir les mêmes étoiles depuis le site de son terrier, plus haut sur la pente. Je plaquai mon avant-bras sur mon bureau et balayai toute la paperasse du manuel en cours d'écriture, qui finit dans la corbeille. Les feuillets vacillèrent sur le rebord, menaçant soit de tomber et de glisser sur le plancher en attendant une seconde chance, soit de se recroqueviller dans le récipient humide et collant pour y disparaître.

Je me rendis compte que le moment était venu de donner un coup de frein, de cesser d'aller dans la direction que je suivais – l'université, les manuels, la carrière. C'était le moment de faire demi-tour. Par bonheur, lorsque je m'en rendis compte, je ne roulais pas assez vite pour freiner en catastrophe dans un crissement de pneus. Comme chez tout animal, mon instinct m'avait empêchée de courir trop vite sans savoir où j'allais. Et maintenant, je le savais.

La semaine précédente, j'avais organisé une sortie avec un groupe de mes étudiants de licence. Nous avions traversé une forêt dominée par des pins vrillés, arbres maigres et filiformes qui poussaient sur un sol forestier brun : que de la terre, et pas de détritus. Ce sol pauvre et surchauffé limitait la prolifération des pins et empêchait de pousser les plantes feuillues créatrices d'ombre. La communauté des arbres composant la forêt en déterminait l'odeur, la forme et l'identité sonore – son essence.

– Les communautés changent, dis-je aux étudiants. L'essence de la forêt change.

Âgés de plusieurs centaines d'années, les arbres dont nous manipulions les branches faisaient partie d'une forêt qui n'était pas encore arrivée à maturité.

– Ces pins vrillés sont des précurseurs, à l'origine d'une forêt mature qu'eux-mêmes ne domineront pas.

Si rien ne s'y opposait, la forêt immature de pins vrillés finirait par devenir une forêt dominée par des épicéas d'Engelmann, des sapins des Rocheuses et des pins à écorce blanche. Des changements physiques précèderaient le nouvel état ; par exemple, le sol exposé s'aèrerait et accumulerait des nutriments, et les arbres nouveaux seraient assez volumineux pour fournir de l'ombre. Ensuite, les pins vrillés reculeraient, deviendraient rares, et nous appellerions ce stade de la forêt dominé par les épicéas et les sapins la « phase culminante ».

Nous trouvâmes quelques arbres noircis par le feu – des épicéas –, et d'autres, identifiés par une forme en porte-à-faux et un tronc jumelé à la base, qui étaient des pins à écorce blanche.

– Cette forêt semble avoir d'abord presque atteint sa phase culminante, et ensuite un incendie de forêt – perturbation spectaculaire – a sévi. La forêt a été obligée de repartir de zéro avec des pins vrillés. Les avalanches, les grandes inondations, l'exploitation forestière : tous ces événements cataclysmiques ont fait revenir le temps en arrière. On peut émettre l'hypothèse que cette forêt, une fois de plus, marche à grands pas vers sa phase culminante.

Dans sa phase culminante, la communauté jouit d'une communication quasi parfaite avec son environnement physique. À cause de cette communication, peu de modifications affecteront son avenir. La phase culminante est le stade le plus confortable et le plus stable. Elle n'est pas le prélude à quoi que ce soit, mais l'apogée de toutes choses.

À l'instar d'une forêt, mon existence avait progressé en passant par plusieurs phases et atteignait sa phase culminante. Je savais que ma relation avec Fox était plus importante que toute autre chose dans ma vie et je voyais que mon but serait de raconter son histoire. Et le but, je le savais maintenant, était plus important que la profession.

Bizarrement, malgré toutes mes préoccupations et pensées profondes, j'avais changé de cap à la suite d'un événement physique – les renardeaux au clair de lune – et des émotions subséquentes. La raison et la rationalité n'avaient rien à voir dans cette affaire : il me faisait confiance, voilà ce qui comptait.

Alors, mettant la raison de côté, j'oubliai de réfléchir à ceci : que se passerait-il si Fox mourait ? Comment remplacerais-je cette relation ? Ma première amitié réelle serait-elle la dernière ?

ON DÉCRIT SOUVENT *Moby-Dick* comme un roman dont le sujet est un capitaine de baleinier fou. Je considère cet ouvrage comme le journal de bord d'un solitaire qui adore la nature et les animaux sauvages, et qui déplore l'extermination du bison américain. Un homme dont le caractère – et probablement la formation – le force à vivre en marge. Ishmael se détache de la société cultivée et se tourne vers un monde plus sauvage, tout en restant suffisamment proche des humains pour satisfaire sa curiosité, mais assez éloigné pour éviter de s'engager. Sur un bateau plein d'hommes de sa propre culture, il se choisit comme seul et unique ami un païen des îles du Pacifique. Comme moi, Ishmael pense que diviser le monde en humains et non-humains est irrationnel ; au lieu de quoi il pense que tous les membres du règne animal – y compris les humains – appartiennent à une des deux catégories « sauvage » et « domestiqué ». Certains humains se trouvent dans une des catégories, et certains dans l'autre. J'avais relu *Moby-Dick* tant de fois que j'avais souvent l'impression de converser avec Ishmael, un marin fictif.

– Les baleines sont-elles aussi intelligentes que les humains ? lui demandai-je.

– Une baleine est plus intelligente que la plupart des humains. Une baleine est aussi intelligente que Dante ou Platon. (Cf. chap. 85, « La fontaine ».)

– Tuer une personne est un meurtre. Qu'en est-il à votre avis quand on tue un animal non humain ?

– Si nous tuons un animal pour nous défendre, ce n'est pas un meurtre. Il est hors de doute que le premier homme qui ait jamais assassiné un bœuf uniquement pour faire une soupe fut considéré comme un assassin ; peut-être fut-il pendu, et il l'aurait certainement été s'il avait été jugé par ses propres bœufs. Oui, nous assassinons les baleines. Nous assassinons les baleines quand nous les tuons juste pour acquérir de l'huile qui éclairera de joyeuses noces et illuminera nos églises. (Cf. chap. 65, « La baleine comme plat », 81, « Le *Pequod* rencontre la *Jungfrau* » et 82, « Honneur et gloire de la chasse à la baleine ».)

– Est-il moral de manger des animaux ?

– Il est immoral de manger des animaux quadrupèdes. (Cf. chap. 65, « La baleine comme plat ».)

Si je vivais sur un bateau et consommais des produits laitiers, je pourrais échanger la viande contre du poisson et du fromage. Mais je suis une terrienne antilaitages vivant au pays des vaches, des moutons et des wapitis. Remplacer les mammifères par du poisson d'une qualité égale n'est pas une option financièrement viable, ce qui signifie qu'en mangeant de la viande je défends simplement mes moyens d'existence et mon bien-être. Quand je serai une vieille dame, peut-être songerai-je à Ishmael et cesserai-je de manger de la viande. En attendant, il faut bien que quelqu'un tue les animaux qui fournissent ma viande, alors autant que ce soit moi.

– Vos camarades de bord disent que les baleines sont des poissons tueurs d'hommes et des monstres. Il est facile d'attribuer à un animal une personnalité infâme. Les baleines ont-elles des traits de personnalité positifs ?

– En fait, certaines baleines manifestent une personnalité à la hauteur de leur conception philosophique unique de la vie. Face à la mort, la baleine franche est réaliste et résignée. J'en aurais fait une stoïcienne, et le cachalot, un platonicien qui aurait peut-être étudié Spinoza vers la fin de sa vie. Si nous autres baleiniers avons donné des noms à certaines baleines, ce n'est pas à cause de leur aspect physique distinctif, mais à cause de leur comportement différencié. Voilà donc la « personnalité », dans le pragmatisme d'une baleine mourante. Et par conséquent, chez les cachalots, êtres pondéreux et profonds, sublimes et intrinsèquement dignes. (Cf. chap. 75, « La tête de la baleine franche » et 85, « La fontaine ».)

– Cela doit être dur pour vos camarades de bord de scruter l'œil d'une baleine quand ils la torturent. Mais s'ils hésitent, s'il pensent que la baleine pourrait être un animal doué d'émotions, s'ils ne sont pas capables de la tuer… bon… que devient la chasse à la baleine ? Il semble que l'économie de la côte nord-est table sur l'indifférence des marins.

– En regardant dans les yeux de Moby-Dick, je vis un spectacle pitoyable. Seules des protubérances aveugles résidaient aux endroits où les yeux auraient dû se trouver. (Cf. chap. 81, « Le *Pequod* rencontre la *Jungfrau* ».)

– Avez-vous ressenti de l'empathie ?

– Oui. Quand le second Flask planta un harpon dans l'une des blessures suppurantes de Moby-Dick, je vis la blessure éclater et le sang jaillir, et j'eus un mouvement de recul, ressentant la douleur en même temps qu'elle, Moby-Dick. Une autre fois, une autre baleine : le soleil envoya les ombres de trois canots au profond de l'océan et je perçus l'angoisse du cétacé. L'horrible spectacle pour la baleine blessée que ces immenses fantômes voletant au-dessus de sa tête ! (Cf. chap. 81, « Le *Pequod* rencontre la *Jungfrau* ».)

NOUS ÉTABLISSONS DES DISTINCTIONS précises entre les individus humains, fondées sur leur aspect extérieur et sur leurs actions. Quand il s'agit d'animaux non humains, nous avons tendance à généraliser parce que, trop souvent, pour nous, ils se ressemblent tous, que ce soit par l'aspect ou le comportement. Nous ne manifestons pas trop d'empathie envers les animaux sauvages. À mon avis, c'est parce que nous nous croyons plus avancés d'un point de vue évolutif et plus intelligents qu'eux. L'arrogance dissout l'empathie.

Je vis dans une contrée inhospitalière : le vent, la sécheresse et des extrêmes de température m'obligent à rester humble. Peut-être est-ce l'une des raisons pour lesquelles j'ai sympathisé avec Fox et l'ai reconnu comme individu, et non comme renard générique. Je me suis tenue à l'écart de tous les renards adultes, lui excepté. Il était extraverti, il interagissait avec d'autres renards et appréciait la compagnie de Balle-de-Tennis. J'étais toujours seule, j'essayais de disparaître. Et Balle-de-Tennis m'agaçait carrément. S'il n'est pas rare qu'un renard mâle reste avec un groupe après le sevrage de ses jeunes, ce n'est pas commun non plus. J'ai vu des terriers qui n'ont jamais hébergé de mâles adultes, et des terriers d'où les mâles disparaissaient peu après le sevrage. Le mâle qu'il était aurait pu vivre en solitaire, mais il a choisi de ne pas le faire. Malgré ces différences, lui et moi adorions la chaleur du soleil et la lumière de la lune. Vous ne me persuaderez jamais qu'il faut plus que cela pour forger une amitié.

Nous étions amis, le renard et moi. Considérez ce qui se passa lorsqu'un cactus parodia pentacéphale s'interposa entre nous. Avant que je déterre le cactus et le replante près des marches du perron, ce spécimen rare poussait sur une pente rocheuse abrupte dans les champs au nord, et je craignais qu'une falaise en cours d'érosion ne l'engloutisse ou qu'il ne soit entraîné dans une chute de pierres. Et puisque je le transplantais, pourquoi ne pas le mettre près de l'escalier, où je pourrais l'admirer tous les jours ? Certes, j'allais replanter ce cactus juste à côté des marches où Fox aimait se promener, mais il pouvait sûrement manœuvrer pour éviter une petite plante en boule de huit centimètres de diamètre.

Il examinait la façade du chalet, apparemment tendu et anxieux. J'étais en train de gratter les rameaux du cerisier pour en faire tomber des chenilles de livrée des forêts ; je les laissais choir dans des bocaux en verre, dont je revissais le couvercle. Je crus qu'il voulait avoir de la compagnie : il ne chassait pas, et il était juste à côté des marches. Il saisissait souvent l'occasion de se pelotonner et de prendre le soleil quand il me voyait m'asseoir pour jouer le rôle de protecteur. Fox leva une patte antérieure, l'agitant dans le vide avant de l'abaisser avec une hésitation mécanique. Accrochant une griffe dans le bord de mon cactus-trophée fraîchement planté, il me regarda de haut. Un minuscule cactus aux piquants si menus qu'il aurait facilement pu le déterrer et le jeter sur le côté. Au lieu de quoi, laissant sa griffe ancrée dans le cactus, il refusa de me libérer de son regard loucheur jusqu'à ce que je ne sois plus qu'à quelques pas de lui. Repartant dans l'allée, il s'arrêta une seule fois, pour examiner sa patte antérieure, et me décocha un regard dur définitif.

Je le cherchai pendant toute la journée du lendemain. Il se priva d'une lecture de *Horton entend un Zou*, d'une séance de yoga dans le gravier et d'une chasse aux mulots dans la prairie. Il en fut de même le lendemain, puis la neige se mit à tomber. Une épaisse neige de printemps qui gonflait comme du pain au levain entre les mottes des graminées. Je ne pouvais pas dormir. Plusieurs heures avant l'aube, je passai un manteau en duvet sur ma nudité. Un cactus avait bouleversé mon ami. En échange d'un inconfort modique, je pouvais m'arranger avec lui. J'étais plus grande, plus âgée, et préhensile. *Noblesse oblige.* Après avoir déterré mon cher cactus, je l'incarcérai dans un pot en terre et le plaçai sur le rebord de la fenêtre. Le lendemain, Fox se pelotonna sur l'emplacement ainsi libéré et y resta si longtemps que ses trois modestes kilos imprimèrent la trace de son corps dans la poussière.

Je ne parlai à personne de mon cactus captif. Qui replante en pleine tempête de neige pour apaiser un renard ? Réflexion faite, je dirais que lorsqu'une personne pense qu'elle a tort de faire quelque chose qui lui semble juste, c'est que la définition même du bien et du mal a besoin de changer.

Quand Fox n'était pas dans les parages, le cactus en pot sortait prendre un peu d'air sauvage. La plupart du temps, il tombait de sa geôle et roulait au sol. En vérité, comme moi, les cactus en boule ne réagissent pas bien à la captivité. L'anémie infectait ses pétales fuchsia, qui pâlissaient, striés de rayures. Chargées de ressentiment, les fleurs du cactus finirent par rassembler à du coutil à matelas. Je n'ai jamais emprisonné d'autres plantes, bien que je conserve le droit de le faire un jour ou l'autre.

Je ne conteste pas l'idée de confiner les plantes à

l'intérieur d'une maison, pas plus que je ne conteste celle de maintenir des animaux dans des zoos. Bien que n'étant jamais allée dans un zoo, j'espérais le faire un jour. Je savais tout sur Knut, le petit ours blanc d'un zoo allemand que sa mère avait abandonné. Son histoire m'apprit que les ours blancs aimaient mieux mourir qu'être élevés par des humains. Un homme décrit comme un « activiste des droits de l'animal » prétendait que « dans la nature » l'abandon maternel est une sentence de mort. Par conséquent, poursuivait-il, puisque les oursons sauvages abandonnés mouraient, la mort était naturelle, et autoriser le petit Knut à vivre était contraire à la nature. Il ignora le corollaire de ce jugement : puisque la nature est fortement variable, tous les oursons abandonnés ne sont pas morts ni ne mourront pas. En d'autres termes, cet activiste présumait que seul le comportement le plus répandu était naturel, et que tout comportement qui s'écartait de la moyenne était contre-nature.

Des fanatiques avaient en quelque sorte transformé une supposition en une directive : un zoo avait pour mandat d'éviter les actes contre-nature. La charge émotionnelle était telle que tout le monde en oublia que pratiquement personne ne croyait à la véracité de cette supposition. Y avait-il quelqu'un, quelque part, pour penser que les zoos étaient naturels ? Entre-temps, ces mêmes fanatiques extrapolèrent toutes ces absurdités en une exubérante épiphanie : *Embrassons la nature et tuons l'ourson.* En fait, des activistes essayèrent de porter plainte contre les administrateurs du zoo pour les forcer à tuer Knut, le bébé ours. Je trouvai deux citations qui leur étaient attribuées. Un homme – seulement identifié dans la presse comme un activiste des droits de l'animal – avait dit : « En réalité, il faut que le zoo tue l'ours » et « Si une ourse blanche a rejeté l'ourson, alors je crois que le zoo doit se conformer à l'instinct naturel. Dans la nature, l'ourson serait mort abandonné». Wolfram Graf-Rudolf, alors directeur du zoo d'Aix-la-Chapelle, déclara: «La faute a été commise. On aurait dû avoir le courage d'euthanasier [Knut] bien plus tôt.» En fait, Knut est mort au zoo de Berlin le 19 mars 2011 par noyade, en raison d'une encéphalite.

Naturellement, les oursons abandonnés luttent pour leur survie et frôlent la mort plus souvent que leurs semblables dotés d'une mère attentive. Naturellement, les humains aident les oursons abandonnés qui luttent pour leur survie. C'est ce que mon instinct me dirait de faire. Je le sais, parce que le faon abandonné à Panther Creek a testé mon instinct. Et les quatre rejetons de Fox ont testé mon instinct quand ils chahutaient dans la fondrière pendant son sommeil. Notre instinct nous dit ce qui est naturel; la société nous dit ce qui est normal – si nous la laissons faire.

La nature est cruelle: c'est un trope déguisé en paradigme, comme un profiteur qui se déguiserait en charlatan.

J'avais donc lu que les ours blancs aimeraient mieux être morts qu'élevés par des humains. Apparemment, les ours blancs se conforment à des normes morales plus strictes que les miennes. J'aimerais mieux être élevée par des ours blancs qu'être morte. Être «normale» m'intéresse beaucoup moins qu'être tout bonnement en vie. En outre, essayer d'être normale ne paraît pas être une passion raisonnable pour une personne activement occupée. Fox n'approuverait pas qu'on perde son temps à méditer sur des questions insondables comme *Qu'est-ce que la normalité?* Choisir entre la vie et la mort est une question simple et c'est toujours du temps bien investi.

Et comment pourrais-je ignorer le fait qu'un très grand nombre d'enfants, dans le monde, jouissent d'une éducation moins enrichissante que celle qui pourrait être prodiguée par des ours blancs?

PIES

Le renard était assis au flanc de la colline lorsqu'il reconnut la longue queue et le croupion blanc éclatant d'une femelle de busard Saint-Martin. Elle survolait rapidement le champ de luzerne en contrebas et virait sec sur l'aile. Impatiente de capturer des campagnols, elle ralentit puis perdit de la hauteur. Maintenant, elle volait trop bas, comme si l'air ne s'alourdissait pas autour d'elle. Après avoir détecté la chute de la pression atmosphérique, le renard, redoutant la nature capricieuse des intempéries, attendait l'orage depuis le site de son nouveau terrier. Plus proche de la maison au toit bleu, plus éloigné du nid de l'aigle royal, le nouveau domicile se blottissait dans les mêmes falaises que celui de l'année précédente, mais offrait une meilleure vue sur la grande courbe de la rivière et présentait une façade plus tape-à-l'œil : une terrasse rocheuse au lieu d'un patio de terre nue. Sur le côté ouest de la terrasse, un bosquet de genévriers en forme de fer à cheval contournait l'une des issues du terrier et s'ouvrait vers la rivière. Même avec en son centre un buisson de sumac et deux pierres assez grosses pour qu'on puisse se tenir dessus, cette anse pouvait accueillir la renarde, trois renardeaux et un trio de cerfs non invités. Avant que le busard optimiste ait terminé son survol circulaire du champ de luzerne, le ciel se remplit de neige fondue, de grêle, de neige, de soleil, de pluie et, finalement, après un épisode de vent rugissant, de soleil de nouveau.

Près du terrier, le renardeau à la queue tordue, tapi sous un groseillier à feuilles échancrées, regardait Ouragane utiliser un outil pathétiquement long pour reconfigurer un tas de terre. Les autres renardeaux se poursuivirent jusqu'au grand rocher plat au-dessus du terrier principal ; il les protégeait comme un toit lorsqu'ils se cachaient dessous et les soutenait comme un patio quand ils prenaient des bains de soleil sur sa surface chauffée. Un corbeau passa, avec dans son bec un morceau de merlebleu. Atterrissant près d'un rocher en forme de crapaud, il rejoignit d'autres corbeaux, qui tous croassaient et sautaient sur place, sans que leurs bonds les plus hauts puissent dépasser la tête d'un wapiti en station debout. Si ces corbeaux étaient déjà ivres de viande après s'être repus de la carcasse de wapiti au bord de la rivière, le renard arriverait trop tard pour s'insinuer dans la mêlée et s'octroyer une bouchée.

Au lieu de quoi il descendit en bondissant vers le champ aux lapins, où les graminées en pleine croissance luisaient sous la neige fondue. Lorsqu'il arriva, des cerfs étaient dispersés de part et d'autre du ruisseau encombré de massettes qui bissectait le champ. Occupés à brouter, ils se pliaient en deux comme des caraganiers, braquant leurs croupes intrusives dans toutes les directions.

Lorsque les cerfs s'alimentaient de cette manière désordonnée, ils hésitaient à se réorganiser pour aller plus loin : l'herbe avait beau être aussi insipide que l'air, ils continuaient de la brouter jusqu'à ce qu'ils enflent et que leurs déjections recouvrent le sol en émettant de copieuses quantités de méthane. Parallèlement, la présence de tous ces sabots percutants autour du renard allait le handicaper dans sa chasse aux rongeurs. Non qu'il ne puisse pas attraper des lapins au milieu des arbustes, mais ils seraient plus difficiles à repérer et auraient le goût de l'armoise. Se débarrasser des cerfs avant qu'ils n'aient complètement ravagé le champ exigerait du doigté, de la persistance, de la concentration et une confiance en soi impitoyable. Elle aurait beau frapper dans ses mains, Ouragane n'y arriverait jamais.

En lisière dudit champ, un couple de biches à l'ombre d'un peuplier noir grinçant se refaisaient mutuellement une beauté en se mordillant le cou. Rampant au ras du sol, Fox s'avança assez près pour voir que les pattes de l'une étaient couvertes de tiques. Lorsqu'il se pencha pour toucher avec sa moustache la cheville de la jeune biche, elle esquissa un coup de talon, comme s'il n'était pas plus dangereux qu'un insecte. *Ça alors !* Tandis que la biche aspirait l'herbe, le renard observa la face inférieure de sa gorge. La peau lâche sous la mâchoire ondulait comme le ruisseau en crue. Se glissant sous l'un des genoux de la biche, il fixa l'endroit où son museau touchait le sol. Les tiques lui suçaient le sang si rapidement que sa patte en était floue. Quand la biche darda de nouveau sa langue, il lui taquina le tibia du bout d'une de ses longues moustaches noires. Elle ne tressaillit même pas. *Comme prévu !*

À présent qu'il était invisible, il s'approcha discrètement des cervidés les plus éloignés de la descente et regarda le troupeau s'empiffrer d'herbe comme si c'étaient des myrtilles sèches et sucrées. Bondissant derrière la dernière des bêtes au ventre gonflé, il lui frôla le flanc de sa queue. Elle releva la tête d'un coup, ouvrit brusquement les yeux et dévala la pente au galop, chassant devant elle tous ses congénères et libérant le champ aux lapins.

Il jouissait d'un après-midi productif lorsque, dans le ciel, une buse à queue rousse poussa un cri et qu'un pygargue à tête blanche plongea en direction du champ. Le pygargue prit la fuite et une deuxième buse se lança à sa poursuite ; des ombres s'entrecroisèrent sur le champ aux lapins. Le renard s'échappa dans les broussailles sans attendre la fin de l'incident. Un merle tacheté qui s'était abrité dans les armoises pour méditer sur la forte averse du matin serait une trop maigre compensation en échange d'un affrontement humide avec un arbuste malodorant. Le renard reviendrait peut-être quand l'oiseau serait plus sec, ou plus gras.

Il se dirigeait vers sa fondrière favorite pour s'octroyer un rapide repas lorsqu'il repéra encore un busard. Volant lentement et en rase-mottes, le busard avait la même idée que lui – capturer des campagnols. Le renard dressa toute droite sa queue au panache blanc pour avertir Ventre-Rond qu'il avait besoin d'aide.

La pie – Balle-de-Tennis pour l'humaine, Ventre-Rond pour le renard – passa la tête par l'ouverture de son nid, grosse boule installée dans un genévrier tordu et de taille modeste. Le rebord du nid vieux de trois ans avait rétréci, et le toit en dôme avançait assez loin en surplomb pour en assombrir l'intérieur. La pie obèse émergea de l'unique entrée de ce nid sphérique en se demandant s'il y avait peut-être des jaunes d'œufs sous l'arbre voisin, le grand genévrier aux membres nus. Après avoir survolé une rangée de lilas, elle tourna autour du genévrier, mais ne trouva rien dessous. Elle ne fut pas surprise. L'apparition des jaunes avait toujours dépendu de l'humeur changeante et des manières peu fiables de l'humaine dans la maison au toit bleu.

Les branches à mi-hauteur du genévrier tremblaient sous le poids d'une masse pépiante de jaseurs boréaux qui exhibaient vainement des épaulettes rouges et jaunes. Si la pie se posait sur une branche en contrebas et s'envolait en la repoussant fermement, la branche rebondirait et chasserait de l'arbre ces menus volatiles. Mais la pie au ventre rond, cette matriarche, n'avait pas le temps de faire des farces.

Se dirigeant vers la rivière, elle aperçut des pygargues à tête blanche immobiles dans un champ à découvert, près d'une carcasse de wapiti. Ils attendaient qu'un aigle royal ait fini de se servir, et elle décida de se joindre à eux. Son compagnon à la queue déchirée, qui était déjà sur la touche, reconnut son battement d'ailes heurté caractéristique et leva les yeux quand elle se posa.

Ils attendaient encore lorsque arriva une troupe de pies venant des lointains saules ; elles se déployèrent en éventail et se mirent à tourner autour de la carcasse. Quelqu'un serait obligé de s'envoler et de monter à leur rencontre. Les visiteuses n'étaient pas agressives, cependant l'étiquette exigeait qu'on prenne acte de leur présence. La pie et son compagnon avaient toujours respecté les convenances, mais cela devenait lassant. Lorsque personne ne s'envola pour relever le défi, ils décollèrent comme ils le faisaient toujours. Elle songea au temps où le plumage de son compagnon était élégant et fourni, et où la vie était moins fatigante.

Quand l'aigle royal partit se percher sur un poteau téléphonique, tout le monde se bouscula pour avoir un morceau de cette carcasse de wapiti. Soleil et neige déferlèrent par vagues sur la foule des charognards. Un groupe nombreux et bruyant de corbeaux arriva, dont chacun était deux fois plus gros qu'elle. La pie obèse décida de se contenter de menues bestioles. Elle sauta sur le râble ondulant d'un cerf de Virginie qui errait dans le champ et cueillit des tiques sur son dos. Un faon leva les yeux. Son nez retroussé, ses yeux immenses et son front arrondi lui rappelèrent le renard.

La pie au ventre rond sur son dos, le cerf de Virginie serpenta avec son troupeau le long d'une fondrière. L'ombre d'un busard força un jeune merle à s'abriter sous une armoise mouillée, d'où il délogea un campagnol paresseux. Le rongeur détala entre les mottes herbeuses et traversa la fondrière à campagnols favorite du renard. Le busard suivit le campagnol, louvoyant avec sa proie au gré des accidents du terrain. La matriarche savait que le busard reviendrait, s'il trouvait la chasse facile dans la fondrière. Elle décida de lui rendre la tâche un peu moins facile. Sautant à bas du croupion du cerf, elle exhiba son ventre blanc au busard à face de hibou. S'annoncer ainsi, telle une grosse cible brillante, était intrinsèquement dangereux. On aurait pu croire qu'elle était folle, ou courageuse. Mais cette exhibition ne servait pas uniquement à attirer les prédateurs ; elle envoyait aussi un signal de détresse à ses congénères. La pie n'était ni folle ni courageuse – elle croyait simplement qu'elle avait plus d'amis que d'ennemis.

Un petit groupe de pies rejoignit la matriarche ; elles pourchassèrent le busard affolé jusqu'à ce qu'il vire brusquement sur l'aile et s'enfuie en direction des tertres.

Par une chaude journée, en début d'après-midi, le renard, qui venait de sectionner un mulot en deux, s'étrangla sur la moitié supérieure et la laissa choir sur un bouton d'or. Les femelles allaitantes lui laissaient sur la langue un résidu poisseux ; il évitait donc de les consommer. Ne manger que ce qu'on voulait manger était l'un des avantages dont on jouissait quand on était rapide, intelligent, en plus, et surtout pas un cerf. Les chasseurs magnifiques finissaient par avoir le palais délicat. Il n'y avait pas que les femelles allaitantes ; les gros mâles belliqueux avaient mauvais goût eux aussi, et de toute façon il préférait un campagnol à un mulot. En outre, le corps grassouillet d'un campagnol serait exempt de caoutchouc ou de plastique. Parfois, il ramassait un mulot au rebut, attendait que les renards du Plat-des-Luzernes soient endormis et le déposait devant leur terrier.

Aujourd'hui, il prélevait d'une dent gourmande les meilleurs morceaux d'un campagnol, laissant glisser ce qu'il dédaignait dans les larges brins d'herbe, entre ses pattes antérieures. Quand il se leva, Ventre-Rond nettoya les reliefs de son repas. Puis elle lui présenta un petit spectacle de voltes et virevoltes pour le distraire. La voltige, c'était bien beau, mais il n'échangerait pas ses crocs contre des plumes. Il mangeait des campagnols ; les pies mangeaient les miettes. Parfois il lui semblait que la vie d'un de ces oiseaux bicolores n'était rien d'autre qu'une série d'atterrissages brutaux. La pie poursuivait ses acrobaties aériennes lorsqu'il se dirigea vers la maison au toit bleu pour dormir au soleil. Quand il chassait les campagnols et qu'Ouragane marchait à ses côtés, la pie au ventre rond ne se joignait jamais à eux. Depuis le jour où il avait apporté à Ouragane une alouette des champs et qu'elle avait fait des moulinets avec ses bras et crié à l'adresse de Ventre-Rond, il savait qu'elle et Ouragane étaient ennemies.

C'était le début de la soirée lorsque le renard, en dévalant un ravin, entendit un froissement de feuilles et les caquètements d'une compagnie de perdrix. Elles jaillirent de sous un groseillier touffu avant qu'il puisse en attraper une, abandonnant un oisillon – exposé, mais protégé par une grosse branche de l'arbuste juste au-dessus de son dos.

Après avoir changé de posture et avancé l'un de ses pieds écailleux, le jeune oiseau se figea. Le renard se prépara à attendre qu'il se baisse ou avance encore d'un pas. Cette longue attente était un juste prix à payer pour un gallinacé sauvage occasionnel. Il n'y avait pas si longtemps, il avait attendu jusqu'à ce que le soleil passe d'un côté de sa tête à l'autre pour pouvoir s'emparer d'un coq au plumage tout blanc.

La pie obèse poursuivait une buse à queue rousse lorsqu'en regardant vers le bas elle aperçut ce qui aurait pu être une citrouille pourrie : un objet orange, sale et rond. Mais une odeur légèrement fétide la troubla, et elle se rapprocha. Non ! C'était un chat haret : il avançait furtivement dans les herbes rases, en direction du renard, qui chassait dans le ravin. Elle connaissait ce renard depuis son plus jeune âge. En grandissant, il était devenu une source fiable de restes de nourriture pour elle. L'existence d'une pique-assiette n'était pas réglée par l'habitude, mais comportait des responsabilités. Elle vit le chat orange se coller à la terre jusqu'à se confondre avec elle, à quelques pas derrière le renard, et sous le vent. Dans cette position, le chat était invisible pour le renard, prêt à lui sauter dessus, à le clouer au sol et à trancher son maigre cou. La pie se posa en spectatrice sur le buisson de sarcobate le plus proche.

Je creusai de petites cuvettes dans la terre avec une pierre et les garnis de coquilles pleines de jaune d'œuf. Plus tôt ce matin-là, j'avais ajouté les blancs d'œufs à un mélange de cerises noires et de chocolat fondu, gardant les jaunes crus pour les animaux. Les cerises sortaient d'un paquet de fruits rouges surgelés, le chocolat était du semi-sucré de chez Baker's. J'avais pulvérisé des flocons d'avoine Quaker Oats pour obtenir de la farine d'avoine et réduit en purée le mélange cerises-chocolat avec un mixeur à main. Après avoir combiné les ingrédients secs et les ingrédients visqueux, et ajouté des amandes en lamelles, je versai ma pâte à gâteau dans un plat en pyrex.

Ce jour-là, Gin débordait d'oiseaux gris trapus, à la queue fébrile rayée de jaune, aux plumes de la tête relevées en une huppe. Si ces oiseaux – des jaseurs boréaux – portaient une étiquette, on y lirait *Bombycilla garrulus*, censé signifier « bavard à queue soyeuse » en latin scientifique. D'après l'érudite Audubon Society, le nom anglais est *Bohemian waxwing*, soit « aile-de-cire de Bohême ». Ils mangeaient les « baies » du genévrier et bavardaient. J'étais captivée par leur prestance. Ils étaient presque aussi élégants que des perdrix grises et assez volumineux pour qu'on puisse les admirer sans l'aide de jumelles. Ils ne resteraient pas longtemps, et il se pourrait qu'ils ne réutilisent pas cet itinéraire migratoire. Ces jaseurs étaient beaux, mais aussi volages.

Vous ne pouvez pas accueillir chez vous des jaseurs boréaux en tant qu'invités et autoriser une pie à baver du jaune d'œuf sur leurs belles têtes huppées. Que faire de Balle-de-Tennis ? Je livrai les jaunes au Grinch. Je me souvins du jour où treize perdrix grises s'étaient endormies sous Tonic ; chacune avait posé sa tête sur la cuisse de la suivante, si bien que la compagnie formait une parfaite couronne mortuaire. Déterminée à protéger ces oiseaux, j'avais été obligée d'envoyer les jaunes au Grinch, là aussi. Et ça n'avait pas été la seule fois. Balle-de-Tennis ne se plaignait peut-être pas parce que j'avais récupéré les jaunes, mais parce que je le faisais souvent.

Des nuages gris se plissèrent pour former une trouée traîtresse. Je ne me laissai pas avoir. Mais le risque de subir piteusement une bourrasque ne pouvait rivaliser avec le plaisir de se tenir sous une éphémère chute de neige tavelée de soleil, un jour d'été, avec le ciel bleu en toile de fond. Finalement, je me retrouvai dans les collines du nord, à cavaler derrière un chat haret. Fox chassait loin devant moi, suivi de près par l'omniprésente Balle-de-Tennis. Les tiges de graminées pérennes qui me chatouillaient les mollets étaient si rougies et meurtries après des journées de soleil glacial qu'elles piaulaient presque de douleur quand je leur marchais dessus. Détectant leur angoisse, j'allongeai ma foulée jusqu'à sa limite.

POUR LA PERDRIX grise piégée sous le regard implacable du renard, une seule chose comptait : si elle voulait survivre, elle se changerait en pierre. Elle ne respirait ni ne cillait. Mais l'immobilité ne suffirait pas. Il fallait qu'elle devienne aussi inerte que du granit. Traversant un nid pourri de fourmis couvreuses, le vent diffusa des spores minuscules dans sa direction. Une spore – une seule – atterrit sur la mince membrane qui séparait un cerne oculaire marron d'une paupière grise. Cillant pour chasser la spore, la perdrix tressaillit ; la branche du groseillier ne la séparait plus du renard.

En équilibre précaire, les griffes refermées sur une branche morte, la pie au ventre rond surveillait les mouvements du chat. Celui-ci, la gueule ouverte, se préparait à se jeter sur le renard qui, lui, regardait la perdrix. Lorsqu'elle se pencha en avant, le renard bondit. La pie attaqua le chat par-derrière. Il eut une fraction de seconde pour décider s'il devait se défendre contre la pie ou tuer le renard. Traversant la matriarche comme le prisme d'un glaçon, le regard du chat se concentra sur un museau orange et pointu.

Le museau se changea en une pie. Le chat fit volte-face et planta ses griffes dans le tissu tendre de la poitrine de l'oiseau. Clouée au sol sur le dos, la matriarche visa de son bec l'œil du chat. Le chat inséra les griffes de l'autre patte au-dessous des premières. Juste au moment où le bec atteignit son œil, le chat laboura de ses griffes le ventre de la pie obèse avec tant de force que les entrailles giclèrent en l'air. Aveuglée par un flot rouge et chaud de sa propre substance, la matriarche se vida rapidement de son sang.

LE RENARD, qui s'était prudemment enfui du ravin pendant le tumulte, gravit en courant la pente herbeuse et s'arrêta près d'un rocher. À cette distance, il ne risquait plus rien, mais l'incident lui avait coupé l'appétit. Le chat recula de deux pas, traîna la carcasse de Ventre-Rond sur le sol puis la déposa sur une plaque rocheuse. En voyant la dépouille pendre de la mâchoire du félin, le renard ressentit le même dégoût qu'il avait ressenti en de rares occasions, après avoir mangé ce qu'il ne fallait pas – le mauvais champignon, ou les papillons avec trop d'excrément de wapiti sur leurs pattes. Dans ces moments-là, trop perturbé pour se relever, il était resté couché, en proie à une alternance de bouffées de chaleur et de frissons glacés. Se détournant des restes de Ventre-Rond, il voyait une large portion de la rivière, très loin en contrebas. Les pies habitaient les peupliers noirs le long de la rive opposée, en face de la petite île, havre qu'il imaginait calme et ensoleillé, et à l'abri des prédateurs. Mais il n'y irait probablement plus, à présent que Ventre-Rond était morte. La dernière fois qu'il était allé à la chasse aux œufs le long de la berge, il avait regardé vers l'aval et s'était senti trop petit pour faire le voyage.

Ventre-Rond lui avait permis de mener une existence sans soucis, que sa petite taille et son silence lui auraient autrement interdite. Quand il n'était qu'un renardeau, avant de rencontrer l'humaine, Ventre-Rond était la seule qui l'ait protégé ; elle le suivait de près et fondait sur quiconque le menaçait, même un membre de sa propre fratrie.

Un chat était tapi sur une plaque rocheuse dentelée coincée sous une armoise morte, les pattes antérieures dégoulinantes d'entrailles aviaires. À mon approche, il s'enfuit en ondulant dans les mottes de graminées, handicapé par des boules de poils et une aile en lambeaux qui pendaient de sa mâchoire. Il avait abandonné le reliquat de la carcasse sur le rocher. Plus haut sur la colline, Fox contemplait en frissonnant les restes mutilés de la pie. Une armée de fourmis montait de dessous le rocher et passait par-dessus le rebord. À la surface de la pierre plate, elles franchirent des lignes rouges de sang frais, progressèrent sur la chair rose et les tendons blancs et s'introduisirent dans l'aile arrachée. Je regardai Fox juste assez longtemps pour me rendre compte que la pie déchiquetée était Balle-de-Tennis.

Je rentrai chez moi en slalomant entre les mottes d'herbe et les cactus, trop pressée pour ramasser un crayon qui s'était éjecté d'une de mes poches. Un gâteau au chocolat attendait, et plus je mettrais de distance entre moi et le carnage, plus vite mon appétit reviendrait. Balle-de-Tennis appartenait à ma communauté et était l'amie de Fox, ce qui ne l'avait pas empêchée de souffrir horriblement quand une masse putride de fourrure et de griffes pourries l'avait lentement déchiquetée jusqu'à ce que mort s'ensuive. Oui, c'était une créature apparemment omniprésente et rancunière qui poussait des cris rauques, trop souvent et trop fort. Mais en réalité je la détestais parce qu'elle harcelait Fox. Et maintenant, trop tard, je comprenais que je m'étais trompée sur son compte.

Il me reste un souvenir de la fin du mois de mars, quand les pies fortifiaient leurs nids pour accueillir les couvées printanières. Le vent soufflait en tempête, les pies travaillaient donc quand le vent retombait et s'arrêtaient quand il reprenait. Sauf Balle-de-Tennis. Elle restait active au milieu des rafales, pour mieux s'opposer au diable quand il viendrait chercher des griffes oisives. Voletant près du sol, Balle-de-Tennis avait ramassé des rameaux épineux de sarcobate à petites feuilles que le vent avait arrachés à des arbustes tués par l'hiver. Quand un fort coup de vent lui enleva un rameau du bec et l'envoya culbuter plus loin, la pie – yeux noirs perçants et plumes ébouriffées – tint bon ; elle planta ses griffes dans le dur sol argileux et attendit que le vent lui apporte un autre rameau.

CHOUETTES TACHETÉES

Peu après la Nuit des Quatre Renardeaux, je me mis à commercer en monnaie Fox – je reconsidérai mes désirs et le prix que j'étais disposée à payer pour les satisfaire. Cet incident me rappela une période moins compliquée de ma vie, quand j'étais une jeune garde forestière dans l'Espace de naturalité du parc national du mont Rainier et que seuls le verre du pare-brise, l'acier peint de la carrosserie et des pneus Michelin me protégeaient du monde, moi et tout ce que je possédais. À l'époque où j'étais ranger au parc national, la guerre des chouettes tachetées divisait notre communauté. Elle débuta lorsqu'une organisation plaça les chouettes tachetées et leur habitat – les forêts primaires – sous la protection de la Loi sur les espèces menacées. Comme de nombreux emplois locaux impliquaient l'abattage d'arbres de ces forêts, il y eut des gens pour croire que mettre les chouettes tachetées sur la liste équivaudrait à étouffer l'économie. Et c'est ainsi que tout le monde dans notre communauté prit parti, soit pour les Listeurs, soit pour les Bûcherons.

Un soir, alors que cette polémique battait son plein, je

poussai la porte des toilettes d'un bar de Packwood, dans l'État du Washington, et trouvai à la place du papier hygiénique une pancarte manuscrite avec une question, «plus de papier hygyénique?», et une réponse: «torchez-vous avec une chouette tachetée». Plus déconcertante encore que la graphie approximative était l'implication que notre besoin de papier hygiénique justifiait la destruction de forêts anciennes. J'appréciais le papier hygiénique comme toute personne semi-civilisée, mais j'aurais mieux aimé me torcher le derrière avec du sumac vénéneux qu'avec du papier de soie provenant d'un arbre vieux de quatre cents ans. Garde forestière, je n'étais qu'une travailleuse manuelle et n'avais pas de diplômes universitaires, mais je supposai qu'en tout cas le choix n'était pas à ce niveau. Je supposai que nous pourrions trouver comment avoir à la fois du papier hygiénique, des oiseaux, et des arbres.

Nous avions envoyé un homme sur la Lune, après tout.

Puis j'allai en prépa, où j'appris que «nous» n'avions pas envoyé un homme sur la Lune. C'étaient les gens de l'ingénierie aérospatiale. Et d'après ce que j'avais pu glaner à leur sujet, ces ingénieurs étaient impliqués dans des projets pour lesquels ils étaient mieux rémunérés que les concepteurs de papiers hygiéniques. Concevoir des fusées, par exemple.

Il nous revenait donc à nous tous, usagers des forêts, de réfléchir à ce que nous voulions et à ce que nous étions disposés à tolérer. Les non-bûcherons – une majorité de randonneurs – étaient pour l'inscription des chouettes sur la liste et la protection des espaces sauvages où elles vivaient. Ces randonneurs avaient le sentiment que les exploitants forestiers empiétaient sur la naturalité. (Les chouettes pensaient la même chose des randonneurs.)

Les chouettes tachetées ne sont pas moins sages que les hiboux, mais la plupart des gens ne sont pas de cet avis, sous prétexte que les chouettes n'ont pas d'aigrettes, au grand dam des caricaturistes qui ne savent pas où leur accrocher des lunettes minuscules. Comme tous les membres du genre *Strix*, les chouettes tachetées ont la face aplatie et les yeux ronds. Trois espèces de *Strix* se partageaient l'Espace de naturalité où je patrouillais : la rayée, la lapone et la tachetée.

Vous seriez ravis d'émerger d'une tente dans l'Espace de naturalité et de regarder dans les yeux n'importe quel rapace nocturne à face plate, chouette ou hibou. En fait, vous seriez ravis rien qu'en prenant conscience que vous campiez en pleine nature. Je le savais. Les bûcherons avec qui je partageais les bois ressentaient la même chose. Bien que je sois une garde forestière attachée au Service des parcs nationaux et que les bûcherons travaillent pour le secteur privé, nos habitudes étaient similaires. Nous travaillions dans les bois, évitions la civilisation, nous habillions et nous coiffions si bizarrement qu'à une certaine distance notre sexe était difficile à déterminer. Nous n'avions pas de diplômes universitaires. Notre travail exigeait un peu de supervision et pas mal de force physique. Personne ne se serait risqué à dire que nous étions « bien payés », et pourtant nous n'aurions pas échangé notre qualité de vie contre une rémunération plus élevée. C'est-à-dire que les bûcherons n'étaient pas fous. Si pour abattre dix arbres on gagnait autant que pour en abattre dix mille, les bûcherons aimeraient mieux... bref, c'est évident, non ? Nous voulions tous mener une vie décente et honnête dans les bois.

Je voulais encore vivre ainsi après avoir quitté le parc, mais quand j'eus obtenu mon doctorat, j'eus l'impression qu'un insigne en laiton, un uniforme empesé et une réglementation peu judicieuse étaient un prix trop lourd à payer pour jouir de ce privilège. Je voulais gérer ma propre terre, pas celle d'autrui. Je voulais m'enfoncer dans la terre et m'en envelopper. Et je voulais que cette terre se trouve en un lieu particulier, où il y aurait une répartition équitable du pouvoir entre les humains et dame Nature. Un lieu où parfois dame Nature refuserait de se laisser donner des ordres. Et où des faons sauvages ne mourraient pas d'une mort lente et douloureuse après que des chiens domestiques leur auraient arraché la moitié de la cuisse.

La Nuit des Quatre Renardeaux m'avait appris qu'il nous faut choisir soigneusement nos désirs. Un homme qui possède des émeraudes n'est pas riche à cause de la valeur intrinsèque des émeraudes. Il est riche à cause du désir que *vous* avez de posséder ses émeraudes. La joie que j'éprouvai lors de la Nuit des Quatre Renardeaux était un produit, et elle avait un prix. Si je voulais acquérir d'autres expériences similaires, alors je serais obligée de les acheter en abandonnant un emploi en ville avec une rémunération correcte, une assurance maladie (et de l'argent de reste pour les émeraudes). Voulais-je vraiment vivre ici, complètement isolée, avec les renards ? Combien étais-je disposée à payer pour cela ?

En juillet, pour le deuxième anniversaire que je fêterais avec le renard dans ma vie, mon ami Mike Higham descendit du Canada pour passer une semaine ici. Son antique berline Volvo négocia sans plaisir les virages de l'allée, traversa le champ de devant et stoppa dans mon jardin, à dix centimètres des marches du perron.

J'essayai de lui expliquer son erreur lorsqu'il descendit de la voiture.

– Aaah ! fit-il. C'est un jardin, alors ?

Il remonta ses lunettes de soleil sur son front et baissa les yeux sur les panicules de brome des toits accrochées à ses chaussettes.

– Et la différence entre ton allée et ton jardin, c'est quoi ?

– L'allée, on roule dessus.

Il avait encore l'air perplexe.

– C'est *étudié pour*, ajoutai-je. On roule sur l'allée parce qu'elle est prévue pour. Pas accidentellement. Le jardin est ici.

Je désignai la Volvo d'un geste large de la main.

– Je vais y faire des plantations… un de ces jours. Probablement. Le pré est…

Je pivotai à la recherche d'un repère.

– Bon. C'est l'endroit où je ne planterai rien.

– Et pourtant, observa Mike, le jardin, le pré, l'allée… on ne voit pas la différence.

En tout cas, il fallait que Mike déplace sa voiture. Que ce soit à cause de la carrosserie brillante, du châssis nocif ou des pneus en caoutchouc, Fox ne tolérait pas les automobiles sur son territoire. Mike redescendit l'allée en marche arrière, laissant pendre le bras par la fenêtre pour gifler les cosses desséchées des jusquiames noires de l'an passé. Dans un mois, des boutons de jusquiame s'épanouiraient par douzaines, et j'apprendrais alors ce qu'une vigoureuse mauvaise herbe pouvait faire avec rien que du gravier et de la pisse de cerf pour se sustenter. Quand Helga, une collègue qui travaillait plus loin en amont au parc national de Yellowstone, passa chez moi, elle gara d'autorité son break derrière mon chalet. Elle me demanda pourquoi l'emplacement de mon allée changeait constamment. J'étais en train de donner des coups de pied dans le sol et donc de projeter des particules de glaise sur les jantes indiscrètement lustrées de son break lorsque Helga répondit à sa propre question en m'informant que je camouflais mon allée pour décourager les visiteurs. Je ne le niai pas. Même Mike ne pouvait distinguer l'allée du pré, et il avait un doctorat en botanique.

Le lendemain matin, Mike et moi partîmes pour les Beartooth Mountains, à la recherche de paysages à photographier et d'échantillons de minéraux à ramasser. Voyager comme passagère d'un véhicule privé sans qu'il y ait au moins un fusil calé contre la lunette arrière était pour moi une expérience nouvelle. À moins que je ne chasse avec quelqu'un – et d'ordinaire je chassais seule –, je prenais toujours le volant. Renoncer à conduire me mettait mal à l'aise, mais les détails du décor finirent par atténuer mon désarroi. Une plate-forme en bois que notre coopérative énergétique avait construite sur un poteau téléphonique recyclé pour empêcher les balbuzards pêcheurs de s'électrocuter soutenait un nid débordant d'où dépassait la tête d'une bernache du Canada. Trois grands hérons bleus planaient au-dessus de leur colonie au bord de la rivière – un dense bosquet d'épicéas à la cime pointue près d'une île au milieu du courant. Des pattes noires d'élans traversaient précipitamment un épais bouquet de pins gris, suivies d'un bébé élan au pelage brun ; sa face de panda bicolore lui faisait des yeux grands comme des soucoupes.

Des graines de peuplier qui ressemblaient à des boules de coton jonchaient la surface noire de l'autoroute. Elles tourbillonnaient devant nous, à une quinzaine de centimètres au-dessus du sol, et j'avais l'impression que nous volions au milieu des nuages. Mike s'arrêta pour photographier une élégante femelle de cerf de Virginie ; je sortis de ma transe de passagère, descendis prestement de la Volvo et me dirigeai vers les éboulis.

Mike me rattrapa alors que je me penchais au-dessus de petits rochers.

– Je cherche un petit cadeau, dis-je. Pour Fox. Pour mon anniversaire.

Mike remit le bouchon sur l'objectif et resserra la courroie de son Canon.

– C'est noté, dit-il. C'est quoi, ton cahier des charges?

Nous remontâmes tout en haut du cône de déjection, jusqu'à ce que les seuls bruits provenant de la route soient ceux des Harley-Davidson. Les chevilles tournant dans un sens ou dans l'autre, les pieds dérapant et se coinçant sous des granits multicolores, nous soulevâmes, examinâmes et triâmes des pierres tels deux Horton cherchant Zouville dans un champ de trèfle. Nous ne nous arrêtâmes pas au premier choix de la plus belle pierre; nous attendîmes de voir la dernière des plus belles, la pierre parfaite parmi des centaines de candidates. Celle que nous transportâmes jusqu'à la Volvo, garée quatre cents mètres plus loin, était une planche de surf légèrement concave vue sur la tranche, et un triangle isocèle vue d'en haut.

De retour au chalet, nous positionnâmes le Surfboard Rock de façon que Fox puisse s'y détendre tout en admirant son myosotis. Une perdrix grise femelle retint son souffle en nous regardant enfoncer de petits cailloux et de la glaise sous la pierre en équilibre instable. Nous feignîmes d'ignorer sa présence, mais nous entendîmes sa compagnie traverser les graminées craquantes pour entrer dans le caniveau septique où elles pourraient se cacher et se réchauffer entre pierres et chardons. Nous fêtâmes mon anniversaire avec un melon d'eau et Fox, le premier n'étant pas mangé par le second.

– Joyeux anniversaire à nous deux, Fox, dis-je.

Puis je crachai un pépin de melon. En équilibre sur sa planche, Fox mettait quiconque au défi de dire le contraire. Mike était resté à l'intérieur. Après avoir vu Fox s'enfuir devant Marco Antonio, je ne pensais pas qu'il tolérerait une autre personne. Mike n'en prit pas ombrage; il était, par nature, accommodant. Nous nous étions rencontrés deux ans plus tôt à Yellowstone, tandis que j'attendais, tard le soir, dans un refuge, qu'un policier vienne me remettre le monoculaire zoom qu'on m'avait volé. Je m'étais préparée à rencontrer des difficultés, parce que je savais que la police voudrait le garder encore quelque temps comme pièce à conviction. Mike proposa d'attendre avec moi et nous avons commencé à parler. Il était botaniste de profession, mais sa passion était la photographie. Bizarrement – parce qu'il était bel homme, drôle et compatissant –, il ne s'était jamais marié et avait vécu seul la plus grande partie de sa vie ; il m'expliqua que le mépris que lui témoignait sa mère avait affecté sa capacité d'interagir avec les femmes.

Le lendemain, nous étions tous occupés, parce que c'était une journée fraîche, calme, sans nuages, et qu'une autre journée d'été pourrait tout aussi bien nous bombarder de grêlons ou nous rôtir de ses rayons solaires, et nous mettre complètement à plat, comme des orvets sur une pierre chaude. Il est conseillé de sortir avant la grande chaleur, surtout si on aime observer les zygoptères, ces libellules dites « demoiselles ». On peut attirer ces belles créatures en pulvérisant de l'eau et en mouillant n'importe quelle surface, en particulier si elle est dépourvue de végétation. C'est un truc que j'ai appris en luttant contre les incendies de forêt au Minnesota. Les demoiselles adorent la cendre noire fraîchement mouillée. Je creusai souvent des tranchées coupe-feu avec rien d'autre que ces libellules pour me distraire des ampoules à vif à l'intérieur de mes rangers White's dix pouces. Certains jours, je nettoyais des fosses à cendres fumantes où je m'enfonçai jusqu'aux genoux et seuls ces insectes turquoise vif brisaient la gamme de gris d'une nature transformée en désert.

J'aspergeais d'eau la pierre d'anniversaire de Fox lorsque

à ma grande consternation une demoiselle arriva ; dépliant ses six pattes anguleuses, elle se posa sur le rocher comme une astromobile sur Mars. Tortillant son mince corps rectiligne et sa grosse tête oblongue, elle explora de minuscules bassins creusés dans le large sommet de la Planche de surf. S'immobilisant de temps à autre, elle se transforma en une série de sculptures turquoise. Une heure s'écoula avant qu'elle se lasse de poser, et je me déplaçai vers les sauges blanches, dont les plants buissonnants m'arrivaient aux hanches, pour assister à un autre spectacle : des coccinelles rouges tournant autour des branches blanches veloutées. Les coccinelles chassaient les pucerons. Affolés, culbutant les uns par-dessus les autres dans leur fuite, ils s'entassaient en grappes vertes comme autant de grains de raisin. Il y avait aussi dans le public de robustes fourmis couvreuses qui avaient décidé que j'étais une cible plus grande et plus facile que les coccinelles. Lorsqu'elles se précipitèrent sur mes bottes en caoutchouc, je battis en retraite plus vite que le général Custer à Little Big Horn. Pendant cette représentation, Fox creusait près de Tonic un trou qui deviendrait son affût pour guetter les grouses.

Fox arriva pour notre rendez-vous, et Queue-Déchirée apparut peu après, se posant sur son perchoir habituel dans les branches de Gin ; il avait l'air plus désespéré que ce à quoi on aurait pu s'attendre chez un charognard maigre au bec noir et au plumage fripé. Après avoir enregistré la présence de l'oiseau, Fox et moi nous fîmes face.

– J'aurais peut-être dû mettre plus de jaunes à disposition ?

En vérité, Balle-de-Tennis nous manquait à tous les trois.

La lumière étant encore suffisante, je passai une heure à regarder une mouffette retourner le sol. Toutes les cinq minutes, elle avançait ; son large corps aplati ondulait et sa queue touffue se dressait toute droite, hormis le bout vacillant. Qui voudrait laisser passer l'occasion d'admirer une queue de mouffette peindre dans le vide un gros point d'interrogation ?

C'était donc ainsi que nous passions notre temps. Et les gens se demandaient comment nous pouvions nous occuper sans télévision.

MES JAMBES PIVOTÈRENT et touchèrent le plancher avant même que je comprenne qu'un hurlement m'avait réveillée. Dans un réflexe décalé sous le choc, je me levai à temps pour apercevoir par la fenêtre un renardeau à la queue tordue, la tête rejetée en arrière. Annonçant l'aube à grand fracas, le voyou jappait fort, longtemps et dans le registre aigu. J'enfilai mes bottes sans prendre de chaussettes et sortis en courant de la maison ; le caoutchouc encore raide me pinçait les mollets. Je faillis trébucher sur le renardeau avant de freiner pile.

– Tais-toi.

Il se tut. Je regardai de tous les côtés et me persuadai qu'il ne courait aucun danger.

– Allez.

Il s'en alla, la queue en bataille, et je vis qu'un bout de son panache blanc avait été irrémédiablement arraché ; le coup de dents n'avait laissé que quelques mèches filiformes sur le côté droit.

Lorsque le voyou sonna le réveil de nouveau, le lendemain matin, je me présentai spontanément à l'appel. Après s'être assuré que j'avais répondu correctement, le renardeau repartit. Au lever de soleil du lendemain, il hurla de nouveau. Les jappements de l'aube devinrent un événement à la fois régulier et imprévisible. J'avais l'impression d'être le citadin berné de la fable d'Ésope qui écoute un jeune berger crier au loup. Quand le voyou cria encore une fois à l'aube, j'hésitai près de la fenêtre au lieu de me précipiter dehors. Une queue blessée, tordue comme le cou d'un cygne trompette, dépassait des herbes rases. Ce fut assez pour me rappeler que la vie des jeunes animaux flirte avec la catastrophe. Je sortis en courant. Une grande propriétaire terrienne monte au créneau quand un jeune renard tout ce qu'il y a de plus sérieux annonce un exercice d'alerte incendie.

La formation aux situations d'urgence n'était pas l'unique hobby des voyous. Ils volaient, aussi. Pratiquement tout ce qu'ils pouvaient emporter : assiettes en mélamine, cache-pots en plastique, étiquettes de semis. Et même deux ou trois choses qu'ils ne pouvaient pas emporter. Après avoir repéré une ligne rouge vif sinuant au milieu des graminées, j'interceptai un rouleau de ruban de balisage en cours de détournement.

Deux ans avant l'arrivée de Fox, une renarde avait mis bas dans un terrier adjacent au parking improvisé derrière le chalet, à une vingtaine de mètres de la fenêtre de la salle de bains. Quand ils eurent un mois, les renardeaux commencèrent à jouer et à s'aventurer à quelques mètres du terrier. Je les observais à mon aise en retirant la moustiquaire de la fenêtre et en m'agenouillant sur l'abattant des W.-C. Tous les soirs, la renarde rentrait de la chasse et s'immobilisait, pattes tendues, tandis que les quatre plus gros renardeaux se précipitaient sous elle et la tétaient. Nuit après nuit, quatre renardeaux trapus finissaient de téter et partaient en courant, tandis que le cinquième, l'avorton non alimenté, heurtait de la tête le ventre de la renarde en essayant vainement de soutirer un peu de lait de ses mamelles vides. Nuit après nuit, l'avorton amaigri rapetissait et s'aplatissait toujours plus près du sol. Un beau matin, il ne resta plus qu'un duvet orange et quatre gros et gras survivants. Ils couinaient et se blottissaient dans un des deux trous du terrier. Ils gardaient leurs distances, mais ils ne pouvaient pas me cacher leurs secrets.

La mère des quatre turbulents était relativement hardie ; elle n'avait pas peur du chalet et chassait souvent dans mon pré de derrière. La renarde du terrier de Fox sortait rarement en plein jour, ne chassait pas sur ma propriété et ne circulait jamais avec Fox, sauf le jour où Fox et elle tendirent une embuscade à un petit chat haret noir au bas de la colline de la Toque. J'observais le félin à la jumelle. Il avançait lentement et allait passer dans l'ombre d'un genévrier. J'aurais juré qu'aucun autre gros animal n'était dans les parages, lorsque la renarde se matérialisa tel un fantôme devant lui. De sa longue patte antérieure, elle le gifla en pleine face. Fox émergea du petit ravin juste au-dessus, à deux mètres derrière la queue du chat. Il mordit le chat entre les épaules et lui écrasa la trachée. J'imaginai un gargouillis et un bruit d'air qui s'échappe.

Le cadavre flasque du chat serré dans sa gueule, Fox regarda sa partenaire filer par le plus court chemin vers le site du terrier. Quand elle eut disparu, il alla droit à mon chalet. Il gaspilla une quantité considérable d'énergie juste pour caracoler devant moi, la queue du chat oscillant d'un côté de sa mâchoire. Ce détour l'obligea à descendre plus bas que le niveau du terrier et à perdre une quinzaine de minutes. Mais il avait atteint son but : exhiber ce chat mort pour m'impressionner.

Bien sûr, je ne *sais* pas pourquoi il est passé en courant devant moi. Pas parce qu'il était un renard, mais parce qu'il était un individu. Je ne sais pas ce qui motive toutes mes actions à moi, sans parler de celles d'autrui. Je ne saurai jamais, par exemple, pourquoi un tel ou une telle me traite comme il ou elle me traite. Je ne pourrais certainement pas découvrir la vérité simplement en leur posant la question. Les humains utilisent des paroles pour communiquer et, sciemment ou non, ces paroles peuvent être trompeuses. C'est pourquoi j'interprète ce que disent les gens en regardant ce qu'ils font. Autrement, si je me fie aux paroles des gens, je me fais toujours avoir. Fox était plus facile à comprendre que les humains parce qu'il ne pouvait pas utiliser la parole pour me tromper.

DANS MOINS D'UNE SEMAINE, le programme piloté par Jenna pour le compte de l'université Montana Western me plongerait dans les profondeurs du parc national de Yellowstone – une absence de sept jours, à trois heures de route de Fox. Je devins morose à mesure qu'approchait cette excursion sur le terrain. Je pataugeai dans des mers de hautes herbes, d'abord avec Fox dans mon sillage, plus tard à sa suite. Je l'accompagnai à son terrier, d'où il pouvait voir une mince bande de nuages flottant en dessous de nous, parallèlement à la rivière et juste au-dessus d'elle. Profitant pleinement de leur existence sans souci, les renardeaux survivants se chamaillaient sur la grande pierre plate qui surmontait leurs appartements en copropriété : un adulte, trois jeunes, zéro discipline. Quand je fis mes adieux, un amas de nuages minuscules flottait dans le ciel tel un archipel dans un océan limpide comme du cristal.

Dans la voiture, en allant à Yellowstone, je m'entraînai à dire : « Mon meilleur ami est un renard. »

Je sais que le meilleur ami de l'homme est censé être le chien, mais uniquement parce que les gens aiment reprendre hors de son contexte – le *Dictionnaire philosophique* – une citation de Voltaire. Et, de toute façon, bien avant Voltaire, les jeunes filles du Moyen-Orient apprivoisaient les renards. Au Levant, région qui aujourd'hui recouvre Israël, la Jordanie, le Liban et la Palestine, des tombes vieilles de seize mille ans contiennent les corps de jeunes filles, de chiens et de renards. Une série de tombes vieilles de huit mille ans découvertes dans le nord d'Israël raconte une histoire similaire. Les chiens étaient des animaux de labeur dépendant des humains. Pas les renards. Les anthropologues en sont arrivés à cette conclusion en examinant leurs squelettes et le contenu de leur estomac. Comme leurs propriétaires, les chiens mangeaient des céréales, ce qu'ils n'auraient jamais fait à moins d'être nourris par des humains. Les renards enterrés restaient fidèles à un régime sauvage. Il semble que les chiens aient été des animaux domestiques et des biens appartenant à leurs propriétaires ; les renards, conjecturé-je, étaient des amis.

« Il semble que la nature ait donné le chien à l'homme pour sa défense et pour son plaisir, écrivait Voltaire. C'est de tous les animaux le plus fidèle ; c'est le meilleur ami que puisse avoir l'homme. » Quand j'ai rencontré Fox, je ne pouvais pas avouer connaître quoi que ce soit à l'amitié. Maintenant, je sais ceci : Voltaire, tout célèbre qu'il était, n'était pas très exigeant. Défense et loyauté ? Votre meilleur ami devrait vous donner quelque chose que l'argent *ne peut* acheter.

Je prévoyais d'attendre le moment propice pour annoncer « Mon meilleur ami est un renard », et tandis que les étudiants penchaient la tête dans la pose classique de l'interrogation canine, je sèmerais la confusion en ajoutant que j'étais la solitaire qui ne voulait pas avoir d'ami, et que lui – le renard – était un bon vivant qui m'avait tourné autour jusqu'à ce que je cède. J'expliquerais que Fox était un animal sauvage – pas un animal de compagnie –, qu'il choisissait lui-même ses compagnons et vivait indépendamment de moi, tout comme eux.

– MON MEILLEUR AMI est un renard roux.

Ils me regardèrent avec de grands yeux comme si je portais un pantacourt en jean vert avec des manchettes de ruban orange. Apparemment, le moment était mal choisi.

Avec le recul, je dirais maintenant ceci : tout le monde présume que si votre *meilleur* ami est un renard, votre *seul* ami est un renard. Et ça, ce n'est pas le genre de chose dont quiconque devrait se vanter. J'aurais pu nier son existence ou celle de notre relation, c'est vrai. Et si le fait que son amie soit une humaine était une source de fierté pour le renard ? Quel degré d'égoïsme pourrait justifier l'omission de ce qui pourrait peut-être fournir un minimum de satisfaction à un minuscule animal sans défense tel que Fox ?

Quand Saint-Ex était en train de mourir au Sahara oriental, il fut réconforté par des renards. Il se lia d'amitié avec eux. Il aurait pu en manger un pour assurer sa survie, mais il comprit que nous ne devrions pas manger nos amis, quelle qu'en puisse être la tentation. Si Saint-Ex n'avait pas voulu manger un renard pour sauver sa propre vie, je n'allais pas désavouer un renard pour sauver la face. J'aimerais mieux qu'on me reproche d'avoir une cervelle d'oiseau qu'une langue de vipère.

Avant de rencontrer Fox, j'évitais d'humaniser les animaux sauvages, attitude que j'avais acquise par ma formation scientifique et dans ma vie professionnelle comme garde forestière. Je transmettais cette attitude à mes étudiants. L'été avant notre rencontre, j'avais amené des étudiants au musée national d'Art animalier à Jackson, au Wyoming, par une froide journée d'été : un degré Celsius, vent et petite pluie fine. Autrement dit, trop beau pour me laisser ensevelir dans un musée – mais mon contrat n'était pas de cet avis. Nous entrâmes donc dans le musée, où nous fûmes accueillis par un tableau représentant des cygnes. Criard et incorrectement légendé.

L'artiste avait donné aux cygnes des becs orange vif et des cous incurvés. Ils baissaient modestement les yeux comme pour admirer leur propre reflet. C'étaient des cygnes muets, *Cygnus olor*: classiques, élégants, européens. Adorables. Et silencieux.

Sur la plaque, on lisait: « Cygnes trompettes (*Cygnus buccinator*). »

On s'attendrait à ce qu'un peintre animalier sache la différence entre un cygne muet européen et un cygne trompette autochtone, d'autant plus que la spécialité du musée était la faune *nationale*. Les cygnes trompettes sont des oiseaux plus trapus, au bec noir. Au lieu des cous incurvés et des têtes inclinées classiques, ils tiennent leur bec à angle droit de leur long cou vertical. Ils flottent les ailes serrées contre leurs flancs, alors que les cygnes muets gardent les ailes ébouriffées, dans une pose esthétique. Les cygnes trompettes sont des Z à barre verticale et non des S. Et ils ne sont pas silencieux: ils évoquent le concert de klaxons d'un rodéo automobile. Pratiquement personne ne les trouve aussi séduisants que les cygnes muets. Parfois, des cygnes trompettes passaient en chuintant au-dessus de moi quand je skiais. Parfois, ils volaient si bas que j'aurais pu en toucher un en levant mon bâton, et assez près pour que je m'aperçoive que leur envergure excédait ma stature. Ils n'étaient pas seulement plus grands que les cygnes muets; ils étaient plus grands que tout – c'étaient les plus grands oiseaux aquatiques d'Amérique du Nord. Et nous les avons presque exterminés.

Il y a deux cents ans, quiconque descendait le Mississippi ou pêchait dans la baie de Cheasapeake aurait pu voir voler des cygnes trompettes. Entre 1850 et 1880, la Compagnie des aventuriers d'Angleterre commerçant en baie d'Hudson (plus tard abrégée en Compagnie de la baie d'Hudson) collecta dix-huit mille peaux de cygnes – presque toutes prélevées sur des cygnes trompettes – et les transforma en accessoires de mode féminine. Les Américains convoitaient les plumes mais se désintéressaient des oiseaux; les propriétaires terriens les tuèrent et repeuplèrent leurs lacs et étangs avec de beaux cygnes européens silencieux. Lorsque la Grande Dépression arriva, il restait déjà moins d'une centaine de cygnes trompettes aux États-Unis. À présent qu'ils ne sont plus chassés, les cygnes trompettes se comptent en dizaines de milliers. Une partie de cette progression est due à des réintroductions, y compris dans ma propre vallée. La plupart hivernent au Montana, en Idaho et au Wyoming; nous pouvions en apercevoir une douzaine depuis le parapet de pierre du musée.

L'artiste avait pris des cygnes muets pour des cygnes trompettes. Heureusement pour mes étudiants, mon doctorat et moi-même étions venus armés de *faits*. L'un des plus célèbres peintres animaliers du Montana, monsieur S., était dehors en train de faire un exposé dans le jardin des sculptures, et quand il s'interrompit pour répondre aux questions je levai prestement la main. Je jetai sur le tapis mes petits faits comme autant de dés pipés avant de conclure emphatiquement:

– Donc, les cygnes sur votre tableau ne sont *pas* des cygnes trompettes.

– Mais si, mais si, répliqua-t-il calmement après une fraction de seconde de délai. En fait, il s'agit de cygnes trompettes *vaniteux*, alors ils font *semblant* d'être des cygnes muets.

Naturellement, je l'ai pris pour un crétin.

Ma formation en prépa m'avait portée à croire que comprendre les animaux exigeait de rassembler des faits et de créer des données objectives et quantifiables. Rien de plus. Je perdis l'usage de mon imagination et ignorai l'importance de l'intuition. Je pensais que cela me rendait plus professionnelle. Erreur. Peu importe que monsieur S. soit un artiste et que je sois biologiste ; le manque d'imagination n'est pas un choix de carrière, c'est une crise de la personnalité.

Trois ans après avoir quitté monsieur S. d'un pas léger, je retournais au musée avec une classe similaire pour montrer à mes apprenants à quoi ressemble un cygne trompette quand il veut frimer. D'aucuns pourraient m'accuser de correspondre à la définition d'un *pseudo-naturaliste* par Mark Twain : « Un individu qui en sait plus sur un animal que l'animal lui-même. » Ça ne me dérangerait pas. Après tout, il y avait, prenant le soleil au-dessus de la Yellowstone, un renard qui en savait plus sur moi que moi-même.

DOLLARS DES SABLES

Je terminai la présentation du dernier diaporama de notre stage sur le terrain, qui avait duré une semaine. J'étais à soixante kilomètres de mon chalet et j'avais hâte de rentrer chez moi. Alors que nos bungalows étaient blottis dans une verte et humide oasis, Fox avait souffert d'un mois d'août d'une sécheresse inquiétante, et je me faisais du souci. À l'extérieur de l'auditorium, une odeur douceâtre de fruit pourri montait des troncs nécrosés des peupliers noirs. Des wapitis femelles erraient sur le parking, le nez en l'air, feignant l'indifférence tandis que leurs faons essayaient de les téter. Sous un réverbère, le ranger responsable du sous-district de Mammoth à Yellowstone m'attendait :

– Incendie de forêt... vents de quatre-vingts kilomètres-heure... routes fermées à la circulation... évacuation vraisemblable.

Ce n'était pas ma première évacuation. En 2003, j'avais évacué les deux précieux hectares boisés près du parc national du Glacier que j'avais achetés à Martha. Personne ne s'attend à ce qu'un lieu appelé « glacier » brûle.

Comme International Falls, au Minnesota, mais à environ deux mille mètres d'altitude plus haut, la frontière nord du Glacier épouse le quarante-neuvième parallèle. Les chutes de neige annuelles sur ma parcelle atteignaient en moyenne un peu plus de trois mètres. L'année de l'évacuation, je skiais dans le Glacier à l'occasion de la fête de l'Indépendance, le 4 juillet. Puis il se mit à faire très chaud. Des semaines entières s'étaient écoulées sans un jour de pluie. À l'intérieur de la forêt, des étincelles provenant de sources diverses déclenchèrent des incendies sur un mode explosif. Je remisai mes skis le 8 juillet, et vingt jours plus tard, comme un incendie baptisé « Robert » avançait vers ma propriété, je reçus un ordre d'évacuation officiel.

Robert n'était qu'un incendie dans un complexe de feux de forêt qui détruisit cinquante-quatre mille hectares et quelques bâtisses dans le parc national du Glacier. Je n'avais pas de maison sur ma terre, mais si j'en avais eu une, j'aurais été en mesure de la reconstruire en moins d'un an. Si je perdais mes thuyas géants, je ne les verrais pas restaurés de mon vivant. Certes, les très vieux thuyas – âgés de plusieurs centaines d'années – savent se tenir dans un incendie de forêt. Il se pourrait même qu'ils profitent d'un incendie si celui-ci éliminait les broussailles envahissantes du sous-bois. Mes thuyas avaient environ quatre-vingts ans et se trouvaient à la limite est de leur zone de répartition naturelle. Ils adoraient l'humidité et l'ombre. Si l'incendie supprimait la canopée forestière, le rayonnement solaire échaufferait le sol, le dessécherait et tuerait les embryons de thuyas. Les graines qui survivraient à la sécheresse ne germeraient qu'après que les pins et sapins auraient poussé et se seraient suffisamment étoffés pour ombrager le parterre forestier.

Quelqu'un avait déclenché l'incendie Robert. La police

n'inculpa personne, mais attribua le départ de feu soit à un incendiaire, soit à une négligence humaine, par exemple une bûche d'un mètre vingt qu'un campeur aurait laissée brûler dans un rond de feu de soixante centimètres de diamètre. Je serais plus encline au pardon si dame Nature avait déclenché l'incendie avec sa foudre et fendu l'un de ces pins Douglas si hauts que je n'en voyais pas la cime même en me dévissant le cou au maximum. Les incendies d'origine humaine me démoralisent. Ils me rappellent que nous sommes trop d'humains vivant dans un espace trop restreint, et que je partage la planète avec des gens mal intentionnés, pour qui nous n'aurons jamais assez d'espace.

Pour Robert, les directeurs des opérations éloignèrent l'incendie des forêts et des habitations privées en recourant à la technique agressive du contre-feu – combattre le feu avec le feu. Pour amorcer le contre-feu, des hélicoptères lâchèrent des balles de ping-pong remplies de combustible qui prenaient feu en touchant le sol. Cette procédure était conçue pour produire un courant ascendant qui aspirerait l'incendie et l'éloignerait des terres appartenant à des particuliers – telle la mienne. Les contre-feux sont dangereux. Si l'incendie déclenché intentionnellement était parti dans la mauvaise direction, Robert aurait incinéré une grande surface de foncier privé. Les contre-feux sont également dangereux pour les pompiers. Jeune soldate du feu, je m'étais trouvée sous les balles de ping-pong dans le Hells Canyon, au Colorado. J'ai bien cru que j'allais mourir. Quand les balles tombaient, quelques-unes étaient déportées par le vent, vu leur faible masse. Nous étions obligés de courir après les balles égarées, d'étouffer les flammes puis de remonter en courant nous réfugier sur la crête rocheuse. Dans le cas de Robert, le contre-feu fut une réussite, et mes mignons thuyas survécurent.

En prévision de ma deuxième évacuation, je pris une chambre dans un motel de Gardiner, un hameau à cheval sur la Yellowstone. Le lendemain matin, j'étais assise au comptoir d'une gargote, raclant avec ma fourchette une assiette d'œufs brouillés froids. Le shérif adjoint de notre comté entra d'un pas pesant, porteur d'une radio d'où crépitaient des ordres à peine audibles. La tête basse, il poussa la porte battante de la cuisine pour bavarder avec le cuisinier puis émergea avec un morceau de toast rachitique, sans assiette. Il m'informa que les barrages routiers seraient peut-être ouverts le temps d'une heure ou deux avant midi. Sa jointure libre tambourinait sur le côté de ma tasse de café. *C'est parti ! Du nerf, ma vieille !* J'étais trop épuisée pour manger ou pleurer.

En parvenant rapidement jusqu'au barrage, j'aurais peut-être le temps de faire mes bagages et d'accomplir les corvées de rigueur en cas de feu de forêt : pousser les meubles loin des fenêtres, déverrouiller les portes pour les pompiers, tremper les escaliers en bois, mettre en batterie les tuyaux d'arrosage à tube perforé. Faire mes valises, donc. Et contacter Helga, dont le break était encore garé derrière le chalet.

Je me servis du fixe du motel pour téléphoner à mon ami Mark, un photographe naturaliste de Gardiner, et il vint me chercher quand je sortis du restaurant. Le fils de Mark et sa compagne, Lori, me proposèrent tous les deux de m'aider à déménager. Laissant ma trois-portes sur place, nous partîmes à quatre dans le pick-up de Mark vers le barrage routier tenu par les pompiers, sans savoir si la route conduisant à mon chalet serait ouverte.

Pendant plusieurs kilomètres, nous suivîmes le canyon de la rivière : de l'eau blanche à notre gauche, une crête rocheuse et la montagne du Dôme à notre droite. Au-dessus du sommet, une spirale de fumée blanche s'élevait dans le ciel jusqu'à atteindre deux fois la hauteur de la montagne. D'épais nuages marron entourant ce panache blanc montaient en volutes agressives dans le ciel lumineux bleu cobalt. Le franchissement d'un pont mit la rivière à notre droite ; je voyais déjà le flanc de la colline au-dessus de mon chalet. Lorsqu'un mince flot de fumée noire jaillit, je crus que des constructions brûlaient et commençai à pleurer.

J'ai tellement vu de feux de cime que je ne me souviens pas de la première fois. Comme tant de rangers du Service des parcs d'un bout à l'autre des États-Unis, j'avais servi dans une équipe de pompiers à Yellowstone pendant le tristement célèbre été 1988. À présent, je contemplais des panaches ondoyants de fumée grise qui s'élevaient et se dilataient à une vitesse dépassant tout ce que j'aurais attendu des lois de la physique. Comme la peur que les petits animaux éprouvent quand une ombre passe au-dessus d'eux, ma peur des grandes forces incontrôlables était instinctive. Pis encore, la distance avait muselé le sinistre. Les ennemis silencieux sont plus effrayants que ceux que nous pouvons entendre.

– Deux heures. Traînez pas. Des maisons brûlent sur le chemin qui va chez vous.

Le fonctionnaire en uniforme qui gardait le barrage tapa sur le pick-up de Mark du plat de la main et nous fit signe de passer. Tout ce que je voulais sauvegarder rentrerait soit dans le break d'Helga, soit dans le modeste pick-up de Mark : ma carabine calibre 30-06, mes diapos, mes skis, mes bouquins, mon fusil à pompe Remington calibre 20, mes Pivetta, la tente Moss, plusieurs paires de kamik en peau d'élan, un Smith & Wesson modèle 19, calibre 357, avec la crosse en noyer quadrillée, quatre sacs de couchage et un sac bivouac, un ours skieur que m'avait donné un collègue ranger du mont Rainier, les deux arcs avec un carquois camouflé et ses flèches, mon sac à dos Moraine de chez North Face à armature interne spéciale femme. Je ne possédais rien de lourd ni de fragile. Pas de télé, de chaîne stéréo, de téléphone portable, ni d'ordinateur fixe de bureau ; pas d'articles de vaisselle coûtant plus d'un dollar. Très peu de bijoux.

La bague en or de mon grand-père, gravée et montée avec un diamant, entourait mon médius. Je l'avais passée à mon doigt quand j'avais douze ans et ne l'avais jamais enlevée. Ma grand-mère la lui avait donnée la première fois qu'il était allé en prison. Elle est morte vingt ans avant ma naissance, alors je ne peux pas lui demander les détails. J'adorais cette bague parce que j'adorais mon grand-père, et j'adorais mon grand-père parce qu'il était le seul adulte qui me tenait par la main, me chantait des chansons et m'emmenait à Disneyland. Ou parce qu'il était le seul adulte qui m'ait tenu la main. Il m'emmenait faire des virées sur sa Harley-Davidson et dans sa Thunderbird. Et j'aimais particulièrement pourchasser les lézards à cornes sur le mur de brique de sa maison. Il m'envoyait des cartes d'anniversaire signées d'un X. Pas la lettre *X*, le chiffre X : c'est comme ça que les gens signent quand personne ne leur a appris l'alphabet. Je ne sais pas grand-chose sur lui, et il ne savait pas grand-chose sur moi. Quand j'ai eu douze ans, mon père m'a dit qu'il était mort en prison et quand je me suis battue pour aller à l'enterrement, il m'a appris une nouvelle expression, la « fosse commune ».

Tous les meubles à l'exception du lit et des deux sofas d'occasion pouvaient soit se démonter, soit servir de caisses d'emballage. Pour la première fois, je fus gênée par ce manque de possessions personnelles. Mark qualifiait le chalet de « maison de démarrage », ce qui impliquait qu'une vraie maison était en projet ou, du moins, du domaine du possible.

Maison sans profondeur serait une meilleure description. Comme un dollar des sables délavé par le soleil, je ne laissais qu'une petite encoche dans mon substrat. N'avez-vous jamais essayé d'extraire un de ces oursins plats de la plage ? Dès que vous le soulevez de la vase, un remous oblitère toute trace de l'endroit où il s'était posé. À commencer par l'université, tous les endroits où j'avais vécu avaient été provisoires ou incertains : je restais échouée là où m'avait laissée une marée désintéressée. Mais une maison sans profondeur n'a rien d'un chez-soi. Alors pourquoi ne me suis-je pas enracinée, n'ai-je pas marqué mon territoire avant de passer à une résidence définitive ? J'avais des tas de raisons. Dès que je me persuadais d'abandonner un prétexte, une autre se mettait sur les rangs. Soit j'attendais quelque chose (comme un vrai travail) ou quelqu'un (comme une vraie relation), ou alors je n'avais pas besoin d'un chez-moi définitif, après tout. Et si jamais j'avais vraiment besoin d'un chez-moi définitif, je ne le mériterais pas, de toute façon.

Nous finîmes de vider le chalet avec du temps de reste sur les deux heures qu'on nous avait allouées. Le feu fulminait au-dessus des collines derrière chez moi. Mark prit des photos. L'impact visuel de l'incendie devait être stupéfiant, pour un artiste professionnel. Chez moi, le feu produisait une réaction plus viscérale. J'avais passé suffisamment de temps hors des villes pour reconnaître que le feu et moi nous ressemblions tellement – nous nous alimentions avec des carbohydrates, nous exhalions du dioxyde de carbone, nous consommions de l'oxygène et rejetions de l'eau – que nous étions une menace l'un pour l'autre.

Les carbohydrates – ou glucides – ne contiennent que les éléments carbone, hydrogène et oxygène. Ces ingrédients bizarres et non caloriques se transforment en sucres et en amidon quand les plantes bricolent avec l'eau et le dioxyde de carbone. Tout ce processus est alimenté par le rayonnement solaire.

Si mon Dieu était physique et non spirituel, ce serait le soleil. Si les arbres avaient un dieu, ce serait aussi le soleil. Et pour la même raison. Le soleil nous chauffe et nous nourrit, il fournit du combustible pour tout le travail que nous effectuons et pour toutes les tâches sophistiquées que nos cellules accomplissent. Chaque fois qu'une cellule végétale crée un carbohydrate, le soleil lui ajoute une petite étincelle d'énergie. Les paires d'atomes de carbone détiennent cette énergie. Elles agissent comme deux gamins qui tirent sur un élastique chacun de leur côté. Chaque atome de carbone tient un bout de l'élastique et tire. Dans le cas d'un arbre, ils peuvent maintenir l'élastique en tension pendant des centaines d'années. Quand un feu de forêt attaque, des milliards de mômes carbone lâchent leur bout de l'élastique en même temps. *Zing!* Et l'énergie explose dans l'atmosphère.

Mark et moi pouvions sentir la chaleur quand nous nous dirigeâmes vers le break d'Helga, avec lequel je rentrerais en ville. Quand j'ouvris la portière, elle plia vers le sol, menaçant de se détacher. Au-dessus de nous, le vent propageait les flammes latéralement sur le flanc de la colline. Une longue queue de fumée noire s'étirait derrière l'incendie, comme si un dragon crachant le feu arpentait les vallons d'un versant à l'autre.

Quelques jours seulement plus tôt, notre classe d'histoire naturelle avait visité le centre d'information pédagogique de Grant Village, où nous avions pris des brochures du ministère de l'Intérieur qui commençaient par la formule : « Si la variété est le sel de la vie, alors le feu est la vie même de la variété.» Il y avait aussi: «Le feu est le grand recycleur.» Ce qui donnait l'impression que le feu était une bonne chose. En tout cas, que c'était mieux qu'un dragon crachant le feu. La plupart des sites Internet ou des ouvrages traitant de l'écologie du feu vous expliqueront que la combustion minéralise les nutriments et les transfère des tissus vivants aux tissus morts. La minéralisation est principalement l'œuvre des animaux. Les animaux minéralisent les nutriments en excrétant leurs aliments. Fumées de wapitis. «Produits d'aisance.» Crottes d'ours. Bouses de bison. Les aliments qu'ils consomment sont du tissu vivant – de la biomasse – et la substance qu'ils excrètent dans le sol est du tissu mort – de la nécromasse. Les incendies nous ressemblent tellement qu'ils peuvent accomplir la même tâche – consommer la biomasse et recracher les minéraux bruts.

Les êtres vivants ont besoin de nutriments qui sont disponibles en quantités limitées. À moins qu'ils ne soient recyclés, nous allons nous trouver à court. Le phosphore, par exemple, est une composante critique de l'ADN. Gin et Tonic absorbaient le phosphore du sol et s'en servaient pour construire de nouvelles cellules. S'ils étaient pris dans l'incendie, le phosphore contenu dans leurs tissus serait «minéralisé» – donc recyclé – dans le sol et absorbé par leur progéniture survivante. Un chercheur qui étudierait Gin et Tonic avec un regard objectif pourrait conclure que ces vieux genévriers étaient improductifs et que la combustion serait une mort honnête, comme d'aucuns ont pu le dire de la pneumonie chez un vieillard.

À une crête au-delà de mon chalet, un cumulus enfla au-dessus d'un panache de fumée. Nous le suivîmes des yeux, Mark et moi, pleins d'espoir, comme si une pluie torrentielle songeait à nous sauver. En réalité, l'incendie, qui dévorait une forêt de pins matures, créait son propre microclimat. Chaque arbre succombant au feu libérait une quantité d'eau correspondant approximativement à la moitié de son poids. La colonne de vapeur résultante s'élevait à une dizaine de kilomètres avant de se condenser et de former un nuage.

Quand Lori sortit et me rappela de vérifier la porte d'entrée une dernière fois, je me précipitai en courant vers le chalet mais fis un détour en passant devant l'escalier. Je ramassai encore un tuyau d'arrosage à aspersion et le laissai tomber entre Gin et Tonic. Lorsque je retournai aux véhicules, Lori tapotait ostensiblement sa montre du doigt. Elle était intelligente. Et elle était prof. Elle devait déjà connaître l'existence des colonnes de convection et celle des cumulus qui se formaient au-dessus d'elles, et savoir que le feu qui menaçait ma terre était – détail important – carrément en train de recycler de l'eau. Mais elle était trop polie pour nous faire un cours. Notre planète existe à l'intérieur d'une sorte de vivarium étanche qui empêche l'eau d'entrer ou de sortir. Nous en avons donc une quantité limitée, et nous sommes obligés de la partager. Si vous êtes un passionné de jeux vidéo, envisagez l'eau comme une compétition fermée à bilan nul : si un joueur gagne une unité d'eau, il faut qu'un autre joueur sacrifie une unité.

Il est vrai que les incendies de forêt recyclent l'eau. Les pandémies aussi. Si un virus mortel dévaste une portion de mon comté, des corps morts abandonneront leur allocation d'eau à l'atmosphère du vivarium, où elle sera à la disposition des autres êtres vivants. Ce type de recyclage n'est pas analogue au fait de jeter une canette en alu dans le bon container. Le feu vole son eau à une forêt et la donne à une autre. Comme Robin des Bois, mais sans le côté moral.

Lori referma le hayon du break d'Helga et nous

démarrâmes. Je dis à Dieu de ne pas laisser le feu recycler Gin et Tonic. Ils étaient les plus vieux êtres vivants que j'aie aimés.

Je n'étais pas follement amoureuse du chalet, mais s'il brûlait je ne pourrais jamais remplacer le temps et l'énergie que j'avais investis dans sa construction. Trouver et acquérir un terrain vierge avait été une tâche monumentale. J'avais commencé par me rendre au bureau du cadastre du comté pour voir qui possédait quoi. J'en profitai pour consulter aussi les rapports sur les puits et je notai la pression hydraulique statique de tous les puits à eau existants. Je pris ma voiture et explorai les zones pourvues de puits corrects, et quand je trouvais des parcelles qui semblaient attrayantes je rendais visite aux propriétaires. En fait, j'ai rendu visite aux propriétaires du terrain que j'ai finalement acheté maintes fois avant qu'ils cèdent et acceptent de vendre. Puis j'eus un prêt d'une banque agricole.

Apprendre la physique-chimie au niveau licence fut plus facile que de mettre en valeur un terrain vierge. Mon prêt originel ne couvrant que le terrain, j'avais besoin d'un autre prêt avant de pouvoir faire construire. Avec une seule pièce par niveau, le plan au sol était trop peu conformiste pour me permettre de négocier une hypothèque avec la Federal National Mortgage Association – la FNMA ou « Fanny Mae » pour les intimes. Je trouvai un courtier qui m'aida à décrocher un prêt à la construction même si je ne tirais mes revenus que de mon activité de guide de randonneurs dans l'arrière-pays – un job à temps partiel et sans assurance médicale. Ma recherche dura longtemps, mais je finis par trouver un entrepreneur épatant qui était disposé à construire un abri pour hobbit dans un lieu isolé. Entre-temps, une ville riche, à cent kilomètres à l'ouest, rémunérait les travailleurs manuels plus que ce que j'avais les moyens de leur offrir, si bien que les ouvriers qualifiés étaient difficiles à trouver. Il fallut ensuite mettre le puits en état, tester l'eau, faire enregistrer mes droits sur l'eau en tant que propriétaire. Ensuite, le travail sérieux commença : choisir les dimensions et l'aspect de la maison et de l'allée ; concevoir le plan au sol ; choisir la couleur des murs, les dispositifs d'éclairage, la plomberie et l'équipement ménager. La plus proche succursale des supermarchés de bricolage et matériaux Home Depot était à plus de trois cents kilomètres. L'entrepreneur et moi chipotâmes à propos de l'emplacement des fenêtres dans la salle Arc-en-ciel. Je voulais des fenêtres irrégulièrement espacées, pour que je puisse contempler certains sommets depuis un seul point de la pièce. Avant de transformer un prêt à la construction en un prêt immobilier, j'avais besoin d'une inspection de la maison. Et d'une nouvelle banque de prêt.

Certains travaux furent émotionnellement éprouvants. Je dus abattre cent kilomètres en voiture pour aller voir l'entrepreneur chez lui et lui demander pourquoi le rez-de-chaussée n'était pas encore peint. Je découvris qu'il attendait que je change d'avis à propos des « murs roses » et lui expliquai que la couleur que j'avais choisie était rose adobe et non « rose » tout court. J'eus affaire à une équipe de puisatiers qui ne voulaient pas terminer le travail parce que « c'est un nid de serpents, vot'terrain ». Quel genre d'hommes travaillent en plein air dans une région isolée en aval d'un lieu nommé Rattlesnake Butte et ne vont *pas* au travail avec une arme à feu ? Le genre d'hommes qui n'ont plus le droit de porter une arme. Le genre d'hommes reconnus coupables de violences intrafamiliales.

Comme on peut l'imaginer, il n'y avait pas beaucoup de femmes seules qui se faisaient construire une maison sur un terrain vierge et isolé.

Je rentrai péniblement chez moi plusieurs jours après l'évacuation. Mon chalet était enfumé, mais intact. Les trois renardeaux avaient survécu à l'incendie et battaient la campagne à la recherche de babioles à chaparder. La renarde restait cachée, je l'entendais feuler occasionnellement. La fumée se dissipa en deux semaines; un gémissement aigu et une queue tordue dépassant du chiendent signalèrent la reprise des exercices d'alerte incendie. La grande propriétaire terrienne, rendue humble par les feux de forêt, sortit en courant pour reprendre le combat contre les chiens errants, les chats ensauvagés et les tumbleweeds étouffeuses de fondrières.

Fox manquait à l'appel.

Un pompier posté un kilomètre plus bas sur la route pour enregistrer et guider les équipes de nettoyage ne *croyait* pas qu'un de leurs véhicules lourds ait écrasé un renard adulte. Je restai clouée sur place. Il reformula ses paroles:

– Non. On s'en serait aperçus. Personne n'a écrasé un renard. Mais un renard maigrichon…

– Oui! C'est lui!

– Vraiment maigre? Un adulte? Il descendait vers la rivière un soir.

Je me dirigeai vers la rivière.

Le pompier m'appela pour dire qu'il était désolé. Quand je me retournai, il haussa les épaules et secoua la tête comme pour dire: «C'est un feu de forêt. Des animaux meurent.» Je repartis vers la rivière en traînant des pieds, les chaussures pleines de boue. Il aurait eu raison s'il avait dit: «C'est un feu de forêt. Des animaux *sauvages* meurent.»

Si j'avais été la propriétaire de Fox, s'il avait été enregistré, pucé, porteur d'un collier ou d'une laisse, les pompiers auraient essayé de le sauver. Mais si j'avais été sa propriétaire, comment aurais-je pu l'appeler mon ami?

Après avoir coupé à travers bois dans des fourrés de délicats cornouillers soyeux, de saules coyotes et d'odoriférants chalefs argentés, j'atteignis la rivière. De l'autre côté, la montagne Attrape-Nuages s'élevait à mille mètres au-dessus de l'eau ; ses larges cônes de déjection se répandaient jusque dans la steppe d'armoises. Un nuage blanc en forme de disque flottait entre ses deux sommets, oscillant comme un ménisque dans un verre. Fox aurait pu s'enfuir et se mettre en sécurité avec la renarde et leurs renardeaux de quatre mois, mais je crois qu'il m'avait attendue. Je l'imaginai debout sur les pattes de derrière, appuyant sa truffe sur ma fenêtre de devant, comme c'était son habitude. Je le voyais dressé, les oreilles rabattues, jusqu'à ce que ses chevilles tremblent et qu'il recule pour retrouver son équilibre. Son dernier souvenir de moi aura été une maison vide. Mais qu'aurais-je pu faire si je l'avais vu ? Je n'aurais pas pu l'emmener avec moi.

Quand je retournai chez moi, le nuage blanc circulaire oscillait toujours entre les pics, incapable de générer assez d'énergie pour éclabousser l'un ou l'autre.

Des fientes violacées mouchetaient la Planche de surf. Les oiseaux prenaient des libertés qu'ils n'auraient pas osé s'octroyer un mois plus tôt lorsque leur foi en les prouesses de chasseur de Fox les empêchait de s'approcher de son piédestal. Il ne voulait même pas me laisser toucher la pierre. Un jour, il pleuvait si fort que de la boue rejaillissait en l'air. J'étais en train de sortir un container en plastique pour Delbert, le livreur UPS, et Fox, qui s'abritait sous Tonic, me regardait. Lorsque je m'approchai trop près de la Planche de surf, il sortit à découvert et bondit dessus. Je restai sous le portique à le contempler se laisser tremper par la pluie jusqu'à ce que les cavités à la surface de son minirocher se transforment en petits bassins. Pas question de me laisser toucher cette pierre! C'était sa deuxième pierre de prédilection.

J'avais subtilisé la première sous son nez. Ce bloc de calcaire, rectangle assez régulier, remplissait alors une importante fonction: décorer le bref chemin de terre entre l'allée et les marches du perron. Comme la plupart des calcaires, il s'était solidifié sous une mer peu profonde, trois cent cinquante millions d'années plus tôt, dans ce cas précis. Des crinoïdes et des brachiopodes partiellement incrustés en rendaient la surface rugueuse et irrégulière. Fox était toujours en train de frotter son derrière duveteux dessus et – imaginais-je – d'user le relief des coquillages et autres fossiles du paléozoïque. Peu après notre première rencontre, quand j'étais encore peu tolérante de sa compagnie, je l'avais surpris en train de se gratter l'estomac sur mon précieux spécimen. Je piquai une crise et lui criai de décamper. Des empreintes dans la terre le trahirent: il revenait en douce quand j'avais le dos tourné. *Les renards n'ont pas besoin de bidets*, me dis-je quand je transportai la pierre dans la maison, *et de toute façon, il ne s'en apercevra pas.* Cet échantillon sédimentaire repose à présent chez moi sur un piédestal recouvert de feutre et n'a aucune utilité pratique. Quand votre ami n'est plus, vous vous souvenez de ces affronts et vous demandez ce qu'un derrière duveteux de plus aurait pu faire à une pierre vieille de trois cent cinquante millions d'années. Question de pure forme, évidemment.

Depuis, je me suis rendu compte que se masser avec cette pierre plate – la seule sur son territoire dotée d'une surface parfaitement rugueuse et d'une forme adaptée à son corps – mettait un peu de joie bien gagnée dans sa vie. Et maintenant, je faisais pénitence en grattant les fientes d'oiseaux sur la Planche de surf, comme un moine dans un sanctuaire de renards japonais.

Bon, ces sanctuaires ne sont pas vraiment *pour* les renards. Ils sont pour Inari, divinité shinto et bouddhiste dont le rapport étroit avec les renards remonte aux environs de l'an 700. J'ai appris l'existence d'Inari par mes étudiants d'origine japonaise. Je leur ai parlé de mon meilleur ami ; ils m'ont parlé des renards d'Inari. Les renards sont les gardiens, les messagers ou les serviteurs d'Inari ; la relation est aussi fluide qu'un renard. Certaines des statues que lavent les moines sont de taille humaine. La tête droite et la queue verticale, ces renards portent des capes cérémoniales rouges et gardent les entrées du temple. Dans son ouvrage de 1894, *Le Japon inconnu : esquisses psychologiques*, Lafcadio Hearn écrit que des centaines de renards de pierre résident dans les sanctuaires d'Inari, « divinité du riz ». Les sanctuaires et temples des grandes villes pourraient contenir des milliers de figurines de renards sculptées, certaines assez petites pour être cachées dans des crevasses minuscules. Des icônes de renards – et souvent de vrais renards – apparaissent dans trente mille temples d'Inari d'un bout à l'autre du Japon, pays de la taille de la Californie. Autrement dit, si nous répartissions les temples de manière égale sur tout l'archipel, il y en aurait un tous les treize kilomètres carrés. Les images de renards sont omniprésentes, au Japon.

Et pourquoi pas ? Si vous suivez le système de croyances shinto et vous immergez dans la nature, vous verrez beaucoup d'animaux sauvages, mais aucun qui soit plus charismatique et d'une beauté plus frappante qu'un renard roux. Et à l'époque d'avant les pesticides, aucun qui soit plus utile. Imaginez-vous en train de serrer dans vos mains couvertes d'ampoules le manche en bois d'une houe tandis que vous trimez dans votre carré de légumes. Portant votre regard vers le bas du champ, vous repérez les feuilles d'un plant d'oignon qui s'enfoncent dans la terre. Un campagnol est en train de sucer le bulbe par-dessous ; il siphonne votre récolte sous vos yeux et vous n'y pouvez rien. Les renards vous sauvent de la famine. Ce sont des animaux superbes et vous leur vouez un culte.

Hearn donnait son interprétation des statues de renards : « Fantasques, apathiques, inquisitrices, taciturnes, facétieuses, ironiques ; elles observent, somnolent, louchent, clignent des yeux et ricanent ; elles écoutent, les oreilles furtivement dressées, la gueule ouverte ou fermée. Toutes respirent une amusante individualité ; la plupart affichent un air railleur et rusé, même celles dont le nez a été cassé. » S'il avait écrit *même celles dont la voix a été cassée*, il aurait pu décrire Fox.

Les écrits de Hearn m'ont appris que les renards peuvent avoir des facultés surnaturelles, transmettre des prières et des vœux à Inari. Des renards qui changent constamment de forme abusent, trompent ou ensorcèlent les humains pour leur faire du bien comme pour leur nuire. Leur crime le plus insigne consiste à « prendre diaboliquement possession [des gens] et les tourmenter jusqu'à la folie ».

Si vous voulez croire à des récits shinto de renards changeant de forme et communiquant avec les dieux, il vous faut avoir la foi. Mais des renards qui répandent un peu d'inspiration, jettent des sorts aux humains et pourchassent la sottise, je n'ai rien contre. Des gens de la campagne vivant au milieu de renards doivent avoir moult histoires à raconter, provenant toutes du comportement naturel des renards et des humains. Imaginez un paysan qui revient cahin-caha de la rizière, épuisé et affamé, lorsqu'un renard à la robe feu traverse un champ en bondissant, s'arrête et le regarde. Cette nuit-là, sa femme donne naissance au fils qu'il a appelé de ses vœux. Il avait vu des douzaines d'animaux ce jour-là – des moineaux, des écureuils, des scarabées, des grenouilles. Mais c'est du renard qu'il se souvient. Ce n'est qu'un début : son histoire s'entremêle aux récits d'autres villageois, où des apparitions de renards coïncident avec des événements remarquables. Une femme découvre un terrier de renard et néglige ses corvées ménagères pour passer des jours, puis des semaines à regarder jouer les renards. Ces récits se diffusent, finissent par s'intégrer au folklore.

Hearn écrit que les Japonais de la campagne, « comme la paysannerie de l'Europe catholique », élaborent des mythes pour leur propre usage. Si je vivais à une époque où les récits dépendraient de la tradition orale et non écrite, Fox et moi aurions pu devenir un mythe. Notre histoire, comme tout folklore traditionnel, serait brève et symbolique : *Il était une fois une fille en manque d'amitié qui grandit en croyant qu'elle était une pie. Des pies, elle apprit comment permettre à des souvenirs ancestraux d'influencer son attitude envers les humains. Elle adopta l'attitude, typique chez les pies, de prendre tout ce qui lui était offert, mais elle ne reconnaissait pas les donateurs ni ne daignait compter sur eux. Un renard sauvage poursuivit la fille-pie, et elle tomba sous son charme. Du renard, elle apprit le but de l'amitié et la responsabilité qui y était liée. Il l'aida à choisir sa voie. Mais le jour où il y eut un grand feu de forêt, elle laissa périr le renard. Se rendant compte trop tard qu'elle avait mal agi…* Il faudrait improviser une fin en quelques mots. Peut-être que, accablée de chagrin et par sa culpabilité, elle plongerait (figurativement) son bec dans sa poitrine et déchirerait ses chairs comme la cane mandarine dans le conte folklorique rapporté par Lafcadio Hearn, ou alors elle retrouverait sa personnalité de pie, ou songerait à se trouver un nouvel ami, ou apprendrait ce qu'il faut faire si elle n'en trouvait pas.

Tandis que je passais la Planche de surf sous le jet, des

nuages roses se répandirent lentement sur les montagnes comme le contenu d'un pot de peinture renversé. Depuis des milliers d'années, les fidèles japonais entretiennent les statues de renards des temples d'Inari. Tant que je vivrai ici, je nettoierai cette pierre ; je planterai et cultiverai un petit bouquet de myosotis. Juste au moment où je finissais de nettoyer la Planche de surf, les nuages éclatèrent et se séparèrent. Je regardai leurs vestiges roses se diffuser, m'efforçant de scruter le ciel sans ciller pour ne rien manquer du spectacle, à présent que je regardais pour deux.

Je commençai à porter le deuil de Fox en faisant des choses qu'il aurait faites. Ma colère ne retomba pas. Sa mort était intolérable. Les images chimériques que j'avais portées en moi comme des talismans ne pouvaient pas m'aider, parce que mon esprit était paralysé. Mon corps explosait de l'intérieur. Il est impossible de fonctionner quand vous sentez vos entrailles peser contre votre peau et que rien ne cède, pendant des heures, ou même des jours. Avec toute cette colère piégée en moi, mon taux d'adrénaline monta en flèche. Des réactions physiologiques suivirent : hypertension artérielle, accélération du rythme respiratoire, hyperglycémie. Certaines personnes pourraient manger et boire pour amortir une poussée d'adrénaline, mais l'avantage d'une forme athlétique est qu'on peut se libérer de sa colère et d'un excès d'adrénaline simplement en crevant un mur d'un coup de poing. Par bonheur, il n'y avait pas beaucoup de surface murale dans le chalet, mais des tas d'haltères. J'ai donc soulevé de la fonte.

Une fois l'adrénaline évacuée, je m'étais calmée, mais j'étais hébétée. En mars, une grosse mouffette dormait dans un mélange d'éboulis, de baies de genévrier et de feuilles mortes. Une mouffette minuscule se dandinait autour de l'adulte en bousculant les cailloux. Lorsque l'adulte ne se leva pas quand je l'appelai, je passai une branche dans ses longs poils et me rendis compte qu'elle était morte. Le bébé ne pouvait pas comprendre pourquoi l'adulte était si tranquille, pourquoi elle ne se levait pas. Même les pics flamboyants amoureux à la cime d'un genévrier proche cessèrent de danser pour scruter le bébé mouffette désemparé, l'un des spectacles les plus tristes de la nature. Maintenant, j'étais cette mouffette minuscule descendant la pente à petits pas. Comment Fox était-il mort ? Comment se déroulèrent ses derniers instants ? Si le brouillard voulait bien se lever, peut-être pourrais-je voir les réponses. Tout ce que je pouvais faire, c'était rassembler autant de faits que possible, et attendre. Si j'avais de la chance, mon esprit ferait des prodiges.

JAMAIS BARRÉE, canalisée, remblayée, enrochée ou rectifiée, partout où coule la Yellowstone, elle est indomptée. S'incurvant entre ses berges boueuses telle une salamandre géante, elle devient le plus long fleuve coulant librement aux États-Unis. Des îles elliptiques enflent entre ses chenaux multiples, créant des embâcles qui piègent de petits débris végétaux tels que des branches, des rameaux et des feuilles. La rivière tisse ces débris, créant des tapis en forme de radeaux. Au bon moment, au gré d'une humeur du courant nuancée, elle les libère.

Aujourd'hui, un renard tremblant se repose sur un radeau amarré au saule qui le surplombe. Au début de l'été, un chat a tué l'une de ses amies. Son autre amie manque à l'appel. Après avoir guetté et attendu pendant plusieurs jours, tandis que la fumée s'épaississait et que le bruit devenait plus fort, il a été de plus en plus désorienté. Ses yeux et sa gorge le piquent, sa langue est rugueuse à force de haleter dans l'air brûlant et enfumé, et l'humaine n'est toujours pas apparue. Comment peut-elle l'avoir abandonné au milieu d'une telle catastrophe ?

La proue du radeau, enchevêtrement de lianes de clématite, cède aux coups de boutoir de la rivière et le renard appareille. L'air est torride, les remous le secouent, il a faim. Son radeau heurte un îlot de galets stérile et l'y abandonne. Entouré de tous côtés par de profonds chenaux où coule une eau rapide, affamé sur son île de sable et de galets, le renard est en train de mourir. Il a toujours aimé les bains de soleil, et à présent que le soleil le couvre, il a tellement chaud qu'il pourrait être heureux pour l'éternité. Mais le soleil est de plus en plus chaud, et la chaleur, tranchante comme un poignard, s'insinue en lui, écartant doucement sa conscience de son chemin. Dans ses ultimes instants de lucidité, il voit d'autres renards, la pie, et l'humaine. Elle est assise en face de lui, elle parle, elle écarte d'un geste ses cheveux qui lui tombent sur les yeux. Le ciel du soir vire au rose. Sa longue queue emplumée se déploie en éventail. Ce n'est pas l'humaine, après tout : c'est la pie. Elle décolle, survole le terrier, pinçant l'air de ses longs doigts. En la voyant voler, il a des doutes : c'est l'humaine… ou la pie ? Puis il a une certitude. Elles sont si semblables – l'humaine et la pie. Exténué, il ne peut plus gaspiller d'énergie à les séparer.

À la fin, le soleil crève son corps minuscule et s'infiltre dans les galets en dessous de lui.

Je m'agenouillai à côté de la pierre anniversaire de Fox, en caressai les contours rugueux et arrondis, imaginant

« F. O. X. » gravé sur le dessus. Le propriétaire d'un atelier de marbrerie à une centaine de kilomètres de chez moi me dit qu'il pourrait graver l'inscription sur la Planche de surf en cinq minutes. J'étais à plus qu'à mi-chemin de la ville quand je pris conscience que mon idée était ridicule. *F. O. X.* sur un rocher ? La dernière chose qu'il aurait voulue, c'est d'être un renard sur un rocher parmi d'autres. Mais les amis ne sont pas exempts de défauts. S'il me connaissait un tant soit peu, il le saurait.

Comble de malchance, je ne suis qu'une humaine ; le deuil ostentatoire est notre pierre de touche. Il se peut que les animaux sauvages soient trop authentiques pour manifester ostensiblement leur deuil. Après la mort de Fox, je décidai de porter le deuil avec un peu moins de culture et un peu plus de sauvagerie – comme un animal. Ce qui signifiait évidemment presque pas de deuil. Je finis bientôt par comprendre la nature égoïste du deuil humain ; ma tristesse n'était rien par rapport à celle de Fox. J'avais perdu un ami ; il avait perdu la vie. Il était mort trop jeune, trop heureux, trop ambitieux. Comment pourrais-je me vautrer dans une mare de détresse superficielle alors que sa détresse était infinie ? Qu'importe l'endroit où Fox s'était retrouvé quand il est mort, il aimerait mieux être ici, mettre son nez dans cette touffe bleue de myosotis, bondir sur un campagnol, prendre le soleil sur un rocher. Il voudrait être en vie. Je le veux moi aussi, mais je n'aurais pas la condescendance de prétendre que je le veux plus que lui.

ÉPILOGUE EN GRIS ET BRUN

Une troupe de merlebleus lutte contre un vent qui ne cède pas. Plongeant légèrement, ils se glissent sous le flux et avancent sans faiblir jusqu'à ce que le vent les retrouve. Défoncée par une rafale gigantesque, leur formation bascule, se redresse, se regroupe et poursuit son vol. Au-dessus de Gin, mon genévrier favori, les oiseaux planent puis s'élèvent tel un cumulus. Avant que la prochaine rafale ne frappe, ils s'aplatissent en cirrus, braquent leurs becs noirs vers l'arbre et descendent. En quelques secondes, les merlebleus investissent tout le genévrier. Leur tremblement change l'arbre, fuselé comme la flamme d'une veilleuse de réchaud au propane, image plus réconfortante en cette froide journée de printemps que des minuscules volatiles, bleus ou autres.

Cela ne me dérangerait pas de me retrouver seule avec des merlebleus, or les carouges à épaulettes qui se balançaient sur les cannes de jonc ne peuvent résister à la rafale suivante : ils s'envolent et viennent se stratifier entre les branches dédoublées de Gin. Des merles abrités dans les caraganiers attendent une accalmie, puis s'enfuient pour se percher sur Gin, mais loin les uns des autres. Se seraient-ils disputés ? Je n'entends rien, à cause du caquetage des turdidés aux ailes rouges. *Pourquoi des espèces d'oiseaux différentes se blottissent-elles les unes contre les autres ?* Je n'ai jamais répondu à cette question, parce qu'elle n'a pas de réponse. Ce n'est pas la bonne question. Beaucoup d'animaux sont moins difficiles que nous en matière de fréquentations. La bonne question, c'est : *Pourquoi les humains ne fréquentent-ils pas les animaux ?* Et par « animaux », je veux dire les animaux non encagés. Comme le renard du petit prince. Comme mon renard. Les animaux vivent librement leur vie et sont aussi indépendants de nous qu'une alouette des champs l'est d'un troglodyte. Peut-être aimons-nous prétendre qu'ils ne sont pas très humains. Ou que nous ne sommes pas très sauvages.

Les prairies sèches sont couvertes de mottes d'herbe grise qui pointent d'un sol couleur toile de jute. Aujourd'hui, je suis restée dehors si longtemps que mes poumons se sont synchronisés de façon à se remplir entre deux rafales. Je plisse les yeux en permanence pour évacuer les larmes créées par le vent. Je pense à un renard qui est mort depuis deux ans et qui voulait se frotter le museau contre la seule fleur bleue dans ce champ infini de gris et de brun.

Je n'ai pas de planche bloc-notes pour me protéger du vent, aujourd'hui : je ne suis pas en train de compter les oiseaux ni de faire de la science. Je n'ai rien contre le comptage. Les chiffres fournissent la matière première de statistiques qui nous éclairent sur la manière dont les animaux se comportent en moyenne. Bien sûr, je ne parle pas seulement des animaux sauvages. La plupart d'entre nous veulent connaître le comportement de l'animal moyen, et, partant, de l'humain moyen. La société assigne au comportement «normal» des paramètres fondés sur sa perception de ce qui est «moyen». Et il ne fait jamais de mal de s'informer sur ce que le reste du monde nous prépare. Il ne faut pas dévaluer cette préoccupation. Mais ne confondons pas un comportement normal avec un comportement naturel. Si les humains ont besoin de rester dans l'aire sous pic de la courbe en cloche pour être «naturels», alors nous sommes tous, et partout, en gris et brun.

Ce qui me fait penser au secret de Martha. Je partage une curieuse vision du monde avec Ishmael, Saint-Ex et environ un million d'autres personnes (sur un monde qui en compte sept milliards). Instinctivement, nous percevons un monde dominé par dame Nature, sa faune et sa flore sauvages, et des éléments non humains: le sable, le ciel ou la mer. Nous ne faisons pas exprès d'ignorer les humains; nous avons simplement du mal à nous focaliser sur eux. Comme le dirait Martha, ma première famille était quiconque vivait à l'extérieur – les écureuils, les lézards et les canards. Parfois je repousse les visages humains dans un arrière-plan lointain. Martha m'a finalement dit que si, à certains moments, je ne vois pas les humains, c'est que je suis en train de communiquer avec d'autres animaux. Ou de contempler les nuages. Et quand elle a pensé que j'avais compris, je crois qu'elle a dit: «*La plupart* du temps, tu ne nous entends pas.» Ou quelque chose d'approchant.

Si Martha avait lu *Moby-Dick*, elle aurait reconnu ma personnalité dans la dernière scène du roman. Le *Pequod*, le baleinier éventré, est en train de couler. Tashtego, le harponneur amérindien, se noie dans une mer infestée de requins et va bientôt rejoindre tous les compatriotes d'Ishmael. Seuls émergent son bras et son marteau qui cloue le drapeau au mât et piège par inadvertance un «faucon de mer» – un pygargue. Pendant toute la tragédie du *Pequod*, Ishmael, qui observe la scène depuis l'une des petites baleinières, scrute attentivement l'oiseau pris au piège. Le pygargue s'affole, luttant pour se libérer tandis qu'il descend vers une mort certaine. Comment se fait-il qu'au sein de toute la masse grise et infinie qui l'entoure, tandis qu'il écoute les cris de ses compagnons de bord, Ishmael rapporte, en fin de compte, les souffrances de ce seul rapace anonyme ? « Ainsi l'oiseau du ciel aux cris d'archange, son bec impérial dressé et tout son corps captif enveloppé dans le drapeau d'Achab, sombra avec le vaisseau qui, tel Satan, ne voulait pas choir en enfer sans avoir arraché au ciel un morceau de vie. »

Je présume qu'Ishmael n'était pas totalement domestiqué. Comme la plupart des renards, d'ailleurs. Les renards sont génétiquement prédisposés à être sauvages et à éviter les humains et leurs œuvres. Grâce aux recherches de Dmitri Beliaïev, nous avons appris que les humains peuvent domestiquer les renards. Fox n'était pas typique de son espèce, et je ne suis pas typique de la mienne. C'est ce que montrent les statistiques, en tout cas. Ce qui me rend atypique, c'est avant tout que je vis seule, loin de tout village, de toute ville, de toute banlieue. Par bonheur, j'ai accès à des livres qui me permettent de me connecter avec des gens dont l'esprit transcende le temps et l'espace. Des gens comme Saint-Ex, Ishmael et Mr Frankenstein. Certes, nous portons tous des gènes qui ne comptent jamais, ceux qui nous prédisposent à certains comportements spécifiques mais sans nous engager dans cette direction. Parfois, si les circonstances ne s'y prêtent pas, les gènes ne suffisent pas à déterminer notre comportement. Parfois, nous faisons ce que nous voulons malgré nos gènes.

Fox et moi nous regardâmes les yeux dans les yeux pour

la première fois lorsqu'une mouche domestique interrompit mon décompte des oiseaux posés sur ce genévrier que je regarde maintenant. Il faisait plus chaud ce jour-là, et pourtant j'étais plus couverte. Aujourd'hui, je porte ma salopette Carhartt et une chemise rouge de flotteur de bois, parce que mon temps est précieux et que le froid ne me gêne pas. Enfiler les uns sur les autres assez de vêtements pour se tenir au chaud dure trop longtemps. Même si je vis soixante ans de plus, la vie sera courte. Je ne peux pas perdre mon temps à m'emmitoufler contre un vent inévitable.

Avant de rencontrer Fox, je n'avais jamais envisagé qu'un renard roux puisse être l'un des accessoires indispensables de l'existence. J'avançais pesamment, quelque part entre la naissance et la mort, et, comme vous, j'essayais de faire tout ce que les gens de notre âge et de notre culture étaient censés faire. J'ai subi ma part des calamités obligatoires de l'existence. Certaines ont laissé des traces. Dans l'ensemble, ma vie n'a pas été particulièrement incomplète. La certitude et Fox me manqueront. Aujourd'hui, ma relation avec lui définit si complètement ma vie que toutes les années que j'ai passées précédemment sur terre semblent appauvries par une absence de renards.

J'ai finalement compris que la mouche sur mon genou – qui fascinait Fox d'un côté et moi de l'autre – n'était pas la force centripète qui nous poussa à nous réunir, Fox et moi. Pas vraiment. En un instant unique et prolongé, nous nous concentrâmes l'un et l'autre sur une mouche noire qui suçait le sang d'une de mes croûtes et vîmes une créature élégante dansant sur un piédestal écarlate. Nous négligeâmes l'un comme l'autre le danger qu'il y avait à respirer à la portée des mains de l'une et des crocs de l'autre, et regardâmes la danseuse faire tournoyer le sang comme si c'était un foulard en soie. Je doute qu'il y ait eu un autre individu dans la vallée qui aurait fait la même chose.

J'ai cessé de planter des myosotis et de garder la Planche de surf propre pour Fox. Je préfère l'achillée rouge vif et la sauge de Russie violette, et je les ai donc laissées évincer sa fleur favorite. Certains jours, des fientes d'oiseaux rouge cerise recouvrent la pierre plate. Je me préoccupe des renards, désormais, pas de Fox. Cela fait partie de son héritage, et les héritages sont tout l'intérêt de l'amitié. Je nettoie régulièrement le ravin afin que les renards puissent circuler des crêtes à la rivière sans risque. Je mène une lutte agressive contre les hautes herbes, les épineuses, les virevoltantes.

S'il n'y avait pas tant de vent, je pourrais m'asseoir dans notre ancien lieu de rendez-vous. J'ai cessé de poser mon siège de camping sur les mottes dures de graminées piquantes, j'ai cessé de demander à la terre la permission de m'asseoir. Je suis là pour longtemps, alors je me trouve un coin confortable et je m'y adapte, comme Fox l'avait fait. La vie au contact de la terre n'est pas une étape intermédiaire en attendant que je m'empêtre dans une carrière plus convenable. Les terres sauvages et les espaces tranquilles ne sont pas mes refuges, mais mon port d'attache. Sporadiquement, je me replie vers les stages sur le terrain, m'entourant d'humains et savourant un répit loin des espaces naturels. Je sais qu'il y a des gens qui font l'inverse, et des gens qui n'ont pas encore choisi entre un domicile et un lieu de vacances. Il n'y a pas de quoi en faire un drame : nous nous rencontrerons par hasard en entrant ou en sortant. Je suis sûre que nos relations seront cordiales.

Pendant l'incendie, j'ai entièrement évacué mon chalet en deux heures. Déménager ne sera plus jamais aussi facile. Le chalet est profondément enraciné. Comme Fox, j'ai marqué mon territoire. Vous vous souvenez de mon indignation quand on m'a suggéré que Fox («Foxy»!) serait un animal de compagnie et que je vous ai dit que fréquenter un renard n'était pas la même chose qu'affubler un fox-terrier d'un manteau en tissu écossais ou apprendre à Jacquot à quémander son biscuit? Voici pourquoi: plus vous passez de temps avec vos animaux de compagnie, plus ils finissent par vous ressembler. En passant du temps avec Fox, je suis devenue un peu plus comme lui. Je l'ai singé. Et, comme Fox, j'ai rempli mon logis d'objets qui ont pour moi une valeur personnelle. Après avoir remplacé mon jeune cerisier (trois fois!), j'ai entamé de gros projets d'aménagement paysager. Comme de nouvelles maisons se construisent en permanence et que la circulation sur la route de gravier va sûrement augmenter, je plante des haies longues et profondes qui auront bientôt trois mètres de haut et formeront des écrans denses même après la chute des feuilles en automne. J'ai commandé des meubles fabriqués et livrés par des amish du Middlewest; pour la première fois, les meubles sont trop volumineux pour passer dans ma trois-portes.

J'ai fini par ressembler à Fox dans d'autres domaines aussi, car pour trouver des amis qui soient comme Fox, il faut que je me comporte comme lui et non comme une pie. J'ai cessé d'essayer de disparaître. Nous étions opposés en la matière, le renard et moi. Il voulait des connexions. Il voulait être important. Et pour la simple raison que c'était tellement mieux qu'être seul, il aimait souvent avoir quelqu'un à ses côtés quand il marchait à pas feutrés par une nuit de pleine lune, ou qu'il s'étirait sur un rocher chauffé par le soleil. Il n'était pas handicapé par des accidents de naissance. J'ai fait retirer le frein labial entre mes dents de devant par un chirurgien-dentiste, qui m'a recousu les gencives. J'ai décidé de visiter les Everglades, et la première personne à qui j'ai demandé de se joindre à moi a dit oui. À présent, Jack et moi bavardons au téléphone tout le temps. Je suis en correspondance avec Chun et Doug, un couple rencontré à Yellowstone ; ce sont eux qui m'ont recommandé *Downton Abbey*. Ils m'ont demandé de les rejoindre au parc du mont Rainier. Nous nous sommes follement amusés, et maintenant nous projetons de passer ensemble les prochaines vacances.

Je me suis engagée à prendre un poste universitaire à temps plein et je ne reviendrai pas en arrière. Jenna m'a écrit une lettre de recommandation. Presque chaque jour, j'étudie l'histoire naturelle, j'en débats, j'écris des commentaires. Pas depuis le campus d'une université, mais depuis un chalet de montagne ou le site d'une étude de terrain, en plein air – un campus virtuel, une communauté connectée. J'enseigne la biologie, discipline aux contours élégants, tranchants comme l'obsidienne. Mais cette éloquente précision ne me satisfait pas totalement. J'aime garder mes pensées assez fluides pour que le monde réel et le monde imaginé tourbillonnent ensemble, jusqu'à ce qu'il soit tout aussi facile de les séparer que de les combiner.

NOUS SOMMES EN NOVEMBRE, la chasse à la carabine est ouverte dans les régions de basse altitude. Les cerfs mulets tentent frénétiquement d'échapper aux armes à feu, aux hormones et aux pick-up. Ils n'y réussissent pas. Hier, pour aller en ville, j'ai fait cinquante kilomètres sur une route à deux voies éclaboussée de sang. Un front froid venant du nord éloigne à présent de plus en plus de cerfs des prairies d'altitude ; j'arpente donc ma propriété en attendant de les dissuader de toucher à mes arbustes favoris. On dirait qu'il y en a des centaines dans le pré de derrière, mais je n'en dénombre que cinquante. Ils sont venus construire leurs premières coulées d'hiver, qui traversent mon terrain. Ils avancent lentement mais, patiente, je leur fais contourner mes arbres et arbustes avant qu'ils tracent une coulée. Une fois l'itinéraire fixé, ce troupeau l'empruntera sans faiblir pendant les six prochains mois. En un seul hiver, cinquante cerfs qui en paraissent des centaines peuvent creuser un canal dans une prairie. Le troupeau dévale la colline derrière la maison, dérape sur la neige fraîche et avance en louvoyant vers mon escalier. Les cerfs feignent de ne pas me remarquer et s'attendent à ce que je leur rende la pareille. Je ne le fais pas. Comme ils se déplacent en troupeau et que les biches allaitent rarement si tard dans l'année, j'ai du mal à distinguer les familles.

Aujourd'hui, les nuages façonnent le ciel. Ils le plombent d'un gris interrompu sporadiquement par l'éclair bleu d'une trouée. Les lèvres d'une de ces ventouses s'étirent vers le haut comme si on avait crevé les nuages d'un coup de poing par le bas. Avant la fin de la journée, je vais me retrouver en dessous et feindre de ne pas être scandalisée quand les nuages refermeront l'ouverture, vireront au noir et me doucheront. Faire le clown pour des nuages anxieux n'est qu'un des rôles que je joue parfois, vivant dans un pays où le ciel domine la terre, les constructions, les routes. Sinon, je décide de porter du Gore-Tex et faire comme si de rien n'était.

Le nid de Balle-de-Tennis n'est plus occupé depuis l'incendie. Jadis sphérique et plus gros qu'un ballon de basket, il dégringole maintenant à travers les branches du genévrier et disparaîtra bientôt dans la litière. Des merles au plumage noir irisé ont construit un nid gros comme la main, plusieurs branches au-dessus. Ce printemps, deux mois durant, installés en usurpateurs dans le genévrier, ils crépitaient comme des maracas, ne s'interrompant à l'occasion que pour émettre un son déconcertant de bulles dans un verre d'eau.

Si de nouvelles pies s'installent ici, je soupçonne qu'elles non plus, comme Balle-de-Tennis, ne m'aimeront pas. Il y a de cela de nombreuses générations de pies, les premiers humains qu'elles virent furent impitoyables. Et il faudra beaucoup plus de générations de bonté humaine et de jaunes d'œufs avant qu'elles apprennent à nous refaire confiance. Quand je suis arrivée et que j'ai essayé d'être amie avec elles, j'avais une centaine d'années de retard. Malgré les jaunes d'œufs, je n'étais pas si sympa que ça avec Balle-de-Tennis. Et je n'en étais pas consciente ; avec le recul, je comprends que si je ne pouvais pas l'aimer, c'est qu'elle me ressemblait trop. Elle me rappelait les pires traits de ma personnalité. Elle ne pouvait pas changer ses préférences, mais je peux changer les miennes. Non parce que je suis une meilleure personne, ou que je suis douée, mais uniquement parce que je vivrai plus longtemps. Il n'est pas facile pour un oiseau à la vie brève de modifier sa personnalité.

Le troupeau appose ses lèvres collectives sur des pousses d'herbe froides et humides, roule des yeux vers le ciel et traverse le canal de ruissellement de mon puits artésien. Un jeune cerf d'environ cinq mois contemple le toit bleu en acier du chalet, à croire qu'il cherche autre chose que de la vieille herbe. Je me demande s'il aura assez à manger. Tandis que son troupeau négligemment assemblé défile devant la dépendance du chalet, lui et une biche adulte restent en arrière. Je les observe par la porte vitrée.

Un écart respectable sépare le petit cerf et la biche de leurs congénères. Il me regarde fixement et lambine trop longtemps pour la biche, impatiente. Renonçant à l'attendre, elle part rejoindre les autres, qui ont déjà traversé le ruisseau. Il continue de me fixer, à cinq mètres de moi. De temps en temps, la biche s'arrête, tourne la tête de cent quatre-vingts degrés et regarde le petit cerf gris derrière elle. Il n'a pas encore mangé, mais son corps trapu et bien proportionné apaise mon inquiétude. Pour l'instant, tandis que je me tiens derrière la double porte vitrée, il veut seulement m'observer. J'agite la main droite devant mon visage pour lui faire comprendre que je l'observe moi aussi. Puis j'ouvre la double porte, fais un pas à l'extérieur, lève les bras au-dessus de ma tête et frappe dans mes mains, curieuse de voir si un mouvement brusque va lui faire peur. Pas du tout.

Ses petites cornes n'ont pas encore commencé à bourgeonner, mais son front s'est assombri. Campé sur ses pattes, il ploie le cou pour déloger du bout du nez un solitaire de Townsend perché sur une armoise. Mais l'oiseau s'accroche, donne un coup d'aile dans la joue du cerf. Relevant brusquement la tête, le jeune animal me regarde bien en face ; il se demande si j'ai été témoin de cet affront. La biche et le troupeau sont déjà presque à un kilomètre, agitant leurs queues blanches tandis qu'ils traversent le champ de luzerne en file indienne. J'attends. Il persiste à me regarder. Quinze minutes plus tard, quand le solitaire s'envole, je lui dis « Bonne nuit », rentre et laisse descendre le store violet sur la vitre.

REMERCIEMENTS

Je suis heureuse de remercier précisément certaines personnes et organisations pour leur contribution à mon manuscrit : mon ami Jack, qui a suivi l'histoire de Fox depuis le début et a veillé à ce que je ne l'abandonne pas ; Verna Macpherson, pour sa sagesse et des journées innombrables à Yellowstone ou dans Grand Teton ; Mary Carparelli, pour son amitié et pour m'avoir permis d'affiner mes idées sur Fox et sur moi-même ; Martha Sloan, pour m'avoir poussée vers une compréhension plus profonde de moi-même ; le musée d'Art animalier, qui m'a accueillie maintes fois au fil des années ; Nick Flynn, Steve Almond et Deirdre McNamer, pour leurs avis créatifs ; Amanda Fortini, Tim Cahill et Tessa Fontaine, pour leur inspiration et leurs commentaires ; Barrett Briske, qui a corrigé les épreuves ; et toute l'équipe de chez Spiegel & Grau, qui a travaillé dur sans cesser de croire à mon récit. Dawn Hill a lu et critiqué intégralement le manuscrit. Sans la générosité et la gentillesse de la Pirate's Alley Faulkner Society, de Rosemary James, Joseph DeSalvo et Andrei Codrescu, je n'aurais pas rencontré Celina Spiegel. Ma dette envers Celina va au-delà de ce que je pourrais écrire – elle seule est le *sine qua non* de *Fox et moi*.

Libretto

Dernières parutions

	ANA MARÍA MATUTE	*Les Brûlures du matin*
	GÉRARD DE CORTANZE	*Indigo*
	DANIEL PICOULY	*La Victoire du nègre*
	GUZEL IAKHINA	*Zouleikha ouvre les yeux*
	SERGE FILIPPINI	*L'Homme incendié*
	CHARLES DICKENS	*Voyage en Amérique*
	CHARLOTTE PERKINS GILMAN	*La Séquestrée*
700.	NIKOLAÏ MIKLOUKHOMAKLAÏ	*Le Papou blanc*
699.	ELIZABETH GOUDGE	*La Colline aux gentianes*
698.	SYLVAIN TESSON	*Vérification de la porte opposée*
697.	FÉLIX VALLOTTON	*La Vie meurtrière*
696.	G. LENOTRE	*Mes secrets de Paris*
695.	ANTOINETTE PESKÉ	*La Boîte en os*
694.	WOLFGANG AMADEUS MOZART	*Voyage à Paris*
693.	ESTHER MEYNELL	*Petite Chronique d'Anna Magdalena Bach*
692.	PIERRE DAC	*Un Français libre à Londres en guerre*
691.	FRANTZ FUNCKBRENTANO	*L'Affaire du collier*

690.	HIPPOLYTE TAINE	*Par nos villes et nos campagnes*
689.	DENIS DIDEROT	*Lettre sur le commerce des livres*
688.	GÉRARD DE CORTANZE	*Frida Kahlo, le petit cerf blessé*
686.	JEAN D'ALEMBERT	*Trois mois à la cour de Frédéric*
685.	ANONYME	*Épopée de Gilgamesh*
684.	G. LENOTRE	*Histoires étranges qui sont arrivées*
683.	MIKHAÏL CHICHKINE	*Dans les pas de Byron et Tolstoï*
682.	LUDWIG VAN BEETHOVEN	*Carnets intimes*
681.	ALEXANDER KENT	*Au nom du roi*
680.	JEAN CHARDIN	*Voyages en Perse*
679.	DANIEL DE ROULET	*Dix petites anarchistes*
678.	KLAUS MANN	*Point de rencontre à l'infini*
677.	JUSTIN McCARTHY	*L'Aventure de Maître François Villon*
676.	WASHINGTON IRVING	*Astoria*
675.	ANDRÉ LAFON	*L'Élève Gilles*
674.	ALFRED E. W. MASON	*Les Quatre Plumes blanches*
673.	ANNEMARIE SCHWARZENBACH	*Les Amis de Bernhard*
672.	HECTOR MATHIS	*K.O.*
671.	BLANDINE DE CAUNES	*L'Involontaire*
670.	WILLIAM GODWIN	*Les Aventures de Caleb Williams*

669.	JOSEPH SHERIDAN LE FANU	*Invitation au crime*
668.	GILES LYTTON STRACHEY	*Ermyntrude et Esmeralda*
667.	MARGUERITE AUDOUX	*Douce lumière*
666.	EDWARD PAGE MITCHELL	*L'Homme le plus doué du monde*
	ÉTIENNE-JEAN DELÉCLUZE	*Le Mécanicien roi*
665.	CAMILLE LEBOULANGER	*Bertram le baladin*
664.	ZIAY-ED-DIN NAKHCHABI /MOHAMMED QADERI	*Contes du perroquet*
663.	MARK TWAIN	*Un Yankee à la cour du roi Arthur*
662.	AHMAD AL-QALYOÛBÎ	*Histoires étranges et merveilleuses*
661.	HERMANN BANG	*Ida Brandt*
660.	CHRISTIAN KRACHT	*Imperium*
659.	DAVID CALVO	*Sous la colline*
658.	NICOLAS BOKOV	*La Tête de Lénine*
657.	DRAGO JANČAR	*Cette nuit, je l'ai vue*
656.	GUILLERMO ARRIAGA	*Mexico, quartier Sud*
655.	JACQUES RENOIR	*Le Tableau amoureux*
654.	ALAIN RENÉ LESAGE	*Les Aventures de Beauchesne, capitaine de flibustiers*
653.	MARCEL SCHNEIDER	*Jours de féerie*
652.	KLAUS MANN	*Alexandre* suivi de *Ludwig*
651.	ALEXANDER KENT	*Cœur de chêne*
650.	FRANÇOIS TAILLANDIER	*Mémoires de Monte-Cristo*

649.	EMMANUEL CHASTELLIÈRE	*Célestopol*
648.	EDWARD BULWER-LYTTON	*Les Derniers Jours de Pompéi*
647.	LINDSEY DAVIS	*Les Saumons d'argent*
646.	GEORGES LE FÈVRE	*La Croisière jaune*
645.	AL-QÂSIM AL-HARÎRÎ	*Le Livre des Malins*
644.	FÉLIX FÉNÉON	*Nouvelles en trois lignes*
643.	ÉLIE BERTHET	*La Bête du Gévaudan*
642.	ANONYME	*Aventures merveilleuses de Huon de Bordeaux*
641.	THOMAS EDWARD LAWRENCE	*Les Sept Piliers de la sagesse II*
640.	THOMAS EDWARD LAWRENCE	*Les Sept Piliers de la sagesse I*
639.	ARTHUR BERNÈDE	*Belphégor*
638.	ROBERT MARGERIT	*Les Amants*
637.	HOWARD CARTER	*La Fabuleuse Découverte de la tombe de Toutankhamon*
636.	AUGUSTE BIARD	*Le Pèlerin de l'Enfer Vert*
635.	CHARLES DICKENS	*Voyage en Amérique*
634.	SIDO	*Lettres à Colette, 1903-1912*
633.	FELDRIK RIVAT	*Le Chrysanthème Noir*
632.	SALVADOR DALÍ	*Visages cachés*
631.	MORITZ THOMSEN	*La Ferme sur le río Esmeraldas*
630.	WILLIAM CHAMBERS MORROW	*Le Singe, l'Idiot et Autres Gens*

629. MIRABEAU — *La Morale des sens*

628. ALEXEÏ TOLSTOÏ — *Les Sept Jours où le monde fut pillé*

627. MAURICE LEVEL — *La Malle sanglante* suivi de *Laquelle ?*

626. GEORGE MACDONALD — *La Princesse légère*

625. CHARLEMAGNE ISCHIR DEFONTENAY — *Star ou Ψ de Cassiopée*

624. FELDRIK RIVAT — *La 25e Heure*

623. JACK LONDON/ROBERT LLOYD FISH — *Le Bureau des Assassinats*

622. MEHMED UZUN — *La Poursuite de l'ombre*

621. ROBERT D'ORBIGNY — *Floire et Blanchefleur*

620. THEODOR PLIEVIER — *Berlin*

619. FREDERICK GUSTAVUS BURNABY — *Khiva*

618. JÂMI — *Medjnoûn et Leïla*

617. DRAGO JANČAR — *Aurore boréale*

616. KURBAN SAID — *Ali et Nino*

615. DOROTHY LEIGH SAYERS — *Le Cœur et la Raison*

614. LONGUS — *Daphnis et Chloé*

613. ODILE GODARD — *Les Soupers de Schéhérazade*

612. ALEXANDER KENT — *Un vaisseau de haut bord*

611. MARIE BARTHELET — *Celui-là est mon frère*

610. VICTOR SEGALEN — *Les Immémoriaux*

609. SYLVAIN ROUMETTE — *Lilith dans l'île*

608. ROBERT GRAVES — *Adieu à tout cela*

607. RICHARD LESCLIDE — *La Diligence de Lyon*

606. BERNARD OLLIVIER — *Longue marche, suite et fin*

605. LAURA MANCINELLI — *Les Douze Abbés de Challant*

604. SAADI — *Le Jardin des roses et des fruits*

603. LUIGI DA PORTO — *Roméo et Juliette*

602. NATHANIEL HAWTHORNE — *Contes étranges*

601. MARIE GOUDOT — *Lettre américaine*

600. CHRISTINE ORBAN — *Le Collectionneur*

599. TIMOTHY FINDLEY — *Guerres*

598. ROBERT MARGERIT — *Le Dieu nu*

597. MAXIME GORKI — *Une confession*

596. GUILLAUME APOLLINAIRE — *L'Enchanteur pourrissant*

595. ANONYME — *Le Plaisir après la peine*

594. OLIVIER BELLAMY — *Un hiver avec Schubert*

593. SERGE FILIPPINI — *Rimbaldo*

592. CLAUDE TILLIER — *Mon oncle Benjamin*

591. CHARLES PALLISER — *Mère et fille*

590. CHARLES LE GOFFIC — *Morgane la sirène*

589. WILLIAM MORRIS — *La Source au bout du monde II*

588. COLETTE — *Trois… Six… Neuf…*

587. MIR AMMAN — *Les Aventures des quatre derviches*

586. WILLIAM MORRIS — *La Source au bout du monde I*

585. FABIEN CLAVEL — *Feuillets de cuivre*

584.	ANGÉLIQUE VILLENEUVE	*Les Fleurs d'hiver*
583.	ANTOINE DE MEAUX	*Le Fleuve guillotine*
582.	GUILLERMO ARRIAGA	*Le Bison de la nuit*
581.	WILLIAM BECKFORD	*Vathek*
580.	ANDRÉS NEUMAN	*Le Voyageur du siècle*
579.	DANIEL DEFOE	*Colonel Jack*
578.	DRAGO JANČAR	*L'Élève de Joyce*
577.	JEAN GALTIER-BOISSIÈRE	*Mon journal dans la Grande Pagaïe*
576.	HERBERT ERNEST BATES	*L'Aviateur anglais*
575.	WILLIAM TREVOR	*Les Enfants de Dynmouth*
574.	GASTON LEROUX	*Un homme dans la nuit*
573.	BOOTH TARKINGTON	*La Splendeur des Amberson*
572.	ALEXANDRE DUMAS FILS	*La Dame aux camélias*
571.	JOHN COWPER POWYS	*Owen Glendower II : Les forêts de Tywyn*
570.	RENÉ BOYLESVE	*L'Enfant à la balustrade*
569.	ALEXANDER KENT	*Sans relâche*
568.	ANTHONY SATTIN	*Un hiver sur le Nil*
567.	JOHN COWPER POWYS	*Owen Glendower I : Les tours de Mathrafal*
566.	ÉTIENNE GUÉREAU	*La Sonate de l'anarchiste*
565.	MIKE DASH	*L'Archipel des hérétiques*
564.	GEORGE SAND	*Les Beaux Messieurs de Bois-Doré*
563.	MARTIN PROVOST	*Bifteck*

562.	RICHARD E. BYRD	*Seul*
561.	ABU BAKR IBN TUFAYL	*L'Éveillé*
560.	JEAN GALTIER-BOISSIÈRE	*Mon journal dans la Drôle de paix*
559.	ANONYME	*Fierabras*
558.	ROBERT MARGERIT	*Le Château des Bois-Noirs*
557.	THEODOR PLIEVIER	*Stalingrad*
556.	ANONYME	*Neh Manzer, ou les Neuf-loges*
555.	CHRISTIAN CHAVASSIEUX	*L'Affaire des vivants*
554.	PÉTRONE	*Satyricon*
553.	JESSE BROWNER	*Villa du crépuscule*
552.	ALEXANDER KENT	*Le Sabre d'honneur*
551.	R. A. DICK	*Le Fantôme et Mrs Muir*
550.	MOHAMMED AL-MAHDI	*Les Dix Soirées malheureuses*
549.	ROBERT GRAVES	*King Jesus*
548.	ELIZABETH GOUDGE	*Les Amants d'Oxford*
547.	GILES MILTON	*Les Miscellanées*
546.	ALBERT ADÈS & ALBERT JOSIPOVICI	*Le Livre de Goha le Simple*
545.	HONORÉ D'URFÉ	*L'Astrée*
544.	JACK LONDON	*Croc-Blanc*
543.	HERMAN BANG	*Mikaël*
542.	ANTONI LIBERA	*Madame*
541.	FERDYNAND OSSENDOWSKI	*Esclaves du soleil*
540.	KLAUS MANN & STEFAN ZWEIG	*Correspondance 1925-1941*

539. MYRIAM CHIROUSSE	*Miel et Vin*
538. FRANÇOISE CLOAREC	*De père légalement inconnu*
537. DRAGO JANČAR	*Katarina, le paon et le jésuite*
536. JEAN GALTIER-BOISSIÈRE	*Mon journal depuis la Libération*
535. SERGIUSZ PIASECKI	*L'Amant de la Grande Ourse*
534. RAFAEL SABATINI	*Scaramouche*
533. W. WILKIE COLLINS	*Quand la nuit tombe*
532. THOMAS RAIN CROWE	*Ma vie dans les Appalaches*
531. ALEXANDER KENT	*Second ne daigne*
530. DOMINIQUE SCALI	*À la recherche de New Babylon*
529. MAURICE LEBLANC	*Voici des ailes*
528. VALERIE MARTIN	*Mary Reilly*
527. ÉMILE GUIMET	*Huit jours aux Indes*
526. O. HENRY	*Contes du Far West*
525. ODILON REDON	*Il rêve et autres contes*
524. KURBAN SAID	*La Fille de la Corne d'Or*
523. R. BURTON ET H. SPEKE	*Aux sources du Nil*
522. ANNE BRONTË	*La Recluse de Wildfell Hall*
521. HENRY DUPUY-MAZUEL	*Le Miracle des loups*
520. ANONYME	*Le Roman d'Antar*
519. HENRYK SIENKIEWICZ	*Quo vadis ?*
518. ANONYME	*Les Aventures du chevalier Jaufré*

517. AMIOT GUSTAVE	*La Duchesse de Vaneuse*
516. ANONYME	*Les Contes populaires de l'Égypte ancienne*
515. GEORGES ARNAUD	*Les Oreilles sur le dos*
514. JEAN GALTIER-BOISSIÈRE	*Mon journal pendant l'Occupation*
513. HJALMAR SÖDERBERG	*Docteur Glas*
512. SOPHIE KOVALEVSKAÏA	*Une nihiliste*
511. JULIEN BLANC	*Le Temps des hommes*
510. TADEUSZ BOROWSKI	*Le Monde de pierre*
509. THEODOR PLIEVIER	*Moscou*
508. ANONYME	*Absurdités et paradoxes de Nasr Eddin Hodja*
507. ALEXANDER KENT	*La Croix de Saint-Georges*
506. OLIVIER BELLAMY	*Dans la gueule du loup*
505. JOSEPH-MARIE LO DUCA	*Journal secret de Napoléon Bonaparte*
504. ERWIN MORTIER	*Psaumes balbutiés*
503. CÉDRIC GRAS	*Le Cœur et les Confins*
502. DRAGO JANČAR	*Des bruits dans la tête*
501. TIMOTHY FINDLEY	*Le Dernier des fous*
500. NICOLAS CLÉMENT	*Sauf les fleurs*
499. GUILLERMO ARRIAGA	*Un doux parfum de mort*
498. ALEXANDER KENT	*Au nom de la liberté*
497. W. W. COLLINS	*Passion et repentir*
496. ANTOINE DE MEAUX	*L'Ultime Désert*
495. FRANCISCO COLOANE	*Naufrages*
494. ANDRZEJ BOBKOWSKI	*Le tour de France*

493. NICOLAS DICKNER — *Nikolski*

492. BERNARD OLLIVIER — *Sur le chemin des Ducs*

491. VIOLAINE GELLY — *Karen Blixen*

490. JEAN-MARIE DALLET — *De pareil tigres*

489. PANAÏT ISTRATI — *Œuvres III*

488. PANAÏT ISTRATI — *Œuvres II*

487. PANAÏT ISTRATI — *Œuvres I*

486. DANIEL ARSAND — *Un certain mois d'avril à Adana*

485. ZABEL ESSAYAN — *Dans les ruines*

484. WILLIAM DALRYMPLE — *La Cité des Djinns*

483. CECIL SCOTT FORESTER — *Retour à bon port*

482. CHARLES PALLISER — *Le Quinconce V*

481. CHARLES PALLISER — *Le Quinconce IV*

480. LOUIS-BERNARD ROBITAILLE — *Dernier voyage à Buenos Aires*

479. CÉDRIC GRAS — *Le Nord c'est l'Est*

478. CHARLES PALLISER — *Le Quinconce III*

477. CHARLES PALLISER — *Le Quinconce II*

476. CHARLES PALLISER — *Le Quinconce I*

475. PHILIPPE RENONCAY — *Le défaut du ciel*

474. DAVID DONACHIE — *Un parfum de trahison*

473. OLGA TOKARCZUK — *Sur les ossements des morts*

472. SOPHIE GUILLOU — *Romy Schneider*

471. LUDOVIC ZEKIAN — *Rideau*

470. ERWIN MORTIER — *Sommeil des dieux*

469. BERNARD OLLIVIER — *Histoire de Rosa qui tint le monde dans sa main*

Cet ouvrage
a été mis en pages par In Folio,
reproduit et achevé d'imprimer
en mai 2023
dans les ateliers de Normandie Roto Impression s.a.s.
61250 Lonrai
N° d'imprimeur : 2301574

Imprimé en France

Dépôt légal : juin 2023